Sandra Brown

FSC
MIX
Papier
FSC® C014496

Genehmigte Sonderausgabe 2018
für BEBUG mbH / vip Verlag

HarperCollins Germany GmbH
Valentinskamp 24
20345 Hamburg

Originaltitel: Led Astray
erschienen bei: Silhouette Books, Toronto

Originaltitel: Honor Bound
erschienen bei: Silhouette Books, Toronto

Published by arrangement with
HARLEQUIN ENTERPRISES II B. V. / SARL

Umschlaggestaltung: UNIMAK GmbH, Hamburg | Melina Oberscheven
Umschlagabbildung: upslim / shutterstock
Satz: GGP Media GmbH, Pößneck
Printed in Germany
Dieses Buch wurde auf FSC®-zertifiziertem Papier gedruckt.
ISBN 978-3-86789-612-2

Sandra Brown

Nur wer Liebe lebt

Roman

Aus dem Amerikanischen von
Tatjána Lénárt-Seidnitzer

1. KAPITEL

Während des gesamten Dinners drehte sich das Tischgespräch nur um ein einziges Thema. Es war eine Art Festmahl, wie es gewöhnlich nur für Sonntage vorbehalten blieb, so als gäbe es Anlass zu feiern, statt zu trauern.

Sarah hatte sich in der Zubereitung des Essens selbst übertroffen. Es gab Schmorbraten und sogar herrlich lockere Hefebrötchen, frisch aus dem Backofen, um damit den sämigen würzigen Bratensaft aufzusaugen, und der Mandelpudding zum Nachtisch war sündhaft kalorienreich.

Doch Jenny fand keinen Geschmack an dem köstlichen Mahl, und sie brachte nur mit Mühe ein paar Bissen hinunter.

Beim Kaffee, den Sarah in die zarten Tassen mit dem gelben Schlüsselblümchenmuster schenkte, sprachen sie immer noch über die bevorstehende Reise von Hal nach Mittelamerika. Eine Reise von unbestimmter Dauer, die ihn praktisch zum Gesetzesbrecher werden lassen und vermutlich sein Leben gefährden würde.

Doch alle waren sehr angetan von dieser Reise, insbesondere Hal, dessen Wangen vor Aufregung glühten. „Es ist ein gewaltiges Unterfangen", verkündete er stolz. „Doch ohne den Mut der armen Seelen in Monterico wäre alles vergebens, was wir getan haben und tun werden. Ihnen gebührt die Ehre."

Sarah berührte liebevoll die Wange ihres jüngeren Sohnes, während sie sich nach dem Einschenken des Kaffees wieder an ihren Platz setzte. „Aber du hast diese unterirdische Eisenbahnlinie initiiert, um ihnen zur Flucht zu verhelfen. Das finde ich wundervoll. Einfach wundervoll. Nur gib auf dich acht, ja?" Ihre Unterlippe zitterte. „Du wirst dich doch nicht in ernste Gefahr begeben, oder?"

Hal tätschelte ihre zarte Hand, die seinen Arm ängstlich umklammert hielt. „Mutter, ich habe dir doch schon tausendmal gesagt, dass die politischen Flüchtlinge an der Grenze von Monterico auf uns warten. Wir nehmen sie dort nur in Empfang, führen sie durch Mexiko und dann …"

„Und dann schmuggelt ihr sie illegal in die Vereinigten Staaten", warf Bruce trocken ein.

Sarah warf ihm einen verärgerten Blick zu.

Bruce störte sich jedoch nicht daran. Er war an missbilligende Blicke von seiner Mutter gewöhnt. Er streckte die langen, jeansbekleideten Beine weit von sich und lümmelte sich in einer Art auf seinen Stuhl, die

Sarah stets irritierte. Während seiner Kindheit hatte sie unaufhaltsam an seinen Tischmanieren herumgemäkelt, doch ihre Strafpredigten waren erfolglos geblieben.

Er legte einen gestiefelten Fuß über den anderen und schaute seinen Bruder eindringlich an. „Ich frage mich nur, ob du immer noch mit solchem Feuereifer bei der Sache bist, wenn der Grenzschutz dir einen Tritt in den Hintern gibt und dich in den Knast befördert."

„Wenn du dich nicht gewählter ausdrücken kannst, dann verlass bitte den Tisch", fauchte Reverend Bob Hendren.

„Entschuldige, Dad." Ungerührt nippte Bruce an seinem Kaffee.

„Wenn Hal ins Gefängnis kommt", fuhr der Pastor fort, „dann geschieht es um einer guten Sache willen, an die er glaubt."

„Das hast du damals nicht gesagt, als du für mich die Kaution gestellt hast", wandte Bruce ein.

„Du wurdest wegen Trunkenheit festgenommen."

Bruce grinste. „Ich halte es für eine gute Sache, sich gelegentlich zu betrinken. Ich glaube daran."

„Bruce, bitte." Sarah stieß einen langen leidvollen Seufzer aus. „Versuche bitte, dich ausnahmsweise zu benehmen."

Jenny starrte hinab auf ihre Hände. Sie hasste diese Familienszenen. Bruce konnte sehr provozierend sein, doch sie hielt es für angebracht, dass er unverblümt die Risiken aufzeigte, die Hals Vorhaben beinhaltete. Außerdem wusste sie, dass sein Spott nur eine Reaktion auf das Verhalten seiner Eltern war, die Hal eindeutig bevorzugten.

Bruce gehorchte, indem er das Grinsen von seinem markanten Gesicht verschwinden ließ, aber er argumentierte weiterhin. „Dieser Liebesdienst … diese Mission scheint mir nur ein geeigneter Weg zu sein, um sich umbringen zu lassen. Warum riskiert er seinen Kopf in einer Bananenrepublik, in der sie zuerst schießen und dann Fragen stellen?"

„Du kannst die Motive deines Bruders natürlich nicht verstehen", meinte Bob mit einer wegwerfenden Handbewegung.

Bruce richtete sich auf, stützte die Arme auf den Tisch und beugte sich eindringlich vor. „Ich kann schon verstehen, dass er diese Leute befreien will, die auf der schwarzen Liste stehen. Ich halte nur den Weg nicht für richtig." Ungehalten strich er sich mit einer Hand über das dunkelblonde Haar. „Und wie sollen sie überleben, wenn sie erst einmal in Texas sind? Wovon werden sie leben? Was werden sie anfangen? Hast du an Arbeit gedacht, an Unterkünfte, Verpflegung, Medizin, Kleidung? Glaub nur nicht, dass jedermann sie mit offenen Armen willkommen heißen wird, nur weil sie aus einem kriegserschütterten Land stammen. Man wird sie für Abschaum halten, wie alle anderen illegalen Einwanderer. Und sie auch so behandeln."

„All das legen wir in Gottes Hand", sagte Hal ein wenig unsicher. Seine Standfestigkeit geriet durch Bruce' Sachlichkeit stets ins Wanken. Immer, wenn er eine seiner Überzeugungen für unerschütterlich hielt, erschütterte Bruce sie mit seinen Argumenten in den Grundfesten wie ein Erdbeben. Manchmal glaubte er, dass das Schicksal Bruce dazu benutzte, um ihn zu prüfen. Oder war Bruce ein Werkzeug des Teufels, um ihn in Versuchung zu führen? Seine Eltern waren zweifellos von der zweiten Theorie überzeugt.

„Tja, dann hoffe ich nur, dass Gott mehr Verstand besitzt als du", meinte Bruce.

„Das reicht!", sagte Bob scharf.

Bruce stützte die Ellbogen auf den Tisch und führte seine Kaffeetasse an die Lippen. Er benutzte dabei nicht den zierlichen Henkel, sondern umfasste sie mit beiden Händen.

Irgendwie wirkte er fehl am Platze in der Pfarrhausküche mit der zarten Rüschengardine, dem blassgelben karierten Linoleumboden und dem gläsernen Schrank, der zerbrechliches Geschirr enthielt, das gut behütet und nur an Feiertagen benutzt wurde.

Seine Anwesenheit ließ die behagliche Küche überladen erscheinen. Und dabei war er gar nicht außergewöhnlich groß oder muskulös. Körperlich unterschieden Bruce und Hal sich kaum. Von Weitem und von hinten waren sie sich sogar zum Verwechseln ähnlich.

Doch da hörte die Gemeinsamkeit auch schon auf. Vor allem in ihren Ansichten und Charakteren unterschieden sie sich wie Tag und Nacht.

Bruce besaß eine überwältigende Persönlichkeit, ein undefinierbares gewisses Etwas, eine Ausstrahlung, die jeden Raum kleiner erscheinen ließ, sobald er eintrat. Drinnen wirkte er wie ein übergroßer Junge, dem die Kleidung zu klein geworden war, der weites Land und unendlichen Himmel brauchte. Und er schien den Wind in den Haaren und Kleidern hineinzubringen.

Jenny war ihm nie nahe genug gekommen, um es herauszufinden, aber sie glaubte, dass seine Haut nach Sonnenschein riechen musste. Die Spuren langer Stunden in der Sonne zeigten sich auf seinem Gesicht, besonders um die bernsteinfarbenen Augen. Die feinen Fältchen ließen ihn älter aussehen, als er war. Doch er hatte seine zweiunddreißig Jahre auch bis zur Neige ausgekostet.

Und an diesem Abend – wie immer, wenn Bruce irgendwo zugegen war – lag Uneinigkeit, wenn nicht sogar Streit in der Luft. Unfriede und Missvergnügen folgten ihm wie ein Schatten. Er war wie ein Raubtier, das durch den Dschungel zieht, die friedlichen Bewohner in Aufruhr versetzt und die Stille durchbricht, selbst wenn er es nicht darauf anlegte.

Sarah war sehr bekümmert, weil Bruce ihr köstliches Abschiedsessen für Hal verdarb, aber sie bemühte sich eisern, ihren aufsässigen Sohn zu ignorieren und den Frieden wieder herzustellen. „Bist du sicher, dass du all die Treffpunkte im Kopf hast?“, fragte sie Hal.

Während er mindestens zum hundertsten Male seine Reiseroute aufsagte, begann Jenny, den Tisch abzuräumen. Als sie sich über seine Schulter beugte, um seinen Teller zu entfernen, nahm er ihre Hand, drückte sie und führte sie an die Lippen, ohne jedoch seinen eifrigen Monolog zu unterbrechen.

Sie verspürte den Drang, sich hinabzubeugen, sein blondes Haar zu küssen, seinen Kopf an ihre Brust zu betten und ihn zu bitten, nicht zu gehen. Doch natürlich tat sie es nicht. Ein solches Verhalten wäre ungeheuerlich, und jeder am Tisch hätte sie für verrückt gehalten.

Sie unterdrückte ihre Gefühle und trug das restliche Geschirr zum Spülstein. Niemand bot ihr Hilfe an. Niemand achtete auf sie. Seit sie im Pfarrhaus wohnte, war es ihre Aufgabe, den Abwasch zu erledigen.

Eine Viertelstunde später, als Jenny sich die Hände abtrocknete, drehte sich das Gespräch immer noch um dasselbe Thema. Sie schlüpfte zur Hintertür hinaus, stieg die Verandastufen hinunter, durchquerte den Garten und stützte die Arme auf den weißen Zaun.

Es war eine herrliche Nacht, beinahe windstill, wie es im Westen von Texas höchst selten vorkam. Nur ein Hauch von Staub lag in der Luft. Der riesige Vollmond sah aus wie ein leuchtender Aufkleber, den jemand an den samtenen Himmel geheftet hatte. Die Sterne wirkten groß und zum Greifen nahe.

Es war eine Nacht für Liebende, für innige Umarmungen, für törichtes romantisches Geflüster. Es war keine Nacht für einen Abschied. Oder wenn Lebewohl gesagt werden musste, dann sollte es voller Leidenschaft und Bedauern geschehen, versüßt durch Koseworte statt geprägt von den Einzelheiten einer Reiseroute. Jenny fühlte sich rastlos.

Die Hintertür quietschte in den Angeln und schloss sich dann mit dem sanften weichen Knall von altem Holz auf altem Holz. Jenny drehte sich um und sah Bruce die Stufen hinunterschlendern. Sie wandte sich wieder ab, als er zu ihr trat und sich neben sie an den Zaun stellte.

Ohne zu sprechen, angelte er eine Zigarettenschachtel aus seiner Brusttasche, schüttelte sie, schloss die Lippen um einen Stängel und zog ihn aus der Packung. Ein Feuerzeug flammte kurz vor seinem Gesicht auf. Er steckte es zusammen mit der Schachtel zurück in die Hemdtasche, während er den Rauch tief in die Lungen einsog.

„Diese Dinger sind Sargnägel", bemerkte Jenny und starrte weiterhin geradeaus.

Einen Augenblick lang betrachtete er sie schweigend. Dann drehte er sich um und lehnte sich mit dem Rücken an den Zaun. „Ich bin noch nicht tot, und ich habe zu rauchen angefangen, als ich etwa elf war."

Sie blickte zu ihm auf, lächelte, schüttelte aber den Kopf. „Welche Schande! Denk doch nur einmal, was du deinen Lungen angetan hast. Du solltest aufhören."

„Ach ja?", entgegnete er mit diesem schiefen lässigen Grinsen, das die Herzen aller Frauen höherschlagen ließ – ob jung oder alt, ob ledig oder verheiratet. Es gab nicht ein einziges weibliches Wesen in La Bota, auf das Bruce Hendrens Lächeln die Wirkung verfehlte.

„Ja, du solltest aufhören. Aber du wirst es ja doch nicht tun. Ich weiß, dass Sarah dich schon seit Jahren darum bittet."

„Aber nur, weil sie sich an schmutzigen Aschenbechern und dem Geruch von Zigarettenrauch stört. Sie hat mich nie gebeten, aufzuhören, weil sie sich um meine Gesundheit sorgt." Ein Anflug von Bitterkeit lag in seinen Augen, den ein weniger empfindsamer Mensch als Jenny nicht bemerkt hätte.

„Nun, ich sorge mich um deine Gesundheit."

„Wirklich?"

„Ja."

„Bittest du mich aus diesem Grund, das Rauchen einzustellen?"

Sie wusste, dass er sie nur neckte, doch sie ging darauf ein. Sie reckte das Kinn ein wenig vor und erwiderte nachdrücklich: „Ja."

Er warf die Zigarette auf die Erde und drückte sie mit einer Stiefelspitze aus. „Da. Es ist vollbracht. Ich habe aufgehört."

Jenny lachte. Sie wusste nicht, wie auffallend hübsch sie war, wenn sie den Kopf zurückwarf und lachte. Ihr Hals bog sich graziös, hob ihre honigfarbene Haut hervor. Ihr weiches rotbraunes Haar schwang locker und seidig um ihre Schultern. Ihre grünen Augen funkelten. Ihre freche Nase rümpfte sich schelmisch. Sie hatte ein rauchiges Lachen, das eindeutig verführerisch wirkte, ohne dass sie sich dessen bewusst war.

Doch Bruce spürte es. Sein Körper reagierte auf den temperamentvollen Klang, und er konnte sich nicht dagegen wehren. Sein Blick fiel auf ihre blütenzarten Lippen und glänzenden Zähne. „Das ist das erste Mal, dass ich dich heute Abend lachen sehe."

Sie wurde sofort ernst. „Mir ist auch nicht nach Lachen zumute."
„Weil Hal abreist?"
„Natürlich."
„Weil ihr die Hochzeit wieder verschieben musstet?"
Jenny senkte den Kopf und kratzte mit dem Daumennagel über den Zaunpfahl. „Das auch, obwohl das nicht so wichtig ist."
„Warum nicht, zum Teufel?", entgegnete Bruce schroff. „Ich dachte, die Hochzeit sei der wichtigste Tag im Leben einer Frau. Zumindest einer Frau wie dir."
„Das ist es auch, aber verglichen mit der Mission, zu der Hal aufbricht …"
Er stieß einen obszönen Fluch aus, der sie verstummen ließ. „Und was ist mit den anderen Malen?", hakte er brüsk nach.
„Du meinst die anderen Aufschübe?"
„Ja."
„Hal musste seinen Doktor machen. Es war wichtig für ihn, seine Dissertation zu beenden, bevor wir heiraten und … und eine Familie gründen."
Wie immer brachte Bruce sie dazu, wie ein Dummkopf zu stammeln. Sie verspürte den Drang, ein Stück zurückzuweichen, doch so nahe stand er gar nicht neben ihr. Es schien nur so. Er übte immer diese Wirkung auf sie aus. Er raubte ihr den Atem, erweckte in ihr das Bedürfnis, die Hände fest miteinander zu verschlingen, so als würde sie dahinschmelzen, wenn sie es nicht täte. Er wühlte sie auf. Sie hatte nie den Grund dafür herausgefunden, aber es war so. Besonders an diesem Abend, als ihre Nerven bereits gespannt waren und ihre sorgsam gehütete Beherrschung ins Wanken zu geraten drohte, fiel es ihr schwer, seinem eindringlichen Blick zu begegnen. Er sah zu viel.
„Wann habt ihr eigentlich angefangen, miteinander zu gehen?", fragte Bruce unvermittelt.
„Miteinander gehen?" Ihr Ton deutete an, dass dieser Ausdruck nicht zu ihrem Wortschatz gehörte.
„Ja, du weißt schon, zusammen ausgehen, Händchen halten, schmusen im Kino. Eben miteinander gehen. Es muss passiert sein, während ich an der Uni war, denn ich kann mich nicht daran erinnern."
„Na ja, wir haben eigentlich nie angefangen, miteinander zu gehen. Es hat sich einfach so ergeben, könnte man sagen. Wir waren ständig zusammen. Wir wurden als Paar angesehen."
„Jenny Fletcher", sagte Bruce, kreuzte die Arme vor der Brust und starrte sie ungläubig an. „Willst du damit etwa sagen, dass du nie eine

Verabredung mit einem anderen Burschen hattest?"

„Nicht, weil ich nicht darum gebeten wurde", verteidigte sie sich.

Er warf resignierend die Hände hoch. „Mensch, Mädchen! Das wollte ich auch nicht andeuten. Du hättest sämtliche junge Böcke in der Stadt dazu bringen können, nach dir zu lechzen."

„Ich wollte aber nicht, dass sie nach mir lechzen. Das klingt sehr unwürdig."

Bruce konnte nicht widerstehen, mit dem Handrücken über ihre Wange zu streichen, als sie äußerst reizvoll errötete. Sie wandte den Kopf ab, und er ließ die Hand sinken. „Ich glaube, ein Mann könnte durchaus deinetwegen seine Würde verlieren, Jenny", murmelte er tiefsinnig. Dann fuhr er in unbeschwertem Ton fort: „Aber du bist mit keinem anderen Jungen ausgegangen, weil du es als Untreue gegenüber Hal empfunden hättest."

„Das stimmt."

„Selbst als ihr noch auf der Uni wart?"

„Ja."

„Hm." Automatisch holte er die Zigarettenschachtel hervor. Dann erinnerte er sich und steckte sie zurück in die Tasche. „Wann hat Hal denn um deine Hand angehalten?"

„Vor ein paar Jahren. Ich glaube, wir waren im letzten Semester."

„Du glaubst? Du kannst dich nicht erinnern, wann das war? Wie kannst du einen so weltbewegenden Augenblick vergessen?"

„Mach dich nicht über mich lustig, Bruce."

„Hat die Welt sich etwa nicht bewegt?"

„Es ist nicht wie im Kino."

„Dann hast du die falschen Filme gesehen."

„Ich weiß, welche Filme du dir ansiehst", sagte Jenny mit vorwurfsvollem Blick. „Die Art, die Sammy Mac Higgins nach der Polizeistunde im Hinterzimmer seiner Spielhalle zeigt."

Bruce bemühte sich, trotz ihres hochmütigen Tones eine ernste Miene beizubehalten, gab dann den Versuch auf und ließ das blendende Lächeln auf seinem Gesicht erscheinen. „Ladys sind willkommen. Willst du mich nicht irgendwann einmal begleiten?"

„Nein!"

„Warum nicht?"

„Solche Filme würde ich mir nie im Leben ansehen. Sie sind abstoßend."

Er beugte sich zu ihr vor. „Woher willst du das wissen, wenn du noch nie einen gesehen hast?" Sie stieß mit einer Hand an seine Schulter, und er wich zurück, aber nicht ohne vorher ihren frischen blumigen Duft einzuatmen. Sein Lächeln schwand, und er forschte ernst in ihrem Gesicht. „Jenny, wann hat Hal dich gebeten, ihn zu heiraten?"

„Ich habe dir doch gesagt, es …"

„Wo wart ihr? Beschreibe die Umgebung. Was ist passiert? Hat er sich vor dir niedergekniet? War es auf dem Rücksitz seines Wagens? War es am Tage? Bei Nacht? Im Bett? Wann?"

„Hör auf! Ich habe doch gesagt, dass ich mich nicht erinnere."

„Hat er es überhaupt getan?" Seine Stimme klang so leise, dass sie aufhorchte.

„Wie meinst du das?"

„Hat er je die Worte laut ausgesprochen? ‚Jenny, willst du mich heiraten?' Hat er das je gefragt?"

Sie senkte den Blick. „Wir wussten schon immer, dass wir einmal heiraten würden."

„Wer wusste es schon immer? Du? Hal? Mom und Dad?"

„Ja. Alle." Sie drehte ihm den Rücken zu und setzte sich in Bewegung. „Ich muss ins Haus und …"

Seine warme harte Hand schloss sich um ihr Handgelenk und brachte sie zum Stehen. „Sag Hal, dass er nicht auf diese törichte Reise gehen soll."

Sie wirbelte herum. „Wie bitte?"

„Du hast es gehört. Sag ihm, dass er zu Hause bleiben soll, bei uns, wo er hingehört."

„Das kann ich nicht."

„Du bist die Einzige, auf die er vielleicht hört. Du willst doch nicht, dass er geht, oder? Oder?", wiederholte er mit mehr Nachdruck, als sie nicht antwortete.

„Nein!", rief Jenny und entriss ihm ihr Handgelenk. „Aber ich kann mich nicht zwischen Hal und eine Mission stellen, zu der er sich aus religiösen Gründen berufen fühlt."

„Liebt er dich?"

„Ja."

„Und du liebst ihn?"

„Ja."

„Und du willst ihn heiraten und ein Haus und Kinder und all das haben, ja?"

„Das ist meine Sache. Und die von Hal."

„Verdammt, ich will mich nicht in dein Privatleben einmischen. Ich versuche meinen kleinen Bruder davon abzuhalten, sich erschießen zu lassen. Ob es nun irgendjemandem gefällt oder nicht, ich bin immer noch ein Mitglied dieser Familie, und du wirst mir antworten."

Sie schreckte vor seinem Zorn zurück, doch sie fühlte sich auch beschämt, weil sie ihn aus Familienangelegenheiten ausschloss, wie seine Eltern es so oft taten. Im Grunde genommen war sie die Außenstehende, nicht er. Sie begegnete seinem Blick. „Natürlich will ich das, Bruce. Ich warte bereits seit Jahren darauf, ihn zu heiraten."

„Also gut", sagte er ruhiger, „dann sprich ein Machtwort. Stell ihm ein Ultimatum. Sag ihm, dass du nicht mehr hier sein wirst, wenn er zurückkommt. Lass ihn wissen, wie du dazu stehst."

Sie schüttelte den Kopf. „Er fühlt sich von einer höheren Macht gelenkt."

„Dann führe du ihn von diesem vermeintlich rechten Weg ab, Jenny. Ich denke genauso an Hal wie an dich. Herrje, wenn Präsidenten und Diplomaten und Söldner und der Himmel weiß wer dieses Chaos in Mittelamerika nicht beseitigen können, wie zum Teufel will Hal es dann anstellen? Er lässt sich da auf etwas ein, von dem er keine Ahnung hat."

„Der Himmel wird ihn beschützen."

„Du plapperst nur nach, was du von ihm gehört hast. Ich kenne die Bibel auch, Jenny. Sie ist mir eingebläut worden. Ich habe sogar eine Zeit lang die hebräischen Generäle studiert. Ja, sie haben ein paar wundervolle Schlachten gewonnen, aber Hal hat keine Armee hinter sich. Er hat nicht einmal die Unterstützung der U. S.-Regierung. Wir haben alle ein Gehirn, um vernünftig zu denken, und was Hal vorhat, ist unvernünftig."

Insgeheim stimmte Jenny ihm uneingeschränkt zu. Aber Bruce verstand es meisterhaft, Worte und Wahrheiten zu verdrehen, wie es ihm in den Kram passte. Sich seiner Denkweise anzuschließen, hieße sich dem Teufel auszuliefern. Außerdem musste ihre Loyalität Hal und der Mission gehören, der er sich verschrieben hatte. „Gute Nacht, Bruce."

„Wie lange lebst du jetzt schon bei uns, Jenny?"

Sie blieb erneut stehen. „Seit ich vierzehn war. Fast zwölf Jahre."

Die Hendrens hatten sie aufgenommen, als ihre Eltern ums Leben gekommen waren. Eines Tages, während des Schulunterrichts, war ein Gasofen in ihrem Haus explodiert, und es war bis auf die Grundmauern abgebrannt. Später erinnerte sie sich, dass sie in der Algebrastunde die Sirenen der Feuerwehr und des Krankenwagens gehört hatte. Damals hatte sie nicht gewusst, dass es für ihre Eltern und für ihre kleine Schwester, die wegen Halsschmerzen zu Hause geblieben war, bereits zu spät gewesen war. Ihr Daddy war in der Mittagspause nach Hause gefahren, um nach der kranken Tochter zu sehen.

Jenny war ganz allein auf der Welt zurückgeblieben und hatte nichts besessen außer den Kleidern, die sie an jenem Tag in der Schule getragen hatte. Die Fletchers waren mit ihrem Pastor und dessen Frau, Bob und Sarah Hendren, befreundet gewesen. Da Jenny keine lebenden Verwandten hatte, war nicht weiter über ihre Zukunft diskutiert worden.

„Ich erinnere mich, dass ich in den Herbstferien vom College nach Hause gekommen bin und dich hier vorgefunden habe“, sagte Bruce. „Mom hatte ihr Nähzimmer in ein Schlafzimmer verwandelt, das einer Prinzessin würdig wäre. Sie hatte endlich die Tochter, die sie immer wollte. Mir wurde aufgetragen, dich wie eine von uns zu behandeln.“

„Deine Eltern waren sehr gut zu mir“, gab Jenny leise zu.

„Hast du dich deswegen nie gegen sie aufgelehnt?“

Seine Frage empörte sie, und sie zeigte es. „Ich weiß überhaupt nicht, wovon du sprichst!“

„Oh doch, das weißt du. Es ist zwölf Jahre her, seit du eine eigene Entscheidung getroffen hast. Fürchtest du, dass sie dich rauswerfen, wenn du ihnen widersprichst?“

„Das ist doch albern“, rief Jenny verblüfft.

„Nein, es ist nicht albern, es ist traurig.“ Bruce reckte sein hartes eckiges Kinn vor. „Sie haben entschieden, wer deine Freunde sein dürfen und wer nicht, welche Kleider du trägst, welche Universität du besucht hast, sogar wen du heiraten wirst. Und jetzt sieht es ganz so aus, als würden sie entscheiden, wann die Hochzeit stattfindet. Wirst du sie auch deine Kinder planen lassen?“

„Hör auf, Bruce. Nichts davon ist wahr, und ich weigere mich, mir das länger anzuhören. Hast du etwa zu viel getrunken?“

„Leider nein. Aber ich wünschte, ich hätte es getan.“ Er trat zu ihr und ergriff ihren Arm. „Jenny, wach auf. Sie erdrücken dich. Du bist eine Frau, eine verdammt gut aussehende Frau. Was wäre schon, wenn du etwas tätest, das ihnen missfällt? Du bist keine vierzehn mehr. Sie können dich nicht bestrafen. Und wenn sie dich rauswerfen – was sie niemals tun würden –, na und? Du kannst woanders hingehen.“

„Eine unabhängige Frau sein, meinst du?“

„Ja, das trifft wohl den Kern.“

„Du meinst, ich sollte mich in der Stadt herumtreiben, so wie du es tust?“

„Nein. Aber ich halte es auch nicht für gesund, dass du neunzig Prozent deiner Freizeit mit Bibelstunden verbringst.“

„Mir gefällt die Kirchenarbeit."

„Unter Ausschluss von allem anderen?" Aufgeregt strich er sich mit den Fingern durch das Haar. „All die Arbeit, die du für die Kirche leistest, ist bewundernswert. Ich will deinen Verdienst nicht schmälern. Aber ich mag nicht mit ansehen, dass du vorzeitig verschrumpelst wie eine alte Jungfer. Du vergeudest dein Leben."

„Das stimmt doch überhaupt nicht. Ich werde ein Leben mit Hal führen."

„Nicht, wenn er nach Mittelamerika geht und sich umbringen lässt!" Er sah, dass sie erblasste, und fügte in sanftem Ton hinzu: „Es tut mir leid. Ich wollte mich nicht in all das einmischen."

„Eigentlich geht es dir um Hal, stimmt's?"

„Ja." Er ergriff ihre Hände. „Rede mit ihm."

„Ich kann ihn nicht umstimmen."

„Er muss auf dich hören. Du bist die Frau, die er heiraten will."

„Setz nicht zu viel Vertrauen in mich."

„Ich werde dich nicht für seine Entscheidung verantwortlich machen, wenn du das meinst. Versprich mir nur, dass du versuchen wirst, ihn von seinem Vorhaben abzubringen."

Jenny blickte zur Küche. Durch das Fenster sah sie, dass Hal immer noch mit seinen Eltern am Tisch saß, ins Gespräch vertieft. „Gut, ich verspreche es dir. Ich werde es versuchen."

„Gut." Bruce drückte ihre Hände und ließ sie dann los.

„Sarah hat gesagt, dass du über Nacht bleibst." Sie verschwieg ihm, dass sie selbst sein Zimmer für ihn vorbereitet hatte, dass sie es gelüftet und das Bett frisch bezogen hatte. Sie wollte ihn in dem Glauben lassen, dass seine Mutter sich die Mühe gemacht hatte.

„Ja. Ich habe ihr versprochen, zu dem großen Abschied morgen früh hier zu sein. Ich hoffe, dass es nie dazu kommt."

„Na ja, jedenfalls gefällt es Sarah, wenn du hin und wieder hier zu Hause schläfst."

Er lächelte wehmütig und berührte sanft ihre Wange. „Ach, Jenny, du bist ja so diplomatisch. Meine Mutter hat mich eingeladen und mir gleichzeitig aufgetragen, all die Trophäen vom Fußball und Basketball aus meinem Zimmer zu entfernen, während ich hier bin. Sie ist es leid, das Zeug abzustauben."

Mitgefühl stieg in Jenny auf. Sie schluckte schwer. Erst vor ein paar Wochen hatten Sarah und sie die Sporttrophäen von Hal sorgfältig in saubere Tücher gewickelt und in Kartons auf dem Dachboden verstaut. Schon seit zwölf Jahren wusste sie, wer der Lieblingssohn war. Doch

Bruce hatte selbst schuld. Er hatte eine Lebensweise gewählt, die seine Eltern nicht gutheißen konnte.

„Gute Nacht", sagte sie und wandte sich widerstrebend ab. Plötzlich wünschte sie, ihn in die Arme nehmen zu können. Er sah oft so aus, als ob er es brauchte, umarmt zu werden ... eine lächerliche Vorstellung in Anbetracht seines Rufes als größter Sexprotz der Stadt. Doch reichte jene Art von Liebe? Wahrscheinlich nicht einmal für einen Draufgänger wie Bruce.

Aufmerksam lauschte Hal den Ausführungen seines Vaters über eine umfangreiche Spendenaktion, die zur Unterstützung der Flüchtlinge initiiert werden sollte. Er blickte auf, als Jenny die Küche betrat, und bedeutete ihr durch eine Kopfbewegung, sich ihm zu nähern.

Sie trat hinter seinen Stuhl, legte die Hände auf seine Schultern und stützte das Kinn auf seinen Kopf.

„Müde?", fragte Hal, als Bob verstummte. Die Hendrens blickten die beiden stolz und strahlend an.

„Ein bisschen."

„Dann geh doch ins Bett. Du musst morgen früh aufstehen, um mir nachzuwinken."

Sie seufzte und legte die Stirn auf seinen Kopf, damit seine Eltern ihre Verzweiflung nicht sahen. „Ich kann ja doch nicht schlafen."

„Nimm doch eine von den Schlaftabletten, die mir der Arzt verschrieben hat", schlug Sarah vor. „Sie sind mild, und eine kann nicht schaden. Mich entspannen sie immer so sehr, dass ich gut einschlafen kann."

„Komm." Hal schob seinen Stuhl zurück. „Ich bringe dich hinauf."

„Du hast uns noch nicht den Namen der Kontaktperson in Mexiko gegeben, mein Sohn", erinnerte Bob ihn.

„Ich gehe noch nicht schlafen, Vater. Ich komme gleich wieder."

Gemeinsam stiegen Jenny und Hal die Treppe hinauf. Vor dem Schlafzimmer seiner Eltern blieb er stehen. „Willst du nun eine Schlaftablette?"

„Ja. Ich weiß, dass ich sonst die ganze Nacht wach liegen werde."

Er ließ sie allein und kam einen Moment später mit zwei rosa Pillen in der Hand zurück. „Auf der Flasche steht eine oder zwei. Ich glaube, du solltest zwei nehmen."

Sie betraten ihr Zimmer, und Jenny knipste die Nachttischlampe an. Bruce hatte recht. Der Raum war wie für eine Prinzessin hergerichtet worden. Leider hatte Jenny kein Mitspracherecht, was die Dekoration anging. Selbst vor ein paar Jahren hatte Sarah nach eigenem Gutdünken die Gardinen erneuert.

Der Raum war zu mädchenhaft und verspielt für Jennys Geschmack. Sie hoffte nur, dass es ihr gestattet wurde, nach der Hochzeit mit Hal das Schlafzimmer einzurichten. Ein eigenes Haus stand außer Frage, denn es verstand sich von selbst, dass Hal das Pfarramt übernehmen würde, wenn Bob sich einmal zur Ruhe setzte.

„Nimm deine Pillen und zieh dir den Schlafanzug an. Ich warte und decke dich dann zu", sagte Hal.

Jenny ging ins Badezimmer und schluckte gehorsam beide Tabletten. Doch sie zog keinen Schlafanzug an. Sie schlüpfte in ein Negligé, das sie für eine besondere Gelegenheit wie diese gekauft und aufbewahrt hatte.

Sie musterte sich im Spiegel und beschloss, zur Tat zu schreiten, wie Bruce ihr nahegelegt hatte. Sie wollte nicht, dass Hal ging. Es war eine gefährliche törichte Mission. Sie hatte das Gefühl, dass sich ihr gesamtes Leben unwiderruflich ändern würde, wenn sie ihn nicht davon abhielt.

Das silbergraue Nachtgewand fühlte sich sündhaft aufreizend und sinnlich auf ihrer nackten Haut an. Sie strich mit ihren Händen über den seidigen Stoff. Hauchzarte Träger hielten das Oberteil mit dem tiefen Ausschnitt, das die Innenseite ihrer Brüste enthüllte. Hauteng umschmiegte es ihren Körper, sodass keine Rundung ihrer Gestalt verborgen blieb. Erst unterhalb der Hüften war es leicht ausgestellt, und der bogenförmige Saum reichte bis an die Knöchel.

Sie besprühte sich mit einem leichten blumigen Parfüm und bürstete sich das Haar. Dann schloss sie einen Moment lang die Augen und nahm all ihren Mut zusammen, bevor sie das Licht löschte und dann die Tür öffnete.

„Jenny, vergiss nicht ..." Hal vergaß, was immer er hatte sagen wollen, sobald er sie erblickte. „Was hast du ... Woher hast du das ... ähm ... das Ding?", stammelte er.

„Ich habe es für eine besondere Gelegenheit aufgehoben." Mit sinnlichen Bewegungen trat sie zu ihm. Sie legte die Hände auf seine Brust. „Jetzt ist sie wohl gekommen."

Er lachte verlegen, legte sehr locker die Arme um ihre Taille. „Vielleicht hättest du es bis nach der Hochzeit aufheben sollen."

„Und wann wird das sein?" Sie beugte sich zu ihm hinunter und presste die Lippen auf den Ausschnitt seines Baumwollhemdes, das er zu einer Jeans trug. Hal räusperte sich und strich ihr über die Wange.

„Sobald ich zurückkomme."

„Das hast du schon einmal versprochen."

„Und du warst immer sehr verständnisvoll. Diesmal werde ich mein Versprechen halten. Wenn ich zurückkomme …“

„Aber das kann Monate dauern.“

„Möglich. Es tut mir leid.“

„Ich will nicht so lange warten, Hal.“

„Wie meinst du das?“

Jenny schmiegte sich dichter an ihn. „Liebe mich jetzt.“

„Das tue ich.“

„Ich meine … halt mich fest. Leg dich zu mir. Schlaf mit mir.“

„Jenny, warum tust du das?“, stöhnte er.

„Weil ich verzweifelt bin.“

„Doch längst nicht so verzweifelt, wie du mich machst.“

„Ich will nicht, dass du gehst.“

„Ich muss.“

„Bitte bleib. Heirate mich“, flüsterte sie an seiner Kehle.

„Das werde ich, wenn alles vorüber ist.“

„Ich brauche einen Beweis deiner Liebe. Schlafe heute Nacht mit mir.“

„Ich kann nicht. Es wäre unrecht.“

„Willst du mich denn nicht?“

Unwillkürlich presste Hal die Lippen auf ihren Hals. „Doch. Manchmal träume ich davon, wie es sein wird, mit dir im Bett zu liegen und … Doch, ich begehre dich, Jenny.“ Er küsste sie und ließ eine Hand zu ihrer Hüfte hinabgleiten.

Sie schmiegte sich noch dichter an ihn, rieb ihren Schenkel an seinem. „Bitte, liebe mich, Hal. Ich brauche dich heute Nacht.“ Sie bedeckte sein Gesicht und seinen Hals mit raschen feurigen Küssen.

Hal umfasste ihre Oberarme und schob sie von sich. „Jenny, sei vernünftig. Wir dürfen es nicht tun. Es wäre ein Verstoß gegen unsere Prinzipien. Ich breche morgen zu einer wichtigen Mission auf, und ich darf mich nicht von dir ablenken lassen, so begehrenswert du auch bist.“ Er beugte sich hinab und gab ihr einen züchtigen Kuss auf die Wange. „Außerdem sind meine Eltern unten. Jetzt sei ein braves Mädchen und geh schlafen.“

Jenny schluckte schwer, ließ sich zum Bett führen und kletterte gehorsam hinein.

Er deckte sie zu und vermied es dabei entschlossen, ihre Brüste anzusehen. „Bis morgen früh.“ Er küsste sie sanft auf den Mund. „Ich liebe dich wirklich, Jenny. Deswegen tue ich nicht, worum du mich bittest.“ Er knipste das Licht aus, ging zur Tür und schloss sie hinter sich.

2. KAPITEL

Der Raum lag im Dunkeln. Jenny drehte sich auf die Seite. Heiße Tränen rannen über ihre Wangen und auf das Kopfkissen. Nie zuvor hatte sie sich so verlassen gefühlt, nicht einmal, als sie ihre Eltern verloren hatte. Sie war allein, mehr als je zuvor in ihrem Leben.

Sogar ihr Schlafzimmer erschien ihr fremd. Doch das lag vielleicht an der Wirkung der Schlaftabletten, die ihre Sinne betäubten. Sie versuchte, das Dunkel zu durchdringen und die Umrisse der Möbel zu erkennen, doch alles verschwamm vor ihren Augen. Sie fühlte sich, als würde sie schweben. Sie war sehr schläfrig, doch ein neuer Tränenstrom hielt sie wach.

Hal behauptete, sie zu lieben, doch er hatte sie einfach abgewiesen. Wie demütigend! Selbst wenn er große moralische Bedenken haben sollte, so hätte er sich zu ihr legen, sie umarmen und ihr einen Beweis seines angeblichen Verlangens geben können, damit ihr eine Erinnerung blieb, an die sie sich während seiner Abwesenheit klammern konnte.

Doch er hatte sie vollkommen zurückgewiesen. Wie unbedeutend musste sie für ihn sein. Er hatte Wichtigeres zu tun, als sie zu lieben und zu trösten.

Die Tür öffnete sich. Jenny drehte sich um und blickte mit tränenverschleierten Augen zum Lichtschein, der vom Flur ins Zimmer fiel. Eine Sekunde lang zeichnete sich die Silhouette eines Mannes ab. Dann betrat er den Raum und schloss die Tür hinter sich.

Jenny setzte sich auf und streckte ihm die Arme entgegen. Ihr Herz schlug höher vor Freude. „Hal!“, rief sie glücklich.

Er trat ans Bett und sank auf die Kante. Seine Gestalt verschmolz beinahe völlig mit den dunklen Schatten im Raum.

„Du bist zurückgekommen“, murmelte sie verwundert. Sie ergriff seine Hände und führte sie an die Lippen. „Ich habe mich so unglücklich gefühlt. Ich dachte, mir bricht das Herz. Ich brauche dich heute Nacht. Halte mich.“ Ihre Worte gingen in Seufzer über, und er zog sie in die Arme. „Ja, halte mich ganz fest.“

„Jenny.“

Die plötzliche Bewegung des Aufsetzens, die wenigen Worte, die sie gesprochen hatte, wirkten erschöpfend in ihrem halb betäubten Zustand. Benommen lehnte sie die Wange an seine Handfläche.

„Jenny“, murmelte er erneut. Er strich mit dem Daumen über ihre Wangen und wischte die Tränen fort.

Als ihre Tränen versiegt waren, verbarg sie das Gesicht in seiner Halsbeuge. Er senkte den Kopf über ihren. Sein Gesicht fühlte sich rau an ihrer Schläfe an. Sie hob eine Hand und strich über die Stoppeln an seinem Kinn, und dabei streifte sie mit den Fingerspitzen seine Lippen.

Sie hörte ihn leise aufstöhnen. Das Geräusch schien aus weiter Ferne zu kommen, doch sie spürte, wie sein Körper sich versteifte. Er bog ihren Kopf zurück und senkte seinen Mund auf ihren. Besitzergreifend zog er sie an seine Brust. Sie hörte auf, zu denken, und gab sich ganz ihren sinnlichen Instinkten hin.

Er öffnete ihre Lippen. Sein Zögern war kurz. Ein Herzschlag verging, oder vielleicht zwei, und dann ließ er seine Zunge in die süßen geheimnisvollen Tiefen ihres Mundes vordringen.

Jenny wimmerte und klammerte sich benommen an ihn. Sie wusste nicht, ob es die Wirkung seines Kusses oder die der Schlaftabletten war, die all ihre Sinne so wundervoll betörte. Der Kuss hielt an, wurde mit jeder Sekunde, mit jedem hämmernden Pulsschlag leidenschaftlicher, bis sie glaubte, ihr Herz würde zerspringen.

War die Bettdecke hinabgerutscht? Es musste wohl so sein, denn ihre Haut wurde plötzlich gekühlt – und dann gewärmt von seiner Hand, die sie berührte, die ihre Brüste streichelte.

Sie spürte, dass ihr Kopf in das weiche Kissen sank und erkannte, dass er sie auf das Bett hinabgedrückt hatte. Er schob die Träger des Nachthemdes von ihren Schultern. Sie stöhnte auf, ohne zu wissen, ob es aus Protest oder Zustimmung geschah. Sie wusste nur, dass Hände über ihre nackte Haut glitten, ihren Körper erforschten, dass Fingerspitzen ihre Knospen streichelten.

Dann erwachten heiße überwältigende Gefühle in ihr, die sie überwältigten. Mit Lippen und Zunge liebkoste er sie, immer wieder, langsam und aufreizend, schnell und federleicht.

Sie wollte seinen Kopf umfassen und ihn an sich drücken. Doch ihre Arme waren schwer, lagen kraftlos auf dem Bett, wie von unsichtbaren Fesseln gehalten. Das Blut wallte wie flüssige Lava durch ihre Adern, doch sie hatte weder die Energie noch den Willen, sich zu bewegen.

Sie genoss sein Gewicht auf ihren nackten Brüsten, als er auf das Bett sank und sich halb auf sie legte. Kühn, aber unendlich sanft erforschte seine Zunge ihren Mund. Es war wundervoll. Er war wundervoll.

Geführt von seinen Händen, hob sie die Hüften und half ihm, ihr das Negligé abzustreifen. Entblößt und verletzlich lag sie unter ihm. Doch die Hände, die ihren ganzen Körper streichelten, waren behutsam und zärtlich, und sie machten jede Liebkosung zu einem kostbaren Geschenk.

Sogar ihre Zehen wurden von seinem Finger gestreichelt. Oder war es seine Zunge? Sanft massierte er ihre Waden, ihre Knie, ihre Schenkel. Sein Haar kitzelte sie angenehm am Bauch, während er mit den Lippen zart an ihrer samtenen Haut knabberte.

Und als seine Hand zwischen ihre Schenkel glitt, ließ sie sinnlich die Hüften kreisen und zeigte ihm somit ihre Bereitwilligkeit. Er liebt mich wirklich, dachte sie glücklich. *Er begehrt mich.*

Aufreizende forschende Finger streichelten sie. Ihre Haut wurde schlüpfrig, ihr Atem beschleunigte sich, ihr Puls begann zu rasen. Bis sie davonzuschweben schien, wie auf unsichtbaren Schwingen, in eine wundersame Welt der Leidenschaft.

Und dennoch war es nicht genug. Ihr verlangte nach mehr, viel mehr.

Seine Jeans fühlte sich rau, aber nicht unangenehm zwischen ihren Schenkeln an. Und dann spürte sie Haar, Haut, Männlichkeit. Harte Wärme und glatte Kraft, die sich an ihr rieb, suchte, sich vortastete, bis ihre Körper miteinander verschmolzen, schnell und unbeirrt, wie es ihnen bestimmt war.

Sie hörte einen Aufschrei, als ein brennender Schmerz sie durchzuckte, doch ihr wurde nicht bewusst, dass sie selbst diesen erstaunten Laut ausgestoßen hatte. Denn sie war zu sehr von der stählernen Männlichkeit fasziniert, die sie in sich spürte. Doch kaum hatte sie das Entzücken der Vereinigung erkannt, als er auch schon zurückwich.

„Nein! Nein!" Der Protest hallte durch ihren Kopf, doch sie war sich nicht sicher, ob sie die Worte wirklich ausgesprochen hatte. Sie war beseelt von dem einzigen Wunsch, dass es noch nicht enden möge.

Wie aus eigenem Antrieb glitten ihre Hände unter seine Jeans, pressten sich auf die harten Muskeln seines Gesäßes. Sie spürte den Schauer, der durch seinen Körper lief, hörte sein Aufstöhnen, spürte seinen warmen Atem an ihrer Wange und fühlte, dass er noch tiefer in sie eindrang.

Hingebungsvoll schmiegte sie sich an ihn. Er küsste ihr Gesicht, ihren Hals, ihre Brüste, und ihre Haut prickelte unter seinen Lippen. Überwältigende Empfindungen durchströmten sie, und ihr Körper bewegte sich zusammen mit seinem in vollkommener Harmonie. Die Spannung in ihren Schenkeln, ihrem Bauch, ihren Brüsten wuchs und wuchs immer mehr, und dann löste sie sich schließlich erneut.

Sein Körper über ihr straffte sich. In sich spürte sie jeden köstlichen Ausbruch seiner Liebe, und dann einen steten beständigen Druck, als er sie noch immer ausfüllte. Gesättigt, aber selbstsüchtig, schloss sich ihr Körper um ihn, hielt ihn gefangen wie eine seidige Faust.

Sie war schon beinahe eingeschlafen, als er sich von ihr löste. Er drehte sich auf die Seite und zog sie an sich. Sie kuschelte sich an ihn, erfüllt von einem Gefühl der Zufriedenheit und Zugehörigkeit, wie sie es nie zuvor verspürt hatte.

Noch immer benommen, noch immer verzückt, noch immer berauscht von dem wundervollen Erlebnis, lächelte sie verklärt, während sie in einen traumlosen Schlaf versank.

Jenny erwachte früh. Sie war allein. Irgendwann während der Nacht hatte er sie verlassen. Das war verständlich, und sie verzieh es ihm, obgleich sie gern in seinen Armen erwacht wäre. Doch die Hendrens hätten niemals gebilligt, was zwischen ihnen geschehen war. Sie wollte ihnen ersparen, dass sie es herausfanden. Genau wie er.

Schritte und Gesprächsfetzen hallten durch die Flure des alten Hauses. Es roch nach frisch aufgebrühtem Kaffee. Vorbereitungen für Hals Abreise waren im Gange. Offensichtlich hatte er noch nicht mit seinen Eltern gesprochen.

Die letzte Nacht änderte alles. Nun legte er gewiss genauso großen Wert auf eine rasche Hochzeit wie Jenny. Sie genoss die Erinnerungen an ihre Vereinigung. Sie schämte sich nicht dafür, auch wenn sie ihren Körper eingesetzt hatte, um Hal zum Bleiben zu veranlassen.

Er gehörte zu ihr. Er konnte sich weiterhin als zweiter Pfarrer betätigen, bis sein Vater in den Ruhestand trat und ihm das Amt völlig überließ. Sie war gut ausgebildet für die Frau eines Pfarrers. Gewiss sah er nun ein, dass das Schicksal es so für sie bestimmt hatte.

Aber wie mochten die Hendrens auf die Änderung seiner Pläne reagieren? Sie wollte ihn die unvermeidliche Debatte nicht allein durchstehen lassen. Eilig warf sie die Bettdecke beiseite. Es überraschte sie ein wenig, dass sie nackt war. Ach ja, er hatte ihr das Nachthemd ausgezogen. Und zwar recht hastig, dachte sie mit einem zufriedenen Lächeln.

Sie eilte ins Badezimmer und drehte die Wasserhähne der Dusche auf. Sie sah nicht anders aus als sonst, und dennoch hatte er unauslöschliche Spuren in ihr hinterlassen. Sie glaubte noch immer sein Gewicht auf sich zu spüren, das Spiel seiner Muskeln unter ihren Händen zu fühlen, das Stöhnen der Leidenschaft zu hören. Und ihr Körper reagierte heftig und spontan auf diese Erinnerungen.

Schnell zog sie sich an und stürmte die Treppe hinunter. Sie brannte darauf, Hal zu sehen. Als sie die Küche erreichte, klopfte ihr Herz vor Aufregung. Atemlos blieb sie auf der Schwelle stehen und betrachtete die Szene.

Die Hendrens saßen am Frühstückstisch. Auch Bruce war anwesend. Er saß auf der Stuhllehne und hatte den Oberkörper weit zurückgelehnt. Er hielt den Kopf gesenkt und starrte brütend in die Kaffeetasse, die er auf seiner Gürtelschnalle balancierte.

Wo mochte Hal stecken? Gewiss schlief er nicht mehr.

Bob hob den Kopf und erblickte Jenny.

„Wo ist Hal?“, fragte sie.

Die drei am Tisch starrten sie stumm an. Eine düstere Vorahnung stieg in ihr auf, wie Gewitterwolken an einem bislang strahlend blauen Himmel.

„Er ist schon fort, Jenny. Gerade eben“, sagte Bob sanft. Er stand auf, schob seinen Stuhl zurück, trat einen Schritt auf sie zu.

Sie wich zurück, so als fühle sie sich bedroht. Sie konnte nicht atmen. Sämtliche Farbe wich aus ihrem Gesicht. „Das ist unmöglich.“ Ihre Worte waren kaum zu hören. „Er hat sich nicht von mir verabschiedet.“

„Er wollte dir eine herzzerreißende Abschiedsszene ersparen“, erklärte Bob. „Er dachte, auf diese Art sei es leichter für dich.“

Es durfte nicht wahr sein. Sie hatte sich alles so schön vorgestellt, hatte sich alles genau ausgemalt: Hals verklärte Miene bei ihrem Anblick, den innigen Blickaustausch zwischen ihnen, verbunden durch ein wundersames Erlebnis, das ein Geheimnis für den Rest der Welt war.

Doch er war fort, und sie sah nur drei Gesichter, die sich ihr zugewandt hatten. Sarah und Bob musterten sie voller Mitleid, Bruce hingegen mit einem erstaunlichen Mangel an Gefühl.

„Das glaube ich nicht!“, rief Jenny. Sie stürmte durch die Küche, stolperte beinahe über einen Stuhl, schob ihn heftig beiseite und rannte zur Hintertür hinaus. Der Hof war leer. Kein Auto stand auf der Straße.

Hal war wirklich fort. Die Wahrheit traf sie schwer. Ihr war nach Schreien zumute. Ihr war danach zumute, sich auf den Boden zu werfen und mit den Fäusten auf die harte Erde zu hämmern. Sie verspürte eine überwältigende Enttäuschung.

Aber was hatte sie erwartet? Hal hatte seine Zuneigung zu ihr nie demonstriert. Nun, im nüchternen Tageslicht, erkannte sie, wie verblendet sie gewesen war. Er hatte ihr nicht versprochen, sie nicht zu verlassen. Er hatte ihre Liebe zueinander auf eine körperliche Weise besiegelt. Darum hatte sie ihn gebeten. Es war unrealistisch, mehr zu erwarten. Und es war typisch für ihn, ihr die Demütigung zu ersparen, die der vergebliche Versuch, ihn zum Bleiben zu veranlassen, bedeutet hätte.

Warum fühlte sie sich dann so verlassen? Beraubt. Verloren. Niedergeschlagen und zurückgewiesen. Und zornig.

Ja, verdammt zornig. Wie konnte er sie denn so verlassen, während sie sogar bedauerte, dass sie nicht die ganze Nacht hatten zusammen verbringen können?

Jenny stand auf dem unebenen Bürgersteig und starrte auf die leere Straße. Wie konnte er sie so ungerührt verlassen, ohne ihr Lebewohl zu sagen? War sie so unwichtig für ihn? Wenn er sie liebte ... Aber liebte er sie wirklich? Liebte sie ihn so, wie es sein sollte? Oder hatte Bruce recht? Waren sie und Hal einfach in eine Beziehung hineingeraten, die jeder von ihnen erwartete? Eine Beziehung, die bequem für sie war, weil sie ihr Sicherheit bot, und bequem für ihn, weil sie ihm genügend Zeit für seine geistlichen Pflichten ließ?

Welch erschreckender Gedanke! Jenny versuchte nun, ihn zu verscheuchen und das Glücksgefühl heraufzubeschwören, das sie in der vergangenen Nacht erlebt hatte.

Doch die Bedenken ließen sich nicht zerstreuen, und sie erkannte, dass sie gründliche Überlegungen anstellen musste, bevor Hal nach Hause zurückkehrte. Es wäre töricht, trotz ihrer Zweifel eine Ehe einzugehen. Die Vereinigung ihrer Körper war ein wundervolles Erlebnis für sie, doch sie wusste, dass es als Basis für eine Ehe nicht ausreichte. Und das Schlafmittel hatte sie berauscht. Vielleicht hatte sie die körperliche Liebe weltbewegender in Erinnerung, als sie in Wirklichkeit war. Vielleicht war alles nur ein erotischer, von Drogen hervorgerufener Traum.

Sie machte auf dem Absatz kehrt, um ins Haus zurückzugehen, und stieß beinahe mit Bruce zusammen, der sich ihr so leise genähert hatte, dass sie sich seiner Anwesenheit nicht bewusst geworden war. Sie zuckte zusammen unter seinem eindringlichen Blick.

Er musterte sie aus seinen goldbraunen Augen so starr und unbewegt, dass er sie an eine gefährliche Raubkatze erinnerte. Er stand reglos da, vollkommen reglos, bis er schließlich unwillkürlich einen Mundwinkel hochzog.

Jenny deutete diese verräterische Geste als Ausdruck des Bedauerns. Empfand er Mitleid für sie, weil es ihr nicht gelungen war, Hal zum Bleiben zu veranlassen? Würde jeder in der Stadt sie nun als erbarmungswürdige verlassene Geliebte ansehen, die sich nach einem Mann verzehrte, dem sein Lebenswerk wichtiger war als sie?

Verärgert über diese Vorstellung, wandte sie den Blick von seinem Gesicht ab, straffte die Schultern und wollte an ihm vorbeigehen.

Er verstellte ihr den Weg. „Ist alles in Ordnung, Jenny?“ Seine dunkelblonden Brauen waren zusammengezogen, die Fältchen in seinen Augenwinkeln traten deutlich zum Vorschein, und seine Kinnpartie wirkte so hart wie sein Gesicht.

„Natürlich“, antwortete sie fröhlich mit einem falschen Lächeln. „Warum sollte es das nicht sein?“

Er zuckte die Schultern. „Immerhin ist Hal gegangen, ohne sich von dir zu verabschieden.“

„Aber er wird zurückkommen. Und es war richtig, dass er so gegangen ist. Ich hätte eine Abschiedsszene nicht ertragen.“ Sie fragte sich, ob ihre Behauptungen in seinen Ohren genauso unwahr klangen wie in ihren.

„Hast du mit ihm gesprochen?“

„Ja.“

„Und?“

Ihr Lächeln schwand, und sie senkte den Blick. „Und ich fühle mich jetzt viel wohler. Er will mich heiraten, sobald er zurückkommt.“

Es war nicht gelogen. Es war auch nicht ganz die Wahrheit, und sein forschender Blick verriet ihr, dass er nicht überzeugt war.

Hastig ging sie an ihm vorbei. „Hast du überhaupt gefrühstückt? Ich mache dir etwas. Zwei Eier, leicht angebraten?“

Bruce lächelte erfreut. „Du weißt noch, wie ich sie gern mag?“

„Natürlich.“ Jenny hielt ihm die Fliegentür auf. Sie stand sehr aufrecht und presste sich gegen den Holzrahmen, als er sich an ihr vorbeizwängte. Dennoch berührten sich ihre Körper. Nur flüchtig, doch mit verblüffender Auswirkung. Ihre Brüste richteten sich hart auf. Ihre Schenkel prickelten vor Wärme. Ihr Herz schlug rasend schnell.

Sie bemühte sich, ihre Erregung zu verbergen, indem sie hastig das Frühstück für Bruce zubereitete. Ihre Hände zitterten beinahe unkontrollierbar. Und sobald sie den gefüllten Teller vor ihn auf den Tisch gestellt hatte, floh sie in ihr Zimmer.

Nun, da ihr Körper zu sexueller Regsamkeit erweckt worden war, schien er nicht länger schlafen zu wollen. Aber besaß er kein Urteilsvermögen? Kein Unterscheidungsvermögen? Reagierte er nun auf jeden Mann, mit dem sie in Berührung kam?

Diese Vorstellung erweckte eine tiefe Beschämung in Jenny. Dennoch zog sie sich aus, kroch ins Bett und zog die Knie an. Im Geiste durchlebte sie die Ereignisse der vergangenen Nacht, und sie genoss die heftigen Empfindungen, die dabei ihren Körper durchströmten.

Drei hohe schlanke Bierflaschen standen ordentlich aufgereiht auf dem glänzenden Tisch. Sie waren leer. Vor etwa einer halben Stunde war Bruce zu Whisky übergegangen, doch die Schuldgefühle, die ihn quälten, ließen sich nicht einmal durch eine betäubende Menge von Alkohol schmälern.

Er hatte Jenny vergewaltigt.

Es war sinnlos, einen beschönigenden Ausdruck zu benutzen, um seine Schuld zu erleichtern. Er hätte sagen können, dass er sie geliebt, mit ihr geschlafen, sie entjungfert hatte. Doch sosehr sein Gewissen auch nach Ausflüchten suchte, er hatte sie vergewaltigt. Es war keine brutale Schändung gewesen, aber er hatte sie getäuscht, sich die körperliche Liebe erschlichen.

Er nahm noch einen Schluck. Der Whisky brannte ihm in der Kehle. Seit Jahren hatte er nichts bereut. Doch nun fühlte er sich überwältigt von Schuld. Aber was konnte er dagegen tun? Es ihr gestehen? Ihr sagen: „Ach übrigens, Jenny, neulich nachts, du weißt schon, bevor Hal fortgegangen ist. Das war nicht er, mit dem du geschlafen hast. Das war ich …"

Er stieß einen heftigen Fluch aus und leerte das Glas in einem Zug. Er konnte sich lebhaft vorstellen, wie sich ihr liebliches Gesicht vor Entsetzen verzerrte. Die Erkenntnis, dass sie mit ihm zusammen gewesen war, würde ihr vermutlich einen Schock versetzen, von dem sie sich nie wieder erholte. Der berüchtigtste Schürzenjäger im Westen von Texas hatte die süße Jenny Fletcher genommen. Nein, er durfte es ihr nicht sagen.

Er hatte schon früher schlimme Sachen getan. Ihm gefiel sein Ruf als Teufelskerl, und er gab sein Bestes, um ihn zu fördern, um den Leuten zu zeigen, dass er im Laufe der Jahre keineswegs sanfter geworden war. Manchmal übernahm er sogar die Verantwortung für Dinge, die er gar nicht begangen hatte. Dann ließ er sein lässiges Grinsen für sich antworten und seine Kumpel daraus ihre eigenen Schlüsse ziehen, ob das neueste Gerücht zutraf oder nicht.

Doch diesmal war er ganz tief gesunken.

Er winkte den Barkeeper heran, und dabei wurde er sich seiner Umgebung bewusst. Die stickige Luft in der Taverne roch nach Rauch und abgestandenem Bier. Grelle Neonlichter an den Wänden warben für die verschiedensten Getränkesorten. Ein trauriger Strang Lametta, übrig geblieben von Weihnachten, hing am wagenradförmigen Kronleuchter. Eine Spinne hatte ihr Netz zwischen den Speichen gesponnen. Waylon Jennings beklagte eine verlorene Liebe aus der Musikbox in der Ecke.

Es war billig. Es war verlottert. Es war ihm vertraut.

„Danke, Bert“, sagte Bruce lakonisch, als der Barkeeper ihm ein neues Glas Whisky hinstellte.

„Schwerer Tag?“

Schwere Wochen, dachte Bruce. Seit einer Woche lebte er nun mit seiner Sünde, doch die Schuldgefühle waren nicht abgeklungen. Sie lasteten noch genauso schwer auf seiner Seele. Seele? Besaß er so etwas überhaupt?

Bert beugte sich über den Tisch und stellte die leeren Bierflaschen auf ein Tablett. „Hab was gehört, das dich interessieren könnte.“

„Ja? Was denn?“ Ein Wassertropfen hing an der Außenseite seines Glases. Er erinnerte ihn an Jennys Tränen. Mit dem Daumen wischte er ihn fort.

„Über das Stück Land westlich von der Mesa.“

Trotz seiner düsteren Stimmung horchte Bruce interessiert auf. „Die alte Parson-Ranch?“

„Ja. Hab gehört, dass die Verwandtschaft bereit ist zu verhandeln.“

Bruce zeigte Bert ein Lächeln, das einer Zahnpasta-Reklame alle Ehre gemacht hätte, und legte ihm ein Zehn-Dollar-Schein auf die Theke. „Danke, Kumpel.“

Bert erwiderte das Lächeln und schlenderte davon. Er mochte Bruce und war froh, ihm helfen zu können.

Bruce Hendren war unbestritten einer der besten Ölspekulanten der Gegend. Er konnte das Öl riechen, wusste instinktiv, wo es sich befand. Er hatte zwar die Universität besucht und ein Examen in Geologie abgelegt, um offiziell anerkannt zu werden und Vertrauen zu erwecken, doch er besaß ein Geschick, das sich nicht aus Büchern erlernen ließ. Er hatte ein paar Löcher gebohrt, die trocken geblieben waren, aber sehr wenige. So wenige, dass er den Respekt von Männern gewonnen hatte, die länger in der Branche tätig waren, als er alt war.

Schon seit Jahren bemühte er sich um die Bohrrechte auf der Parson-Ranch. Das alte Ehepaar war verstorben, doch die Kinder hatten nicht nachgegeben und behauptet, sie wollten das Land ihrer Familie nicht durch Bohrtürme entweihen lassen. Natürlich war es nur eine Ausrede. Sie hatten ausgeharrt, um den Preis in die Höhe zu treiben.

„Hallo, Bruce.“

Er war so in Gedanken versunken, dass er die Frau nicht bemerkt hatte, die an seinen Tisch getreten war und ihn nun mit der Hüfte streifte. Mit einem deutlichen Mangel an Interesse blickte er auf. „Hallo, Didi. Wie geht’s?“

Wortlos legte sie einen Schlüssel auf die glänzende Tischplatte und schob ihn mit dem Zeigefinger zu Bruce hinüber. „Sonny und ich haben endlich Schluss gemacht."

„Ist es offiziell?"

In Didis Ehe hatte es schon monatelang gekriselt. Weder sie noch Sonny hielten die Gelübde ein, vor allem nicht den Treueschwur. Sie verhielt sich schon seit Längerem recht einladend gegenüber Bruce, doch er war nicht darauf eingegangen. Er kannte nur wenige Skrupel, doch einem Prinzip blieb er stets treu: niemals mit einer verheirateten Frau. Trotz allem glaubte er irgendwie an die Unantastbarkeit der Ehe.

„Ja, es ist offiziell. Ich bin wieder frei, Bruce." Didi lächelte. Ihre üppige Figur steckte in einer hautengen Jeans und einem tief ausgeschnittenen Sweater. Sie beugte sich zu ihm vor und bot ihm einen tiefen Blick auf ihren Brustansatz.

Statt sein Verlangen zu entfachen, erweckte sie in ihm das Bedürfnis nach einem Bad. Er dachte an Jenny. Sie war so sauber, so adrett, so feminin. Nicht aufgetakelt, nicht üppig, nicht sinnlich, einfach weiblich.

Didi strich mit einem langen Fingernagel über seinen Arm. „Bis später, Bruce", hauchte sie verführerisch und schwebte mit selbstsicherem Schritt davon.

Er zog spöttisch einen Mundwinkel hoch. Hatte er eine solch kühne Einladung jemals als attraktiv empfunden? Didis Unverfrorenheit war beinahe lächerlich.

Jenny wusste nicht einmal, dass sie sexy war. Sie benutzte einen so zarten Duft. Didis schweres Parfüm hingegen wirkte geradezu aufdringlich. Jennys Stimme war klar und rein und für ihn wesentlich verführerischer als Didis affektiertes Schnurren. Und Jennys ungeübte Liebkosungen hatten ihn wesentlich mehr erregt als jedes berechnende Vorspiel seiner früheren Geliebten.

Seine Gedanken wanderten zurück zu dem unschuldigen Schlafzimmer, das einem Kind gehören sollte, nicht einer Frau, die seidene Negligés trug. Er wusste genau, dass es Seide war, denn er kannte das unvergleichliche Gefühl von Seide an einem Frauenkörper. Doch Jennys Haut war genauso weich. Und ihr Haar. Und …

Ihre Jungfräulichkeit hatte ihn zutiefst verblüfft. Er hätte nicht gedacht, dass sein Bruder so lammfromm war. Wie konnte Hal, wie konnte irgendein Mann all die Jahre mit Jenny unter einem Dach gelebt haben, ohne mit ihr zu schlafen? Er musste Hals unerschütterliche Tugendhaftigkeit bewundern, doch er konnte sich nicht vorstellen, wie jemand sich selbst derart starre Moralvorschriften setzen konnte.

Jenny hatte es nicht getan. Sie war bereit gewesen, sich Hal in jener letzten Nacht hinzugeben. Nur ein Trottel hätte dieses kostbare Geschenk zurückweisen können.

Nie zuvor hatte Bruce ein derartiges Verzücken verspürt wie in dem Moment, als er in sie eingedrungen war. Nie zuvor war es so schön für ihn gewesen. Weil keine andere Frau wie Jenny war. Sie war unerreichbar, verboten, trotz seiner weitgesteckten Grenzen.

Er wusste es seit Jahren. Sie gehörte zu Hal. Es verstand sich von selbst. Bruce musste sich damit abfinden. Er konnte jede Frau haben, die er wollte. Nur nicht die eine, die er wirklich wollte.

Er war durch und durch schlecht. Ihm war nichts und niemand wichtig. Das sagten die Leute, und es entsprach größtenteils der Wahrheit. Doch Hal und Jenny waren ihm wichtig genug, um sich zurückzuhalten und deren Glück nicht zu stören.

Er hatte sein Geheimnis gut gehütet. Niemand wusste es. Niemand würde es je erraten. Am allerwenigsten Jenny. Ihre Gefühle für ihn waren rein schwesterlicher Art. Doch er hatte immer gespürt, dass sie sich auch vor ihm fürchtete. Er erweckte Unbehagen in ihr, und das machte ihm oft das Herz schwer. Ihre Angst war natürlich berechtigt. Er hatte einen skandalösen Ruf, und jede Frau, die Wert auf ihren unbescholtenen Namen legte, hielt sich von ihm fern, so als wäre seine Sinnlichkeit ansteckend.

Aber er fragte sich oft, was geschehen wäre, wenn Jenny früher in ihr Haus gezogen wäre. Wenn er nicht gerade zu der Zeit die Universität besucht hätte, wenn er nicht bereits als Wüstling ohnegleichen verschrien gewesen wäre, wenn sie Zeit gehabt hätten, eine Beziehung aufzubauen. Hätte Jenny sich dann ihm zugewandt? Wäre alles anders gewesen?

Er stellte es sich gern so vor. Denn er spürte, dass sich hinter Jennys Reserviertheit eine lebenslustige sinnliche Frau verbarg, die in einem unsichtbaren Käfig gefangen war. Vielleicht wollte sie daraus befreit werden. Vielleicht …

Du machst dir etwas vor, ermahnte Bruce sich. *Mit jemandem wie dir will sie nichts zu tun haben.* Er stand auf, warf einige Geldscheine auf den Tisch, und dabei dachte er plötzlich: Es sei denn, du änderst deinen Lebenswandel …

Er war in jener Nacht nicht mit Verführungsabsichten in ihr Zimmer gegangen. Er hatte sie weinen gehört und sie nur trösten wollen. Doch dann hatte sie ihn für Hal gehalten. Er hatte das dunkle Zimmer betreten und sich vorgenommen, den Irrtum aufzuklären.

Er hatte die Verzweiflung in ihrer Stimme gehört. Er hatte ihren Kummer nachempfunden. Sie sehnte sich nach Liebe und war abgewiesen worden. Er hatte ihre Bitte erfüllt und sie umarmt. Er hatte sie geküsst und die Nachgiebigkeit ihres Körpers gespürt, und da hatte es kein Zurück mehr gegeben.

Was er getan hatte, war unverzeihlich. Doch was er nun beabsichtigte, war beinahe genauso schlimm. Er wollte versuchen, sie seinem Bruder zu stehlen, der ihre Liebe zurückgewiesen hatte.

Nun, da Bruce sie einmal besessen hatte, konnte er nicht mehr auf sie verzichten. Er wollte nicht länger zulassen, dass seine Familie Jenny unterdrückte. Er konnte nicht mit ansehen, wie die Sehnsucht auf ihrem Gesicht allmählich zu Enttäuschung wurde, wie ihre Vitalität sich in Resignation verwandelte, wie all ihre Lebenslust in einem Käfig der Rechtschaffenheit erstickt wurde.

Er durchquerte das Lokal, trat zu Didi, die mit einem Mann in einer Nische saß. „Du hast etwas vergessen", sagte er und warf den Schlüssel auf den Tisch.

Sie blickte ihn verwirrt an. „Was soll das?"

„Ich brauche ihn nicht."

„Du Schuft!", zischte sie giftig.

„Hab nie etwas anderes behauptet", entgegnete Bruce gelassen. Er stieß die Tür auf, trat hinaus in die kühle Abendluft und atmete tief durch, um seinen Kopf vom Alkohol und dem stickigen Geruch der Taverne zu klären.

Er glitt hinter das Steuer seiner 63er Corvette Stingray, startete den Motor und brauste davon. Jeder Mann im Umkreis von hundert Meilen beneidete ihn um den klassischen Wagen, der innen wie außen schwarz wie die Nacht war. Mit sanftem Schnurren brauste er über die Schnellstraße und glitt dann beinahe lautlos durch die Straßen der Stadt.

Einen halben Häuserblock vom Pfarrhaus entfernt, fuhr Bruce an den Kantstein und stellte den Motor ab. In Jennys Zimmer brannte kein Licht mehr. Dennoch starrte er gedankenverloren eine volle Stunde lang das dunkle Zimmer an, wie er es schon in den vergangenen sechs Nächten getan hatte.

3. KAPITEL

Jenny blickte vom Altar auf, als eine große Silhouette in der Kirchentür auftauchte und sich dunkel vom Sonnenschein draußen abhob. Sie hatte nicht erwartet, ausgerechnet Bruce in der Kirche zu sehen. Doch es war er, der sich nun die dunkle Sonnenbrille abnahm und zu ihr hinüberschlenderte.

„Hallo. Vielleicht sollte ich meine Spende erhöhen. Kann sich die Kirche denn keinen Hausmeister leisten?“ Er deutete mit dem Kopf zu dem Putzkorb neben ihren Füßen.

„Ich tue es gern.“ Verlegen steckte sie den Griff des Staubwedels in die Gesäßtasche ihrer Jeans.

Er grinste. „Es scheint dich zu überraschen, mich hier zu sehen.“

„Allerdings. Wie lange ist es her, seit du zum letzten Mal in der Kirche warst?“

„Seit Ostern.“ Er setzte sich auf die erste Bank und streckte die Arme auf der Rückenlehne aus.

„Ach ja, ich erinnere mich. Wir haben am Nachmittag ein Picknick im Park veranstaltet.“

„Und ich habe dich auf der Schaukel angeschubst.“

Jenny lachte. „Ich habe geschrien, dass du mich nicht so hoch stoßen solltest, aber du hast einfach weitergemacht.“

„Es hat dir gefallen.“

Ihre Augen funkelten schelmisch. „Woher hast du das gewusst?“

„Instinkt.“ Er lächelte sie an, und sie erriet, dass er viele Instinkte hatte, wenn es um Frauen ging.

Bruce dachte zurück an den vergangenen Frühling, an jenen sonnigen warmen Ostersonntag. Jenny hatte ein gelbes Kleid getragen, weich und flatternd, das sich mit jedem Windstoß an ihren Körper geschmiegt hatte.

Es hatte ihm gefallen, sie dicht an seine Brust zu ziehen, während sie auf der uralten Schaukel mit den dicken Seilen gesessen hatte. Er hatte sie unnötig lange festgehalten und die Gelegenheit genutzt, den sommerlichen Duft ihres Haares einzuatmen und das Gefühl ihres schlanken Rückens an seiner Brust zu genießen.

Sie hatte mit kindlicher Freude gelacht, als er sie schließlich losgelassen hatte. Ihr Lachen klang noch immer in seinen Ohren. Heftige Frühlingsgefühle hatten ihn an jenem Tag durchströmt. Er hatte sich danach gesehnt, sich mit Jenny ins Gras zu legen, sie zu küssen, den Kopf in ihren Schoß zu legen und in ihr Gesicht aufzublicken. Ihn hatte danach verlangt, sie sanft und gemächlich und voller Zärtlichkeit zu lieben.

Doch sie war Hals Mädchen gewesen an jenem Tag, so wie immer. Und als Bruce es kaum noch hatte ertragen können, die beiden zusammen zu sehen, war er zu seinem Wagen gegangen und hatte sich ein Bier aus der Kühltasche geholt. Seine Eltern hatten ihre Missbilligung unmissverständlich demonstriert.

Schließlich, um niemandem die gute Laune zu verderben – vor allem nicht Jenny, die stets niedergeschlagen auf jeglichen Unfrieden in der Familie reagierte, war Bruce nach einem knappen Abschiedsgruß in seiner schwarzen Corvette davongebraust.

Nun verspürte er dieselbe Sehnsucht nach Jenny. Sonnenschein fiel durch das bunte Kirchenfenster und warf Regenbogenfarben auf ihr Gesicht und ihr Haar, das sie zu einem losen Zopf geflochten trug. Sie trug eine eng sitzende Jeans und abgetragene Turnschuhe, und sie sah äußerst reizvoll und verführerisch aus. Er fragte sich, ob die Kirchenwände wohl einstürzen würden, wenn er sie in die Arme nähme und küsste. „Wer hat diesmal die Blumen gestiftet?“, fragte er, um sich von seinen Gelüsten abzulenken.

Jedes Jahr wurde ein Kalender in der Gemeinde herumgereicht, und die Mitglieder trugen sich für jeweils einen Sonntag ein, an dem sie die Blumen für den Altar spendeten.

Jenny blickte auf die Karte, die an dem Strauß roter Gladiolen hing. „Die Randalls. ‚In Erinnerung an unseren geliebten Sohn, Joe Wiley‘, steht hier.“

„Joe Wiley Randall“, murmelte Bruce gedankenverloren mit einem Lächeln auf dem Gesicht.

„Kanntest du ihn?“

„Na klar. Er war in der Schule ein paar Klassen über mir, aber wir sind ab und zu zusammen losgezogen.“ Er blickte über die Schulter zurück. „Dort in der vierten Reihe haben wir an einem Sonntag mal gesessen. Als der Klingelbeutel herumgereicht wurde, hat Joe Wiley sein Kaugummi drangeklebt. Wir fanden es herrlich. Wir haben uns köstlich über die Gesichter der Leute amüsiert, als ihre Finger am Kaugummi kleben blieben.“

Mit funkelnden Augen setzte Jenny sich neben ihn. „Und was ist passiert?“

„Ich bekam eine ordentliche Tracht Prügel. Er wahrscheinlich auch.“

„Nein, ich meine die Karte. Da steht doch: In Erinnerung an …“

„Ach so. Er ging nach Vietnam.“ Einen langen Augenblick starrte

Bruce auf den Blumenstrauß. „Ich kann mich nicht erinnern, ihn nach seinem Hochschulabschluss noch einmal gesehen zu haben." Er schwieg eine Weile. „Er war ein höllisch guter Basketballspieler", sagte er gedankenverloren. Dann zog er den Kopf ein, als ob ihn der Zorn des Himmels wie ein Blitzschlag treffen könnte. „Oh je, so etwas sagt man nicht in der Kirche, stimmt's?"

Jenny lachte. „Was macht das schon für einen Unterschied? Du sagst es doch ständig." Dann wurde sie ernst und blickte ihn forschend an. „Du bist gläubig, oder?"

„Ja, auf meine Art schon", antwortete Bruce in selten ernsthaftem Ton. „Aber ich weiß, was die Leute über mich reden. Sogar meine eigenen Eltern halten mich für einen Heiden."

„Das tun sie ganz bestimmt nicht."

Er blickte sie zweifelnd an. „Na, und was denkst du von mir?"

„Dass du ein typischer Pfarrerssohn bist."

Er lachte laut auf. „Das ist eine sehr vereinfachte Darstellung, meinst du nicht?"

„Keineswegs. Als Kind hast du dich aufsässig verhalten, um bloß nicht für einen Musterknaben gehalten zu werden."

„Ich bin inzwischen erwachsen, aber ich will trotzdem kein Musterknabe sein."

„Das könnte dir auch niemand vorwerfen", neckte sie und piekte ihn mit dem Zeigefinger ins Bein. Hastig zog sie die Hand wieder zurück. Sein Oberschenkel war hart, und er erinnerte sie zu sehr an harte jeansbekleidete Muskeln auf ihren nackten Beinen. Um ihre Verwirrung zu überspielen, fragte sie: „Weißt du noch, wie du versucht hast, mich zum Lachen zu bringen, als ich im Kirchenchor gesungen habe?"

„Ich?", entgegnete er empört. „So etwas habe ich nie getan."

„Doch. Du hast da hinten in der letzten Reihe gesessen, mit einem von deinen Mädchen, und Grimassen geschnitten und ..."

„Mit einem von meinen Mädchen? Das klingt ja, als hätte ich einen ganzen Harem gehabt."

„Hast du das nicht?"

Bedeutungsvoll ließ er den Blick über ihren Körper wandern. „Es ist immer Platz für eine mehr. Willst du dich bewerben?"

In gespieltem Zorn sprang Jenny auf und stemmte die Hände in die Hüften. „Würdest du jetzt bitte verschwinden? Ich habe zu arbeiten."

„Ja, ich auch." Bruce seufzte und stand auf. „Ich habe soeben die Bohrrechte für die alte Parson-Ranch erworben."

„Ist das gut?" Jenny wusste nur wenig von seinem Beruf. Sie hatte nur gehört, dass er etwas mit Öl zu tun hatte und als erfolgreich angesehen wurde.

„Sehr. Wir fangen demnächst zu bohren an.“

„Meinen Glückwunsch.“

„Heb ihn dir auf, bis der erste Brunnen sprudelt.“ Er zupfte spielerisch an einer Strähne ihres Haares, die sich aus dem Zopf gelöst hatte. Dann wandte er sich ab und schlenderte zur Tür.

„Bruce?“

„Ja?“ Er blieb stehen und drehte sich zu ihr um. Er sah sehr markant und gut aus, windzerzaust und sonnengebräunt, verwegen und gefährlich. Er hatte die Daumen in die Gürtelschlaufen seiner Jeans gehakt und den Kragen seiner Lederjacke hochgeschlagen.

„Ich habe vergessen zu fragen, warum du vorbeigekommen bist.“

Er zuckte flüchtig die breiten Schultern. „Aus keinem bestimmten Grund. Bis bald, Jenny.“

„Bis bald.“

Er starrte sie einen Augenblick lang an, bevor er die Sonnenbrille aufsetzte und zur Tür hinaustrat.

Jenny kämpfte mit dem feuchten Bettbezug, den ihr der starke Wind zu entreißen drohte. Die Laken, die sie bereits auf die Leine gehängt hatte, blähten sich wie Segel und umflatterten sie wie riesige Flügel.

Als sie den letzten Zipfel mit einer Wäscheklammer befestigte und erschöpft die Arme sinken ließ, erklang ein monsterhaftes Gebrüll. Eine drohende Gestalt zeichnete sich hinter dem Laken ab und umfing sie mit starken Armen. Sie schrie leise auf.

„Jetzt habe ich dich erwischt“, knurrte der bisher unkenntliche Angreifer ihr ins Ohr und zog sie an sich.

„Lass mich los.“

„Sag Bitte.“

„Bitte!“

Bruce gab sie frei, spähte um das Laken herum und lachte über ihre Bemühungen, sich aus dem Stoff zu winden, der sich um ihren Körper geschlungen hatte.

„Bruce Hendren, du hast mich soeben zu Tode erschreckt!“

„Gar nicht wahr. Du wusstest doch genau, dass ich es bin.“

„Aber nur, weil du schon einmal so etwas mit mir gemacht hast.“ Jenny versuchte ungehalten, sich das windzerzauste Haar aus den Augen zu streichen. Es war genauso sinnlos wie ihr Bemühen, ernst zu bleiben. Schließlich gab sie es auf und lachte mit ihm. „Eines Tages …“

Sie sprach nicht weiter, doch sie drohte ihm mit dem Zeigefinger.

Blitzschnell umfasste er ihren Finger und hielt ihn gefangen. „Was ist eines Tages, Jenny Fletcher?"

„Eines Tages bekommst du noch deine gerechte Strafe."

„Darauf würde ich nicht wetten." Er hob ihren Finger an den Mund, biss spielerisch hinein und stieß dabei ein kannibalisches Knurren aus.

Der Anblick ihres Fingers zwischen seinen kräftigen weißen Zähnen brachte sie ganz durcheinander, und als er schließlich ihre Hand losließ, wich sie hastig zurück, so als wäre sie einer Flamme zu nahe geraten.

Sie fragte sich, warum er wohl ins Pfarrhaus gekommen war, obgleich er recht häufig vorbeischaute, seitdem Hal fort war. Ein paar Mal war er gekommen, um all den Kram aus seinem ehemaligen Zimmer zu entfernen, der Sarah störte – obgleich er alles mit einer Wagenladung hätte fortschaffen können. Einmal hatte er einen Kuchen gebracht, den er auf einer Wohltätigkeitsveranstaltung erstanden hatte und nicht allein aufessen konnte. Ein anderes Mal hatte er sich die Schleifmaschine von seinem Vater ausgeliehen, um damit seinen Wagen zu polieren. Und mehrmals hatte er einfach nur gefragt, ob Post von Hal gekommen sei.

Jedes Mal brachte er einen triftigen Grund vor, doch Jenny vermutete ein tiefer liegendes Motiv. Vielleicht kam er um seiner Eltern willen, und das rührte sie. Es sah ihm gar nicht ähnlich, ein solches Interesse an den Vorgängen im Pfarrhaus zu zeigen. Gewöhnlich verbrachte er seine Freizeit zusammen mit seinen Kumpeln in den Kneipen der Stadt … wenn er sich nicht gerade in weiblicher Gesellschaft befand.

Und je mehr Zeit Jenny mit ihm verbrachte, desto mehr störte sie der Gedanke an seine Frauengeschichten. Dieser Anflug von Eifersucht war natürlich völlig unangebracht, und sie konnte sich nicht erklären, woher er plötzlich stammte.

„Ist der Wäschetrockner kaputt?", fragte Bruce, schwang sich den leeren Korb über die Schulter und folgte Jenny zur Hintertür.

„Nein, aber ich mag den Geruch der Wäsche, wenn sie an der frischen Luft trocknet."

Er lächelte, während er ihr die Tür aufhielt. „Du bist ein schwieriger Fall, Jenny."

„Ich weiß. Hoffnungslos altmodisch."

„Das mag ich gerade an dir."

Erneut verspürte sie den Drang, mehr Abstand zu ihm zu gewinnen. Wenn er ihr so nahe stand, wenn er sie so eindringlich ansah, fiel ihr das Atmen schwer. „Möchtest du … möchtest du ein Glas Limonade?"

„Gern." Bruce brachte den Korb in die Waschküche, während sie

Eiswürfel in zwei Gläser gab und die sprudelnde Limonade darübergoss.

„Wo sind meine Eltern?"

„Sie besuchen einige Leute im Krankenhaus." Die Erkenntnis, dass sie und Bruce allein in dem alten Haus waren, beunruhigte Jenny seltsamerweise. Ihre Hand zitterte ein wenig, als sie sein Glas vor ihn auf den Tisch stellte. Sie sank ihm gegenüber auf einen Stuhl und nippte nervös an ihrem kalten Getränk. Sie sah ihn nicht an, aber sie spürte seinen Blick auf sich ruhen. Hätte ich bloß etwas unter das T-Shirt gezogen, dachte sie unwillkürlich. Und prompt richteten sich ihre Brüste auf und spannten sich unter dem weichen Stoff.

„Jenny?"

Sie zuckte zusammen. „Was?" Sie bemühte sich um eine gleichgültige Miene und presste unter dem Tisch die Knie zusammen.

„Hast du von Hal gehört?"

Sie schüttelte heftig den Kopf, als Antwort auf seine Frage und um die heftigen Gefühle abzuschütteln, die sie durchströmten. „Nicht seit seiner Karte vor einem Monat. Meinst du, dass es etwas zu bedeuten hat?"

„Ja." Bruce lächelte, als sie erschrocken den Kopf hob. „Dass alles in Ordnung ist."

„Keine Nachricht ist eine gute Nachricht?"

„Ja, so ähnlich."

„Bob und Sarah nehmen sich sehr zusammen, aber sie sind beunruhigt. Wir hatten nicht erwartet, dass er die Grenze von Monterico überschreiten müsste. Wir hatten gehofft, dass er inzwischen längst auf dem Rückweg ist."

„Vielleicht ist er es ja und hatte nur keine Gelegenheit, uns zu benachrichtigen."

„Vielleicht." Es tat ihr weh, dass Hal seine wenigen Nachrichten an die ganze Familie adressiert hatte. Er hatte geschrieben, dass in Monterico schlimme Zustände herrschten, dass er sich aber in Sicherheit befinde. Er hatte nicht ein einziges persönliches Wort für sie hinzugefügt, und das enttäuschte sie, vor allem nach den Geschehnissen in jener letzten Nacht.

„Vermisst du ihn?", fragte Bruce sanft.

„Schrecklich." Sie schaute ihn an, senkte jedoch sogleich wieder den Blick. Sie konnte nicht lügen, wenn sie in seine Augen schaute. Sie vermisste Hal zwar, aber nicht schrecklich. In gewisser Weise erleichterte es sie sogar, dass er nicht da war. Und das erschien ihr seltsam.

Wollte sie ihn nicht mehr, nachdem sie mit ihm geschlafen hatte? Sie sehnte sich zwar danach, diese überwältigende Erfahrung, diesen Sinnestaumel erneut zu erleben, doch sie war nicht sonderlich erpicht darauf, Hal zu sehen. Wahrscheinlich lag es daran, dass sie ihm noch immer zürnte, weil er sie ohne Abschied verlassen hatte. Es war die einzige Erklärung für sie.

„Es geht ihm bestimmt gut. Hal kommt immer unbeschadet davon." Bruce lehnte sich zurück und balancierte den Stuhl auf den Hinterbeinen. „Als Hal etwa acht war und ich zwölf, wohnte uns gegenüber eine Familie mit einer sehr übergewichtigen Tochter. Alle Kinder in der Schule nannten sie Fettsack und Schweinchen und lauter solche hässlichen Dinge. Ein paar Jungen warteten immer an der Ecke auf sie und hänselten sie, wenn sie nach Hause ging."

Jenny lauschte selbstvergessen seiner tiefen rauen Stimme. Seine Finger glitten gemächlich an seinem Glas hinauf und hinunter, das an der Außenseite feucht und schlüpfrig war. Die Härchen auf seinem Handrücken hoben sich hell von der gebräunten Haut ab. Seltsam, es war ihr nie zuvor aufgefallen. Die Art, wie er das Glas streichelte, wirkte faszinierend, und sie konnte sich lebhaft vorstellen ...

„Eines Tages ging Hal mit ihr nach Hause und griff die Jungen an, als sie das Mädchen wieder zu hänseln begannen. Er holte sich eine aufgeschlagene Lippe und ein blaues Auge. Aber Mom und Dad erklärten ihn zu einem Helden. Mom gab ihm eine doppelte Portion Nachtisch, und Dad lobte ihn für seine gute Tat in den Himmel. Und ich dachte mir: Wenn das reicht, um sie glücklich zu machen, dann kann ich es auch."

„Und was hast du getan?"

„Am nächsten Tag habe ich der Bande hinter der Garage aufgelauert. Ich hatte doppelten Grund, mit ihnen abzurechnen. Einerseits, weil sie meinen kleinen Bruder verdroschen hatten, und andererseits, weil sie wieder einmal das arme Mädchen verhöhnten. Ich stürmte also hinter der Garage hervor und knallte dem Ersten den Deckel einer Mülltonne ins Gesicht. Dem Zweiten schlug ich mit der Faust in den Magen, dass ihm die Luft ausging. Und dem Dritten trat ich in ... na ja, dahin, wo es kleinen Jungen wehtut."

Jenny lächelte unwillkürlich. „Und was dann?" Wie ging es weiter?"

„Nun, ich erwartete, genauso gelobt zu werden wie Hal am Tag zuvor." Er schüttelte mit einem wehmütigen Lächeln den Kopf. „Ich erhielt eine Strafpredigt und eine Tracht Prügel, wurde ohne Abendessen in mein Zimmer geschickt, durfte zwei Wochen lang mein Fahrrad nicht benutzen und bekam kein Taschengeld."

Die Vorderbeine seines Stuhls trafen mit einem harten Knall auf den Boden. „Du siehst also, Jenny, dass ich zu einem Unruhestifter und Aufwiegler erklärt worden wäre, wenn ich diese Mission in Mittelamerika übernommen hätte. Hal hingegen wird als Heiliger angesehen."

Ohne nachzudenken, legte Jenny ihre Hand auf seine. „Es tut mir so leid, Bruce. Ich weiß, dass es sehr wehtut."

„Jenny? Wir sind zurück. Wo bist du?" Die Hendrens kamen zur Vordertür herein.

Bruce und Jenny blieben voneinander gefesselt. Sie lösten ihre Hände und Blicke erst, als seine Eltern die Küchentür erreichten.

„Ach, hier bist du ja. Hallo, Bruce."

Jenny sprang auf und erbot sich, Kaffee zu kochen. Auch Bruce erhob sich.

„Ich muss gehen. Ich wollte nur wissen, ob ihr etwas von Hal gehört habt. Ich komme ein andermal vorbei. Bis dann." Es gab keinen Grund mehr, seinen Besuch auszudehnen. Er war wirklich gekommen, um nach Hal zu fragen, aber hauptsächlich, um Jenny zu sehen.

Er hatte sie gesehen. Sie hatte sogar seine Hand genommen. Er fühlte sich wohl.

Jenny beugte sich in ihren Wagen und stellte einen Karton mit Lebensmitteln auf den Rücksitz. Ein lang gezogener lauter Pfiff ließ sie so hastig herumwirbeln, dass sie beinahe mit dem Kopf an die Karosserie stieß.

Bruce saß auf einem schweren Motorrad, mit einem unverschämten Ausdruck auf dem Gesicht, der zu seinem Pfiff passte. Ein glänzend schwarzer Sturzhelm baumelte in seiner Hand. Er trug ein blaues Hemd mit abgeschnittenen Ärmeln. Entweder hatte der Wind sämtliche Knöpfe abgerissen, oder Bruce hatte es versäumt, sie zu schließen. Ein verblichenes rotes Tuch war um seinen Hals geknöpft. Er sah aus wie ein Bandit. Die Hells Angels hätten ihn vermutlich mit offenen Armen empfangen und zu ihrem Anführer erwählt.

Fasziniert musterte Jenny die hellbraunen Härchen auf seiner Brust. Es fiel ihr sehr schwer, den Blick von all der entblößten gebräunten Haut zu lösen. „Du bist nicht sehr nett", schalt sie.

„Vielen Dank. Du auch nicht."

„Wieso nicht?"

„Du trägst eine enge Jeans, die jeden Mann auf dumme Gedanken bringen könnte."

Sie blickte an sich hinab und entgegnete: „Nur gewisse Männer. Solche mit einer schmutzigen Fantasie."

„Hm. Damit bin ich wohl gemeint."

„Wem der Schuh passt ... Kein anderer Mann hat mir heute nachgepfiffen."

„Dann hat kein anderer Mann gesehen, wie du dich bückst."

Sie warf ihm einen vernichtenden Blick zu. „Elender Sexist!"

„Und ich bin stolz darauf."

„Was wäre, wenn ich mich bei dir anschleichen und so pfeifen würde?"

„Ich würde dich in die Büsche ziehen."

„Du bist unverbesserlich."

„Das habe ich schon öfter gehört." Seine Zähne blitzten im Sonnenschein, als er lächelte. Er beugte sich vor und stützte die Hände auf die Lenkstange. Seine Armmuskeln spannten sich. „Hast du Lust auf eine Fahrt?"

Jenny schloss entschieden die hintere Tür und öffnete die Fahrertür. Sie musterte das Motorrad mit einem abschätzenden Blick. „Du bist ja verrückt."

„Nein, nur unverbesserlich. Komm schon, Jenny, es wird 'ne Wucht."

Sie schüttelte den Kopf. „Ich steige nicht auf das Ding."

„Warum nicht?"

„Ich traue deiner Fahrweise nicht."

„Aber ich bin stocknüchtern."

„Ausnahmsweise?", konterte sie. „Ich bin einmal mit dir im Wagen gefahren und habe dabei mein Leben riskiert. Selbst die Polizei salutiert dir nur, wenn du vorbeisaust. Sie weiß, dass sie dich nicht einholen kann."

Er zuckte die Schultern. „Ich fahre eben gern schnell. Aber ich fahre sicher."

„Ich fahre sicherer. Nein danke." Sie stieg in ihren Wagen. „Außerdem schmilzt die Eiscreme", sagte sie durch das geöffnete Fenster, während sie anfuhr.

Bruce begleitete sie nach Hause. Er fuhr abwechselnd hinter ihr und neben ihr und vor ihr, und sie musste mehrere Male abbremsen, um nicht mit ihm zusammenzustoßen. Sie bemühte sich um eine strenge missbilligende Miene, doch sie lachte, als sie das Pfarrhaus erreichten.

Er stellte das Motorrad neben ihren Wagen und nahm den Sturzhelm ab. „Siehst du? Völlig harmlos. Komm, fahr mit." Die Sonne schien auf sein Haar und ließ es wie poliertes Mahagoni leuchten.

Seine Augen, von dichten Wimpern umrahmt, wirkten bezwingend.

Jenny zögerte. Der Karton Lebensmittel auf ihren Armen wurde immer schwerer.

„Wann hast du zum letzten Mal etwas Spontanes getan?“, fragte er herausfordernd.

Als ich Hal verführt habe, schoss es ihr durch den Kopf. Doch sie wollte nicht an Hal denken. Er war nun seit zehn Wochen fort. Bruce kam häufig ins Pfarrhaus. Er tauchte stets unerwartet auf, so wie vorhin auf dem Parkplatz des Lebensmittelgeschäfts. Hätte sie es nicht besser gewusst, dann hätte sie geglaubt, dass er ihr folgte. „Ich kann wirklich nicht“, sagte sie ausweichend.

„Natürlich kannst du. Beeil dich. Ich helfe dir auch, die Lebensmittel zu verstauen.“ Er nahm ihr den Karton ab und trug ihn rasch in die Küche, und als alles fortgeräumt war, drängte er mit einem unwiderstehlichen Lächeln: „Komm mit, Jenny, bitte!“

Bob und Sarah waren nicht zu Hause und konnten sie daher auch nicht zurückhalten. „Also gut“, gab sie mit einem tiefen Seufzer nach, und ihr Herz klopfte vor Vorfreude.

Er nahm ihre Hand und zog sie aus dem Haus, bevor sie es sich anders überlegen konnte. „Ich habe sogar einen Helm für dich.“ Er setzte ihn ihr auf und schloss die Schnalle unter ihrem Kinn. Einen Moment lang begegneten sich ihre Blicke. Doch bevor sie das Funkeln in seinen Augen deuten konnte, wandte er sich ab und bestieg das Motorrad. „Steig auf und leg die Arme um mich.“

Sie befolgte seine Anweisungen, doch als sie seine entblößte Haut unter dem offenen Hemd berührte, zog sie hastig die Hände zurück.

„Entschuldigung“, murmelte sie, als wäre sie mit einem Fremden in einem Fahrstuhl zusammengestoßen.

„Schon gut. Du musst dich gut festhalten.“ Bruce nahm ihre Hände, legte sie kurz oberhalb seiner Taille zusammen und drückte sie an sich. Dann startete er das Motorrad und fuhr an.

Jennys Kehle war wie ausgedörrt. Sie hielt ihre Hände völlig unbewegt, obgleich sie den Drang verspürte, über die harten Muskeln und feinen Härchen seiner Brust zu streicheln.

Der warme Wind zerrte an ihnen, als sie die Stadt verließen und mit voller Geschwindigkeit über die Schnellstraße brausten. Es war äußerst aufregend, nur die Räder zwischen sich und dem Asphalt zu wissen und die Vibrationen des Motors im ganzen Körper zu spüren.

„Wie gefällt's dir?“, rief Bruce durch den Fahrtwind über die Schulter zurück.

„Es ist herrlich!“, antwortete sie wahrheitsgemäß.

Er bog von der Schnellstraße in eine schmale Landstraße ein und fuhr schließlich durch ein Tor. Auf einem sanften Hügel in der ansonsten flachen Umgebung stand ein Haus im typisch viktorianischen Stil. In dem umzäunten Garten wuchsen Büsche und verschiedenartige Bäume, die Schatten spendeten. Die Veranda, die an drei Seiten um das Haus lief, wurde von den Balkons im zweiten Stock vor der Sonne abgeschirmt. Eine zwiebelförmige Kuppel überdachte eine vordere Ecke. Das Bilderbuchhaus war sandfarben gestrichen, mit Akzenten in Rost und Schiefergrau.

An einer Seite befand sich eine Garage. Dort stand die Corvette, zusammen mit einer Reihe anderer Fahrzeuge. Dahinter befand sich ein Stall. Mehrere Pferde grasten auf der angrenzenden Weide.

„Das ist mein Haus“, sagte Bruce schlicht. Er stellte das Motorrad ab und ließ Jenny absteigen.

Sie starrte das Haus an, während sie den Helm abnahm. „Hier lebst du also?“

„Ja. Seit zwei Jahren.“

„Ich wusste bis jetzt gar nicht, wo du wohnst. Du hast uns nie eingeladen.“ Sie drehte sich zu ihm um. „Warum nicht, Bruce?“

„Ich wollte eine Absage vermeiden. Meine Eltern halten es für eine Lasterhöhle und würden nie einen Fuß hineinsetzen. Hal wäre wahrscheinlich nicht gekommen, weil er weiß, dass sie dagegen sind. Es schien mir für alle einfacher, gar nicht erst zu fragen.“

„Und was ist mit mir?“

„Wärst du denn gekommen?“

„Ich glaube schon“, antwortete Jenny, doch beide wussten, dass sie es nicht getan hätte.

„Jetzt bist du ja hier. Möchtest du es dir ansehen?“ Seine Frage klang zögernd. Trotz all seiner Verwegenheit wirkte er nun sehr verletzlich.

Jenny zögerte nicht. „Ja, aber natürlich. Können wir gleich reingehen?“

Er lächelte und führte sie die Stufen zur Haustür hinauf. „Es wurde kurz nach der Jahrhundertwende erbaut und hatte eine ganze Reihe von Besitzern, die es alle ein bisschen mehr verfallen ließen. Es war geradezu baufällig, als ich es kaufte. Ich war eigentlich nur an dem Land interessiert. Ich wollte das Haus abreißen und ein neues, ganz modernes bauen. Aber dann fing es an, mir zu gefallen. Es scheint hierher zu gehören, und deshalb habe ich es restauriert.“

„Es ist wundervoll“, bemerkte Jenny, während sie durch die hohen, luftigen, sonnigen Räume wanderten.

Bruce hatte es schlicht dekoriert und alles in Altweiß gestrichen – die Wände, die Fenster, die Türen, die Portiere, die das Wohnzimmer und das runde Esszimmer von der Eingangshalle trennte. Die Fußböden aus Eichenholz waren seidenglänzend poliert. Die Möbel, eine geschmackvolle Mischung aus Alt und Neu, waren mit Betonung auf Bequemlichkeit ausgewählt und arrangiert.

Die Küche war ein Wunder des Weltraumzeitalters, doch all die modernen Geräte waren geschickt hinter einer Fassade mit antikem Charme verborgen. Die obere Etage enthielt drei Räume, von denen nur einer vollständig eingerichtet war.

Von der Tür aus musterte Jenny das Zimmer, in dem Bruce schlief. Es war in warmen Erdtönen gehalten. Auf dem massiven Bett lag eine unregelmäßig geformte Decke aus Wildleder, die weich wie Butter aussah. Durch eine Verbindungstür erhaschte sie einen Blick in ein luxuriös ausgestattetes Bad mit einem großen Fenster über der riesigen Wanne.

Bruce folgte ihrem Blick. „Es gefällt mir, im Wasser zu liegen und die Landschaft zu betrachten. Von dort sieht der Sonnenuntergang wirklich spektakulär aus. Oder nachts, wenn Vollmond ist und die Sterne blinken, ist es ein atemberaubender Anblick.“

„Das Haus passt zu dir, Bruce. Zuerst dachte ich, es sei nicht der Fall, aber doch, seltsamerweise passt es sehr gut zu dir.“

Ihre Bemerkung schien ihn zu freuen. „Komm, sieh dir den Swimmingpool an.“ Er führte sie die Treppe hinunter und hinaus auf einen gefliesten Patio.

Der Swimmingpool war tief und strahlend blau wie ein Saphir und von einem farbenprächtigen Blumenmeer umgeben. Rote Geranien wucherten in Tontöpfen. In einer Ecke war ein Kakteengarten mit leuchtend gelben und rosa Blüten angelegt. Silberne Salbeibüsche mit weißen und violetten Hochblättern säumten die Mauer.

„Es ist prachtvoll“, flüsterte Jenny beeindruckt.

„Möchtest du schwimmen?“

„Ich habe keinen Badeanzug mitgebracht.“

„Möchtest du schwimmen?“ Seine Stimme klang rau und sanft, verführerisch und hintergründig.

Ihr Herz schien einen Schlag lang auszusetzen. Ihr stockte der Atem. Sie stand wie erstarrt da, gefesselt von seinem eindringlichen Blick und dem betörenden Klang seiner Einladung. Es war natürlich undenkbar.

Sie dachte dennoch daran. Und eine Woge der Wärme stieg in ihr auf.

Im Geiste sah sie ihn und sich nackt im Sonnenschein. Sie malte sich aus, wie sie ihn berührte, sah ihre Hände über seine muskulösen Arme gleiten, sah ihre Finger über die weichen Härchen auf seiner Brust streicheln. Sie malte sich aus, wie seine kräftigen Hände sanft ihre Brüste liebkosten, über ihren Bauch zu ihren Schenkeln glitten ...

„Ich muss zurück." Sie wirbelte herum und rannte förmlich über den Patio und durch das Haus, so als wäre ihr der Teufel auf den Fersen.

Auf der Veranda holte Bruce sie ein, und sie stand steif neben ihm, während er die Haustür verschloss. Als er ihren Arm nahm, um sie die Stufen hinabzuführen, zuckte sie zurück. „Was ist mit dir, Jenny?"

„Nichts. Gar nichts." Nervös befeuchtete sie sich die trockenen Lippen. „Mir gefällt dein Haus." Sie verstand selbst überhaupt nicht, warum sie sich so seltsam benahm. Sie wusste, dass sie keine Angst vor ihm zu haben brauchte. Schließlich kannte sie ihn bereits seit Jahren, und sie hatte unter einem Dach mit ihm gelebt, wenn er in den Semesterferien von der Universität nach Hause gekommen war. Sie waren immer wie Geschwister gewesen. Irgendwie.

Warum erschien er ihr dann plötzlich wie ein Fremder, und gleichzeitig wie jemand, den sie besser kannte als jeden anderen Menschen auf der Welt? Sie verspürte eine unerklärliche Verbindung zu ihm. Heftige Gefühle für ihn tobten in ihr. Fremdartige sinnliche Gefühle, die sie beunruhigten und ihr dennoch so berechtigt erschienen.

„Du bist jederzeit willkommen", sagte er, während sie das Motorrad bestiegen. „Halt dich gut fest, Mädchen." Er fuhr los und brauste so schnell dahin, dass die Landschaft vor ihren Augen verschwamm.

Ihr blieb nichts anderes übrig, als sich an ihn zu klammern. Ohne Scheu legte sie die Hände auf seinen Bauch und presste sich an seinen Rücken. Ihre Schenkel umschmiegten seine Hüften, und sie stützte das Kinn auf seine Schulter.

Als sie in die Straße des Pfarrhauses einbogen, drosselte er beträchtlich die Geschwindigkeit. Doch er fuhr auf den Bürgersteig hinauf und schlängelte sich zwischen den Maulbeerbäumen hindurch, die ein großzügiger Bürger vor Jahrzehnten angepflanzt hatte. Es waren keine Fußgänger in Sicht, und daher bestand keine Gefahr, doch Jenny kreischte: „Du bist verrückt, Bruce Hendren!"

Sie waren beide atemlos vor Lachen, als er vor dem Pfarrhaus anhielt und den Motor abstellte. „Willst du morgen wieder mitfahren?", fragte er über die Schulter hinweg.

Jenny stieg ab. Ihre Knie waren weich vor Aufregung, und sie musste sich an seiner Schulter festhalten, um nicht das Gleichgewicht zu verlieren. „Auf keinen Fall. Diese Rückfahrt war lebensgefährlich!“

Bruce hatte sie noch nie so übermütig erlebt. Ihre Wangen glühten, ihre Augen funkelten, und ihr Lächeln wirkte strahlend. Verschwunden war die zurückhaltende Maske, hinter der sie sich gewöhnlich verbarg. Zum ersten Mal kam ihre abenteuerlustige Ader zum Vorschein, die er in ihr vermutet hatte. Er stieg vom Motorrad und nahm seinen Helm ab. „Du wirst dich schon bald daran gewöhnen.“ Er half ihr mit ihrem Helm, und es schien ganz natürlich, dass er mit den Fingern ihr angedrücktes Haar auflockerte. „Beim nächsten Mal durchbrechen wir die Schallgrenze.“

Er legte einen Arm um ihre Schultern. Ihre Knie waren noch immer weich, und sie lehnte sich an ihn und schlang ihren Arm um seine Taille. Gemeinsam taumelten sie zur Hintertür.

Sie öffnete sich, Bob kam aus dem Haus. Anklagend blickte er erst Bruce, dann Jenny an.

Seine steinerne Miene ließ sie abrupt stehen bleiben. „Was ist?“, fragten sie wie aus einem Munde. Doch sie ahnten es bereits.

„Mein Sohn ist tot.“

4. KAPITEL

Jenny?", flüsterte Bruce eindringlich, doch er erhielt keine Antwort. „Jenny, bitte weine nicht. Soll ich dir von der Stewardess etwas bringen lassen?"

Sie schüttelte den Kopf und nahm das feuchte Papiertuch von den Augen. „Nein danke, Bruce. Es ist alles in Ordnung." Doch es war nichts mehr in Ordnung, seit Bob Hendren ihnen am vergangenen Nachmittag mitgeteilt hatte, dass Hal von einem Exekutionskommando in Monterico erschossen worden war.

„Ich werde nie begreifen, warum zum Teufel ich dich mitgenommen habe", sagte Bruce voll bitterer Selbstvorwürfe.

„Ich musste mitkommen."

„Ich fürchte, dadurch wird alles nur noch schlimmer für dich."

„Nein, das stimmt nicht", widersprach Jenny und betupfte sich die geröteten geschwollenen Augen. „Ich konnte einfach nicht zu Hause sitzen und warten. Ich wäre verrückt geworden, wenn ich nicht mitgekommen wäre."

Dafür hatte er Verständnis. Die Reise nach Monterico, um die Leiche zu identifizieren und in die Vereinigten Staaten zu überführen, bedeutete ein grausiges Unternehmen. Ihnen stand eine Menge Papierkram mit dem Außenministerium bevor, ganz zu schweigen von den Verhandlungen mit der Militärjunta in Monterico. Doch alles schien besser, als zu Hause zu sitzen und den erbärmlichen Kummer der Hendrens zu ertragen.

„Jenny, wo hast du nur gesteckt?", hatte Sarah geschluchzt, als Jenny und Bruce ins Wohnzimmer gestürmt waren, nachdem Bob ihnen die Todesnachricht überbracht hatte. „Dein Wagen steht vor der Tür ... Wir haben überall gesucht ... Ach, Jenny!" Sarah war in Jennys Arme gesunken und hatte herzzerreißend geweint.

Bruce hatte sich auf das Sofa gesetzt, mit gespreizten Beinen und gesenktem Kopf, und auf den Fußboden zwischen seinen Stiefeln gestarrt. Niemand hatte ihn über den Verlust seines Bruders hinweggetröstet. Niemand hatte ihn beachtet. Sein Vater hatte nur vorwurfsvolle Blicke auf die beiden Sturzhelme im Flur geworfen.

Jenny hatte Sarahs hellbraunes Haar zurückgestrichen. „Es tut mir leid, dass ich nicht hier war. Ich ... ich bin mit Bruce Motorrad gefahren."

„Du warst mit Bruce zusammen?" Sarah hatte den Kopf gehoben und ihn angeblickt, so als wäre seine Anwesenheit eine riesige Überraschung für sie, so als hätte sie ihn nie zuvor gesehen.

„Woher weißt du denn von Hal, Mom?“, hatte er leise gefragt.

Sarah hatte völlig apathisch gewirkt, mit ausdrucksloser Miene und bleicher Haut.

„Ein Vertreter des Außenministeriums hat vor einer halben Stunde angerufen“, hatte Bob daher erklärt. Er war plötzlich um Jahre gealtert. Seine Schultern hingen kraftlos herab und ließen ihn wie einen alten Mann aussehen. Sein Kinn sah plötzlich wabbelig und schlaff aus. Seine Augen waren nicht mehr so klar und lebhaft wie früher. Seine Stimme, die eindrucksvoll und überzeugend von der Kanzel predigte, zitterte nun. „Die faschistische Regierung hat Hal und einige Mitglieder seiner Gruppe festgenommen, zusammen mit einigen der Rebellen, die sie befreien wollten. Sie wurden alle erschossen. Unsere Regierung legt offiziell Protest ein.“

„Unser Sohn ist tot!“, hatte Sarah geschrien. „Was nützen da Proteste? Nichts wird uns Hal zurückbringen. Er ist tot!“

Jenny hatte ihr insgeheim zugestimmt. Die beiden Frauen hatten sich den ganzen Abend lang Halt suchend aneinander geklammert und geweint.

Die Nachricht hatte sich schnell in der Gemeinde verbreitet. Unzählige Mitglieder waren gekommen, um ihr Beileid auszusprechen. Das Telefon hatte unablässig geklingelt. Einmal hatte Jenny aufgeblickt und Bruce den Hörer abnehmen sehen. Er war irgendwann zwischendurch nach Hause gefahren und hatte sich eine dunkle Hose, ein Hemd und ein Jackett angezogen. Er hatte an der Wand gelehnt und sich während des Telefonats über die Augen gestrichen. Er hatte müde ausgesehen. Müde und sehr traurig.

Jenny hatte sich nach der verrückten Motorradfahrt nicht einmal gekämmt. Doch niemandem war ihr aufgelöster Zustand aufgefallen. Alle waren desinteressiert, wie Roboter durch das Haus geschlichen. Niemand hatte fassen können, dass Hal ihnen auf so grausame, brutale und unwiderrufliche Weise genommen worden war.

„Du siehst erschöpft aus.“ Bruce war hinter Jenny getreten, als sie sich in der Küche eine Tasse Kaffee eingeschenkt hatte. „Hast du überhaupt etwas gegessen?“

Unzählige gefüllte Schüsseln, gebracht von den Mitgliedern der Kirchengemeinde, hatten auf dem Tisch gestanden. Doch allein die Vorstellung, etwas zu essen, hatte Jenny mit Abscheu erfüllt. „Nein. Ich möchte nichts. Und du?“

„Ich bin wohl auch nicht hungrig.“

„Wir sollten aber etwas essen", hatte Bob bemerkt, der mit Sarah am Arm zu ihnen getreten war.

„Ein Mann namens Withers vom Außenministerium hat angerufen, Dad", hatte Bruce ihm mitgeteilt. „Ich fliege morgen hin und überführe Hals Leiche." Sarah war wimmernd auf einen Stuhl gesunken, und Bruce hatte sie traurig angesehen. „Dieser Withers trifft sich mit mir in Mexico City. Er wird mich begleiten und mir helfen. Ich rufe an, sobald ich Näheres weiß, damit ihr die Beerdigung vorbereiten könnt."

Sarah hatte die Arme auf den Tisch gefaltet, den Kopf darauf gebettet und erneut geweint.

„Ich komme mit dir, Bruce", hatte Jenny ruhig verkündet.

Die Reaktion der Hendrens auf diese Mitteilung war nicht so ruhig ausgefallen. Doch Jenny hatte sich nicht von ihrem Entschluss abbringen lassen.

Und nun befand sie sich auf dem Flug nach Mexico City, demselben Flug, den Hal vor knapp drei Monaten genommen hatte. Bruce saß dicht neben ihr, auf dem mittleren Sitz, obwohl der Platz am Gang frei war, so als wolle er sie vor dem Rest der Welt abschirmen. Als ihr Papiertuch zerriss, gab er ihr ein Taschentuch aus der Brusttasche seines Jacketts.

„Danke."

„Danke mir nicht, Jenny. Ich kann es nicht ertragen, dich weinen zu sehen."

„Ich fühle mich so schuldig."

„Schuldig? Um Himmels willen, warum?"

Sie starrte aus dem Fenster des Flugzeugs. „Ich weiß nicht. Aus tausend Gründen. Weil ich böse auf ihn war, als er abgereist ist. Weil ich verletzt war, dass er mir keine persönliche Karte geschickt hat ..."

„Jeder fühlt sich wegen solcher Dinge schuldig, wenn jemand stirbt. Das ist ganz natürlich."

„Ja, aber ... ich fühle mich schuldig, weil ... weil ich noch lebe." Mit tränenverschleierten Augen blickte sie ihn an. „Weil ich gestern so viel Spaß mit dir hatte, während Hal schon tot war."

Dieses Schuldgefühl quälte auch ihn, doch das wollte er ihr nicht gestehen. Er legte einen Arm um sie und zog sie an seine Brust. Tröstend streichelte er über ihr Haar, als sie den Kopf an seine Schulter bettete. „Du darfst dich nicht schuldig fühlen, weil du lebst. Hal hätte das nicht gewollt. Er ist freiwillig zu dieser Mission aufgebrochen. Er kannte das Risiko und ist es bewusst eingegangen."

Aber warum musste er sterben? fragte er sich insgeheim. *Warum, ver-*

dammt? Er hatte Jenny in einem fairen Kampf für sich gewinnen wollen. Dass sie plötzlich durch Hals Tod zu haben war, bedeutete keinen Triumph für ihn. „Warum warst du so böse auf Hal, als er abgereist ist? Weil er sich nicht von dir verabschiedet hat?“, fragte er, obgleich er die Antwort fürchtete. Bereute sie womöglich, was passiert war?

Lange Zeit schwieg sie. Dann erklärte sie stockend: „In der letzten Nacht vor seiner Abreise ist etwas geschehen, das uns einander sehr nahe gebracht hat. Aber am nächsten Morgen ist er gegangen, ohne sich zu verabschieden, so als wäre es nie geschehen. Ich hatte gehofft, dass er die Reise absagen würde.“ Sie atmete tief durch. „Ich habe mich zurückgesetzt gefühlt, weil er es nicht getan hat. Eigentlich habe ich nicht geglaubt, dass ihm meine Gefühle wichtiger waren als seine Mission, aber ...“

Sollte er es ihr gestehen? Sollte er ihr erklären, dass sie sich zu Unrecht verletzt fühlte, weil Hal gar nichts von jener Liebesnacht wusste? Dass Hal ihren Zorn gar nicht verdiente? Dass sie sich auch nun nicht schuldig zu fühlen brauchte, weil er selbst der einzig Schuldige war ... wie immer?

Bruce war sehr versucht, es ihr zu sagen. Aber nein, es war unmöglich. Sie musste erst einmal Hals Tod überwinden. Wie hätte sie die Erkenntnis verkraften können, dass sie mit einem falschen Mann geschlafen hatte? Wie konnte eine Frau sich das verzeihen? Wie konnte sie je dem Mann verzeihen, der sie getäuscht hatte?

Jenny musste die Anspannung seines Körpers wohl gespürt haben, denn plötzlich richtete sie sich auf und wich ein wenig zurück. „Ich sollte dich nicht damit belästigen. Was mich im Innersten angeht, interessiert dich wohl herzlich wenig.“

Er hätte ihr gern gestanden, wie sehr es ihn interessierte. Dass er sie so intim kannte, wie es nur möglich war. Dass er sich jede Linie ihres Körpers eingeprägt hatte. Dass er ihre leidenschaftlichen Laute so gut kannte wie seine eigene Stimme, weil er sie im Geiste immer wieder hörte, wenn er nachts allein im Bett lag und an sie dachte.

Was bin ich bloß für ein Schuft! schoss es ihm plötzlich durch den Kopf. Sein Bruder war tot, doch er dachte daran, wie es war, mit Jenny zu schlafen. „Wir werden bald landen“, sagte er brüsk, um sein schlechtes Gewissen zu überspielen.

„Dann sollte ich mein Gesicht herrichten.“

„Dein Gesicht ist wundervoll.“

Erstaunt wandte sie sich ihm zu. Sie blickte ihn an, und dabei wurde ihr bewusst, dass niemand ihm für all die Dinge gedankt hatte, um die er sich gekümmert hatte. Er hatte die unangenehmen Aufgaben übernommen, ohne dass er überhaupt darum gebeten worden war. „Du warst uns allen eine große Hilfe, Bruce. Deinen Eltern. Mir." Sie legte eine Hand auf seinen Arm. „Ich bin froh, dass wir dich haben."

„Ich bin auch froh, dass ihr mich habt", sagte er mit einem sanften Lächeln.

Es war richtig, ihr nicht zu sagen, dass er in jener Nacht ihr Liebhaber gewesen war. Früher hätte er nicht seinem Bruder das Verdienst für die Sinnesfreuden überlassen, die er Jenny bereitet hatte. Doch er hatte sich verändert. Und daher ließ er sie in dem Glauben, dass sie mit Hal geschlafen hatte. Um ihr zu ersparen, dass zu ihrer Trauer auch noch Beschämung hinzukam.

Die Hauptstadt von Monterico war hässlich, lärmend und heiß. Stählerne Skelette erinnerten an Häuser, die einmal gestanden hatten und nun nur noch Ruinen waren. Schutthaufen machten einige Straßen unpassierbar. Politische Parolen, in Blutrot gemalt, schrien die grausige Geschichte des Bürgerkrieges von sämtlichen Reklametafeln.

Soldaten in Arbeitshosen, Kampfstiefeln und Panzerhemden patrouillierten durch die Straßen. Ihre Gesichter wirkten mürrisch, ihr Verhalten war arrogant und grob. Die Zivilbevölkerung kuschte. Mit angstvollem Blick und verstohlenen Bewegungen ging sie ihrem Tagwerk nach.

Jenny hatte noch nie einen so deprimierenden Ort gesehen. Sie begann, Hals Beweggründe und seine Entschlossenheit zu verstehen, dieses Elend zu beseitigen und der Unterdrückung des menschlichen Geistes ein Ende zu bereiten.

Withers, der Vertreter des Außenministeriums, der sie in Mexico City empfing, erwies sich als Enttäuschung. Sie hatte einen Mann erwartet, der allein durch sein Auftreten Autorität ausstrahlte und Respekt hervorrief. Doch Mr Withers sah aus, als könnte er nicht einmal einem starken Windstoß standhalten, geschweige denn einer feindlichen Regierung trotzen. Sie konnte ihn sich eher als Zielscheibe grausamer Witze vorstellen denn als Widersacher einer Militärjunta. Doch er hatte sie freundlich und voller Mitgefühl empfangen und brachte ihr Respekt entgegen.

Jenny überließ Bruce die meisten Verhandlungen. Doch während er sich um die behördlichen Dinge kümmerte, ließ er sie nie aus den Augen. Er war ständig an ihrer Seite, meistens mit einem beschützenden Arm um ihre Schultern oder einer zärtlichen Hand an ihrem

Ellbogen. Sie verließ sich auf seine Stärke, und sie fragte sich, warum ihm niemand Einfühlungsvermögen zutraute. Die Leute glaubten, dass ihm alles gleichgültig wäre. Doch sie irrten sich. Er trauerte um seinen Bruder. Und er behandelte Jenny mit äußerster Rücksicht.

Bei der Ankunft auf dem Flughafen von Monterico wurden Jenny, Bruce und Mr Withers auf den Rücksitz eines alten Fords verfrachtet. Vorn saßen der Fahrer und ein Soldat mit einem Maschinengewehr unter dem Arm. Die beiden waren Vertreter der derzeitigen Regierung, und sie machten sich nicht die Mühe, ihre Verachtung gegenüber den Passagieren zu verbergen.

Nach einer weitschweifigen Fahrt durch die Stadt wurden sie vor einem Gebäude abgesetzt, das ursprünglich eine Bank beherbergt hatte und nun als Regierungssitz diente. Drinnen kreisten Ventilatoren an der Decke, doch sie bemühten sich vergeblich, die stickige Luft erträglich zu machen. Doch zumindest bildete die ehemalige Schalterhalle einen Schutz vor der sengenden Sonne. Jennys Bluse klebte ihr am Leib. Bruce hatte längst das Jackett ausgezogen, die Krawatte abgenommen und die Hemdsärmel hochgerollt.

Ein Soldat deutete mit seinem Gewehr auf eine schäbige Couch und murrte dabei etwas vor sich hin, das sie als Befehl auffassten, sich zu setzen. Mr Withers wurde zu Verhandlungen mit dem militärischen Befehlshaber in einen Nachbarraum geführt.

Als er zehn Minuten später aus dem Büro trat, wischte er sich aufgeregt mit einem Taschentuch über die Stirn. „Davon wird Washington erfahren“, verkündete er empört.

„Wovon?“, hakte Bruce nach. Er stand mit gespreizten Beinen da, sein Jackett über die Schulter geschlungen, das Hemd geöffnet und die eindrucksvolle breite Brust enthüllt, mit einem finsteren Ausdruck auf dem Gesicht, und er sah furchterregender aus als jeder der Soldaten.

Mr Withers erklärte, dass Hals Leiche die Stadt noch nicht erreicht hatte. „Das Dorf, in dem die … ähm …“

„Exekution“, warf Bruce offen ein.

„Nun, ja, das Dorf, in dem sie stattgefunden hat, ist durch Guerilla-Kämpfe abgeschnitten. Aber man erwartet, dass die Leiche bei Einbruch der Dunkelheit eintrifft.“

„Bei Einbruch der Dunkelheit!“, rief Jenny entsetzt. Den ganzen Nachmittag in dieser kriegserschütterten Stadt verbringen zu müssen war eine erschreckende Vorstellung.

„Ich fürchte, ja, Miss Fletcher.“ Mr Withers warf Bruce einen nervösen Blick zu. „Vielleicht auch früher. Niemand scheint es genau zu wissen."

„Und was sollen wir in der Zwischenzeit anfangen?", fragte sie.

Er räusperte sich und schluckte. „Warten."

Und das taten sie. Endlose Stunden lang, die sich zäh und eintönig dahinzogen. Sie durften das Gebäude nicht verlassen. Als Mr Withers seine diplomatische Macht einsetzte, um ihnen Essen und Trinken zu besorgen, wurden ihnen altbackene Schinkenbrote und rostiges Wasser gebracht.

„Das sind bestimmt die Überreste aus den Gefangenenlagern", sagte Bruce angewidert und warf sein Brot in den nächsten übervollen Papierkorb.

Auch Jenny konnte ihr Brot nicht essen. Der Schinken hatte eine leicht grünliche Farbe. Doch sie tranken das Wasser, aus Angst vor zu großem Flüssigkeitsentzug. Sie schmachteten in der Nachmittagshitze, während die Soldaten sich und ihre Gewehre an die Wände lehnten und Siesta hielten.

Bruce schritt unruhig umher und schimpfte unablässig auf Monterico im Allgemeinen und ihre Bewacher im Besonderen. Jenny mit dem rötlich schimmernden Haar und den grünen Augen stellte eine reizvolle Neuheit in diesem Land dar, dessen Bevölkerung überwiegend dunkel war – braune Haut, schwarzes Haar, tiefbraune Augen. Jedes Mal, wenn einer der großspurigen Soldaten einen lüsternen Blick in ihre Richtung warf, trat ein drohendes Funkeln in Bruce' Augen.

Die Wachen wussten nicht, dass er fließend Spanisch sprach. Als einer der Soldaten eine zotige Bemerkung über Jenny zu seinem Kumpel machte, stürmte Bruce mit geballten Fäusten auf ihn zu.

Mr Withers hielt ihn am Ärmel zurück. „Um Himmels willen, Mann, machen Sie keine Dummheiten! Sonst müssen wir drei Leichen zu Ihren Eltern zurückschicken."

Er hatte natürlich recht, und Bruce kehrte widerstrebend zu seinem Platz auf der Couch zurück. Fest umfasste er Jennys Hand. „Bleib immer in meiner Sichtweite, was auch geschieht."

Gerade als die Sonne über dem dichten Dschungel in der Ferne versank, ratterte ein großer Militärlaster die Straße hinauf und hielt vor dem Regierungsgebäude. Der Fahrer und seine Kumpane stiegen lässig aus, zündeten sich Zigaretten an, scherzten miteinander, streckten sich nach einer offensichtlich langen staubigen Fahrt. Der Mann mit dem dicksten Bauch und höchsten Rangabzeichen watschelte ins Büro des Befehlshabers.

„Es ist wohl so weit, denke ich", sagte Mr Withers hoffnungsvoll.

Er hatte recht. Der Befehlshaber kam aus seinem Büro, wedelte mit einem Stapel Papiere, bedeutete ihnen, ihm hinauszufolgen. Die Plane des Lasters wurde zurückgeschlagen, und der Befehlshaber kletterte auf die Ladefläche. Withers folgte ihm. Dann Bruce.

„Du nicht", sagte er, als Jenny einen Fuß auf die Ladeklappe setzte.

„Aber, Bruce ..."

„Nein", beharrte er entschieden.

Vier Särge befanden sich im Laster. Hal lag im dritten, der geöffnet wurde. Jenny erkannte es an dem Ausdruck, der auf Bruce' Gesicht trat, als der Deckel hochgehoben wurde. Er presste die Augen fest zu, biss die Zähne zusammen, und sein Gesicht verzerrte sich. Withers stellte ihm eine kurze Frage, und er nickte.

Als Bruce die Augen wieder öffnete, ließ er den Blick durch den Lastwagen gleiten, so als könne er es nicht ertragen, seinen Bruder noch einmal anzusehen. Aber dann tat er es doch. Und seine Miene wurde weich, Tränen traten ihm in die Augen. Er streckte eine Hand aus und berührte liebevoll das Gesicht seines Bruders.

Dann gab der Befehlshaber einen schroffen Befehl auf Spanisch, und der Sarg wurde versiegelt. Bruce und Withers wurden von der Ladefläche geführt, und vier Soldaten stiegen hinauf, um den Sarg herauszuholen.

Nachdem Bruce aus dem Laster gesprungen war, legte er sofort die Arme um Jenny. Nun erst wurde ihr bewusst, dass sie weinte. „Bringen Sie uns hier raus", sagte er zu Withers, der in der Nähe wartete. „Lassen Sie den Sarg zum Flughafen bringen und uns sofort aufbrechen."

Withers eilte davon, um den Auftrag auszuführen.

Bruce legte einen Finger unter Jennys Kinn und hob ihren Kopf. „Ist alles in Ordnung?"

„War er ...? Ist sein Gesicht ...?"

„Nein." Er lächelte sanft und strich ihr das Haar zurück. „Er sieht unberührt aus, als ob er schläft. Unglaublich jung. Sehr friedvoll, fast glücklich."

Sie schluchzte auf und barg das Gesicht am Kragen seines Hemdes. Er senkte den Kopf auf ihren und hielt sie fest. Seine Hände streichelten tröstend über ihren Rücken. Er wusste, wie sie litt. Er fühlte sich, als läge ein Teil von ihm in dem Sarg.

Withers räusperte sich laut und verlegen. „Mr Hendren?" Er wartete, bis Bruce den Kopf hob, und sagte dann hastig: „Sie bringen den

Sarg jetzt zum Flughafen." Er deutete auf einen klapprigen Lieferwagen, der sich einen Hügel hinaufquälte.

„Gut. Ich will Jenny schleunigst von hier fortbringen. Wir können Mexico City in etwa ..."

„Ähm, es gibt da ein Problem."

Bruce hatte sich bereits in Bewegung gesetzt. Er blieb abrupt stehen und wirbelte herum, mit Jenny im Arm. „Was für ein Problem?", fragte er düster.

Withers trat unruhig von einem Fuß auf den anderen. „Sie lassen nach Einbruch der Dunkelheit kein Flugzeug starten."

„Was?", explodierte Bruce. Die Sonne war inzwischen untergegangen. Die Finsternis war undurchdringbar.

„Sicherheitsmaßnahmen", erklärte Withers. „Sie wollen die Startbahnbeleuchtung nicht einschalten. Vielleicht erinnern Sie sich, dass die Landebahn getarnt war, als wir ankamen."

„Ja, ja, ich erinnere mich", entgegnete Bruce gereizt. „Wann können wir aufbrechen?"

„Morgen früh, sobald es hell ist."

„Wenn nicht, dann werde ich Himmel und Hölle in Bewegung setzen. Ich kann auch gemein werden. Die haben noch keinen hinterhältigeren Guerilla-Kämpfer als mich kennengelernt. Und wenn die glauben, dass ich Jenny zumute, die Nacht in dem Bankgebäude zu verbringen, dann irren sie sich gewaltig."

„Nein, nein, das ist nicht nötig. Sie haben uns Zimmer in einem Hotel besorgt."

„Das kann ich mir denken", fauchte Bruce. „Wir suchen uns selbst ein Hotel."

Doch das Angebot war sehr begrenzt, und schließlich stiegen sie doch in dem Hotel ab, das die Regierungsvertreter für sie vorgesehen hatten.

Wenn die Zimmer so schäbig wie die Eingangshalle ausgestattet waren, dann stand ihnen eine unbequeme Nacht bevor. Der Ventilator an der Decke drehte sich mit protestierendem Quietschen. Die Gardinen waren zerschlissen, und die Säume hingen auf den schmutzigen Fußboden. Ein Stapel Zeitschriften lag schon so lange ungelesen auf einem Tisch, dass die Titelseiten verblasst und von Staub bedeckt waren. Nicht gepflegte Pagen, sondern mürrische Soldaten mit Maschinengewehren stolzierten in der Halle umher. Die Atmosphäre war bedrohlich und deprimierend zugleich.

Nach einer Besprechung mit der ungekämmten Concierge kehrte

Withers mit drei Zimmerschlüsseln zurück. „Wir sind alle auf demselben Flur untergebracht", verkündete er glücklich.

„Na, ausgezeichnet! Ich lasse uns Champagner und Kaviar aufs Zimmer bringen, und dann feiern wir eine Party."

Withers wirkte geradezu gekränkt über Bruce' Stichelei. „Miss Fletcher, Sie haben das Zimmer Nummer neunzehn."

Bruce fing den Schlüssel ab, bevor Jenny ihn übernehmen konnte, und blickte auf das Schild an seinem eigenen Schlüssel. „Miss Fletcher kommt mit mir in Nummer fünfundzwanzig. Komm, Jenny." Er nahm ihren Arm und führte sie zur Treppe.

„Aber sie haben doch genaue Anweisungen wegen der Zimmer gegeben", protestierte Withers und trottete ihnen wie ein lästiger Hund hinterher. „Die Zimmer sind uns zugeteilt worden."

„Zur Hölle mit denen! Glauben Sie etwa, dass ich Jenny allein lasse und denen ausliefere? Denken Sie doch einmal nach, Mann!"

„Aber das bedeutet einen Verstoß gegen unsere Vereinbarungen."

„Es ist mir völlig egal, wenn dieser Verstoß gegen Ihre Vereinbarungen den Dritten Weltkrieg auslöst!"

„Ich bezweifle ernsthaft, dass sie Miss Fletcher etwas antun würden. Schließlich sind es keine Wilden."

Bruce wirbelte herum und starrte Withers hart an. „Sie bleibt bei mir." Und dagegen gab es keine Widerrede.

In Zimmer fünfundzwanzig war es heiß, stickig und staubig, wie offensichtlich in ganz Monterico. Bruce trat ans Fenster und spähte hinaus. Wie er vermutet hatte, wurden sie bewacht. Zwei Soldaten standen unten auf der Straße. Ihre Zigaretten glühten in der Dunkelheit.

Er ließ das Fenster offen und schloss nur die Läden. Zumindest ein wenig kühle Nachtluft drang in den Raum. „Withers hat gesagt, dass man uns das Abendessen aufs Zimmer bringt."

„Wenn es so wie das Mittagessen ist, dann kann ich es kaum erwarten." Jenny warf ihre Handtasche lustlos auf das Bett und sank auf die Kante. Sie ließ die Schultern hängen, aber zumindest hatte sie ihren Sinn für Humor nicht ganz verloren.

„Zieh doch die Schuhe aus und leg dich hin."

„Einen Augenblick ausruhen wäre nicht schlecht", gab sie zu und legte sich auf die geblümte Bettdecke.

Eine halbe Stunde später klopfte ein Soldat an die Tür, stieß sie auf und brachte ein Tablett herein. Jenny, die eingenickt war, fuhr erschrocken auf. Ihr Rock rutschte hoch. Er starrte sie gierig an.

Bruce ignorierte Withers' Warnung. Er nahm dem Soldaten das Tablett ab und schob ihn aus dem Zimmer. Er verschloss die Tür und stellte einen Stuhl unter die Klinke. Solche Maßnahmen konnten zwar keine Maschinengewehrkugeln aufhalten, aber er fühlte sich dennoch wohler.

Das „Dinner“ war ein Eintopf aus Reis, Hähnchenfleisch, Bohnen und genügend Pfefferschoten, um Jenny die Tränen in die Augen zu treiben. Ihr war ohnehin nicht nach Essen zumute. Nach zwei Bissen legte sie die Gabel nieder.

„Iss“, befahl Bruce.

„Ich habe keinen Hunger.“

„Iss trotzdem, Jenny. Zumindest das, was sich nicht bewegt.“

Sie gab nach und pickte sich die Streifen Hähnchenfleisch heraus.

Trüber Rotwein begleitete das Mahl. Bruce nippte daran und verzog das Gesicht. „Ich glaube, der ist eigentlich als Reinigungsmittel gedacht.“

„Spricht da der Säufer von La Bota?“

„Nennt man mich so?“

„Manchmal.“

Er reichte ihr ein gefülltes Glas. „Trink. Ich traue dem Wasser hier nicht, und in dieser Brühe können bestimmt keine Bakterien überleben.“

Sie nippte daran, zog eine Grimasse, über die er lachte, und nippte erneut. Sie schaffte nur fünf Schlucke. „Mehr geht wirklich nicht“, sagte sie und schüttelte sich vor dem sauren Nachgeschmack.

Bruce stellte das Tablett neben die Tür. Er lauschte einen Augenblick. Es war alles still auf dem Flur. Doch es waren gewiss Wachposten aufgestellt worden, wenn nicht direkt vor der Tür, dann an der Treppe.

Jenny spähte ins Badezimmer. „Meinst du, dass die Dusche funktioniert?“

„Das kommt auf einen Versuch an.“

„Glaubst du, dass ich mir von dem Wasser eine Infektion holen könnte?“

Er lachte. „Wir müssen es wohl riskieren.“ Er zupfte an seinem verschwitzten Hemd. „Mir bleibt jedenfalls keine andere Wahl.“

„Mir wohl auch nicht.“ Sie trat ins Bad, schloss die Tür, zog sich aus und stellte sich widerstrebend in das gelblich verfärbte Duschbecken. Zu ihrer Überraschung war das Wasser heiß und die Seife amerikanische Exportware. Sie wusch sich sogar die Haare damit, aus Mangel an Shampoo.

Nachdem sie sich abgetrocknet hatte, wusch sie ihre Unterwäsche im Waschbecken aus, da sie sich sonst nicht hätte überwinden können, sie am folgenden Morgen wieder anzuziehen. Sie hängte BH, Slip und Bluse über die einzige Handtuchstange. Dann schlüpfte sie in ihren Unterrock, um darin zu schlafen, und zog sich die Kostümjacke an. Es war ein lächerlicher Aufzug, doch ihr blieb keine andere Wahl.

Verlegen betrat sie das Zimmer und fingerte nervös an den Knöpfen der Kostümjacke, als Bruce sie anblickte. Hatte er sie jemals mit nassen Haaren gesehen? „Ich ... da ist nur ein Handtuch. Es tut mir leid."

„Gar kein Problem. Ich trockne an der Luft." Er sprach in gelassenem Ton, doch sein Blick ruhte auf dem breiten Spitzenbesatz ihres Unterrocks, kurz oberhalb ihrer Knie.

Sie ging zum Bett und er ins Badezimmer. Sie erinnerte sich an ihre Unterwäsche, die zum Trocknen auf der Stange hing, und ihre Wangen glühten. Es war albern. Sie hatten im selben Haus gelebt. Ihre Wäsche war zusammen gewaschen und aufgehängt worden, wenn er von der Universität heimgekommen war. Er hatte sie im Nachthemd und Morgenrock und verschiedenen Stadien der Entkleidung gesehen.

Doch diesmal war es anders. Und die Vorstellung, dass er ihre Unterwäsche sah, ließ eine Woge der Wärme durch ihren Körper rieseln.

Als er aus dem Badezimmer kam, hatte sie sich die Kostümjacke ausgezogen und lag unter der Bettdecke. Er trug nur seine Hose. Sein Brusthaar glitzerte feucht. Das Haar tropfte nicht mehr, war aber feucht und zerzaust. Er löschte das Licht und setzte sich auf die Bettkante. „Bequem?"

„In Anbetracht der Umstände, ja."

Er nahm ihre Hand und verschränkte seine Finger mit ihren. „Du bist wirklich beachtlich, Jenny Fletcher", sagte er sanft.

„Wie meinst du das?"

„Du hast heute die Hölle durchgemacht, aber du hast dich mit keinem Wort beklagt." Mit der anderen Hand wickelte er sich eine Locke ihres Haares um einen Finger. „Ich finde dich sagenhaft."

„Ich dich auch." Ihre Stimme zitterte. „Du hast um Hal geweint."

„Er war mein Bruder. Trotz unserer Differenzen hatte ich ihn gern."

„Ich muss immer daran denken, wie ..." Sie verstummte und presste die Lippen zusammen, als eine Träne über ihre Wange kullerte.

„Denk nicht daran, Jenny!" Er strich ihr über die Wange.

„Ich muss aber!"

„Nein, du musst nicht. Du wirst nur verrückt, wenn du es tust."

„Du hast auch daran gedacht, Bruce. Sicher. Das weiß ich. Wie war es kurz vor seinem Tod? Hatte er Angst? War er ...?"

Er legte einen Finger auf ihre Lippen. „Natürlich habe ich daran gedacht. Und ich glaube, dass er es tapfer ertragen hat. Ich bin sogar sicher. Er hatte einen unerschütterlichen Glauben. Er hat getan, wozu er sich berufen fühlte. Ich glaube nicht, dass dieser Glaube ihn verlassen hat."

„Du hast ihn bewundert", flüsterte Jenny in plötzlicher Einsicht.

„Ja, das habe ich. Unsere Reaktionen waren immer unterschiedlich. Ich war heftig, Hal war friedlich. Vielleicht braucht es mehr Mut, sanft und duldsam zu sein, als draufgängerisch."

Jenny schmiegte eine Hand an seine Wange. „Er hat dich auch bewundert."

„Mich?" Es klang ungläubig.

„Ja. Deinen Kampfgeist, deinen Trotz, wie immer du es nennen willst."

„Vielleicht", sagte er ein wenig nachdenklich. „Ich möchte es gern glauben." Er zog die Decke über ihre Schultern. „Du musst jetzt schlafen." Er löschte das Licht und gab ihr nach kurzem Zögern einen Kuss auf die Stirn. Dann zog er den einzigen einigermaßen bequemen Sessel ans Fenster und sank hinein. Kurz darauf waren beide eingeschlafen.

„Was war das?" Jenny setzte sich mit einem Ruck im Bett auf. Das Zimmer lag im Dunkeln, doch immer wieder zuckte grelles Licht zum Fenster herein.

Hastig trat Bruce ans Bett. „Es ist alles in Ordnung, Jenny." Er setzte sich und versuchte, sie in die Kissen hinabzudrücken, doch sie war wie erstarrt. „Es ist mehrere Meilen entfernt. Es geht schon seit einer halben Stunde so. Tut mir leid, dass es dich geweckt hat."

„Das ist kein Donner", sagte sie rau.

„Nein."

„Das sind Kämpfe."

„Ja."

„Oh, Himmel!" Sie bedeckte das Gesicht mit den Händen und sank in die Kissen. „Ich hasse diesen Ort. Es ist heiß und schmutzig, und sie töten anständige wundervolle Leute wie Hal. Ich will nach Hause!", rief sie. „Ich habe Angst, und ich hasse mich dafür. Aber ich kann es nicht ändern."

Bruce legte sich neben sie und zog sie an sich. „Die Kämpfe sind weit weg. Morgen früh fliegen wir ab, und du brauchst nie wieder an Monterico zu denken. Und ich bin bei dir." Er streichelte beruhigend über ihr Haar. „Ich lasse nicht zu, dass dir etwas geschieht. Solange ich lebe, werde ich dich beschützen."

Seine Worte und der raue sanfte Klang seiner Stimme trösteten sie. Seine Kraft war wie ein Rettungsring, an den sie sich klammerte. Als er sich auf den Rücken drehte und sie an seine Brust zog, kuschelte sie sich an ihn. Instinktiv suchte sie Anlehnung an einen Menschen, der größer und stärker war als sie. Sie lehnte die Wange an seine muskulöse Brust und vergrub die Finger in seinem Haar, während sie den anderen Arm fest um seine Taille schlang.

Er hielt sie fest umschlungen und flüsterte ihr die zuversichtlichen Worte zu, die sie hören wollte. Ihr weißer Unterrock, der sich um die aufreizende Rundung ihrer Hüften schmiegte, hob sich schwach vom dunklen Raum ab. Ihre Brüste fühlten sich weich an seiner Brust an.

Immer wieder rann ein Schauer durch ihren Körper, und dann küsste er ihr Haar, während er ihre bloßen Schultern streichelte. Er genoss ihre glatte Haut unter seinen Fingern und bemühte sich, die Berührung unpersönlich zu halten.

Dann schlief sie ein. Er merkte es an ihrem regelmäßigen warmen Atem, der seine Brust streifte. Und dann legte sie im Schlaf ein Bein über ihn. Ihr Schenkel ruhte auf seinem, und ihr Knie berührte beinahe seinen Hosenschlitz. Er biss die Zähne zusammen und unterdrückte sein heftiges Verlangen. Er starrte auf ihre Hand, die entspannt in seinem Schoß lag, und er sehnte sich verzweifelt danach, dass sie ihn berührte.

Er lauschte dem Grollen der fernen Kämpfe, bis es verstummte. Er beobachtete die Morgendämmerung, die am Horizont hereinbrach. Und noch immer hielt er Jenny umschlungen. Die Verlobte seines Bruders. Aber seine große Liebe.

5. KAPITEL

Hals Beerdigung erweckte großes Aufsehen in der Öffentlichkeit. Alle, die daran teilnahmen, hielten ihn für einen Märtyrer. Diejenigen, die zuvor seinen Fanatismus kritisiert hatten, hielten nun ehrfürchtig die Köpfe gesenkt. Fernsehteams aus allen größeren Städten von Texas liefen wie Ameisen auf dem Friedhof umher und bauten ihre Kameras auf.

Jenny konnte immer noch nicht fassen, dass seine Mission mit seinem Tod geendet hatte. Sie erwartete, jeden Augenblick aus einem Albtraum zu erwachen.

Seit sie und Bruce aus Monterico zurückgekehrt waren, herrschte ein wahres Chaos im Pfarrhaus. Das Telefon stand nicht still. Ständig trafen Besucher ein. Regierungsvertreter kamen, um sie und Bruce nach den Zuständen in Mittelamerika zu befragen.

Jenny hatte sehr wenig geschlafen, seit sie in jenem Hotelzimmer in Monterico erwacht war. Als sie erkannt hatte, dass sie nur in ihrem Unterrock in Bruce' Armen gelegen hatte, war sie hastig und verlegen ins Badezimmer geflüchtet. Eine knisternde Spannung war zwischen ihnen erwacht. Seitdem mied sie seinen forschenden Blick, und das schien ihn zu irritieren.

Sie waren in einem klapprigen Wagen zum Flughafen gefahren und dann in das Flugzeug mit Hals Sarg gesetzt worden. In Mexico City hatte Mr Withers sich eifrig um ihren Anschlussflug nach El Paso gekümmert.

Bruce hatte am Fenster des Flughafengebäudes gestanden, mit hängenden Schultern und angespannter Miene ins Leere gestarrt und Kette geraucht. Als er einen erstaunten Blick von Jenny aufgefangen hatte – seit jenem Abend vor Hals Abreise hatte sie ihn nicht mehr rauchen gesehen –, hatte er einen Fluch ausgestoßen und die Zigarette im nächsten Aschenbecher ausgedrückt.

Sie hatten kaum miteinander gesprochen während des Fluges nach El Paso. Die anschließende Fahrt nach La Bota, während der sie dem Leichenwagen mit Hals Sarg gefolgt waren, hatten sie in düsterem Schweigen zurückgelegt.

Seitdem hatten sie sehr wenig miteinander gesprochen. Die Kameradschaft, die einmal zwischen ihnen bestanden hatte, existierte nicht länger. Aus unerklärlichen Gründen fühlte Jenny sich in seiner Nähe unbehaglicher denn je zuvor. Er betrat einen Raum, sie verließ ihn. Er blickte sie an, sie wandte das Gesicht ab. Sie wusste nicht, warum sie ihn so sorgfältig mied, aber sie wusste, dass es mit jener Nacht im Hotelzimmer in Monterico zusammenhing.

Nun starrte sie auf den blumenbedeckten Sarg und verscheuchte die Erinnerungen an jene Nacht. Sie wollte nicht an jenen Augenblick denken, als sie in seinen Armen erwacht war und sich geborgen und heiter gefühlt hatte ... bis sie erkannt hatte, wie unrecht dieses Gefühl der Heiterkeit war.

Sie wollte nicht riskieren, Bruce wieder nahe zu kommen. Seine Kraft zog sie an wie ein Magnet, und selbst in diesem Augenblick hätte sie sich auf ihn gestützt, wenn nicht seine Eltern zwischen ihnen gestanden hätten.

Der Bischof beendete die Beerdigung mit einem langen Gebet. Während der Heimfahrt weinte Sarah leise an Bobs Schulter. Bruce starrte brütend aus dem Fenster. Jenny knetete stumm ihr Taschentuch.

Mehrere Frauen von der Kirche waren bereits im Pfarrhaus eingetroffen, um die Trauergemeinde mit Kaffee, Kuchen, Punsch und Pasteten zu bedienen. Der Besucherstrom schien gar nicht enden zu wollen. Jenny war es schließlich leid, Beileidsbekundungen zu hören. Sie verließ das Wohnzimmer und ging in die Küche, um sich dort zu beschäftigen.

Nachdem die meisten Besucher das Haus verlassen hatten, kehrte Jenny ins Wohnzimmer zurück. Zu ihrer Erleichterung waren nur noch die Hendrens anwesend. Sie sank in einen Sessel, lehnte den Kopf zurück und schloss die Augen, bis das Klicken von Bruce' Feuerzeug sie aufblicken ließ.

„Ich habe dich gebeten, in diesem Haus nicht zu rauchen", fauchte Sarah vom Sofa her. Ihre Augen waren trocken, aber von dunklen Ringen umrahmt. Sie sah runzelig und verfallen aus, wie ein Schatten ihrer selbst. Ihre Miene wirkte so bitter, dass es an Gehässigkeit grenzte.

„Entschuldige bitte", sagte Bruce zerknirscht. Er ging zur Haustür und schnippte die Zigarette in die Nacht hinaus, die unbemerkt hereingebrochen war. „Alte Gewohnheit."

„Musst du deine hässlichen Gewohnheiten in dieses Haus bringen? Hast du keine Achtung vor deiner Mutter?", fragte Bob.

Bruce hielt auf dem Weg zu seinem Sessel inne, verblüfft über Bobs harten, verdammenden Ton. Sein Körper spannte sich, doch er entgegnete sanft: „Ich achte euch beide."

„Du hast vor gar nichts Achtung", widersprach Sarah brüsk. „Du hast mir nicht ein einziges Mal gesagt, dass der Tod deines Bruders dir leidtut. Ich habe kein Mitgefühl von dir bekommen."

„Mom, ich …“

Sie ignorierte seinen Einwand und fuhr unbeirrt fort: „Allerdings weiß ich auch nicht, warum ich es von dir erwartet habe. Seit dem Tag deiner Geburt hast du mir nichts als Sorgen bereitet. Du hast nie Rücksicht auf mich genommen, wie Hal es getan hat.“

Jenny setzte sich abrupt auf. Sie wollte Sarah ins Gedächtnis rufen, dass Bruce sich um sämtliche Formalitäten gekümmert hatte, die nach Hals Tod erledigt werden mussten. Doch sie kam nicht zu Wort.

„Hal wäre in einer Krise wie dieser ständig an meiner Seite geblieben.“

„Ich bin nicht Hal, Mom.“

„Glaubst du, dass du mir das erst sagen musst? Du könntest deinem Bruder nicht das Wasser reichen.“

„Sarah, bitte nicht“, warnte Jenny.

„Hal war so gut, so gut und so lieb.“ Sarahs Schultern begannen zu zittern, und sie brach in Tränen aus. „Wenn mir einer meiner Söhne genommen werden musste, warum dann ausgerechnet Hal?“

Jenny schlug bestürzt eine Hand vor den Mund. „Oh mein Gott!“

Bob sank vor der Couch auf die Knie und tröstete seine Frau.

Lange Zeit starrte Bruce mit ungläubiger Miene auf seine Eltern hinab. Dann verhärtete sich sein Gesicht. Er wirbelte auf dem Absatz herum und stürmte aus dem Haus.

Ohne nachzudenken, rannte Jenny ihm nach. An seiner Corvette, die am Straßenrand stand, holte sie ihn schließlich ein.

Er zerrte sich die dunkle Anzugjacke vom Leib und riss sich die Weste auf. „Geh zurück, wo du hingehörst!“, schrie er Jenny an. Er zwängte sich auf den niedrigen Sitz des Sportwagens und drehte den Zündschlüssel herum. Heftig trat er auf die Kupplung und legte den ersten Gang ein.

Sie riss die Beifahrertür auf und sprang hinein, als er gerade das Gaspedal durchtrat. Der Wagen schoss davon wie eine Rakete und schleuderte um die nächste Kurve.

Bruce schaltete in den vierten Gang hinauf, sobald sie die Stadtgrenze erreichten. Jenny wagte nicht, auf den Tachometer zu blicken. Er griff zum Radio, lenkte den Wagen mit einer Hand, bis er einen Sender gefunden hatte, der harte Rockmusik ausstrahlte. Er drehte die Lautstärke voll auf.

„Du hast einen großen Fehler begangen“, schrie er über den ohrenbetäubenden Lärm hinweg. „Du hättest zu Hause bleiben sollen.“ Er griff zum Handschuhfach vor ihren Knien und holte einen silbernen

Flachmann hervor. Er klemmte sich die Flasche zwischen die Beine, schraubte sie auf und hob sie an die Lippen. Er nahm einen langen Schluck. Sein Gesicht verriet, dass es sich um sehr starken Alkohol handelte. Er trank wiederholt, während er mit nur einer Hand am Steuer über die Schnellstraße raste.

Die Wagenfenster waren geöffnet, und der Wind raubte Jenny den Atem und zerrte ihr Haar aus dem sittsamen Knoten, zu dem sie es für die Beerdigung hochgesteckt hatte. Es war ihr unerklärlich, wie es Bruce gelungen war, eine Zigarette anzuzünden, doch die Spitze glühte vor seinem finsteren Gesicht, das nur von der Armaturenbeleuchtung erhellt wurde.

„Na, hast du Spaß?", fragte er in sarkastischem Ton.

Scheinbar unberührt wandte sie den Kopf ab und starrte aus dem Fenster. Die hohe Geschwindigkeit jagte ihr Angst ein, doch sie schwieg beharrlich.

Plötzlich bog Bruce von der Schnellstraße in eine unbefestigte holprige Seitenstraße ein. Ohne Rücksicht auf die Corvette raste er durch die unzähligen Schlaglöcher. Jenny hielt sich am Sitz fest, um nicht mit dem Kopf gegen das Dach zu stoßen.

Sie fuhren bergauf. Sie spürte den Höhenunterschied, obgleich ringsumher nichts zu sehen war. Völlige Dunkelheit umgab sie, und die Scheinwerfer beleuchteten lediglich den holprigen Weg. Sogar der Mond hatte sich hinter einer Wolke verkrochen, so als ob er verhindern wollte, dass irgendjemand Zeuge dieser wilden Szene wurde, die Bruce Hendren veranstaltete.

Bruce trat so heftig auf die Bremse, dass Jenny beinahe durch die Windschutzscheibe geschleudert wurde und der Wagen mehrere Meter mit blockierten Reifen rutschte, bevor er zum Stillstand kam.

Er drehte den Zündschlüssel herum. Abrupt trat völlige Stille ein, denn das lärmende Radio verstummte zusammen mit dem Motor. Er lehnte einen Ellbogen auf den Fenstersims, nahm die Zigarette aus dem Mund und setzte den Flachmann an die Lippen. Er trank ausgiebig und schmatzte dann zufrieden mit den Lippen.

Er wandte sich an Jenny, die ihn mit stummem Vorwurf musterte. „Entschuldige. Wo sind nur meine Manieren geblieben? Whisky?" Er hielt ihr die Flasche hin. Sie reagierte nicht. „Nein?" Er zuckte die Schultern. „Schade." Er trank erneut. „Zigarette?" Er hielt ihr die Packung hin. „Nein, natürlich nicht. Du bist ja die Lady ohne Laster. Die makellose Miss Jenny Fletcher. Unbefleckt. Unberührbar. Geschaffen nur für Heilige wie den lieben Verstorbenen, Hal Hendren." Er zog tief an seiner Zigarette und blies ihr den Rauch mitten ins Gesicht.

Jenny zeigte noch immer keinerlei Reaktion.

Verärgert warf er die Zigarette aus dem Fenster. „Mal sehen, was dich aus der Fassung bringt. Was dich vor Schreck schreien lässt. Was könnte dich dazu bringen, aus meinem Wagen zu verschwinden, aus meiner Sicht und aus meinem verdammten Leben?“, schrie er aufgebracht.

Er atmete ein paar Mal tief durch und beherrschte sich mühsam. Als er weitersprach, zitterte seine Stimme noch immer vor Wut und Schmerz, doch er wirkte ruhiger. „Was kann dich so sehr anekeln, dass du aus Angst um deine Tugend vor mir flüchtest? Ein Schwall schmutziger Ausdrücke vielleicht? Soll ich sie in alphabetischer Reihenfolge aufsagen oder so, wie sie mir gerade in den Sinn kommen?“

„Du kannst mich nicht anekeln, Bruce!“

„Wollen wir wetten?“

„Und ich lasse dich jetzt nicht im Stich, was du auch sagst oder tust.“

„Ach nein? Du bist entschlossen, mich zu retten, wie?“ Er lachte höhnisch. „Verschwende nicht deine Zeit.“

„Ich lasse dich nicht allein“, sagte sie sanft.

„Wir werden ja sehen.“ Er stürzte sich zu ihr hinüber, umfasste ihren Nacken mit einer Hand und riss sie an sich. Seine Lippen pressten sich hart und unerbittlich auf ihre.

Jenny wehrte sich nicht. Selbst als seine Zunge auf erniedrigende Weise in ihren Mund eindrang, leistete sie keinen Widerstand.

Bruce hob das Oberteil ihres zweiteiligen schwarzen Strickkleides und schob eine Hand darunter. „Du kennst bestimmt meinen Ruf im Umgang mit Frauen“, stieß er wild an ihrem Hals hervor. „Ich bin rücksichtslos, skrupellos. Ein Jungfrauenschänder, ein Ehebrecher, eine wild gewordene Sexmaschine. Ich bin angeblich so scharf, dass es mir schwerfällt, meine Hose geschlossen zu halten.“ Er drängte ein Knie zwischen ihre Schenkel. „Weißt du, was das für dich bedeutet, Jenny? Nichts Gutes. Du steckst in argen Schwierigkeiten, Mädchen.“

Erneut küsste er wild ihren Mund, während er seine Hand unter dem Oberteil auf ihre Brust presste. Dann zerrte er den BH hinunter, massierte grob ihre entblößte Brust und rieb mit dem Daumen über die zarten Knospen.

Trotz ihrer Entschlossenheit, nicht zu reagieren, versteifte sich ihr Körper unwillkürlich. Doch sie wehrte sich nicht. Sie leistete Widerstand durch Passivität.

Das brachte Bruce abrupt zur Vernunft. Er sank in sich zusammen wie ein aufblasbares Spielzeug, das jemand mit einer Hutnadel angestochen hatte. Er atmete ein paar Mal tief durch. Der Sauerstoff klärte seinen Kopf vom Alkohol und vom Zorn.

Zerknirscht schob er den BH zurück über ihre Brust und zog die Hand unter ihrem Oberteil hervor. Er rutschte auf den Fahrersitz hinüber und stieg aus.

Nach einer Weile, als sie sich wieder gefasst hatte, stieg auch Jenny aus dem Wagen. Nun erkannte sie die Umgebung. Sie befanden sich auf der Mesa, einer meilenweiten Hochebene. Unterhalb lag still und dunkel die Prärie. Der warme trockene Wind zerrte an ihrem Kleid und ihren Haaren.

Bruce saß auf der Motorhaube und starrte ins Leere. Sie trat zu ihm, stellte sich dicht vor ihn, versperrte ihm den Blick. Ihre Knie berührten sich beinahe.

Er hob den Kopf, blickte sie kurz an, ließ das Kinn dann auf die Brust sinken. „Es tut mir leid."

„Ich weiß." Sie strich ihm das Haar aus der Stirn.

„Wie konnte ich …?"

„Es macht nichts, Bruce."

„Doch." Er legte sanft eine Hand auf ihre Brust. Seine Berührung hatte nichts Sinnliches an sich. Es war, als würde er die Schulter eines verletzten Kindes berühren. „Habe ich dir wehgetan?"

Seine Hand wirkte warm und wohltuend, und sie legte ihre Hand auf seine. „Nein."

„Doch."

„Nicht so sehr, wie sie dir wehgetan hat."

Sie blickten sich tief in die Augen. Ein namenloses Gefühl sprang wie ein Funke zwischen ihnen über. Sie ließ die Hand sinken. Er senkte seine ebenso schnell.

Jenny setzte sich neben ihn auf die Motorhaube. „Sarah hat es nicht so gemeint, Bruce."

Er lachte hart auf. „Oh doch."

„Sie ist vollkommen außer sich. Ihr Kummer hat gesprochen, nicht sie."

„Nein, Jenny." Er schüttelte traurig den Kopf. „Ich weiß, wie sie zu mir stehen. Sie wünschten, ich wäre nie geboren. Ich bin der lebende Beweis, dass sie irgendwie versagt haben. Eine ständige Beleidigung für ihre Prinzipien. Auch wenn es nicht ausgesprochen wird, weiß ich, was sie denken. Wahrscheinlich denken es alle. Bruce Hendren hat den Tod verdient. Sein Bruder nicht."

„Das ist nicht wahr!"

Er stand auf, trat an den Rand der Mesa, steckte die Hände tief in die Hosentaschen. Sein weißes Hemd leuchtete in der Dunkelheit.

Jenny folgte ihm. „Wann hat es angefangen?"

„Als Hal geboren wurde. Vielleicht auch früher. Ich kann mich nicht genau erinnern. Ich weiß nur, dass es immer so war. Hal war immer das Lieblingskind. Ich war das schwarze Schaf."

„Sag so etwas nicht."

„Es ist doch wahr, oder?", entgegnete er schroff. „Denk doch nur, was ich mit dir getan habe. Ich hätte fast die Frau vergewaltigt, die ich …" Er brach abrupt ab und presste die Lippen fest zusammen, und sie fragte sich, was er wohl hatte sagen wollen.

„Ich weiß, warum du das getan hast, und warum du getrunken hast und so schnell gefahren bist: Du wolltest beweisen, dass sie recht haben. Aber das haben sie nicht." Sie trat näher zu ihm. „Du bist nicht ein genetischer Unfall in einer makellosen Familie. Ich weiß nicht, was zuerst kam – deine Unartigkeit, mit der sie nicht umzugehen verstanden, oder ihre Verachtung, die dich unartig gemacht hat."

Sie zog ihn am Ärmel und zwang ihn, sie anzusehen. „Ist es nicht ganz offensichtlich? Du hast dein Leben lang auf sie reagiert. Du legst es darauf an, schlecht zu sein, weil du weißt, dass die Leute es von dir erwarten. Du legst es darauf an, das schwarze Schaf zu sein. Deine Eltern haben Hal bevorzugt, weil seine Persönlichkeit ihnen besser gefiel. Du hast versucht, ihre Anerkennung zu gewinnen, und als es nicht klappte, hast du genau das Gegenteil getan. Es ist ihr Versagen, nicht deins."

„Du hast alles ganz genau durchschaut, wie?"

„Ja. Sonst hätte ich heute Abend Angst vor dir gehabt. Aber ich wusste, dass du mir nichts antun würdest. Ich habe dich in letzter Zeit beobachtet. Ich habe dich in Monterico erlebt. Ich kenne dich inzwischen besser. Du bist längst nicht so schlecht, wie du die Leute glauben machen willst. Du konntest nur nicht mit Hals Artigkeit konkurrieren, und deshalb hast du dir das Ziel gesetzt, dich auf andere Weise hervorzutun. Ich frage mich nur, wie weit du es noch treiben wirst."

„Wie meinst du das?"

„Wie weit wirst du noch gehen, um ihnen zu beweisen, dass du nichts wert bist? Menschen ohne Selbstachtung begehen oft Dummheiten."

„Wie schnell fahren, zu viel trinken und gefährlich leben?"

„Genau."

„Ach, Unsinn. Du kannst jeden fragen, wie viel Selbstachtung ich habe. Sie werden dir alle sagen, wie arrogant ich bin."

„Ich rede nicht davon, wie du dich gibst, sondern wie du im Innern fühlst. Ich habe deine andere Seite kennengelernt, Bruce, deine empfindsame Seite, die du sonst niemandem zeigst."

„Und du glaubst, ich begehe eine langsame Art von Selbstmord?"

„Das habe ich nicht behauptet."

„Aber das hast du gemeint. Und damit hast du deine psychologische Analyse einen Schritt zu weit getrieben."

„Das mag sein. Es tut mir leid. Ich bin nur besorgt um dich, weil ich dich mag."

Er entspannte sich sichtbar und blickte sie sanft an. „Ich weiß deine Besorgnis zu schätzen, aber du brauchst nicht zu befürchten, dass ich mich umbringe. Es gefällt mir nun einmal, schnell zu fahren und viel zu trinken und ... Was war doch gleich das Dritte?", fragte er neckend.

Doch Jenny blieb ernst. „Ich glaube, deine Eltern mögen dich auch."

Sein Humor verflog. Mit ausdrucksloser Miene blickte er hinaus auf die öde Landschaft. „Merkt Mom denn nicht, dass ich mich um sie kümmern wollte, um alle beide? Ich wollte zu ihnen gehen und sie trösten. Ich wollte, dass sie mich trösten."

Jenny legte eine Hand auf seinen Arm, doch er entzog ihn abrupt.

„Ich bin ihnen nicht nahe gekommen, weil ich wusste, dass sie mich nicht in ihrer Nähe haben wollten. Deshalb habe ich versucht, ihnen meine Liebe und mein Mitgefühl auf andere Weise zu beweisen. Sie bemerkten es nicht."

„Ich habe es bemerkt. Und ich bin dir dankbar."

„Aber du hast mich auch nicht nahe kommen lassen, Jenny", sagte er brüsk und schaute sie eindringlich an.

Hastig wandte sie den Blick ab. „Ich weiß gar nicht, was du meinst."

„Natürlich weißt du das. In Monterico hast du dich auf mich verlassen. Du hast dich gefühlsmäßig und körperlich auf mich gestützt. Aber seit wir zurück sind, bin ich wieder der Aussätzige. Hände weg, heißt es jetzt wieder. Keine Berührung. Kein Gespräch. Himmel, du hast mich nicht einmal angesehen."

Er hatte recht, doch sie wollte es nicht eingestehen.

„Hat dein abweisendes Verhalten irgendetwas mit der letzten Nacht in Monterico zu tun?"

„Natürlich nicht. Wie kommst du denn darauf?"

„Wir haben immerhin zusammen geschlafen."

„Aber nicht so!", rief sie nachdrücklich.

„Eben. Aber du verhältst dich, als wäre es so gewesen." Er trat einen Schritt auf sie zu. „Weshalb fühlst du dich so schuldig?"

„Ich fühle mich nicht schuldig."

„Denkst du etwa nicht, dass es unrecht war, in meinen Armen zu schlafen, nur mit einem Unterrock bekleidet? Hast du etwa nicht das Gefühl, dass wir dadurch Hal gegenüber untreu waren?“

Sie wandte ihm den Rücken zu. „Ich hätte nicht so mit dir zusammen sein dürfen.“

„Warum nicht?“

„Das weißt du selbst.“

„Weil du weißt, was jeder von einer Frau hält, die eine Nacht mit mir verbracht hat.“

Sie schwieg.

„Wovor hast du Angst, Jenny? Dass jemand von jener Nacht erfährt?“

„Nein.“

„Dass dein Name auf die Liste von Bruce Hendrens Geliebten gesetzt wird?“

„Nein.“

„Hast du Angst vor mir?“, fragte er bekümmert.

Jenny drehte sich zu Bruce um und bemerkte den gequälten Ausdruck auf seinem Gesicht. „Nein, Bruce.“ Um es zu beweisen, trat sie zu ihm, legte die Arme um seine Taille und lehnte die Wange an seine Brust.

Augenblicklich schloss er die Arme um sie und zog sie an sich. „Ich könnte es dir nicht verdenken, vor allem nach heute Abend. Aber es wäre schlimmer für mich als alles andere.“

Sie hätte ihm sagen können, dass sie weniger Angst vor ihm als vor ihrer Reaktion auf ihn hatte. Wenn sie bei ihm war, verließ sie den goldenen Käfig, in dem sie im Pfarrhaus lebte, und wurde zu einem anderen Menschen. Er ließ ihr Herz höherschlagen, ihren Atem schneller und ihre Handflächen feucht werden. Sie war nicht sie selbst, wenn sie mit ihm zusammen war. Bei ihm vergaß sie, wer sie war und woher sie kam, und sie lebte nur für den Augenblick.

Es schien beinahe, als hätte sie all die Jahre Bruce geliebt anstatt Hal. Und die Nacht in Bruce' Armen war ihr beinahe so wundervoll erschienen wie die Vereinigung mit Hal. Doch damit konnte sie sich nicht abfinden. Wie war es denn nur möglich, dass sie nur eine Woche nach Hals Tod daran dachte, wie es sein mochte, mit Bruce zu schlafen? Erschrocken über diese Vorstellung, löste sie sich von ihm. „Wir sollten nach Hause fahren. Sie werden sich schon Sorgen machen.“

Bruce wirkte enttäuscht, doch er begleitete sie ohne Widerrede zum Wagen.

Er schraubte den Flachmann zu und legte ihn zurück ins Handschuhfach. Dann warf er die Zigaretten aus dem Fenster.

„Umweltverschmutzer!“, schalt Jenny.

„Frauen“, seufzte er, während er den ersten Gang einlegte. „Euch kann man's auch nie recht machen.“

Sie lächelten einander zu. Es war alles in Ordnung zwischen ihnen.

Als sie nach einer gemächlichen Rückfahrt das Pfarrhaus erreichten, ging er um den Wagen herum und öffnete ihr die Beifahrertür. Er legte einen Arm um ihre Taille, während er sie zur Haustür brachte, und sie tat es ihm gleich.

„Danke, Jenny.“

„Wofür?“

„Dass du mir ein guter Freund bist.“

„In letzter Zeit warst du es für mich oft genug.“

„Trotzdem danke.“ Sie standen sich einen kurzen Augenblick gegenüber. Es widerstrebte ihm zu gehen. „Also dann, gute Nacht.“

„Gute Nacht.“

„Es könnte eine Weile dauern, bis ich vorbeikomme.“

„Das verstehe ich.“

„Ich werde dich anrufen.“

„Es ist sehr traurig, dass gerade jetzt diese Kluft zwischen dir und deinen Eltern besteht, wo ihr euch am meisten braucht.“

Bruce seufzte bekümmert. „Tja, so ist das Leben nun einmal. Wenn du irgendetwas brauchst, dann ruf mich.“

„Ja.“

„Versprochen?“

„Versprochen.“

Er drückte ihre Hand, beugte sich hinab und gab ihr einen zarten Kuss auf die Wange. Seine Lippen verweilten einen Augenblick, bevor er sich abwandte. Oder vielleicht bildete sie es sich auch nur ein.

Das Haus lag im Dunkeln. Die Hendrens schliefen bereits. Leise stieg Jenny die Treppe hinauf und betrat ihr Zimmer. Sie musterte die kindliche Dekoration und fragte sich: Was nun … was soll ich mit dem Rest meines Lebens anfangen?

Sie dachte über die Frage nach, während sie sich auszog, und das Problem hielt sie stundenlang wach.

Im Morgengrauen wusste sie die Antwort. Doch wie sollte sie es den Hendrens beibringen?

Bob toastete gerade Brot, als Jenny die Küche betrat. Sie lächelte über seine Schürze, als sie ihn auf die Wange küsste. Nachdem sie sich eine Tasse Kaffee eingeschenkt hatte, setzte sie sich zu Sarah, die eine Portion Rührei auf ihrem Teller hin und her schob.

„Wo warst du gestern Abend?“

Kein „Guten Morgen“. Kein „Hast du gut geschlafen?“ Nur diese schroffe Frage.

„Wir“, entgegnete Jenny mit Nachdruck, „sind spazieren gefahren.“

„Du bist spät zurückgekommen“, bemerkte Bob wie nebenhin.

Doch Jenny wusste, dass dieses Gespräch keineswegs belanglos war. Eine feindselige Atmosphäre lag in der Luft. „Woher wisst ihr, wann ich gekommen bin? Ihr habt doch schon geschlafen.“

„Mrs Hicks ist heute Morgen vorbeigekommen. Sie hat gesehen ... sie hat dich und Bruce gestern Abend gesehen.“

Jenny blickte von einem zum anderen, verblüfft und verärgert zugleich. Mrs Hicks war die neugierigste Nachbarin in der Straße. Sie liebte es, Gerüchte zu verbreiten. „Was hat sie gesagt?“

„Nichts“, antwortete Bob voller Unbehagen.

„Ich will es wissen. Was hat sie gesagt? Was immer es war, es hat euch offensichtlich aufgeregt.“

„Wir sind nicht aufgeregt, Jenny“, widersprach Bob. „Wir möchten nur nicht, dass die Leute anfangen, deinen Namen mit Bruce in Verbindung zu bringen.“

„Mein Name steht bereits mit Bruce in Verbindung. Er ist ein Hendren. Euer Sohn“, erinnerte Jenny ärgerlich. „Ich habe zwölf Jahre meines Lebens im Haus der Hendrens verbracht. Wie könnte mein Name nicht mit seinem in Verbindung stehen?“

„Du weißt, was wir meinen, Liebes.“ Sarahs Augen schimmerten feucht. „Du bist alles, was uns geblieben ist. Wir ...“

„Das ist nicht wahr!“, rief Jenny zornig. „Ihr habt Bruce. Ich muss sagen, dass ich mich für euch beide schäme. Ist dir gar nicht klar, Sarah, wie weh du ihm gestern Abend getan hast? Dir gefällt vielleicht nicht alles, was er tut, aber er ist trotzdem dein Sohn. Du hast ihm den Tod gewünscht!“

Sarah senkte den Kopf und brach in Tränen aus. Bob streichelte ihre Schulter, um sie zu trösten. „Sie hat inzwischen erkannt, was sie da gesagt hat. Es tut ihr leid“, erklärte er.

Jenny nippte an ihrem Kaffee, bis Sarahs Tränen versiegten. Dann stellte sie die Tasse ab. „Ich habe beschlossen, fortzugehen.“

Einige Sekunden lang rührten beide sich nicht, starrten sie nur ungläubig an. „Fortgehen?", flüsterte Sarah schließlich.

„Ich werde ausziehen und mir ein eigenes Leben aufbauen. Jahrelang habe ich darauf gewartet, dass Hal und ich heiraten. Wenn es dazu gekommen wäre und wir Kinder ..." Sie ließ den Satz unvollendet. „Aber da wir es nicht getan haben, habe ich keinen Grund mehr, zu bleiben. Ich muss mir eine Zukunft aufbauen."

„Aber deine Zukunft liegt bei uns", widersprach Bob.

„Wir brauchen dich, Jenny!", rief Sarah und umklammerte mit kalter Hand Jennys Arm. „Du erinnerst uns an Hal. Du bist wie unsere eigene Tochter. Du kannst es uns nicht antun. Bitte, nicht jetzt. Gib uns erst Zeit, uns mit Hals Tod abzufinden. Du kannst nicht gehen!"

Schuldgefühle stiegen in Jenny auf. Die Hendrens hatten sie aufgenommen und ihr ein Heim gegeben. Schuldete sie ihnen nicht etwas? Zeit? Ein paar Wochen? Ein paar Monate? „Also gut", sagte sie entmutigt. „Aber ich werde nicht unter der Zensur von Mrs Hicks oder sonst jemandem leben. Ich war mit Hal verlobt und habe ihn geliebt, aber er ist tot. Ich muss mein eigenes Leben führen."

„Du kannst immer kommen und gehen, wie es dir beliebt", versicherte Bob. „Deswegen haben wir dir den Wagen gekauft."

Jenny meinte eine andere Art von Freiheit, doch es hatte wohl keinen Sinn, ihnen das zu erklären. „Meine zweite Bedingung ist, dass ihr euch beide bei Bruce wegen gestern Abend entschuldigt."

Sie wollten protestieren, doch Jenny starrte sie so hart und unerbittlich an, dass sie den Blick abwandten. „Also gut, Jenny", gab Bob schließlich nach. „Wir tun es für dich."

„Nein, nicht für mich. Für ihn und für euch." Sie stand auf und ging zur Tür. „Ich glaube, Bruce wird euch verzeihen, weil er euch lieb hat."

6. KAPITEL

Jennys Einkaufswagen stieß ratternd mit einem anderen zusammen. Das Paket Waschpulver kippte um. Konservendosen rollten klappernd umher. Die Rolle Haushaltspapier fiel auf den Eierkarton.

„Hallo."

„Das hast du mit Absicht getan", schalt sie.

Bruce grinste spitzbübisch. „Es ist ein wahrer Glücksfall, einer hübschen Frau im Supermarkt zu begegnen. Man fährt in ihren Einkaufswagen, sie ist vielleicht verärgert, aber auf jeden Fall verwirrt. Gewöhnlich versuche ich, die Räder miteinander zu verhaken." Er blickte hinab und runzelte die Stirn. „Du warst zu schnell für mich."

„Du hast kein Gewissen, Bruce Hendren."

„Gar keins."

„Ich bin fasziniert. Was passiert dann?"

„Du meinst, nachdem ...?"

„Nachdem du in ihren Einkaufswagen gefahren bist und die Räder verhakt hast und sie verwirrt ist. Was tust du dann?"

„Ich nutze ihre Verwirrung und frage sie, ob sie mit mir ins Bett will."

„Aha." Jenny schob ihren Wagen an seinem vorbei in den Gang mit der Tiernahrung. Da die Hendrens kein Haustier hatten, wirkte die Beachtung, die sie den Regalen schenkte, recht ungebührlich.

Bruce schob seinen Wagen neben ihren. „He, du hast gesagt, dass du fasziniert bist."

„Das war ich auch. Aber ich hatte gedacht, du würdest die Verführung etwas subtiler einleiten."

„Warum?"

Sie drehte sich zu ihm um und blickte ihn verblüfft an. „Du meinst, es ist so einfach?" Sie schnippte mit den Fingern. „Einfach so?"

„Nicht immer. Manchmal erfordert es mehr Zeit und Mühe. Du zum Beispiel. Ich wette, du bist ein schwieriger Fall."

„Wieso meinst du das?"

„Willst du mit mir ins Bett gehen?"

„Nein."

„Siehst du, ich hatte recht. Mit der Zeit entwickelt man einen sechsten Sinn dafür. Ich wusste sofort, dass ich bei dir gemächlich und behutsam vorgehen muss. Ich habe es daran gesehen, wie du die Stirn gerunzelt hast, als das Waschpulver auf die Dose Champignons gekippt ist. Ein untrügliches Anzeichen dafür, dass du nicht so leicht zu haben bist."

„Bruce Hendren, du bist unmoralisch."
„Schamlos." Er zwinkerte ihr zu. „Aber ich bin ehrlich." Er musterte sie von Kopf bis Fuß. „Du siehst schrecklich aus."
„Ist das ein Beispiel für deine behutsame Vorgehensweise?"
„Du weißt, wie ich es meine. Du siehst müde aus. Viel zu dünn. Was tun sie dir an?"
„Nichts." Sie mied seinen Blick. Doch sie wusste, dass sie ihn nicht täuschen konnte. Die Hendrens hatten ihrer Unabhängigkeitserklärung nicht richtig zugehört. Jeden Morgen beim Frühstück hielten sie eine Liste mit den verschiedensten Aufgaben bereit.
Zunächst war ihr aufgetragen worden, all die Beileidsbekundungen zu beantworten. Diese Aufgabe hatte sie beinahe gern übernommen und als Vorwand benutzt, um Bruce anzurufen und zu bitten, die Briefe abzuholen und zur Post zu bringen. Somit hatte sie seinen Eltern Gelegenheit verschafft, sich bei ihm zu entschuldigen, und er hatte ihnen bereitwillig verziehen.
Jennys Pflichten im Pfarrhaus waren schier endlos. Die Hendrens hatten sogar vorgeschlagen, dass sie die Mission ihres geliebten Sohnes fortsetzen und den politischen Flüchtlingen in Mittelamerika helfen solle. Allein der Gedanke an eine solche Kampagne ermüdete sie, und sie weigerte sich strikt, bei öffentlichen Veranstaltungen Reden zu halten. Doch sie hatte ein Rundschreiben aufgesetzt, in dem sie die Probleme in Monterico darstellte und um Spenden bat.
Sie wusste, dass vor Erschöpfung dunkle Ringe unter ihren Augen lagen, dass sie aus Appetitmangel zu dünn geworden war, dass sie blass aussah, weil sie sich zu wenig an der frischen Luft aufhielt.
„Ich mache mir Sorgen um dich", sagte Bruce sanft.
„Ich bin nur müde, genau wie alle anderen. Hals Tod, die Beerdigung – all das wirkt sich eben aus."
„Aber das ist zwei Wochen her. Du verbringst mehr Zeit im Pfarrhaus als je zuvor. Das ist ungesund."
„Aber nötig."
„Die Kirchenarbeit ist deren Berufung, nicht deine. Sie machen dich noch zu einer alten Frau, wenn du es zulässt."
„Ich weiß." Müde strich sie sich mit der Hand über die Stirn. „Ich habe ihnen gesagt, dass ich ausziehen will, aber …"
„Wann?"
„Am Tag nach der Beerdigung."
„Warum hast du es nicht getan?"
„Sie haben sich so aufgeregt, dass ich nicht konnte. Und es wäre

herzlos gewesen, direkt nach Hals Tod auszuziehen."

„Und jetzt?"

Jenny lächelte und schüttelte den Kopf. „Ich habe ja nicht einmal Arbeit – jedenfalls keine bezahlte. Ich habe sie so lange für mich entscheiden lassen, dass ich nicht weiß, wie ich allein zurechtkommen soll."

„Ich habe eine Idee." Bruce ergriff ihren Arm. „Komm mit."

„Ich kann die Einkäufe nicht hier lassen."

„Diesmal hast du keine Eiscreme als Entschuldigung. Ich habe dich vor der Tiefkühltruhe abgefangen."

„Aber ich kann nicht einen vollen Einkaufswagen einfach hier stehen lassen."

„Ach, herrje!" Gereizt drehte er den Wagen herum und schob ihn zum Eingang des Ladens. „He, Zack!"

Der Geschäftsführer blickte über die halbhohe Trennwand seines Büros. „Hallo, Bruce!"

„Miss Fletcher lässt ihre Einkäufe hier stehen. Wir holen sie später."

Bruce nahm sich einen Schokoladenriegel vom Regal und winkte damit dem Geschäftsführer zu. Dann legte er einen Arm um Jennys Schultern und schob sie auf die Straße hinaus.

„Hast du den gestohlen?"

„Na klar." Er entfernte das Papier und biss in den Riegel.

„Aber ..."

Er brachte sie zum Schweigen, indem er ihr das restliche Stück in den Mund steckte. „Hast du etwa noch nie einen Schokoladenriegel geklaut?" Als sie den Kopf schüttelte, erklärte er: „Dann wurde es höchste Zeit. Jetzt bist du meine Komplizin bei einem Verbrechen." Er öffnete die Beifahrertür seiner Corvette und schob sie hinein.

Bruce stellte seinen Wagen auf den Parkplatz vor einem Bürogebäude. Er holte einen Leinensack hervor und stülpte ihn über die Parkuhr, wie es die Stadtverwaltung an Feiertagen tat.

„Kannst du das so einfach tun?", fragte Jenny besorgt.

„Ich hab's gerade getan." Er zwinkerte ihr zu, nahm sie beim Ellbogen, führte sie in das Gebäude und schloss eine Tür auf.

Sie trat vor ihm ein, doch an der Schwelle blieb sie stehen und blickte sich entsetzt um. Der Raum lag im Halbdunkel, doch als Bruce zum Fenster ging, das staubige Rollo öffnete und den Sonnenschein hereinließ, sah es nur noch schlimmer aus.

Noch nie hatte sie eine solche Unordnung gesehen. Ein altes Sofa stand an einer Wand. Die rosafarbene Polsterung war grau vor Staub und völlig durchgesessen. Hässliche Metallregale nahmen eine andere

Wand ein. Sie waren vollgestopft mit vergilbten Papieren, die Eselsohren aufwiesen, und verstaubten Kladden. Der Schreibtisch an der gegenüberliegenden Wand hätte schon vor Jahren ausrangiert werden müssen. Ein Stapel Spielkarten hielt eine Ecke hoch, an der ein Stück vom Bein abgebrochen war. Die Tischplatte war mit unzähligen Kratzern, alten Zeitschriften und leeren Kaffeetassen übersät. Sämtliche Aschenbecher waren voll zum Überlaufen und stanken.

Langsam drehte Jenny sich zu Bruce um. „Was ist das denn?"

„Mein Büro", sagte er beschämt.

„Du führst ein Geschäft von dieser Müllhalde aus?"

„So würde ich es nicht gerade bezeichnen."

„So hätte Dante die Hölle beschrieben, wenn er noch lebte."

„So schlimm?"

„Allerdings." Jenny ging zum Schreibtisch und wischte mit einem Finger einen Zentimeter Staub von der zerkratzten Platte. „Hast du hier jemals reinigen lassen?"

„Ich glaube. Ach ja, einmal habe ich eine Firma engagiert. Der Bursche, den sie mir schickten, war echt in Ordnung. Wir haben angefangen zu trinken und …"

„Schon gut, ich verstehe." Sie ging um den übervollen Papierkorb herum zu einer Tür, die vermutlich zu einem Schrank führte.

„Ach, Jenny, lieber nicht." Er hob eine Hand, um sie zurückzuhalten, doch es war bereits zu spät.

Ein riesiger Wandkalender schwang heraus, als sie die Tür öffnete, und tippte ihr an die Schulter. Erschrocken sprang sie zurück. Als der Kalender zum Stillstand kam, starrte sie entsetzt auf das Foto einer nackten Rothaarigen mit riesigen Brüsten.

Bruce räusperte sich verlegen. „Ein paar Kumpel haben ihn mir zu Weihnachten geschenkt."

Jenny schloss die Schranktür und drehte sich zu ihm um. „Warum hast du mich hergebracht?"

„Komm, setz dich", sagte er und eilte zum Sofa, um den Staub abzuklopfen.

„Ich will mich nicht setzen. Ich will hier raus, damit ich wieder frische Luft atmen kann. Warum hast du mich hergebracht?"

„Na ja, du hast gesagt, dass du Arbeit willst, und da habe ich mir gedacht …"

„Das kann doch nicht dein Ernst sein!"

„Hör mir zu, Jenny. Ich brauche jemanden, der …"

„Du brauchst eine Abbruchkolonne, und danach kannst du ganz

von vorn anfangen." Sie eilte zur Tür.

Bruce stellte sich ihr in den Weg und ergriff ihre Schultern. „Ich meine doch nicht, dass du hier aufräumen sollst. Ich lasse alles in Ordnung bringen. Ich dachte, du könntest das Telefon beantworten und überhaupt Büroarbeit leisten."

„Du bist bisher auch ohne jemanden ausgekommen. Wer nimmt denn jetzt eigentlich deine Anrufe entgegen?"

„Ein Auftragsdienst."

„Warum willst du das ändern?"

„Es ist verdammt unbequem, sich jede Stunde melden zu müssen."

„Dann trag ein Funkgerät."

„Das habe ich versucht."

„Und?"

„Ich hatte es am Gürtel, aber ich habe es verloren."

„Hm. Ich kann mir denken, dass es unbequem war, es am Gürtel zu tragen." Sie versuchte, an ihm vorbeizukommen.

Er hielt sie eisern fest. „Jenny, bitte hör mir zu. Du brauchst einen Job. Ich biete dir einen an."

„Einem Schimpansen könnte man beibringen, hier zu sitzen und das Telefon zu beantworten. Außerdem hast du einen Auftragsdienst."

„Aber ich weiß nicht, ob er zuverlässig ist. Außerdem sind noch andere Dinge zu erledigen."

„Was zum Beispiel?"

„Korrespondenz. Sogar eine ganze Menge."

„Wer erledigt das jetzt? Du?"

„Nein. Eine Freundin."

Sie musterte ihn mit einem vielsagenden Blick.

Er seufzte. „Sie ist etwa achtundsiebzig und kurzsichtig, und sie benutzt eine uralte Schreibmaschine. Das große T steht immer eine halbe Zeile höher als die anderen Buchstaben."

Sie blickte sich um. „Du hast ja nicht einmal einen Computer."

„Ich kaufe einen, wenn du willst."

Sein Angebot war durchaus reizvoll, doch sie schüttelte den Kopf. „Ich kann nicht, Bruce."

„Warum nicht?"

„Deine Eltern brauchen mich zu sehr."

„Genau. Zu sehr. Glaubst du, du tust ihnen einen Gefallen, indem du sie von vorn bis hinten bedienst? Sie sind erst in den mittleren Jahren, aber wenn sie keine Aufgabe im Leben haben, werden sie sehr schnell altern. Ich weiß nicht, wie es ist, ein Kind zu verlieren, aber ich kann mir vorstellen, dass die Versuchung sehr groß ist, sich einfach seinem Kummer hinzugeben. Wenn du sie weiterhin so umsorgst, werden sie genau das tun und ihr Leben nie wieder in den Griff bekommen."

Er hatte recht. Mit jedem Tag schienen die Hendrens mehr zu verfallen und sich zunehmend auf Jenny zu verlassen. „Wie viel würdest du mir zahlen?"

Ein breites Grinsen trat auf sein Gesicht. „Geldgierige kleine Hexe, wie?"

„Wie viel?", beharrte sie ungerührt.

„Mal sehen." Er rieb sich das Kinn. „Dreihundertfünfzig die Woche?"

„Also gut. Arbeitszeit von neun bis fünf, mit anderthalb Stunden Mittag. Zwei Wochen bezahlter Urlaub. Und freitags arbeite ich nur bis Mittag."

„Du stellst ja harte Forderungen", meinte Bruce stirnrunzelnd, doch im Innern war er erfreut. Er hätte das Gehalt verdoppelt und sämtliche Bedingungen erfüllt, nur um sie von der Herrschaft seiner Eltern zu befreien.

„Ich werde keinen Fuß in dieses Büro setzen, bevor es nicht gereinigt wird, und zwar äußerst gründlich."

„Jawohl, Madam."

„Und der Kalender muss entfernt werden."

Er zog ein enttäuschtes Gesicht. „Hmm, Mist. Ich hatte sie richtig ins Herz geschlossen." Er zuckte die Schultern. „Also gut. Sonst noch was?"

„Ja. Wie soll ich es deinen Eltern beibringen?"

„Lass ihnen keine Wahl." Er streckte seine Hand aus. „Ist es also abgemacht?"

„Abgemacht." Sie reichte ihm die Hand.

„Ein Händedruck reicht nicht, um ein Abkommen mit einer tollen Frau zu besiegeln." Er senkte den Kopf und küsste sie auf den Mund, während er eine Hand auf ihre Taille legte und sie zart mit dem Daumen streichelte.

Der Kuss war lang. Bruce öffnete die Lippen, erweckte in ihr die aufregende Erwartung, dass seine Zunge jeden Augenblick in ihren Mund vordringen könnte. Doch es geschah nicht. Und als er den Kopf hob, lächelte er sie nur an.

Später, nachdem er sie vor dem Supermarkt abgesetzt und sie ihre Einkäufe erledigt hatte, fragte sie sich, warum sie sich nicht gegen den Kuss gewehrt hatte, warum sie Bruce anschließend nur mit verklärtem Blick, zitternden Lippen, weichen Knien und klopfendem Herzen angesehen hatte. Und sie musste sich eingestehen, dass ihr der Kuss gefallen hatte, dass sie sich nicht davor hatte schützen können, selbst wenn sie es gewollt hätte.

Die Hendrens reagierten natürlich entsetzt auf die Ankündigung von Jennys Anstellung. Klappernd ließ Sarah ihre Gabel auf den Abendbrotteller fallen. „Du willst arbeiten?"

„Und ausgerechnet für Bruce?", fügte Bob hinzu.

„Ja. Ich fange am Montag an. Wenn ihr bis dahin noch etwas für mich zu tun habt, dann lasst es mich wissen." Jenny erhob sich vom Tisch und verließ die Küche, bevor die Hendrens ihre Verwirrung überwunden hatten.

Pünktlich um neun Uhr am Montagmorgen betrat Jenny das Büro. Die Tür war unverschlossen und sie trat ein, ohne zu wissen, was sie erwartete. Sie war auf alles gefasst. Einen Augenblick lang glaubte sie, sich im Zimmer geirrt zu haben. Der Raum war nicht nur gereinigt, sondern völlig verwandelt worden.

Die einst schmutzig-grauen Wände waren hellbeige gestrichen. Das scheußliche Sofa war durch zwei Ledersessel in warmem Schokoladenbraun ersetzt worden. Dazwischen stand ein Tisch aus Walnussholz. Der Fußboden, einst mit Linoleum ausgelegt, bestand nun aus glänzendem Parkett, und in der Mitte lag ein Orientteppich. Die hässlichen Metallregale waren verschwunden. Eine hölzerne Schrankwand mit offenen und geschlossenen Fächern nahm deren Platz ein. Die Oberfläche des Schreibtisches, der nun zusammen mit einem thronähnlichen Lederstuhl den Raum beherrschte, glänzte wie eine Kunsteisbahn. Ein Strauß taufrischer Blumen stand darauf.

„Die Blumen sind für dich."

Jenny wirbelte herum und sah Bruce in der geöffneten Schranktür stehen. „Wie hast du das geschafft?", fragte sie verblüfft.

„Mit meinem Scheckbuch. Das wirkt heutzutage besser als jeder Zauberstab. Gefällt es dir?"

„Ja, es sieht toll aus, aber … Ich hätte nicht so viel kritisieren sollen. Du hast dich in schreckliche Unkosten gestürzt."

„Du hast mich nur angespornt, das zu tun, was schon seit Jahren fällig war. Ich musste meine Kunden in der Kneipe nebenan empfangen, weil ich mich wegen dieser Müllhalde geschämt habe, wie jemand es genannt hat, den wir alle kennen und lieben." Er grinste, als sie verlegen den Blick senkte. „Ich habe übrigens eine Auswahl Kalender für dich."

Ihr stockte der Atem, als er den ersten hochhielt.

„Das ist Mr Oktober", verkündete er und unterdrückte ein Lachen. Das muskulöse Modell trug nur ein Suspensorium, einen Football-Helm und ein schelmisches Grinsen. „Football-Saison, verstehst du. Möchtest du die anderen Monate sehen?"

„Nein danke, das reicht. Was hast du sonst noch?"

Bruce legte den Kalender beiseite und griff zum nächsten. „Keine Köpfe, nur Körper." Ein schwellender Bizeps und eine muskulöse eingeölte Brust füllten das Bild aus, das er hochhielt. Jenny zog eine Grimasse und schüttelte den Kopf. „Oder Ansel Adams", sagte er und schlug den dritten Kalender auf.

„Häng den Adams auf. Aber lass die beiden anderen im Schrank liegen", wies Jenny ihn mit spitzbübischer Miene an.

Bruce starrte sie entgeistert an, und dann brachen beide in Lachen aus.

„Bruce, das Büro ist wundervoll. Es gefällt mir."

„Gut. Ich möchte, dass du dich hier wohlfühlst."

„Danke für die Blumen." Sie trat hinter den Schreibtisch und setzte sich auf den Lederstuhl.

Er zeigte ihr, wo er das Briefpapier aufbewahrte und fuhr den neuen Computer hoch. „Du kannst mit diesen Briefen hier anfangen." Er öffnete einen Aktendeckel. „Ich hoffe, du kannst meine Handschrift entziffern. Gertie hat's geschafft."

„Die Freundin mit dem hohen T?"

„Genau. Ich fahre jetzt hinüber zur Parson-Ranch."

„Wie sieht's dort aus?"

„Die Proben sind vielversprechend. Wenn wir nicht auf Öl stoßen, dann bin ich ein Erzengel." Er setzte sich die Sonnenbrille auf und ging zur Tür. Die Klinke in der Hand, drehte er sich noch einmal um. „Mächtiger, du siehst gut aus, wie du da sitzt." Und dann war er verschwunden.

Ein paar Minuten vor zwölf Uhr kehrte Bruce mit einer großen Papiertüte ins Büro zurück. „Mittagspause!", rief er, während er zur Tür hineinstürmte.

Jenny bedeutete ihm mit einer schnellen Handbewegung, ruhig zu sein. Sie telefonierte gerade und machte sich eifrig Notizen. „Ja, in Ordnung, ich habe alles notiert und werde es Mr Hendren ausrichten, sobald er kommt. Danke." Sie legte den Hörer auf und reichte Bruce die Nachricht.

Er überflog sie und verkündete erfreut: „Ausgezeichnet! Ich warte schon lange auf die Erlaubnis, dieses Grundstück zu prüfen. Du hast mir Glück gebracht.“ Er grinste und stellte die Tüte auf den Tisch. „Und ich habe dir den Lunch gebracht.“

„Kann ich diese bevorzugte Behandlung jeden Tag erwarten?“

„Auf keinen Fall. Aber heute ist ein besonderer Anlass. Wir müssen deinen ersten Arbeitstag feiern.“

„Ich sollte eigentlich nach Hause gehen und nach Sarah und Bob sehen.“

„Die kommen schon zurecht. Du kannst sie später anrufen, wenn es sein muss.“

Seine übermütige Stimmung wirkte ansteckend. Sie packte das Essen aus, das aus dem einzigen Delikatessengeschäft der Stadt stammte.

„Und zur Krönung ...“ Er verschwand im Wandschrank und kehrte mit einer eiskalten kleinen Flasche Sekt zurück.

„Wo hast du die denn her?“

„Aus dem Kühlschrank.“

„Da drinnen ist ein Kühlschrank?“

„Ein winziger. Hast du nicht nachgesehen?“

„Nein. Ich war beschäftigt.“ Jenny deutete auf den Stapel Briefe, der auf seine Unterschrift wartete.

„Dann hast du ein Glas Sekt verdient.“ Er öffnete die Flasche. Der Korken knallte, doch es schäumte kein Tropfen über. Bruce füllte zwei Pappbecher.

„Ich sollte eigentlich nicht, Bruce“, wandte sie ein, nahm aber einen Becher entgegen.

„Wieso nicht?“

„Du wirst es vielleicht nicht glauben, aber im Pfarrhaus wird gewöhnlich kein Sekt zum Mittagessen serviert“, entgegnete sie. „Ich bin nicht daran gewöhnt.“

„Gut. Vielleicht wirst du ja betrunken, ziehst dich nackt aus und tanzt auf dem Schreibtisch.“ Er musterte ihren Körper, und sein Blick ließ erkennen, dass ihm diese Vorstellung gefiel.

„Tust du so etwas oft?“, fragte sie verlegen.

„Was? Mitten am Tag Sekt trinken? Nein.“

„Woher weißt du dann, dass du nicht auch betrunken wirst, dich ausziehst und nackt auf dem Schreibtisch tanzt?“

„Weil wir nicht tanzen würden, wenn wir beide nackt auf dem Schreibtisch wären.“

Ihr Herz schien einen Schlag lang auszusetzen. Nur mit Mühe gelang es ihr, den Blick von seinen faszinierenden vielsagenden Augen zu lösen. Sie stellte fest, dass ihre Hand zitterte.

Bruce stieß mit seinem Becher an ihren. „Nimm einen Schluck", drängte er mit rauer Stimme. Sie tat es. Der Sekt prickelte kühl auf ihrer Zunge. „Schmeckt er dir?"

„Ja." Sie nahm noch einen Schluck.

Er neigte sich näher zu ihr, bis ihre Nasen sich beinahe berührten. Seine Augen glühten. „Wie wär's jetzt mit ..."

„Womit?", hakte sie atemlos nach, als er verstummte.

„Heißes Pastrami?"

Das Sandwich hatte ihr nie besser gemundet. Es war sogar der köstlichste Lunch, den sie je zu sich genommen hatte. Während des Essens berichtete er ihr einiges über sein Geschäft und freute sich über ihre intelligenten Fragen.

Er konnte sie nicht dazu bringen, mehr als einen halben Becher Sekt zu trinken. Als sie den Lunch beendeten, sammelte er die leeren Kartons ein und verstaute sie sorgfältig in der Papiertüte. „Ich würde es nie wagen, dein Büro zu verunreinigen", erklärte er mit einem schiefen Grinsen, bevor er ging.

Im Laufe der Tage entwickelte sich eine gewisse Routine, obgleich das Leben mit Bruce stets spontan und unberechenbar und voller Überraschungen war.

Er hinterließ Jenny kleine Geschenke, die eigentlich unbedeutend waren, aber für sie großes Gewicht erhielten, da sie nie umworben worden war. Als sie genau eine Woche bei ihm beschäftigt war, fand sie am Morgen einen kleinen Kuchen mit einer einzigen Kerze auf ihrem Schreibtisch. Ein anderes Mal stand eine rote Rose neben der Kaffeemaschine. Und eines Morgens hätte sie beinahe vor Schreck laut aufgeschrien, als sie die Bürotür öffnete. Auf dem Schreibtischstuhl hockte ein riesiger Teddybär.

Sie wusste, dass die ganze Stadt über sie tuschelte. Die Bankangestellten reagierten schockiert, als sie begann, Bruce' Geschäftskonten zu führen. Der Postmeister, den sie seit Jahren kannte, verhielt sich noch immer freundlich, doch er warf ihr seltsame Blicke zu, seit sie die Post für Bruce anstatt für die Kirche erledigte.

Und Bruce ging inzwischen regelmäßig zur Kirche, was die Stadt erst recht in Aufruhr versetzte.

Jenny gefiel die Herausforderung, die ihre Arbeit bedeutete, und nach zwei Wochen meisterte sie jede Situation wie ein Profi.

„Hendrens Enterprises“, meldete sie sich in geschäftsmäßigem Ton, als das Telefon klingelte.

„Jenny, Darling, wir haben Grund zu feiern!“, rief Bruce lachend.

Sie hörte das Stampfen der Bohrtürme im Hintergrund. „Seid ihr auf Öl gestoßen?“

„Ja, wir sind auf Öl gestoßen!“, bestätigte Bruce, und die Arbeiter um ihn herum brachen in laute Jubelrufe aus. „Sweetheart, ich bringe dir das größte und zarteste Steak mit, das ich auftreiben kann. Ich bin in einer Stunde im Büro.“

„Ich habe etwas in der Stadt zu erledigen. Warum treffen wir uns nicht lieber irgendwo?“

„Also gut. Im ‚Waggon Wheel‘, um halb eins?“

„Ja, in Ordnung. Ich werde da sein.“

7. KAPITEL

Ziellos wanderte Jenny durch die Hauptstraße, ohne ihre Umgebung wahrzunehmen. Bruce fuhr an ihr vorüber, erblickte sie, rief ihren Namen und hupte. Sie drehte sich nicht um. Sie reagierte überhaupt nicht.

Er stellte seinen Lieferwagen, mit dem er zur Bohrstelle gefahren war, am Straßenrand ab und lief zu ihr zurück. Seine Stiefel und Hosenbeine waren mit Schlamm bedeckt. „Hej, Jenny, du gehst in die falsche Richtung. Wollten wir uns nicht im ‚Waggon Wheel' treffen? Es ist schon halb eins durch." Sein Lächeln schwand, als sie ihn mit leerem Blick ansah. „Jenny, was ist denn los? Was hast du?"

„Bruce?", flüsterte sie leise, verwirrt. Sie blinzelte, blickte um sich, schien nun erst zu merken, wo sie überhaupt war.

„Was ist passiert?", fragte er besorgt. „Bist du krank?"

Sie schüttelte den Kopf und senkte den Blick. „Nein, aber mir ist nicht nach Essen zumute. Es tut mir leid. Ich freue mich sehr wegen der Ölquelle, aber mir ist wirklich nicht ..."

„Hör schon auf, dich zu entschuldigen. Zum Teufel mit dem Essen. Sag mir, was mit dir los ist." Sie schwankte plötzlich, und er zog sie an sich. „Komm, wir gehen in den Drugstore. Ich bestelle dir eine Cola."

Sie taumelte neben ihm her, auf ihn gestützt, und in dem kleinen Lokal sank sie sogleich auf die grüne Sitzbank.

„Zwei Cola, bitte, Hazel!", rief er der Kellnerin zu und sah sofort wieder in Jennys Gesicht.

Hazel stellte die eisgekühlten Getränke auf den Tisch. „Wie geht's denn so, Bruce?"

„Fein", antwortete er knapp, ohne den Blick von Jenny zu lösen, die auf ihre Hände hinabstarrte.

Hazel zuckte die Schultern und kehrte zurück hinter den Tresen. Sie hatte gehört, dass Bruce sich angeblich seit dem Tod seines Bruders verändert habe. Nun sah sie es mit eigenen Augen. Sonst war er immer zu Scherzen und einem kleinen Plausch aufgelegt. Doch nun hatte er nur Augen für Jenny Fletcher, und seine Miene wirkte ernst.

„Jenny, trink deine Cola. Du bist blass wie ein Geist." Er schob ihr das Glas hin, und sie sog gehorsam am Strohhalm. „Und jetzt erzähl mir, was los ist."

Lange Zeit hielt sie schweigend den Kopf gesenkt. Als sie schließlich aufblickte, schimmerten Tränen in ihren Augen, liefen dann über ihre Wangen. „Ach, Bruce", flüsterte sie rau, „ich bin schwanger."

Bruce schluckte schwer, doch ansonsten zeigte er keinerlei Reaktion. „Schwanger?“

Sie nickte. „Ich war gerade beim Arzt. Er hat mir das Ergebnis mitgeteilt.“

Er wischte sich die feuchten Handflächen an den Hosenbeinen ab. „Du hast es nicht gemerkt? Ist deine Periode nicht ausgeblieben?“

Ihre Wangen erglühten. Sie senkte den Kopf. „Doch, aber ich dachte, es wäre wegen Hals Tod und all der Aufregungen danach. Ich habe einfach nicht gedacht …“ Niedergeschlagen murmelte sie: „Bruce, was soll ich bloß tun?“

Was für eine Frage! Ihn auf der Stelle heiraten, das sollte sie tun. Ein Baby! Freude durchströmte ihn. Er wollte aufspringen und auf die Straße rennen und in die Welt hinausschreien, dass er Vater wurde.

Doch er sah Jennys verzweifelte Haltung, hörte ihr leises Weinen, und er wusste, dass er seine wahren Gefühle nicht zeigen durfte. Er durfte sich nicht zu dem Kind bekennen, das er mit der Frau gezeugt hatte, die er liebte, die er immer geliebt hatte. War das die Strafe für all die Sünden, die er auf sich geladen hatte?

Sag es ihr, drängte eine innere Stimme. *Sag's ihr jetzt.* Er sehnte sich danach, sie in die Arme zu schließen, ihr zu gestehen, dass er sie und sein Kind liebte, ihr zu versichern, dass er sich um sie beide kümmern wollte, solange er lebte.

Doch er durfte es nicht tun. Die Tatsache, dass sie schwanger war, hatte schon genügend Verzweiflung in ihr ausgelöst. Er durfte ihr nicht noch mehr Kummer bereiten, indem er ihr sagte, dass der Vater ein anderer war, als sie glaubte. Vorläufig musste er sich damit zufrieden geben, ihr Freund zu sein.

„Weinen hilft nichts, Jenny.“ Er reichte ihr ein Taschentuch.

Sie betupfte sich die Augen und blickte sich verlegen um. Sie hatten das kleine Café für sich allein. Hazel war in eine Zeitschrift vertieft. „Alle werden mich für ein Flittchen halten. Und was werden die Leute von Hal denken?“ Erneut senkte sie den Kopf.

„Niemand wird dich für ein Flittchen halten.“ Bruce rührte eine Weile stumm den Strohhalm in seinem Glas. Dann räusperte er sich. „Ich wusste gar nicht, dass ihr so eine Beziehung hattet.“

„Hatten wir auch nicht“, sagte sie sehr leise. „Bis zu dem Abend, bevor er abfuhr. Weißt du noch, dass du mir gesagt hast, ich solle ihn überreden, nicht fortzugehen? Nun ja, ich hab's versucht, aber es hat nicht geklappt.“

„Was ist passiert?“, hakte er nach. Er wusste, dass es nicht fair war, sie darüber auszufragen, doch er musste einfach wissen, wie sie zu jener Nacht stand.

„Er ist mit mir hinaufgegangen. Ich habe ihn angefleht, nicht fortzugehen. Aber er wollte sich nicht erweichen lassen.“ Sie senkte den Blick und holte tief Luft. „Dann habe ich versucht, ihn zu verführen. Aber er ist gegangen.“

„Dann verstehe ich nicht …“

„Eine Weile später ist er zurückgekommen, und wir … wir haben uns geliebt.“

Einen Augenblick lang schwiegen sie, beide in Gedanken versunken. Jenny erinnerte sich an ihre grenzenlose Freude, als sich die Tür geöffnet und sie seine Silhouette im Lichtschein erkannt hatte. Bruce erinnerte sich an dasselbe, jedoch aus seiner Perspektive.

„Und das war das erste Mal, dass du …?“

„Das erste und das einzige Mal.“

„War es schön für dich, Jenny?“ Sie blickte ihn an, und er erklärte hastig: „Ich meine, wenn du noch unberührt warst … Hat es dann nicht wehgetan?“

„Ein bisschen, zuerst.“ Sie lächelte, verklärt und geheimnisvoll wie Mona Lisa. „Es war wundervoll, Bruce. Das Schönste, was ich je erlebt habe. Ich habe mich nie einem anderen Menschen so nahe gefühlt. Und was auch geschieht, ich werde es nie bereuen.“

Nun war er es, der den Kopf senkte. Ein dicker Kloß saß ihm in der Kehle. Er war den Tränen nahe. Er sehnte sich danach, sie in die Arme zu schließen, ihr zu gestehen, dass er genau wusste, wie sie empfand. Weil es ihm genauso ergangen war. „Du musst ja schon ziemlich weit sein.“

„Im vierten Monat.“

„Und du hast keine unangenehmen Symptome bemerkt?“

„Jetzt, wo ich es weiß, erkenne ich sie. Vorher habe ich einfach nicht darauf geachtet. Ich war müde und lustlos. Nach der Rückkehr aus Monterico habe ich Gewicht verloren, aber inzwischen habe ich wieder zugenommen. Manchmal war mir ein bisschen schlecht. Und meine Brüste …“ Sie hielt verlegen inne.

„Sprich weiter“, drängte er sanft. „Was ist mit deinen Brüsten?“

„Nun, sie sind empfindlich und irgendwie gespannt, weißt du?“

Er grinste. „Nein, das weiß ich nicht.“

Jenny lachte. „Wie könntest du auch?“ Erschrocken schlug sie eine Hand vor den Mund. „Wie kann ich nur über etwas so Ernstes lachen!“

„Was solltest du sonst tun? Außerdem finde ich, dass es ein Grund zum Feiern ist. Es geschieht nicht jeden Tag, dass ein Mann auf Öl stößt und erfährt, dass er ... Onkel wird."

Jenny ergriff seine Hand und drückte sie fest. „Danke, dass du so denkst, Bruce. Als ich vom Arzt kam, war ich entsetzt. Ich wusste nicht, wohin ich gehen oder an wen ich mich wenden sollte. Ich habe mich so einsam und verlassen gefühlt."

„Du brauchst nicht so zu fühlen, Jenny. Du kannst dich jederzeit an mich wenden."

„Ich weiß deine Einstellung wirklich sehr zu schätzen. Vielen Dank Bruce."

Wenn sie nur von seiner wahren Einstellung wüsste! Er war unglaublich glücklich und unsagbar traurig. Er wurde Vater, aber niemand durfte es erfahren. Nicht einmal die Mutter des Kindes. „Was hast du vor?"

„Das weiß ich nicht."

„Heirate mich, Jenny."

Sprachlos starrte Jenny ihn an. Ihr Herz klopfte wild. Sie wusste, dass Bruce aus Mitleid, vielleicht auch aus Familiensinn handelte, doch aus lauter Verzweiflung war sie versucht, sein Angebot anzunehmen. Aber natürlich war es unmöglich. „Ich kann nicht."

„Warum nicht?"

„Tausend Gründe sprechen dagegen."

„Und ein sehr guter spricht dafür."

„Bruce, ich kann nicht zulassen, dass du dein Leben für mich und das Kind ruinierst. Niemals. Nein, danke."

„Lass mich bitte selbst entscheiden, was mein Leben ruiniert." Er drückte ihre Hand. „Sollen wir heute Nacht durchbrennen oder bis morgen warten? Wir verbringen die Flitterwochen, wo immer du willst. Außer in Monterico", fügte er grinsend hinzu.

Tränen schimmerten in ihren Augen. „Du bist wirklich wundervoll, weißt du das? Aber ich kann dich nicht heiraten."

Sein Gesichtsausdruck wurde sehr ernst. „Wegen Hal?"

„Nein. Nicht nur. Wegen dir und mir. Wir würden aus völlig falschen Gründen heiraten, das weißt du selbst. Bruce Hendren und Jenny Fletcher. Welch ein Witz!"

„Magst du mich nicht mehr?", fragte er mit seinem charmantesten Lächeln.

Sie lächelte ebenfalls. „Du weißt, dass es nicht darum geht. Ich mag dich sehr."

„Du wärst erstaunt, wie viele Ehepaare ich kenne, die sich nicht ausstehen können. Wir hätten eine bessere Basis als die meisten."

„Aber Frau und Kind passen wohl kaum zu deinem Lebensstil."
„Ich werde meinen Lebensstil ändern."
„So ein Opfer kann ich dich nicht bringen lassen."
Bruce seufzte. Er sah ein, dass er ihr Zeit lassen musste, sich an die Schwangerschaft zu gewöhnen, bevor sie in Erwägung ziehen konnte, einen Mann zu heiraten, der als Schürzenjäger berüchtigt war. Doch für ihn war es nur ein vorübergehender Aufschub. Nichts konnte ihn davon abhalten, sie zu heiraten und dem Kind ein liebevolles Heim zu bieten. „Wenn du mir also das Herz brechen und mich abweisen willst, was wirst du dann anfangen?"
„Kann ich weiterhin für dich arbeiten?"
„Wie kannst du das überhaupt fragen?"
„Danke, Bruce." Jenny lehnte sich zurück an die Bank und strich unbewusst mit den Händen über ihren Bauch, der noch völlig flach war.
Sie ist so verdammt zart, dachte er. Sie war so eng gebaut. Womöglich ergaben sich dadurch Probleme bei der Geburt. Sein Blick wanderte hinauf zu ihren Brüsten. Sie waren nicht auffällig größer geworden, aber sie wirkten prall und reif.
„Deine Eltern müssen es erfahren."
Widerstrebend löste er den Blick von ihren Brüsten. „Möchtest du, dass ich es ihnen sage?"
„Nein. Das muss ich tun. Wenn ich nur wüsste, wie sie es aufnehmen werden."
„Sie werden entzückt sein. Wie sollten sie es sonst aufnehmen?" Es fiel ihm sehr schwer, doch er fügte hinzu: „Sie werden ein lebendes Vermächtnis von Hal bekommen."
„Irgendwie glaube ich nicht, dass es so einfach ist. Sie sind sehr moralisch gesinnt. Das brauche ich dir nicht erst zu sagen."
„Aber mein Vater predigt sein ganzes Leben lang von Barmherzigkeit. Von Gnade und liebevoller Vergebung." Er legte seine Hand auf ihre. „Sie werden dich nicht verdammen, Jenny. Da bin ich ganz sicher."
Sie lächelte ihn an, doch sie war längst nicht so zuversichtlich wie er.
Bevor sie das Café verließen, bestand Bruce darauf, dass sie ein Glas Malzmilch trank, damit sie bei Kräften blieb. Sie stießen auf die Ölquelle und das Baby an.
Er begleitete sie zu ihrem Wagen und schloss ihr die Tür auf. „Fahr nach Hause und mach ein Nickerchen."
„Aber …"
„Keine Widerrede. Ich gebe dir heute Nachmittag frei. Ruh dich aus. Heute Abend sehe ich nach dir."

„In der Zwischenzeit werde ich Sarah und Bob die Neuigkeit mitteilen müssen."

„Sie werden sich genauso über das Baby freuen wie ich", sagte er. Doch er wusste, das war unmöglich. Niemand konnte sich so freuen wie er. Er durfte nicht aussprechen, wie glücklich er war, wie sehr er Jenny und das Kind liebte.

Doch er gab der Versuchung nach, sie in die Arme zu schließen. Sie lehnte sich willig an ihn, und sie hielten sich umschlungen, im hellen Tageslicht, ungeachtet der neugierigen Blicke.

Bruce war sehr wichtig für Jenny geworden, in geradezu beunruhigendem Ausmaß. Doch sie brauchte einen Freund, und er hatte sie nicht im Stich gelassen. Daher stützte sie sich auf seine Stärke, klammerte sich Trost suchend an ihn. Und sie lauschte dem steten kraftvollen Pochen seines Herzen und genoss seinen einzigartigen Geruch.

Bruce schmiegte sie an sich, genoss das Gefühl ihrer vollen Brüste an seiner Brust. Es tat ihm weh, dass er nicht die Hände auf ihren Bauch legen und törichte Dinge zu dem Baby sagen konnte. Es tat ihm weh, dass er nicht ihre Brüste streicheln und ihr sagen konnte, wie er sich danach sehnte, das Baby daran saugen zu sehen. Vor allem aber tat es ihm weh, sie gehen zu lassen. Doch schließlich gab er sie frei. „Versprich mir, dass du dich hinlegst, sobald du nach Hause kommst."

„Ich verspreche es."

Er half ihr in den Wagen und legte ihr den Sicherheitsgurt an. „Um dich und das Baby vor Fahrern wie mir zu schützen", sagte er selbstspöttisch.

Er blickte ihr nach, als sie davonfuhr, und fragte sich, ob sie ihm noch immer danken würde, wenn sie wüsste, dass er für ihre heikle Lage verantwortlich war.

Um kurz nach sieben fuhr Bruce vor dem Pfarrhaus vor. Von außen sah alles wie gewöhnlich aus. Jennys Wagen stand neben dem seiner Eltern. In der Küche und im Wohnzimmer brannte Licht. Dennoch spürte er, dass irgendetwas nicht stimmte.

Er klopfte an die Haustür und öffnete sie. „Hallo!", rief er und trat ein. Er fand seine Eltern im Wohnzimmer.

„Hallo, Bruce", sagte Bob tonlos. Sarah sagte gar nichts. Sie wickelte sich immer wieder ein Taschentuch um den Zeigefinger.

„Wo ist Jenny?"

Bob schluckte einige Male. „Fort."

„Fort? Was soll das denn heißen? Ihr Wagen ist doch noch hier."

Bob strich sich mit der Hand über das Gesicht. „Sie hat es vorgezogen, alles hierzulassen, abgesehen von ihren Kleidern."

Bruce wirbelte auf dem Absatz herum und stürmte die Treppe hinauf. Er nahm zwei Stufen auf einmal, wie früher als Kind. Es war ein Verstoß gegen die Hausordnung, doch es kümmerte ihn nun genauso wenig wie früher.

„Jenny?" Sie war nicht in ihrem Zimmer. Er riss den Kleiderschrank auf und fand sämtliche Bügel leer. „Verdammt!", brüllte er wie ein verwundeter Stier und stürmte die Treppe hinunter ins Wohnzimmer. „Was ist passiert? Was habt ihr getan? Was habt ihr zu ihr gesagt? Hat sie euch von dem Baby erzählt?"

„Ja", sagte Bob. „Wir sind entsetzt."

„Entsetzt? Ihr erfahrt, dass Jenny euer erstes Enkelkind in sich trägt, und ihr reagiert entsetzt?"

„Sie behauptet, dass es von Hal ist."

Wäre es nicht sein Vater, der Jennys Aufrichtigkeit und Tugend derart anzweifelte, hätte Bruce ihn aus dem Sessel gezerrt und zusammengeschlagen. Doch unter den gegebenen Umständen stieß er nur ein Knurren aus und trat drohend einen Schritt vor. Dass es wirklich nicht Hals Kind war, zählte in diesem Augenblick nicht. Jenny glaubte es. Sie glaubte, dass sie die volle Wahrheit gesagt hatte. „Ihr zweifelt daran?"

„Natürlich", sagte Sarah. „Er hätte nie etwas so ... so ... so etwas getan. Schon gar nicht in der Nacht vor seiner Abreise nach Monterico, wie sie behauptet."

„Es mag dich vielleicht überraschen, Mom, aber Hal war in erster Linie ein Mann und erst in zweiter ein Missionar."

„Soll das heißen ...?"

„Es heißt, dass er den gleichen Apparat hatte wie jeder andere Mann seit Adam. Die gleichen Triebe. Die gleichen Bedürfnisse. Es wundert mich nur, dass er so lange gewartet hat, bevor er mit Jenny ins Bett gegangen ist." Hal war zwar nie mit ihr ins Bett gegangen, doch Bruce dachte in diesem Augenblick nicht gerade logisch.

„Bruce, um Himmels willen, halt den Mund", mahnte Bob. „Wie kannst du es wagen, so grob mit deiner Mutter zu reden? Du weißt, dass sie das krank macht."

„Also gut. Mir ist es egal, was ihr über mich denkt, aber wie konntet ihr Jenny aus dem Haus treiben?"

„Wir haben sie nicht vertrieben. Sie hat beschlossen zu gehen."

„Ihr müsst etwas getan haben, das sie zu diesem drastischen Schritt getrieben hat. Was war es?"

„Sie hat erwartet, dass wir ihr glauben, Hal hätte … hätte so etwas getan", antwortete Bob. „Deine Mutter und ich haben eingeräumt, dass es möglich sein könnte. Wie du betont hast, war er ein Mann. Aber wenn er es getan hat, dann muss sie ihn derart in Versuchung geführt haben, dass er nicht widerstehen konnte."

Bruce konnte nicht begreifen, wie Hal ihr hatte widerstehen können. Ihm selbst wäre es niemals gelungen. „Was auch geschehen ist, es wurde aus Liebe getan." Das entsprach der Wahrheit.

„Das glaube ich wohl. Trotzdem hätte Hal sich nicht von seiner Mission ablenken lassen, wenn er nicht versucht worden wäre. Und möglicherweise war er immer noch abgelenkt, oder er fühlte sich schuldig oder war irgendwie im Konflikt mit sich selbst, als er nach Monterico kam. Vielleicht war er deswegen so unvorsichtig, dass er sich festnehmen und töten ließ."

„Allmächtiger", stöhnte Bruce. Er sank gegen die Wand, als hätte er einen Tiefschlag erhalten. Er starrte sie an und fragte sich, wie diese selbstgerechten, engstirnigen und unnachsichtigen Menschen seine Eltern sein konnten. „Das habt ihr Jenny gesagt? Ihr habt sie für Hals Tod verantwortlich gemacht?"

„Sie ist verantwortlich", sagte Sarah. „Hals Überzeugungen waren so standhaft, dass sie ihn verführt haben muss. Kannst du dir vorstellen, wie sehr wir uns betrogen fühlen? Wir haben sie wie unsere eigene Tochter aufgezogen. Dass sie uns so etwas antun konnte … Ein uneheliches Kind … Es wird Hals würdiges Andenken für immer zerstören." Sie presste die Lippen zu einer schmalen Linie zusammen und wandte den Kopf ab.

Die Einstellung seiner Eltern machte Bruce krank. Er hätte ihnen am liebsten ins Gesicht gesagt, wie unchristlich und scheinheilig sie waren. Doch wozu seine Energie verschwenden? In seinen Augen waren sie hoffnungslose Fälle. Und ihm blieb keine Zeit. Er musste Jenny finden. „Wo ist sie hin?"

„Das wissen wir nicht." Bobs Ton verriet, dass es ihn auch nicht interessierte. „Sie hat ein Taxi gerufen."

„Ihr beide könnt mir nur leidtun", sagte Bruce, bevor er aus dem Haus stürmte.

Jenny hatte gelernt, sich dem Schaukeln des Busses anzupassen, statt sich dagegen zu wehren, sodass ihr nicht länger schlecht war. Die monotone Bewegung wirkte beinahe einschläfernd und lenkte ihre Gedanken von der Zukunft ab.

Welche Zukunft? Sie hatte keine. Die Hendrens hatten ihre Einstellung deutlich zum Ausdruck gebracht. Für sie war Jenny eine gefallene Frau, die ihren geliebten Sohn verführt und von seiner Berufung abgelenkt hatte.

Brennende Tränen stiegen in ihr auf. Sie schloss die Augen und lehnte den Kopf zurück. Sie hätte gern geschlafen, doch das war unmöglich. Sie war zu aufgewühlt, und die anderen Passagiere um sie herum wurden zunehmend unruhig und gesprächig. Nur allmählich achtete sie darauf, was gesprochen wurde.

„Sieh dir das bloß mal an!"

„Ein Verrückter."

„Hat unser Fahrer ihn gesehen?"

„Für wen hält der sich eigentlich?"

Neugierig geworden, schlug Jenny die Augen auf und spähte aus dem Fenster. Sie sah nichts außer ihrem eigenen Spiegelbild in der Glasscheibe und undurchdringliche Finsternis dahinter. Doch dann entdeckte sie einen Sportwagen, der gefährlich nahe neben dem Bus fuhr. Sie erblasste.

„Das muss ein absolut Verrückter sein, mein Gott", murmelte jemand.

Plötzlich bremste der Busfahrer und fuhr an den Straßenrand. „Meine Damen und Herren", sagte er ins Mikrofon neben dem Lenkrad, „es tut mir leid, aber ich muss einen ungeplanten Halt einlegen. Offensichtlich will ein betrunkener Autofahrer uns von der Straße abdrängen. Ich werde versuchen, ihn zur Vernunft zu bringen. Bleiben Sie ruhig. Wir fahren gleich weiter."

Die Passagiere beugten sich auf ihren Sitzen vor, um besser sehen zu können. Jenny hingegen kauerte sich zusammen, mit klopfendem Herzen. Der Busfahrer öffnete die automatische Tür und wollte aussteigen. Doch schon stürmte der „Verrückte" herein.

„Bitte, Mister", flehte der Busfahrer, offensichtlich besorgt um die Sicherheit seiner Passagiere, „wir sind nur harmlose Leute und …"

„Keine Sorge. Ich bin kein Räuber. Ich werde niemandem etwas tun. Ich werde Sie nur von einem Ihrer Fahrgäste befreien." Aufmerksam musterte Bruce die Passagiere, die ihn ängstlich anstarrten. „Es tut mir leid wegen der Unannehmlichkeiten", sagte er freundlich, während er den Gang entlangschritt. „Es wird nur eine Minute dauern." Als er Jenny erblickte, atmete er erleichtert auf. „Nimm deine Sachen. Du kommst mit mir zurück."

„Nein, Bruce. Ich habe dir alles in einem Brief erklärt. Ich habe ihn abgeschickt, bevor ich abgefahren bin. Du hättest mir nicht folgen sollen."

„Nun, ich habe es aber getan, und zwar nicht umsonst. Jetzt komm bitte mit mir."

„Nein."

Alle Augen waren auf sie gerichtet.

Ungehalten wie ein Vater, der ein weggelaufenes Kind wiedergefunden hat, stützte er die Hände in die Hüften. „Wenn du die schmutzige Wäsche vor all diesen netten Leuten waschen willst, dann ist es mir recht. Aber überleg es dir lieber noch einmal, bevor wir zu den pikanten Einzelheiten kommen."

Jennys Blick wanderte über die anderen Passagiere, die sie mit unverhohlener Neugier anstarrten.

„Was hat sie gemacht?", piepste ein kleines Mädchen. „Ist es was Schlimmes?"

„Sie brauchen nicht mit ihm zu gehen, Miss", sagte der Fahrer besorgt. Er wollte sich nicht nachsagen lassen, dass er ein hilfloses Opfer aus seinem Bus entführen ließ.

Jenny blickte Bruce an. Seine Augen funkelten, und er wirkte so standhaft wie der Fels von Gibraltar. Er würde es auf eine Szene ankommen lassen. Sie wusste, dass er nicht nachgeben würde, und sie wollte nicht Ursache für eine Schlägerei in einem Bus werden. „Also gut. Ich komme." Sie trat in den Gang und nahm ihren kleinen Koffer. „Ich habe noch einen Koffer im Gepäckfach", teilte sie dem Fahrer mit.

Alle Blicke folgten ihnen, als die drei den Bus verließen. Der Fahrer öffnete das Gepäckfach und reichte ihr den Koffer. „Sind Sie sicher, dass Sie mit ihm gehen wollen? Er wird Ihnen doch nichts antun, oder?"

Sie lächelte ihn beruhigend an. „Nein, nein, keine Sorge. Er wird mir nichts tun."

Nach einem finsteren Blick zu Bruce stieg der Fahrer wieder ein. Einen Augenblick später schwenkte der Bus wieder auf die Fahrbahn.

Steif wandte Jenny sich an Bruce. „Das war ja eine tolle Nummer. Was hast du dir eigentlich davon erhofft?"

„Genau das, was ich erreicht habe. Dich aus dem Bus zu holen und zu verhindern, dass du wie ein verängstigtes Kaninchen davonläufst."

„Vielleicht bin ich das ja", rief sie und ließ den Tränen freien Lauf, die seit der Szene im Pfarrhaus in ihren Augen brannten.

„Was wolltest du überhaupt in Dallas? Etwa abtreiben lassen?"

„Wie kannst du so etwas Scheußliches nur denken?"

„Was wolltest du denn dann? Das Baby kriegen und dann weggeben?“

„Nein.“

„Es verstecken?“ Er trat näher. „Willst du das Baby nicht, Jenny? Schämst du dich dafür?“

„Nein.“ Sie legte beide Hände auf ihren Bauch. „Natürlich will ich es. Ich habe es jetzt schon lieb. Es ist mein Kind, Bruce.“

Bruce atmete erleichtert auf, doch seine Stimme hatte noch immer einen zornigen Unterton. „Warum bist du dann weggelaufen?“

„Ich wusste nicht, was ich sonst tun sollte. Deine Eltern haben ausdrücklich betont, dass sie mich nicht mehr in ihrer Nähe haben wollen.“

„Ja und?“

„Ja und? Nicht jeder ist mutig oder verrückt genug, um einem Bus nachzujagen oder mit neunzig Meilen pro Stunde auf einem Motorrad über die Schnellstraße zu jagen. Dir ist es egal, was die Leute von dir denken. Aber ich bin nicht wie du. Mir ist es nicht egal. Und ich habe Angst.“

„Wovor? Vor einer Stadt voller kleinlicher Menschen? Was können sie dir schon antun? Über dich klatschen? Dich verachten? Und wenn schon! Oder hast du Angst, den Namen meines Bruders zu beschmutzen? Es gefällt mir auch nicht, dass ein paar Heuchler schlecht von ihm denken werden. Aber er ist tot. Er wird es nie erfahren. Und sein Werk wird weitergeführt. Du selbst hast mit deinem Rundschreiben und dem Spendenaufruf dafür gesorgt. Bitte komm zu dir, Jenny. Sei nicht so hart zu dir selbst. Du selbst bist dein schlimmster Feind.“

„Was schlägst du also vor? Dass ich zurückkomme und in deinem Büro arbeite?“

„Ja.“

„Und soll ich mit meinem Zustand protzen?“

„Sei stolz darauf.“

„Und soll mein Kind sein ganzes Leben lang mit Schimpfwörtern bezeichnet werden?“

„Jeder, der dieses Kind anders als wundervoll bezeichnet, riskiert sein Leben“, stieß Bruce heftig hervor.

„Aber du wirst nicht immer da sein, um es zu schützen. Es wird schwer für dieses Kind, in einer Kleinstadt aufzuwachsen, in der jeder seine Herkunft kennt.“

„Es wäre noch schwerer in einer Großstadt, in der seine Mutter niemanden kennt. An wen würdest du dich um Hilfe wenden, Jenny? In

La Bota sind dir die Gesichter vertraut, auch wenn einige von ihnen vielleicht feindselig dreinblicken."

Sie mochte sich nicht eingestehen, wie sehr ihr davor gegraut hatte, in eine fremde Stadt zu ziehen, ohne viel Geld, ohne Arbeitsplatz, ohne Unterkunft, ohne Freunde oder Verwandte.

„Wird es nicht langsam Zeit, dass du ein bisschen Rückgrat beweist, Jenny? Seit du vierzehn warst, lässt du andere Leute deine Entscheidungen treffen."

„Diese Diskussion hatten wir vor ein paar Monaten schon einmal. Ich habe versucht, mein Leben selbst in die Hand zu nehmen. Jetzt siehst du, was für ein Chaos ich daraus gemacht habe."

Bruce wirkte gekränkt. „Ich dachte, die Liebesnacht sei wundervoll für dich gewesen. Als Resultat bekommst du ein Baby. Ist das für dich wirklich ein Chaos?"

Sie senkte den Kopf. „Nein. Es ist wundervoll. Der Gedanke an das Kind erweckt Ehrfurcht in mir."

„Dann halte an dem Gedanken fest. Komm mit mir nach La Bota. Bring das wundervolle Baby zur Welt und pfeif auf die Leute, denen es nicht gefällt."

„Auch auf deine Eltern?"

„Ihre Reaktion heute Abend war überstürzt. Wenn sie darüber nachdenken, werden sie schon zur Vernunft kommen."

Nachdenklich starrte Jenny ins Leere. „Wahrscheinlich hast du recht. Ich kann keine Zukunft für mich und das Baby finden. Ich muss mir eine aufbauen, stimmt's?"

Er grinste. „Besser hätte sogar ich es nicht ausdrücken können."

„Ach, Bruce", seufzte sie, und plötzlich fühlte sie sich sehr erschöpft. „Noch einmal danke."

Er schmiegte die Hände um ihr Gesicht und wischte mit den Daumen über ihre Wangen. „Du könntest alles sehr viel leichter für dich machen, wenn du mich einfach heiraten würdest. Das Baby hätte einen Daddy, und alles wäre geordnet und gesetzlich."

„Ich kann nicht, Bruce."

„Sicher nicht?"

„Ganz sicher."

„Es ist nicht das letzte Mal, dass ich dich frage." Er hob ihr Gesicht und küsste sie zart. Seine Lippen waren feucht und geöffnet, und diesmal drang auch seine Zunge in ihren Mund vor. Nur die Spitze. Gerade genug, um ihr den Atem zu rauben und ihren Herzschlag zu beschleunigen. Gerade genug, um ihre Brüste spontan anschwellen zu lassen.

Langsam streichelte er mit der Zunge über ihre Lippen. Dann wich er zurück, nahm ihren Arm und führte sie zu seinem Wagen.

„Wie hast du mich überhaupt gefunden?", fragte Jenny, während er ihr Gepäck hinter den Sitzen verstaute.

„Ganz einfach. Ich habe bei der Taxizentrale nach dem Fahrer gefragt, der dich abgeholt hat. Er hat mir gesagt, dass er dich zum Busbahnhof gebracht habe. Dort habe ich am Fahrkartenschalter erfahren, dass du eine Karte nach Dallas gelöst hast. Und da ich nicht bis nach Dallas hinterherfahren wollte, musste ich den Bus irgendwie zum Anhalten bringen." Sie waren eingestiegen, und er fuhr los. „Und jetzt müssen wir dir als Erstes eine Unterkunft besorgen."

„Hast du irgendeine Idee?"

„Du könntest bei mir einziehen." Er warf ihr einen spitzbübischen Blick zu.

„Nächster Vorschlag", entgegnete sie schroff.

Er schmunzelte. „Ich glaube, ich kann dich bei Roxy unterbringen."

„Roxy Clemmons?", hakte Jenny entsetzt nach.

„Ja. Kennst du sie?"

„Nur vom Hörensagen." Als eine von seinen Geliebten. Sie wandte den Kopf ab und starrte aus dem Fenster. Enttäuschung und Verzweiflung stiegen in ihr auf.

Er hatte sie so zärtlich und innig geküsst. Seine Umarmung hatte herzlich und beschützend gewirkt. Ihr gefiel es allmählich, wenn er sie berührte, wenn er sie küsste. Seine Liebkosungen überwältigten sie. Doch für ihn war es nichts Besonderes. Er tat mit ihr nur, was er mit Hunderten von Frauen zuvor getan hatte. Wollte er sie nun unter einem Dach mit Roxy unterbringen, damit er sie alle beide ohne Umstände besuchen konnte?

„Du scheinst nicht gerade begeistert von dem Vorschlag zu sein", bemerkte Bruce.

„Mir bleibt kaum eine andere Wahl, oder?"

„Ich habe dir eine Alternative vorgeschlagen. Du hast abgelehnt."

Jenny schwieg eisern. Sie war verärgert und wusste selbst nicht recht, warum. Wieso fühlte sie sich beleidigt? Hatte sie unbewusst gehofft, dass sich eine feste Beziehung zwischen ihnen entwickeln würde? Weil er sie ein paar Mal geküsst hatte? Wegen der Nacht in Monterico? Oder weil sie sich schon immer zu ihm hingezogen gefühlt hatte?

Wenn er glaubte, dass sie sich in die lange Kette seiner sexuellen Abenteuer einreihen ließ, dann täuschte er sich. Mit Frauen wie Roxy Clemmons hatte sie nichts gemeinsam.

8. KAPITEL

Die Straßen lagen verlassen da, als sie La Bota erreichten. Bruce lenkte den Wagen auf den Parkplatz einer Apartment-Anlage.

„Was ist das hier?“, fragte Jenny.

„Deine neue Adresse, hoffe ich. Komm.“ Er führte sie zu einer Wohnung mit dem Schild „Büro“ neben dem Eingang und klingelte.

Roxy Clemmons öffnete. Sie warf Jenny einen erstaunten Blick zu und lächelte dann Bruce an. „Hallo, Bruce. Was gibt's?“

„Dürfen wir reinkommen?“

„Natürlich.“ Roxy ließ die beiden eintreten und schloss die Tür.

„Tut mir leid, dass wir dich so spät stören“, sagte Bruce.

„Himmel, du weißt doch, dass du jederzeit willkommen bist.“

„Roxy, das ist Jenny Fletcher.“

„Ja, ich weiß. Hallo, Jenny. Freut mich, Sie kennenzulernen“, sagte Roxy in erstaunlich freundlichem Ton.

„Freut mich auch, Miss Clemmons.“

„Nennen Sie mich doch Roxy. Möchtet ihr etwas trinken? Ich habe kaltes Bier, Bruce.“

„Klingt gut.“

„Jenny?“

„Nein danke.“

„Eine Cola?“

Jenny wollte nicht unhöflich wirken, und daher erwiderte sie mit einem kleinen Lächeln: „Ja, gern.“

„Setzt euch und macht es euch bequem.“

Roxy verschwand durch eine Pendeltür in der Küche. Ihre Hüften zeichneten sich wohl gerundet unter einer engen Jeans ab. Ihre vollen Brüste wippten unter dem T-Shirt. Sie war barfuß. Ihr kupferfarbenes Haar war auf reizvolle Art zerzaust. Sie sah aus, als käme sie gerade aus dem Bett oder wäre auf dem Weg dorthin. Sie war eine Frau, bei der ein Mann sich wohlfühlen und entspannen konnte. Freundlich, herzlich und willig. Der Gedanke löste ein Gefühl der Übelkeit in Jenny aus. Bruce hatte sich auf das Sofa gesetzt und blätterte in einer Zeitung.

„Setz dich doch, Jenny“, sagte er, als er merkte, dass sie verlegen mitten im Raum stand.

Widerstrebend sank sie auf die Kante eines Sessels.

Roxy kehrte mit den Getränken zurück, und nachdem Bruce einen langen Schluck Bier genommen hatte, verkündete er: „Wir suchen eine Wohnung. Hast du was frei?“

Verblüfft blickte Roxy von Jenny zu Bruce. „He, das ist großartig. Meinen Glückwunsch. Aber was ist mit deinem Haus?"

Er lachte. „Mit meinem Haus ist alles in Ordnung. Du hast mich missverstanden. Jenny wird allein einziehen."

„Ach so!" Roxy lächelte Jenny an. „Sie haben Glück. Ich habe eine Zweizimmerwohnung frei."

„Wie groß ist das Schlafzimmer?", fragte Bruce. „Jenny bekommt ein Baby. Ist auch Platz genug für eine Wiege?"

Roxy reagierte schockiert. Mit offenem Mund starrte sie Bruce an. Dann glitt ihr Blick unwillkürlich zu Jennys Bauch.

„Sehen wir uns die Wohnung an", schlug sie vor, sobald sie sich von der Überraschung erholt hatte. Sie schlüpfte in ein Paar Sandalen. „Dann könnt ihr entscheiden, ob es das Richtige ist." Sie holte den Wohnungsschlüssel aus dem Büro und ging voraus, den Fußweg zwischen den Gebäuden entlang. „Die Lage ist gut", sagte sie über die Schulter. „Ruhig, aber nicht so einsam, dass Sie Angst haben müssten, Jenny."

Jenny hörte gar nicht richtig zu. Sie warf Bruce mörderische Blicke zu, weil er dieser ... dieser Frau ihren Zustand verraten hatte. Am folgenden Morgen wusste gewiss die ganze Stadt, dass sie schwanger war.

„Da sind wir." Roxy schloss die Wohnung auf und schaltete das Licht ein. „Puh, ist es stickig hier! Ich habe nicht mehr gelüftet, seit die Maler hier waren."

Es roch nach Farbe und Desinfektionsmittel, doch das störte Jenny nicht. Dafür war die Wohnung blitzsauber.

„Das ist natürlich das Wohnzimmer, und hier ist die Küche." Roxy führte sie durch eine halbhohe Pendeltür. Die Einbauschränke waren glänzend sauber.

Nachdem sie auch das Badezimmer und das Schlafzimmer besichtigt hatten, fragte Jenny: „Wie hoch ist die Miete?"

„Vierhundert im Monat, plus Wasser und Strom."

„Vierhundert!", rief Jenny erschrocken. „Ich fürchte ..."

„Unmöbliert?", hakte Bruce nach.

„Du meine Güte!" Roxy schlug sich mit der Hand an die Stirn. „Ich habe mich vertan. Unmöbliert kostet sie zweihundertfünfzig."

„Das klingt schon besser", sagte Bruce.

Jenny überschlug ihr Einkommen und ihre Ausgaben. Wenn sie sparsam lebte, konnte sie sich die Wohnung leisten. Sie hatte Glück, dass sie überhaupt so schnell etwas gefunden hatte, noch dazu in einer der besseren Wohngegenden der Stadt. Sie versuchte zu vergessen, dass eine von Bruce' Geliebten nur wenige Türen entfernt wohnte. „Muss ich einen Vertrag unterschreiben?"

„Dann nehmen Sie sie also?", fragte Roxy.

„Ich glaube schon."

„Fantastisch!", rief Roxy erstaunlich erfreut. „Wie schön, dass wir Nachbarn werden. Kommen Sie, gehen wir zurück ins Büro."

Eine Viertelstunde später hielt Jenny eine Kopie des Mietvertrages und den Wohnungsschlüssel in der Hand.

„Sie können morgen schon einziehen", verkündete Roxy. „Ich werde gleich morgen früh hinübergehen und lüften."

„Danke." Jenny schüttelte ihr herzlich die Hand, und dann brachte Bruce sie zu seinem Wagen und setzte sie hinein.

Er kehrte zu Roxy zurück, die an ihrer Wohnungstür wartete. „Danke, dass du wegen der Miete mitgespielt hast."

„Es war zwar ein schwacher Wink, aber ich habe ihn verstanden." Roxy lächelte ihn an. „Weihst du mich nun in die Einzelheiten eurer Beziehung ein, oder muss ich meine lebhafte Fantasie spielen lassen?"

„Neugierig?"

„Und wie!"

Bruce lachte. „Wir reden ein andermal darüber. Danke für alles, was du getan hast."

„Gar keine Ursache, Bruce. Wozu sind Freunde schließlich da?"

Er gab ihr einen flüchtigen Kuss auf den Mund und tätschelte ihren Po, bevor er sich abwandte und in seinen Wagen stieg.

Jenny saß steif wie eine Statue auf dem Beifahrersitz. Sie hatte das Gespräch nicht verfolgen können, aber sie hatte gesehen, wie die beiden sich angelächelt hatten, wie er Roxy geküsst und auf welch vertrauliche Art er sie angefasst hatte. Und obgleich sie sich einredete, dass es ihr gleichgültig war, verspürte sie Eifersucht.

„Morgen früh werden wir als Erstes die Möbelgeschäfte abgrasen", verkündete Bruce.

„Du hast schon genug für mich getan. Ich kann nicht verlangen, dass du …"

„Du hast es ja auch nicht verlangt. Ich biete es freiwillig an. Mach heute Abend eine Liste von allem, was du brauchst."

„Ich kann mir nicht viel leisten. Nur das Nötigste." Plötzlich fiel ihr siedend heiß ein, dass sie für diese Nacht keine Unterkunft hatte. „Wohin fahren wir jetzt eigentlich?"

„Ich nehme an, dass du nicht zurück ins Pfarrhaus willst."

„Nein."

„Du könntest mit zu mir kommen."
„Du hast keinen Platz."
„In dem großen Haus?"
„Du hast nur ein Bett."
„Ja und? Wir haben schon einmal in einem Bett geschlafen", sagte er rau. Sie schwieg, und nach einigen Sekunden seufzte er. „Ich bringe dich in einem Motel unter." Kaum hatte er es ausgesprochen, als er auch schon vor einem Motel anhielt. „Warte hier."
Jenny beobachtete, wie er die hell erleuchtete Rezeption betrat. Durch die breite Glastür sah sie, dass der Nachtportier ihn mit einem breiten Grinsen und einem herzlichen Händedruck begrüßte. Ohne Umschweife überreichte er ihm einen Schlüssel. Dabei beugte er sich vertraulich vor und sagte etwas.
Dann spähte der Nachtportier durch das Fenster zum Wagen. Jenny sah seine überraschte Miene, als er sie erkannte. Mit einem Grinsen machte er erneut eine Bemerkung. Bruce reagierte mit einem äußerst finsteren Gesichtsausdruck.
„Was hat er denn gesagt?", wollte Jenny gleich darauf wissen.
„Nichts."
„Er hat etwas gesagt. Ich habe es gesehen."
Bruce antwortete nicht, sondern fuhr geradewegs zu dem Motelzimmer, ohne die Nummern über den Türen zu beachten.
„Du warst schon einmal hier", vermutete sie.
„Jenny, bitte …"
„Stimmt's?"
„Vielleicht."
„Oft?"
„Ja."
„Mit anderen Frauen?"
„Ja."
Ihre Brust schien sich zusammenzuschnüren, sodass sie kaum sprechen konnte. „Du hast also deine Geliebten hergebracht, und jetzt hält der Portier mich für eine von ihnen. Was hat er über mich gesagt?"
„Es ist völlig egal, was er …"
„Mir ist es nicht egal!", rief sie. „Sag's mir."
„Nein." Bruce stieg aus, zerrte ihr Gepäck hinter den Sitzen hervor und trug es zum Motelzimmer. Er schloss die Tür auf, knipste das Licht an und warf die Koffer auf das Bett.
„Was hat er gesagt?", fragte Jenny von der Tür her.
Er wirbelte herum und sah ihre entschlossene Miene. Sie sah müde

und verletzlich aus, aber gleichzeitig zornig. Ihre Wangen waren blass, und ihre Lippen zitterten. Er begehrte sie mehr denn je, doch er konnte sie nicht haben, und das ärgerte ihn maßlos. „Also gut, wenn du's wissen willst. Er hat gesagt, dass es diesmal in der Familie bleibt."

Empörung wallte in ihr auf. „Da siehst du, was du angestellt hast! Erst erzählst du Roxy, die überall als eine von deinen Flittchen bekannt ist, dass ich schwanger bin. Dann bringst du mich in ein Motel, wo du regelmäßig mit deinen Frauen absteigst. Morgen weiß es die ganze Stadt, dass ich mit dir hier war und sogar hier übernachtet habe. Ich will nicht für eine von deinen Geliebten gehalten werden."

„Warum nicht? Weil ich so verrucht bin? Weil ich so schlecht bin? Weil ich das schwarze Schaf in der Pfarrerfamilie bin, das immer in der Patsche sitzt und sich immer mit den falschen Frauen einlässt?"

Jenny wich zurück, als er auf sie zutrat, doch eine Kommode versperrte ihr den Weg. „So habe ich es nicht gemeint."

„Ach nein?", höhnte Bruce. „Nun, du hast allen Grund, vor mir auf der Hut zu sein. Ich bin wirklich schlecht. Verdammt schlecht." Er schmiegte eine Hand um ihren Nacken, vergrub die Finger in ihrem Haar und bog ihren Kopf zurück. „Weil ich viele Frauen hierher gebracht habe. Aber ich habe keine so begehrt wie dich."

Er umfasste ihr Handgelenk mit eisernem Griff, aus dem sie sich nicht befreien konnte, und presste ihre Hand auf seinen Hosenschlitz, damit sie das Ausmaß seines heftigen Verlangens fühlte. „So sehr begehre ich dich. Ich will dich schon seit Langem, und ich bin es leid, es zu verbergen. Macht es dir Angst? Ekelt es dich an? Möchtest du schreien? Möchtest du weglaufen und dich im Pfarrhaus verkriechen?"

Er küsste sie mit kaum beherrschter Wildheit. Seine Zunge drang tief in ihren Mund vor, wich dann zurück, drang erneut ein, in Nachahmung einer Vereinigung.

Und dann gab er sie abrupt frei. Er stürmte aus dem Raum und schlug mit einem heftigen Knall die Tür hinter sich zu.

Jenny taumelte zum Bett und sank darauf nieder. Sie konnte nicht leugnen, dass sie enttäuscht war, weil er das Begonnene nicht zu Ende geführt hatte. Sie fühlte sich schwach und aufgewühlt vor Verlangen.

Sie nahm all ihre Kraft zusammen und schleppte sich ins Badezimmer. Sie zog sich aus und trat unter die Dusche. Der Wasserstrahl war heiß und stechend. Ihre Haut prickelte immer noch heftig, als sie ein Nachthemd aus dem Koffer holte und anzog.

Sie legte sich ins Bett, schloss die Augen und versuchte sich zu beruhigen. Doch die Erinnerung war noch zu frisch. Sie glaubte, noch immer seine Lippen auf ihren zu spüren, den Beweis seines Verlangens in ihrer Hand zu fühlen, die Bewegungen seiner Zunge zu spüren.

Als das Telefon neben dem Bett klingelte, zuckte sie zusammen. „Hallo?"

„Es tut mir leid."

Einen Augenblick herrschte Schweigen. Jennys Brüste prickelten unter ihrem Nachthemd. „Schon gut."

„Ich habe die Beherrschung verloren."

„Ich habe dich provoziert."

„Habe ich dir wehgetan?"

„Nein."

„Aber ich war grob. Und ordinär."

„Ich hab's überlebt."

„Ich bereue nicht, dass ich dich geküsst habe. Es tut mir nur leid, wie ich es getan habe." Nach einer kurzen Pause fügte Bruce sehr sanft hinzu: „Jetzt weißt du wenigstens, was ich für dich empfinde."

Seine Worte rührten sie beinahe zu Tränen. „Bruce, ich bin im Moment nicht bereit, mich damit auseinanderzusetzen. Es ist so viel passiert."

„Ich weiß. Schlaf dich erst einmal richtig aus. Das Büro bleibt morgen geschlossen. Ich hole dich ab, lade dich zum Frühstück ein, und dann gehen wir einkaufen. Halte dich um Punkt zehn Uhr bereit."

„In Ordnung."

„Gute Nacht, Jenny."

„Gute Nacht, Bruce."

„Guten Morgen, Jenny."

„Hm?"

„Ich habe Guten Morgen gesagt."

Jenny gähnte herzhaft, streckte sich unter der Bettdecke und schlug die Augen auf. Dann setzte sie sich abrupt auf.

Bruce saß auf der Bettkante und lächelte sie an. „Willkommen im Land der Lebenden."

„Wie spät ist es?"

„Zehn nach zehn. Ich habe um Punkt zehn geklopft, aber du hast nicht geantwortet. Deshalb habe ich mir den Ersatzschlüssel aus der Rezeption geholt und bin hereingekommen."

„Es tut mir leid." Sie strich sich mit einer Hand über die Augen und zog die Decke höher über die Brüste. „Ich war erschöpft."

„Hungrig?"

„Und wie!"

„Ich bestelle schon einmal das Frühstück im Café, während du dich anziehst." Bruce gab ihr einen Kuss auf die Nasenspitze und stand auf.

„Ich komme sofort!", rief sie ihm nach, als sich die Tür hinter ihm schloss.

Jenny sah frisch und erholt aus, als sie ein paar Minuten später das Café betrat. Sie trug einen Faltenrock und eine legere Hemdbluse. Ihre zierlichen Ledersandalen mit hohen Absätzen erweckten Bruce' Aufmerksamkeit, als sie an seinen Tisch trat. Er wusste, dass sie ihren Gehaltsscheck für neue Garderobe ausgegeben hatte, und sie kleidete sich nun mit wesentlich mehr Pfiff als früher.

„Bin ich zu spät dran?"

„Dein Essen ist gerade erst gekommen. Deine Schuhe gefallen mir übrigens."

„Sie sind neu." Jenny betrachtete die gefüllten Teller auf ihrem Platz. „Soll das alles für mich sein?"

„Ja".

„Du erwartest doch wohl nicht, dass ich so viel esse, mein Lieber."

„Zumindest das Meiste. Fang an. Ich plane inzwischen unseren Einkaufsbummel."

„Willst du nichts essen?"

„Ich bin schon fertig." Bruce hielt den Kopf über einen Notizblock gebeugt, während er eine umfangreiche Liste der benötigten Haushaltsgegenstände anfertigte.

Jenny war fasziniert von dem gewinnenden Bild, das er abgab. Sein Haar war zerzaust und wies die verschiedensten Schattierungen von Braun auf. Sein Gesicht war glatt rasiert, und der Geruch seines Rasierwassers übertraf sogar das Aroma des frischen Kaffees, den die Kellnerin ihr einschenkte. Er trug eine Jeans und ein legeres Hemd, doch über der Stuhllehne hing ein Jackett aus Rohseide. Es war eine seltsame Kombination, doch sie passte hervorragend zu ihm. Er sah überwältigend gut und gefährlich sinnlich aus.

Nachdem sie das Frühstück beendet hatte, war auch seine Liste fertig, und er zählte die Geschäfte auf, in denen er einzukaufen vorhatte.

„Vergiss mein Budget nicht", ermahnte sie ihn.

„Vielleicht gibt dir dein Chef ja eine ordentliche Gehaltserhöhung."

Abrupt blieb sie auf dem Weg zu seinem Wagen stehen und drehte sich mit trotziger Miene zu ihm um. „Eines möchte ich gleich klarstellen, Bruce. Ich will keine Almosen von dir."

„Willst du mich heiraten?"

„Nein."
„Dann halt den Mund und steig ein."
Bruce hatte einen teuren Geschmack, und Jenny hätte genau das ausgewählt, was ihm gefiel – wenn Geld keine Rolle gespielt hätte.
„Dieses Sofa kann ich mir nicht leisten. Das andere kostet nur die Hälfte."
„Es ist auch potthässlich."
„Es ist funktionell."
„Es ist hart und ungemütlich. Das hier hat so schöne kuschelige Polster und ist so bequem."
„Deswegen ist es auch so teuer. Bequemlichkeit ist nicht so wichtig."
„Das hängt davon ab, was man auf dem Sofa tun will", wandte Bruce mit einem schelmischen Grinsen und vielsagendem Blick ein.
„Ich nehme das andere", erklärte sie entschieden.
Die gleiche Diskussion ergab sich wegen des Bettes, der Stühle, des Esstisches, der Bettwäsche, des Geschirrs, der Töpfe und Pfannen, ja sogar wegen des Büchsenöffners. Bruce achtete stets nur auf die Qualität, während Jenny sich vom Preis lenken ließ.
„Müde?", fragte er, als sie in seinen Wagen stiegen und sie den Kopf zurücklehnte.
„Ja." Sie seufzte. „Ich hätte nie gedacht, dass es so anstrengend ist, eine Wohnung einzurichten."
„Ich habe vereinbart, dass heute Nachmittag alles geliefert wird. Heute Abend hast du ein gemütliches Zuhause."
„Wie hast du das denn geschafft?"
„Durch Drohungen, Bestechung, Erpressung – alles, was mir nur einfiel." Er grinste, doch sie glaubte es ihm trotzdem.
Als er vor der neuen Wohnung anhielt, rief sie verblüfft: „Das sieht ja aus wie mein Wagen!"
„Das ist dein Wagen."
„Wie kommt der denn hierher?"
„Ich habe ihn herschleppen lassen." Bruce öffnete die Fahrertür ihres Wagens und holte den Schlüssel hervor, den der Abschleppdienst wie vereinbart unter die Fußmatte gelegt hatte. Er warf ihn ihr zu. „Offen gesagt ist es für mich nur ein billiger Haufen Blech, aber ich weiß, dass du an ihm hängst."
„Bruce, ich will nichts von deinen Eltern haben."
„Herrje, sie haben dir diesen Wagen vor Jahren geschenkt. Was sollen sie mit drei Autos – wo meine Mutter kaum fährt?"

Entschieden schob sie ihn beiseite und stieg ein. „Ich bringe ihn zurück."

Er beugte sich zur Tür hinein und erklärte in fröhlichem Ton: „Denk daran: Ich bin dein einziges Transportmittel."

Sie seufzte. „Das ist Erpressung."

„Ganz genau."

Sie musste unwillkürlich lachen und stieg wieder aus. Kaum hatten sie die Wohnung betreten, als auch schon die ersten Möbel eintrafen.

„Aber das muss ein Irrtum sein", erklärte Jenny, sobald sie die Tür öffnete und die Lieferung sah.

„Kein Irrtum, Miss", widersprach der Mann und trug einen Stuhl an ihr vorbei. „Bringt das Sofa rein!", rief er seinen Kollegen zu.

„Aber das ist nicht das richtige", protestierte Jenny.

„Es steht auf dem Lieferschein." Er stellte den Stuhl ab und reichte ihr einen grünen Schein.

Sorgfältig betrachtete sie die Rechnung. „Oh nein! Bruce, da ist ein schrecklicher …" Sie brach ab, als sie sein Lächeln sah. Er hatte es sich auf der kuscheligen Couch bequem gemacht, die er ausgewählt hatte. „Was hast du nur getan!"

„Ich würde es einfach Sabotage nennen", entgegnete er ungerührt.

Es war genau das treffende Wort. Hinter ihrem Rücken hatte er sämtliche Sachen bestellt, die ihr gefielen, die sie sich aber nicht leisten konnte. „Wie soll ich das alles bezahlen?"

„Kredit. Was du heute bezahlt hast, ist die Anzahlung. Ich habe monatliche Raten für dich vereinbart, die du dir leisten kannst. Wo liegt also das Problem?"

„Ich kann es nicht zulassen, Bruce. Du drängst mich zu Entscheidungen, die meiner Vernunft widersprechen. Aber das lasse ich mir nicht länger gefallen. Ich bleibe nicht in dieser Wohnung, wenn ich all diese Möbel behalten muss."

„Also gut", sagte er ungerührt. Er ging zur Wohnungstür und stieß einen durchdringenden Pfiff aus. „He, Jungs, ladet alles wieder auf und bringt es in mein Haus. Sie hat beschlossen, mich zu heiraten, anstatt allein hier zu wohnen."

„Himmel!", stöhnte Jenny und barg das Gesicht in den Händen. „Ich gebe mich geschlagen!"

Lachend schloss er die Tür und trat auf sie zu.

„Hast du denn nichts Besseres zu tun, als mich zu bemuttern?"

„Mir fällt nichts ein."

„Seit Hal fort ist, bist du wundervoll zu mir. Warum tust du das alles für mich, Bruce?“

Sein Blick wanderte über ihr Gesicht. Mit einem Finger strich er ihr eine Locke aus der Stirn. „Weil mir deine Haarfarbe gefällt. Besonders, wenn die Nachmittagssonne darauf scheint, so wie jetzt.“ Er trat näher. Sie hob unwillkürlich den Kopf, um besser in sein Gesicht aufblicken zu können. „Und mir gefallen deine Augen. Und ich liebe dein Lachen.“

Er öffnete ihren Gürtel und ließ ihn achtlos zu Boden fallen. Sie erschauerte unter seinem Blick. „Mir gefällt deine Figur.“ Er legte die Hände um ihre Taille. „Und mir gefällt dein Mund.“ Er senkte den Kopf und gab ihr unzählige zärtliche Küsse.

Ihre Lippen öffneten sich einladend, und seine Zunge drang in ihren Mund vor. Verschwunden war die Wildheit des vergangenen Abends, doch diese sanfte Liebkosung erregte sie ebenso. Unwillkürlich schmiegte sie sich an ihn.

Er stöhnte auf. Sein warmer Atem streifte ihre Wange, als er die Lippen zu ihrem Ohr wandern ließ und aufreizend daran knabberte.

Sie erkannte, dass sie im Begriff stand, sich völlig zu vergessen. „Bruce, wir sollten nicht ...“

„Scht. Scht.“

Die besänftigenden Laute erinnerten Jenny an irgendetwas. Doch bevor sie ergründen konnte, was es war, küsste er erneut ihren Mund und verscheuchte all ihre Gedanken.

Bruce hob ihre Arme und legte sie sich auf die Schultern. Dann ließ er die Hände von ihren Ellbogen über ihre Achselhöhlen hinab zur Außenseite ihrer Brüste gleiten. Sanft massierte er sie mit den Handballen, und sie seufzte leise.

„Gefällt es dir?“

Sie nickte und neigte den Kopf, sodass ihre Wange auf seiner Brust ruhte. Der Kuss vertiefte sich. Er schlang die Arme um sie, zog sie näher an sich. Er legte die Hände auf ihre Hüften und presste sie an sich, sodass sie das volle Ausmaß seines Verlangens spürte.

Jenny stöhnte leise auf und rieb sich an ihm. Eine beinahe schmerzliche, aber wundervolle Erregung durchströmte sie.

„Jenny, ich will dich.“ Er schob eine Hand zwischen ihre Körper, umschmiegte ihre Brust, massierte sie liebevoll. Mit dem Daumen streichelte er die empfindsame Knospe, die sich hart aufrichtete. „Hm, das ist schön“, murmelte er. „Ich will es sehen, will es schmecken.“ Er senkte den Kopf, küsste ihre Brust durch den dünnen Stoff der Bluse, streichelte die harte Knospe mit der Zunge. „Ich will dich lieben.“ Er ließ die Lippen zu ihrer Kehle hinaufgleiten. „Ich will lieben." Erneut küsste er ihre Lippen, fordernd und heftig.

Ein lautes Klopfen an der Tür ertönte. „He, ihr zwei, macht auf! Ich habe die Einweihungsparty vorbereitet! Überraschung!"

Bruce hob den Kopf und murmelte einen unterdrückten Fluch. Dann atmete er tief durch und lächelte bedauernd. „Wir dürfen ihre Gefühle nicht verletzen."

Jenny löste sich aus seinen Armen, und er ging zur Tür.

Roxy stürmte in die Wohnung, eine Flasche Wein in einer Hand und eine Tüte in der anderen.

„He, was ist das denn alles?", fragte Bruce und nahm ihr die Tüte ab. Er spähte hinein. „Chips, Popcorn und Käse."

„Wie gesagt – eine Party", verkündete Roxy fröhlich. „Hallo, Jenny. Ist die Wohnung in Ordnung?"

„Alles bestens, danke."

„He, das sieht ja toll aus." Roxy stieß einen anerkennenden Pfiff aus, während sie die neuen Möbel betrachtete. „Habt ihr Gläser? Kommt, lass uns auf die neue Wohnung anstoßen." Ohne Umschweife marschierte sie in die Küche, mit Bruce auf den Fersen.

Jenny blieb nichts anderes übrig, als ihnen zu folgen, obgleich es eng in der kleinen Küche zu dritt war.

Bruce riss eine Tüte Chips auf, nahm einen heraus und hielt ihn Roxy hin. Lachend biss sie ab, während sie gleichzeitig versuchte, die Weinflasche zu öffnen. Die restlichen Stücke steckte er sich in den Mund.

Jenny hielt sich still im Hintergrund. Sie war nicht in Partystimmung.

„Diesen Service biete ich natürlich nicht allen Mietern", erklärte Roxy, während sie die Preisschilder von den neuen Gläsern entfernte. „Aber da Sie eine Freundin von Bruce sind und er ein Freund von mir ist …" Sie quiekte, als er von hinten die Arme um sie schlang und sie fest an sich drückte.

„Darauf kannst du wetten", bestätigte er. „Freunde bis zum Ende."

„Lass mich bloß los, du Dummkopf, und schneide den Käse!"

Jenny fühlte sich wie ein fünftes Rad am Wagen. Sie störte sich an dem neckischen Geplänkel und den vertraulichen Berührungen zwischen den beiden. Doch was hatte sie erwartet? Schließlich waren die beiden Geliebte. Sie wusste es. Und dennoch tat es ihr weh, es mit ansehen zu müssen. Hatte Bruce schon vergessen, dass er sie vor wenigen Augenblicken leidenschaftlich geküsst und ihr gesagt hatte, wie sehr er sie begehrte? Konnte er seine Zuneigung so rasch von einer Frau auf eine andere richten? Offensichtlich ja.

Als der Wein eingeschenkt war, stießen sie auf die neue Wohnung an. Jenny nahm nur einen Schluck des billigen Getränks, stellte ihr Glas hastig wieder ab und eilte ins Badezimmer. Sie schaffte es gerade noch bis zur Toilette, als sie sich auch schon übergeben musste.

Wenige Augenblicke später klopfte Bruce an die Badezimmertür.

„Ich komme gleich!" Sie spülte sich den Mund aus, wusch sich das Gesicht und kämmte sich.

„Bist du böse auf uns?", fragte er, sobald sie die Tür öffnete. „Ich weiß, was du vom Trinken hältst, und es ist deine Wohnung. Wir wollten dich nicht beleidigen."

In diesem Augenblick, als er sie so zerknirscht anblickte, erkannte sie, dass sie ihn liebte. All die Jahre lang hatte sie sich selbst getäuscht. Sie hatte sich eingeredet, dass ihre Zuneigung zu ihm verschwinden würde, wenn sie sich nur von ihm fernhielt. Doch die ganze Zeit über hatten die Gefühle für ihn in ihr geschlummert wie eine Auster in ihrer Schale, waren gewachsen mit jedem Blick, jedem Wort, jeder Berührung, bis ihre Liebe zu ihm wie eine seltene kostbare Perle herangereift war.

Sie sehnte sich danach, sich an ihn zu schmiegen, seine Arme um sich zu spüren, sich an ihn zu klammern. Doch es durfte nicht sein. Jenny Fletcher und Bruce Hendren? Unmöglich! Sie war schwanger von einem anderen Mann, von seinem Bruder. Und ganz davon abgesehen, passten sie überhaupt nicht zueinander. Jegliche romantische Beziehung zwischen ihnen war völlig hoffnungslos.

„Nein, Bruce, darum geht's nicht", sagte sie mit einem schwachen Lächeln. „Ich fühle mich nur nicht besonders gut."

Er erstarrte. „Ist es das Baby? Ist es schlimm? Hast du Krämpfe? Oder etwa Blutungen? Soll ich einen Arzt rufen?"

„Nein. Ich bin nur müde. Ich war den ganzen Tag auf den Beinen, und es war einfach zu viel für mich."

„Ich sollte im Morgengrauen erschossen werden. Ich hätte dich ins Bett stecken müssen, sobald wir nach Hause gekommen sind."

„Da hatte ich noch kein Bett."

Er ging nicht auf ihren Scherz ein. „Ich hätte dich hineinstecken sollen, sobald es geliefert wurde." Er nahm ihre Hand und zog sie ins Wohnzimmer. „Sag Gute Nacht, Roxy. Jenny muss sich ausruhen."

Roxy sprang vom Sofa auf und musterte Jenny. „Sie sind blass wie ein Geist", sagte sie und legte eine Hand auf Jennys Wange. „Kann ich irgendetwas für Sie tun?"

Ja, gehen Sie, hätte Jenny am liebsten gerufen, und lassen Sie die Finger von Bruce! Sie wusste, dass ihr Unwohlsein nur auf Eifersucht beruhte, doch sie konnte sich nicht dagegen wehren. „Nein danke. Mir wird's wieder besser gehen, sobald ich im Bett bin."

Trotz Jennys Protesten bezogen Roxy und Bruce das Bett mit der neuen gestärkten Bettwäsche. „Morgen sollten Sie die Laken vielleicht waschen, damit sie weicher werden", schlug Roxy vor. „Wenn Sie Hilfe brauchen, dann rufen Sie mich. Ich bin tagsüber meistens zu Hause. Okay?"

„Danke", murmelte Jenny, obwohl sie wusste, dass sie niemals einen Gefallen von Roxy Clemmons annehmen würde.

„Schließ hinter uns ab", sagte Bruce an der Wohnungstür. „Und wenn du mich brauchst, auch wenn's mitten in der Nacht ist, dann geh zu Roxy und ruf mich an.

„Mach dir keine Sorgen um mich."

„Das tue ich aber", beharrte er. „Morgen bekommst du ein Telefon."

„Ich habe aber keins beantragt."

„Ich hab's heute Morgen getan. Und jetzt geh schlafen. Gute Nacht." Sanft küsste er sie auf den Mund. Seine Zunge glitt so zart und flüchtig über ihre Lippen, dass sie nicht sicher war, ob sie es sich nur eingebildet hatte. Er trat hinaus in die Nacht und nahm Roxys Arm. „Komm, ich bringe dich nach Hause."

Jenny verschloss die Tür hinter ihnen. Er ging also mit Roxy nach Hause. Zweifellos hatten sie vor, die Party dort fortzusetzen. Im Geiste sah sie die beiden vor sich, wie sie sich eng umschlungen hielten und leidenschaftlich küssten.

Lange Zeit lag Jenny in ihrem neuen Bett und fand keinen Schlaf. Die Vorstellung von Bruce und Roxy zusammen quälte sie. Es war sehr spät, als sie hörte, wie die Corvette vor ihrer Wohnungstür angelassen wurde und davonfuhr.

9. KAPITEL

Der nächste Tag war ein Sonnabend, sodass Jenny in aller Ruhe aufstehen und frühstücken konnte. Noch im Morgenmantel kochte sie eine Kanne Kaffee mit der neuen Kaffeemaschine, die sie am Vortag zusammen mit Bruce ausgesucht hatte.

Sie hob gerade die erste Tasse an die Lippen, als es an der Tür klopfte. Widerstrebend öffnete sie einen Spaltbreit.

„Hallo“, sagte Roxy fröhlich. „Ich habe Sie doch nicht geweckt, oder?“

„Nein.“

„Ein Glück. Sonst hätte Bruce mich umgebracht. Ich habe gerade diesen leckeren Kuchen gebacken. Für mich allein ist es zu viel, aber wenn ich ihn nicht mit jemandem teile, esse ich doch alles auf.“ Sie klopfte sich auf die üppigen Hüften. „Und später bereue ich es dann.“

Um nicht unhöflich zu sein, trat Jenny beiseite und brachte ein Lächeln zustande. „Kommen Sie rein. Ich habe gerade Kaffee gekocht.“

„Großartig.“ Roxy legte den eingewickelten Kuchen auf den neuen Esstisch und setzte sich auf einen Wiener Stuhl. „Sie haben einen tollen Geschmack“, bemerkte sie, während sie sich in der Wohnung umblickte. „Ihre Einrichtung gefällt mir. Eine wunderbare Mischung aus Gemütlichkeit und Eleganz.“

„Vielen Dank, Roxanne, aber Bruce hat mir bei der Auswahl geholfen.“

„Er hat auch einen tollen Geschmack“, meinte Roxy mit einem Augenzwinkern.

Jenny wusste nicht recht, was das bedeuten sollte. Sie schenkte Roxy eine Tasse Kaffee ein. „Möchten Sie Sahne und Zucker?“

„Schwarz mit Süßstoff, sagte die Dicke und biss herzhaft in die Sahnetorte“, antwortete Roxy selbstspöttisch, während sie den Kuchen auswickelte. „Haben Sie ein Messer und zwei Teller?“

„Der sieht gut aus“, sagte Jenny höflich.

„Ja, nicht wahr? Ich habe das Rezept aus einer Zeitschrift.“ Roxy biss herzhaft in ihr Stück. Jenny aß etwas zurückhaltender, doch es schmeckte ihr ausgezeichnet. „Soll ich Ihnen heute bei irgendetwas helfen? Zum Beispiel die Bettwäsche in die Waschküche tragen?“

„Nein danke.“

„Wirklich nicht? Ich habe Zeit.“

„Ich komme schon allein zurecht.“

„Möchten Sie noch ein Stück?“ Roxy hielt das Messer über den Kuchen.

„Nein danke. Aber es ist nett von Ihnen, dass Sie ihn mitgebracht haben.“

Roxy legte das Messer ab und stützte die Ellbogen auf den Tisch. Forschend blickte sie Jenny an. „Sie mögen mich nicht, stimmt’s?“

Entgeistert starrte Jenny sie an. Ihr ganzes Leben lang hatte sie Konfrontationen vermieden, und nun suchte sie fieberhaft nach einer diplomatischen Antwort.

„Machen Sie sich nicht die Mühe, es zu leugnen. Ich weiß es, und ich weiß auch, warum. Weil ich mit Bruce geschlafen habe.“

Jenny errötete und senkte verlegen den Blick.

„Nun, sparen Sie sich die Feindseligkeit und die kühle Höflichkeit. In Wahrheit war ich nie mit ihm im Bett. Überrascht Sie das?“ Roxy lachte über Jennys verblüffte Miene. „Es würde die meisten Leute überraschen. Es liegt auch nicht daran, dass ich nicht wollte. Bruce ist ein sehr aufregender Mann. Jede normale Frau würde ihn gern einmal ausprobieren.“ Er hat einfach das gewisse Etwas.

Jenny schluckte schwer.

„Hat er Ihnen erzählt, wie wir uns kennengelernt haben?“

Jenny schüttelte den Kopf.

„Es war bei einer Tanzveranstaltung nach einem Rodeo. Todd, mein Ex-Mann ... Wussten Sie, dass ich verheiratet war?“

Erneut schüttelte Jenny den Kopf.

„Tja, ich war’s. An dem Abend war Todd wütend, weil er sich nicht auf einem von den verdammten Bullen halten konnte und das Preisgeld einem anderen Burschen überlassen musste. Er ließ es an mir aus, wie immer. Er schlug mich halb tot.“

„Er hat Sie geschlagen?“

„Ja, sehr oft. Nur an dem Abend war er richtig betrunken und vergaß sich. Bruce hörte mich draußen auf dem Parkplatz schreien. Er schlug Todd zusammen und warnte ihn, es nie wieder zu tun.“ Gedankenverloren sammelte Roxy die Krümel auf ihrem Teller zusammen und steckte sie sich in den Mund. „Es ging schon seit Jahren so. Todd wurde wütend, betrank sich und schlug mich. Aber ich habe ihn wirklich geliebt. Außerdem hatte ich sonst niemanden. Ich hatte kein Geld und wusste nicht, wohin.“

„Und Ihre Eltern?“

„Meine Mutter starb, als ich zehn war. Mein Vater war Ölspekulant. Er schleppte mich von einem Ölfeld zum anderen. Als ich dann mit sechzehn heiratete, hielt er seine väterliche Pflicht für erfüllt. Er verschwand nach Alaska. Seitdem habe ich nie wieder von ihm gehört. Also war ich von Todd abhängig. Eines Abends wurde er so wütend, dass ich fürchtete, er würde mich tatsächlich umbringen. Er hatte mir schon öfter damit gedroht, aber an dem Abend meinte er es wohl ernst. Bruce hatte mir seine Telefonnummer gegeben. Ich rief ihn an. Er holte mich, brachte mich ins Krankenhaus, ließ mich zusammenflicken und bezahlte die Rechnung."

„Und was geschah dann?", fragte Jenny gespannt.

„Danach blieb ich über einen Monat bei Bruce. Damals fingen die Leute an, zu behaupten, dass wir was miteinander hätten. Todd wurde wütend. Er beschuldigte uns, schon seit Monaten hinter seinem Rücken eine Affäre zu haben. Er fuhr nach Mexiko und ließ sich scheiden. Das war mir ganz recht. Nur hatte ich wirklich nichts, und ich konnte nicht ewig bei Bruce bleiben. Er überredete ein paar seiner Freunde, diesen Apartment-Komplex mit ihm zusammen zu kaufen. Er setzte mich als Geschäftsleiterin ein. Ich bekomme ein Gehalt und wohne hier mietfrei."

Jenny starrte sie entsetzt an. Sie hatte zwar von solchen Geschichten gehört, aber nie jemanden kennengelernt, der so etwas Schreckliches tatsächlich erlebt hatte.

„Bruce ist der beste Freund, den ich je hatte", fuhr Roxy fort. „Er war der erste Mensch in meinem Leben, der sich um mich gekümmert hat. Ich verdanke ihm alles, sogar mein Leben. Wenn er mich gebeten hätte, es ihm im Bett zurückzuzahlen, hätte ich es getan. Und wahrscheinlich hätte ich es genossen. Aber er hat mich nie gebeten, Jenny. Er wusste wohl von Anfang an, was ich erst später erkannt habe: dass unsere Freundschaft darunter gelitten hätte. Und die ist uns beiden wichtiger als eine Affäre." Sie legte eine Hand auf Jennys. „Sie brauchen also nicht eifersüchtig auf mich zu sein."

Jenny senkte den Blick. „Sie haben die Situation missverstanden. Bruce und ich haben nicht … wir sind nicht …"

„Vielleicht noch nicht." Roxy hegte keinerlei Zweifel an der künftigen Beziehung zwischen Bruce und Jenny, seit sie ihn am vergangenen Abend in ihrer Wohnung erlebt hatte. Nie zuvor hatte sie einen derart liebeskranken Mann gesehen. Ununterbrochen hatte er von Jenny geredet, bis sie ihn schließlich kurzerhand hinausgeworfen hatte.

„Ich war so unhöflich zu Ihnen", murmelte Jenny zerknirscht.

„Ach was. Vergessen Sie's. Ich bin es gewöhnt, als gefallene Frau behandelt zu werden."

„Ich mag Sie", verkündete Jenny spontan, und es entsprach der Wahrheit.
„Gut. Und jetzt essen Sie diese kalorienreiche Versuchung auf, bevor ich es tue. Sie können es sich leisten, aber ich – weiß der Himmel – nicht."
Lachend nahm Jenny sich ein Stück. „Ich habe Bruce versprochen, tüchtig zu essen, damit ich zunehme."
„Er sorgt sich um das Baby."
„Wirklich?"
Roxy grinste. „Er meint, Sie sind zu zart gebaut, um es auszutragen. Ich musste ihm mehrmals versichern, dass es keine Probleme geben wird."
„Ich sorge mich nicht darum. Aber ich fürchte, dass die Leute das Kind bestrafen werden, für das, was ich getan habe."
„Vergessen Sie die Leute."
„Das sagt Bruce auch immer."
„Und er hat recht. Freuen Sie sich auf das Baby?"
„Ja, sehr", antwortete Jenny mit leuchtenden Augen.
„Wenn seine Mama und sein Onkel es so lieben, wird das Kind keine Probleme haben."
„Haben Sie keine Kinder?"
Roxys Miene wurde ernst. „Nein. Ich wollte immer, aber Todd hat … nun, er hat mich einmal so verletzt, dass ich eine Totaloperation haben musste."
„Oh, Himmel! Das tut mir aber leid!", rief Jenny mitfühlend.
Roxy zuckte die Schultern. „Ach, ich wäre sowieso zu alt, um Kinder zu bekommen. Und Gary sagt, dass es ihm nichts ausmacht."
„Gary?"
„Mein Freund." Roxys Fröhlichkeit kehrte zurück. „Bruce hat ihn mir vorgestellt. Er arbeitet bei der Telefongesellschaft. Er müsste eigentlich bald kommen, um Ihr Telefon zu installieren."

Nach Roxys überschwänglicher Beschreibung von Gary hatte Jenny einen überwältigend gut aussehenden Traummann erwartet. In Wirklichkeit hatte er große Ohren, eine lange Nase und schief stehende Zähne. Doch er wirkte auf Anhieb sympathisch und sehr humorvoll. Sobald er eintraf, wurde ihr klar, dass er und Roxy wahnsinnig ineinander verliebt waren.
„Ich wollte eigentlich gestern Abend zur Einweihungsparty kommen", verkündete er, während er Jenny herzhaft die Hand schüt-

telte. „Aber ich musste Überstunden machen. Wo sollen die Telefone hin?"

„Die? Mehrere?"

„Drei."

„Drei?", rief Jenny entsetzt.

„So hat Bruce es bestellt. Ich schlage Wohnzimmer, Schlafzimmer und Küche vor."

„Aber ..."

„Wenn Bruce es so will, sollten Sie sich fügen", meinte Roxy.

Jenny seufzte. „Na gut. Da wird mir wohl nichts anderes übrig bleiben."

Während Gary sich an die Arbeit machte, brachten Roxy und Jenny all die neue Bettwäsche und die Handtücher in die Waschküche. Und während die Maschine lief, unterhielten sie sich ununterbrochen. Gegen Mittag hatten beide das Gefühl, sich schon seit Jahren zu kennen. Und trotz ihrer unterschiedlichen Herkunft verstanden sie sich prächtig.

„Hat jemand Hunger?" Bruce steckte den Kopf zur Tür herein, die Gary auf dem Weg zu seinem Lieferwagen offen gelassen hatte.

Vor lauter Erleichterung über die Gewissheit, dass er kein Verhältnis mit Roxy hatte, drehte Jenny sich mit einem strahlenden Lächeln zu ihm um und lief ihm entgegen. Dicht vor ihm blieb sie stehen.

„Komm doch näher", sagte er sanft.

Sie trat zu ihm und umarmte ihn. „Hallo", murmelte sie verlegen, als sie zurückwich.

„Hallo." Bruce musterte forschend ihr Gesicht. „Sag mir, was ich getan habe, umso eine Begrüßung zu verdienen, damit ich's noch einmal tun kann."

„Ich bin böse auf dich."

„Dann bleib böse. Es gefällt mir. Umarme mich noch mal."

„Einmal reicht."

„Aber ich kann deine Umarmung nicht erwidern, weil ich die Hände voll habe. Also musst du mich zweimal umarmen."

Das erschien ihr irgendwie einleuchtend. Erneut legte sie die Arme um ihn und verschränkte die Hände hinter seinem Rücken. Sie legte den Kopf in den Nacken und blickte zu ihm auf.

„Und jetzt sag mir, warum du böse bist."

„Was soll ich mit drei Telefonapparaten anfangen?"

„Dir eine Menge Schritte ersparen." Bruce küsste sie schnell. „Aber du hast dich gefreut, mich zu sehen. Das habe ich gemerkt. Warum?"

„Weil du etwas zu essen mitgebracht hast", witzelte sie und deutete auf die Tüten in seinen Händen.

„Magst du Cheeseburger?"

„Mit Zwiebeln?"

„Ja", antwortete er zögernd.

„Wundervoll!"

Zu viert hatten sie einen äußerst ausgelassenen Lunch. „Ich glaube, ihr Männer habt das geplant", meinte Roxy argwöhnisch und biss in ein dickes frittiertes Kartoffelstäbchen.

„Ich habe nichts geplant", beteuerte Bruce und legte die Hand aufs Herz. „Du etwa, Gary?"

„Ich doch nicht! Reich mir noch so ein Dingsda mit Ketchup."

„Roxy und ich hätten ja auch schon etwas anderes vorhaben können", meinte Jenny in hochmütigem Ton.

Lächelnd gab Bruce ihr einen Kuss auf den Mund. „Wir sind einfach mal davon ausgegangen, dass ihr es nicht hattet."

„Ach ja? Ihr solltet euch lieber nicht so sicher sein, dass wir immer für euch da sind", warnte Roxy. „Stimmt's, Jenny?"

„Stimmt genau."

Nie zuvor hatte Jenny sich so glücklich und frei gefühlt. Trotz der Schwangerschaft war ihr zumute, als sei eine schwere Last von ihr abgefallen. Sie hatte das Pfarrhaus hinter sich gelassen wie eine Schlange ihre alte Haut.

Dennoch ging sie regelmäßig zur Kirche, begleitet von Bruce. Sie saßen stets in der hintersten Reihe. Wenn Bob sie von der Kanzel aus gesehen haben sollte, so ließ er sich nichts anmerken. Genauso wenig wie Sarah, die stets in der zweiten Reihe saß.

Jenny und Bruce spürten die neugierigen Blicke der Kirchgänger und hörten deren Getuschel, sie grüßten jeden mit höflicher Freundlichkeit. In Bruce' Begleitung fiel es Jenny nicht schwer, sich selbstsicher zu geben.

Allmählich vertiefte sie sich immer mehr in die Büroarbeit. Außer dem Telefondienst und der Korrespondenz kümmerte sie sich inzwischen auch um die Ablage und stellte Nachforschungen an, um die Bruce sie nie gebeten hatte.

„Du arbeitest zu viel", sagte er eines Abends, als er ins Büro kam und sie unvermutet noch immer dort antraf.

„Wie spät ist es denn?"

„Längst fünf Uhr durch."

„Diese Unterlagen sind so interessant, dass ich die Zeit ganz vergessen habe.“

„Erwarte bloß nicht, dass ich dir etwa Überstunden bezahle.“

„Ich schulde dir die Zeit. Ich war heute in der Mittagspause beim Arzt und musste so lange warten, dass ich zu spät zurückgekommen bin. Also hör auf, mich zu nerven.“

„Du bist in letzter Zeit ganz schön aufsässig. Sei lieber vorsichtig. Sonst verwerfe ich noch die Idee, dich zu heiraten, und suche mir lieber ein nettes unterwürfiges Mädchen, das mich mit dem Respekt behandelt, den ich verdiene.“

„Verdient hättest du eine Tracht Prügel.“

„Hm, das klingt … interessant.“ Bruce trat hinter sie an den Aktenschrank und schlang die Arme um ihre Taille.

„Sag mir bloß nicht, dass du eine masochistische Ader hast.“

Er lachte. „Was weißt du denn schon davon?“

„Eine Menge. Roxy hat ein Buch darüber, mit genauen Anweisungen.“

„Roxy verdirbt dich. Ich hätte sie dir nicht vorstellen dürfen. Sieh dir ihre Bücher bloß nicht mehr an.“

„Keine Sorge. Ich habe nicht die Absicht, mich mit Peitschen oder Ketten abzugeben. Außerdem fürchte ich, dass diese knappe schwarze Lederkleidung nicht besonders gut an meiner neuen Figur aussehen würde.“

„Ich finde, deine neue Figur würde in allem gut aussehen. Sie ist wundervoll.“ Er legte die Hände auf ihren Bauch und massierte ihn sanft, bevor er sie zu ihren Oberschenkeln gleiten ließ.

Jenny drehte sich entschieden um, doch dadurch erhielt sie auch nicht mehr Bewegungsfreiheit. „Ich muss gehen, Bruce.“

„Später.“ Er schob ihr Haar mit der Nase beiseite und erforschte genüsslich ihr Ohr.

„Es ist schon spät. Ich muss nach Hause!“

„Später.“ Er stützte die Hände auf den Aktenschrank und lehnte sich an Jenny, während er sie auf den Mund küsste. Ihr Widerstand schmolz dahin. Er schmiegte die Hände um ihren Hals und vertiefte den Kuss.

„Bruce, bitte nicht“, protestierte Jenny schwach, als er schließlich ihren Mund freigab.

„Warum nicht?“

„Weil es ungesund ist.“

Aufreizend rieb er sich an ihr. „Da bin ich aber ganz anderer Meinung." Der Beweis seines äußerst gesunden Zustandes presste sich auf das Dreieck zwischen ihren Schenkeln.

„Wir sollten nicht ..." Sie stöhnte unwillkürlich auf, als er sich erneut bewegte. „Wir sollten nicht so etwas tun, hier in deinem Büro."

„Wo dann? In meinem Haus?"

„Nein."

„In deiner Wohnung?"

„Nein."

„Wo denn sonst?"

„Nirgendwo." In letzter Zeit riefen seine Küsse und Liebkosungen stets Erinnerungen an jene Liebesnacht in ihr hervor. Sie fühlte sich genauso erregt wie damals, doch irgendwie schien es ihr, als würde sie Hal betrügen.

„Bitte, Jenny."

„Nein."

„Ich brauche es. Ich war nicht mehr mit einer Frau zusammen, seit ..." Er brach abrupt ab. Beinahe hätte er gesagt: Seit ich mit dir geschlafen habe. „Seit sehr langer Zeit."

„Und wessen Schuld ist das?"

„Deine. Ich will nur dich. Lade mich heute Abend zu dir ein."

„Nein."

„Du hast die Wohnung jetzt schon seit drei Wochen, und mich hast du erst zwei Mal eingeladen."

„Und das war zwei Mal zu viel. Du bleibst immer viel zu lange und kannst dich überhaupt nicht benehmen", entgegnete sie atemlos, denn er küsste aufreizend ihren Hals. „Die Leute sehen uns zusammen und werden anfangen zu reden."

„Sie haben sonst nichts, worüber sie reden könnten. Die Football-Saison ist vorbei."

„Verstehst du denn nicht? Wenn herauskommt, dass ich schwanger bin, werden alle annehmen ..." Sie verstummte.

Er hob den Kopf. „Was werden sie annehmen?"

„Dass das Kind von dir ist."

„Und wäre das so schrecklich?"

„Ich will nicht, dass dir die Schuld für etwas zugeschoben wird, das du nicht begangen hast."

„Ich würde es nicht als Schuld ansehen. Ich würde mich geehrt fühlen, als Vater deines Kindes angesehen zu werden."

„Aber es wäre nicht recht, Bruce."

„Mir sind schon oft Dinge unterstellt worden, mit denen ich nichts zu tun hatte. Wenn die Leute die Tatsachen verdrehen wollen, dann kann man nicht viel dagegen unternehmen."

„Das glaube ich nicht."

„Hast du etwa nicht angenommen, Roxy sei meine Geliebte?"

„Nein."

„Du kannst nicht überzeugend lügen, Jenny. Du hast sie sogar als eine von meinen Flittchen bezeichnet. Und als ich dich aus dem Bus geholt habe, hast du die ganze Fahrt über geschmollt."

„Wenn ich geschmollt habe, dann deshalb, weil du mich wie ein Verrückter verfolgt und aus dem Bus geschleift hast!"

„Du bist richtig niedlich, wenn du dich so ereiferst." Er gab ihr einen Kuss auf die Nasenspitze. „Aber du kommst mir nicht davon, indem du das Thema wechselst. Du hast geglaubt, dass ich ein Verhältnis mit Roxy habe. Gib's zu."

„Kannst du es mir verdenken?", entgegnete Jenny trotzig. „Du kannst ja nicht die Hände von ihr lassen.

Bruce schmiegte die Hände zärtlich um ihre Brust. „Ich kann die Hände auch nicht von dir lassen. Wie wir beide wissen, ist das kein Beweis dafür, dass wir miteinander schlafen."

„Und das bringt uns zurück zum ursprünglichen Thema. Du solltest mich nicht ständig anfassen." Ihre Stimme klang wenig überzeugend, selbst in ihren eigenen Ohren.

„Gefällt es dir nicht, wenn ich dich anfasse?" Mit dem Daumen streichelte er über die Unterseite ihrer Brüste, während seine Finger weiterhin auf ihren Lippen ruhten. „Mir gefällt es sehr", flüsterte er, und dann zog er sie an sich und gab ihr einen unwiderstehlichen Kuss. „Lade mich zum Essen ein. Was ist schon dabei?"

„Wenn Bruce Hendren eine Frau in ihrer Wohnung besucht, steckt automatisch mehr dahinter als nur ein Abendessen."

„Das ist nur Gerede."

„Das auf Tatsachen beruht."

„Also gut. Ich gestehe. Ich möchte einen Abend mit dir allein verbringen und ein bisschen mit dir schmusen. Was ist daran falsch?"

„Alles."

Bruce seufzte. „Ich habe es auf die nette Art versucht, aber du willst ja gezwungen werden. Ich lasse dich nicht aus diesem Büro, bevor du mich nicht zum Dinner einlädst. Ich kann bis zum Jüngsten Tag hier stehen und dich küssen. Nur werde ich dabei sehr erregt." Er drängte die Beine zwischen ihre und schmiegte sich an sie. „Bald bin ich mit Küssen nicht mehr zufrieden. Ich werde mich dazu getrieben fühlen, die Knöpfe deiner Bluse zu öffnen. Ich habe gezählt. Es sind vier. Es dürfte drei Sekunden dauern, höchstens dreieinhalb. Dann werde ich wissen, ob dein BH lila oder hellblau ist. Und dann …"

„Du bist unmöglich!" Jenny schob ihn von sich. „Du erpresst mich wieder einmal. Also komm am Freitagabend um sieben."

„Um sechs."

Sie warf ihm einen verzweifelten Blick zu, nahm ihre Handtasche und ging zur Tür.

„Jenny?" Sie drehte sich um. „Welche Farbe hat dein BH denn nun?"

„Das ist mein Geheimnis."

„Aber nicht mehr lange."

10. KAPITEL

Nervös strich Jenny ihren Rock glatt. Sie befeuchtete sich die Lippen. Sie zupfte ihr Haar zurecht. Dann holte sie tief Luft und öffnete die Wohnungstür.

Bruce stand auf der Schwelle, in einer braunen Cordhose, einem sandfarbenen Hemd und einer sportlichen Kamelhaarjacke. Die Kleidung passte hervorragend zu seinem brünetten Haar, das seidig glänzte, aber wie gewöhnlich zerzaust war, so als käme er gerade aus dem Bett. Seine Augen glänzten wie Rauchtopas, als er Jenny musterte. „Bist du der Nachtisch?", fragte er lächelnd. „Wenn ja, dann lasse ich das Hauptgericht aus."

Verlegen senkte sie den Blick. Den ganzen Vormittag über hatten sie völlig unbefangen und kameradschaftlich im Büro zusammengearbeitet, doch nun herrschte eine unerklärliche knisternde Spannung zwischen ihnen. „Sind die für mich?" Sie deutete auf den großen Strauß langstieliger Rosen in seiner Hand.

„Hast du eine Zwillingsschwester?"

„Nein."

„Dann sind sie wohl für dich." Er reichte ihr die Blumen, und sie ließ ihn eintreten. Nach zwei Schritten blieb er abrupt stehen und blickte sich überrascht um.

Das Wohnzimmer hatte sich seit seinem letzten Besuch sehr verändert. Mit Roxys Hilfe hatte Jenny die Wohnung in ein richtiges Zuhause verwandelt. Mehrere Grünpflanzen, antike Kerzenständer aus Messing, ein Schaukelstuhl, eine stoffbespannte Wand und Sofakissen in demselben Muster sorgten für eine behagliche Atmosphäre. Mit sechsundzwanzig Jahren hatte sie zum ersten Mal ihren Wohnbereich nach eigenem Geschmack dekoriert, und sie war stolz auf das Ergebnis. Im Gegensatz zu ihrem alten Zimmer im Pfarrhaus war nirgendwo eine Rüsche zu sehen. Die Einrichtung wirkte schlicht und elegant, aber dennoch gemütlich. „Gefällt's dir?", fragte sie gespannt.

„Und wie! Ich möchte am liebsten heute noch einziehen. Für mein Haus habe ich einem Dekorateur eine astronomisch hohe Summe gezahlt. Ich hätte es dir überlassen sollen. Ich wusste gar nicht, dass du ein verborgenes Talent für solche Dinge hast." Bruce blickte sie eindringlich an. „Alles sieht großartig aus."

„Danke."

„Besonders du." Unverhofft beugte er sich zu ihr vor und küsste sie, drängend und kühn.

Nach einer Weile wich Jenny atemlos zurück. „Ich sollte lieber die Blumen ins Wasser stellen, bevor sie verwelken." Sie eilte in die Küche und suchte nach einer passenden Vase. Doch sie fand keine, und daher stellte sie die Rosen in einer Saftflasche auf den Tisch im Wohnzimmer.

„Ist das Kleid neu?", erkundigte Bruce sich.

Ja. Roxy hat es für mich ausgesucht und mich zum Kauf überredet."

„Ich bin froh, dass sie es getan hat."

Der lange Rock mit dem kniehohen Seitenschlitz und die Bluse mit dem kleidsamen Tellerkragen waren aus ungefärbter Rohseide und wichen völlig von ihrem bisherigen Stil ab. Ein breiter bestickter Gürtel war um ihre Taille geschlungen, und sie trug die hochhackigen Spangensandaletten, die Bruce so gut gefielen. Ihre Haare waren locker hochgesteckt, sodass zarte Löckchen ihr Gesicht und ihren Hals umrahmten.

„Es ist der neue Look", erklärte sie verlegen, als er sie aufmerksam musterte. „Ich habe mich nur dazu überreden lassen, weil die Bluse so weit und lang ist, dass ich sie später auch über dem Rock tragen kann, wenn man meinen Zustand sieht."

„Dreh dich um." Langsam drehte sie sich um sich selbst. „Es gefällt mir. Aber unter all dem Stoff verschwindest du beinahe."

„Unsinn! Ich habe zwei Pfund zugenommen."

„Das ist gut. Was sagt der Arzt? Ist alles in Ordnung?" Er musterte sie besorgt. „Die Hälfte der Zeit ist um, und man merkt dir immer noch nichts an."

„Das meinst aber nur du! Du solltest mich mal ohne Kleider sehen."

„Das möchte ich gern."

Hastig erklärte sie: „Ich meine, dass ich schon ein bisschen Bauch habe. Der Arzt sagt, das Baby entwickle sich gut. Er hat genau die richtige Größe für den fünften Monat."

„Er"

„Der Arzt hält es für einen Jungen, wegen des Herzschlags. Normalerweise haben Jungen einen langsameren Herzschlag als Mädchen."

„Dann bin ich völlig anormal", flüsterte Bruce. „Mein Herz rast."

„Warum?"

„Weil ich immer noch daran denke, dich ohne Kleider zu sehen."

Sein vielsagender Blick zog sie an wie ein Magnet und erweckte in ihr den Drang, sich in seine Arme zu schmiegen. Doch sie beherrschte sich eisern und drehte sich hastig zur Küche um. „Ich muss nach dem Essen sehen."

„Was gibt's denn? Es riecht unheimlich lecker." Bruce folgte ihr durch die Pendeltür. Sie beugte sich gerade über den Backofen, und ihr reizvoller Anblick erweckte in ihm Gelüste, die stärker waren als das Hungergefühl in seinem Magen.

„Gefüllter Schweinebraten, Spargel mit zwei Soßen, Kartoffeln mit Petersilienbutter, heiße Brötchen, Eis und Schokolade."

Sobald sie das Blech mit den Brötchen in den Ofen geschoben hatte, drehte er sie zu sich um. „Willst du mich beeindrucken?"

„Wie kommst du denn darauf?"

„Du hast dir wirklich sehr viel Mühe gegeben. Warum, Jenny?"

„Ich koche einfach gern, und ... und ja ... deine Eltern haben mich nie etwas Neues ausprobieren lassen. Sie wollten immer das Gleiche essen, und ..."

Er brachte sie mit einem Kuss zum Schweigen. Dann murmelte er leise in ihr Ohr: „Darf ich mir den Nachtisch aussuchen?"

„Nein."

„Ich nehme dich", sagte er dennoch. „Du bist das Süßeste, was ich je gekostet habe." Bruce drängte sich an sie, und sie wich zurück, bis sie mit dem Rücken gegen den Schrank stieß. Leidenschaftlich schmiegte er seinen Körper an ihren.

Der Geruch von Hefeteig erfüllte die kleine Küche. „Bruce, die Brötchen brennen an", brachte Jenny atemlos hervor.

„Wen kümmert das schon?"

„Mich." Sie schob ihn von sich. „Sie haben mich viel Arbeit gekostet."

Seufzend trat er zurück, damit sie das Blech aus dem Ofen nehmen konnte. „Stört es dich, wenn ich meine Jacke ausziehe?"

„Ist dir warm?"

Er blickte ihr tief in die Augen. „Mir ist sogar heiß, Darling."

In Hemdsärmeln setzte Bruce sich an den Tisch. Jenny füllte seinen Teller und wartete gespannt auf sein Urteil. Nach dem ersten Bissen verkündete er: „Hm, absolut köstlich! Besser als alles, was meine Mutter je gekocht hat."

Sie lächelte erfreut und begann ebenfalls zu essen. „Hast du sie gesehen, Bruce?"

„Wen? Ach, du meinst meine Eltern? Nein. Jedenfalls habe ich nicht mit ihnen gesprochen. Du?"

„Nein. Ich fühle mich schuldig, weil ich diesen Keil zwischen euch getrieben habe."

Er lachte auf. „Jenny, dieser Keil ist schon da, seit ich ein Kleinkind war."

„Aber mein Auszug und die Schwangerschaft haben die Lage verschlimmert. Das gefällt mir nicht. Ich hatte gehofft, ihr würdet euch näherkommen. Sie brauchen dich jetzt."

Er ließ den Blick durch die Wohnung wandern. „Weißt du, ich glaube, sie wären eifersüchtig, wenn sie wüssten, wie du lebst."

„Eifersüchtig? Wieso denn das?"

„Ich glaube, sie wollten, dass du sie genauso brauchst, wie sie dich brauchen. Aber das ist nicht der Fall. Sie hatten immer Angst, du könntest das entdecken. Deswegen haben sie versucht, dich durch Verpflichtungen an sich zu binden."

„Das ist unfair, Bruce. Sie sind wirklich nicht so selbstsüchtig."

„Versteh mich nicht falsch. Ich will nicht sagen, dass sie es bewusst getan haben. Sie wären entsetzt, wenn sie sich darüber klar würden. Aber denk doch einmal nach. Ich war nicht so, wie sie sich ihren Sohn gewünscht haben, und deshalb haben sie mich fallen lassen und all ihre Hoffnungen in Hal gesetzt. Zum Glück entsprach er genau ihren Vorstellungen und ließ sich vollkommen von ihnen formen. Und dann kamst du. Du warst ein liebes, gehorsames, kleines Mädchen, das eine charmante Schwiegertochter für sie abgeben würde."

„Ich bin sicher, dass sie nicht mehr so empfinden."

„Da bin ich ebenso sicher. Und so ist es besser für alle. Du bist frei. Deswegen hast du sie nicht weniger lieb." Er schüttelte bedächtig den Kopf. „Das konnte ich ihnen nie begreiflich machen. Ich habe sie lieb. Ich wollte, dass sie mich lieb haben. Hätten sie mir ein bisschen Zuneigung gezeigt, wäre ich nicht so aufsässig gewesen. Es hätte nicht nötig getan. Du hast auf deine Weise rebelliert. Vielleicht geht ihnen diesmal ein Licht auf."

„Das hoffe ich. Es gefällt mir gar nicht, dass sie allein in dem großen Haus sind. Vor allem hoffe ich, dass sie bald über den Tod von Hal hinwegkommen."

„Und was ist mit dir, Jenny? Bist du denn darüber hinweg?"

Sie legte ihr Besteck auf ihren leeren Teller. „Ich vermisse ihn. Wir standen uns sehr nahe. Wir haben uns oft stundenlang unterhalten. Er war ein herzensguter Mensch."

„Liebst du ihn noch?"

Ich weiß nicht, ob ich ihn überhaupt jemals geliebt habe, hätte Jenny beinahe gesagt. Jahrelang hatte sie geglaubt, Hal zu lieben. Aber stimmte es wirklich? Sie hatte eine tiefe Zuneigung für ihn empfunden, aber seine Küsse hatten sie nie so erregt wie Bruce' Küsse. Abgesehen von jener letzten Nacht, in der sie anscheinend beide einfach den Kopf verloren hatten. Ihr Herz hatte nicht jedes Mal bei seinem Anblick zu klopfen begonnen. Sie hatte nie dieses sehnsüchtige schmerzliche Verlangen nach Hal verspürt, wie Bruce es in ihr erweckte. „Auf eine gewisse Weise werde ich Hal immer lieben“, sagte sie ausweichend.

„Wenn er noch lebte, würdest du ihn dann heiraten wollen?“

„Nun, schließlich muss ich an das Baby denken ...“

„Und wenn das Baby nicht wäre?“

Nach kurzem Zögern erwiderte Jenny leise: „Nein, ich glaube nicht. Seit ich allein lebe, ist mir klar geworden, dass Hal und ich nicht füreinander bestimmt waren. Gute Freunde, ja. Wie Geschwister vielleicht. Aber ich bin nicht die Frau, die zu Hals Lebensweise gepasst hätte.“

Sorgsam verbarg Bruce seine Erleichterung und stand auf. „Ich helfe dir beim Abwasch.“

„Aber du hast doch deinen Nachtisch noch gar nicht gegessen.“

„Den hebe ich mir für später auf. Damit die Vorfreude noch ein bisschen wachsen kann.“

„Köstlich“, murmelte Bruce und ließ genüsslich einen Löffel voll Eiscreme im Mund zergehen. „Geradezu sündhaft.“

Jenny saß neben ihm auf dem Sofa im Wohnzimmer und beobachtete ihn. „Dann ist es also wahr, was behauptet wird?“

„Was denn?“

„Dass der Weg zum Herzen eines Mannes durch den Magen führt.“

„Das ist wohl einer der Wege, aber es gibt einen anderen, der viel mehr Spaß bringt. Soll ich ihn dir zeigen?“

Mit zitternder Hand schenkte sie ihm eine Tasse Kaffee ein. „Sahne oder Zucker?“

Er schmunzelte. „Du hast mir schon jahrelang Kaffee eingeschenkt. Du weißt doch, dass ich ihn schwarz trinke.“

„Ich habe es vergessen.“

„Unsinn. Du bist nur nervös.“ Er stellte die leere Eisschale auf den Tisch und lehnte sich zurück in die Polster, mit der Kaffeetasse in der Hand. „Du steckst voller Widersprüche.“

„Wieso?“

„Du bist schwanger, und trotzdem wirst du ganz nervös, wenn das Thema Sex auch nur angedeutet wird. Irgendwie süß.“

„Ach, du hältst mich für prüde und altmodisch? Ein Überbleibsel aus der viktorianischen Ära im Zeitalter der sexuellen Aufklärung?“

„Verdreh mir nicht das Wort im Mund. Das habe ich wirklich nicht gemeint. Deine Unschuld ist bezaubernd.“

„Ich bin wohl kaum unschuldig“, murmelte sie mit gesenktem Kopf.

„Du hast gesagt, du warst noch Jungfrau in der Nacht, als …"
„Ja."
Bruce stellte seine Kaffeetasse auf den Tisch. Er rückte näher zu Jenny und legte einen Arm auf die Rücklehne. Sanft streichelte er über ihre Wange. „Du musst in der Nacht sehr bewegt gewesen sein, um das aufzugeben, was du so lange behütet hattest."
„Ich habe in meinem ganzen Leben nie so empfunden wie in jener Nacht."
Sein Herz schlug plötzlich schneller. „Sag mir, wie du gefühlt hast."
Gedankenverloren erklärte sie: „Es war, als wäre ich nicht mehr ich selbst. Ich hatte keine Hemmungen mehr. Ich hatte alle Beschränkungen abgelegt, die ich mir normalerweise auferlege. Ich habe einfach nur für den Augenblick gelebt. Verstehst du, was ich meine?"
„Ja, vollkommen", antwortete er wahrheitsgemäß.
„Es erschien mir nicht unrecht, was wir taten. Es war wundervoll. Ich wollte lieben und geliebt werden. Es war nicht genug, unsere Liebe in Worte zu fassen. Ich wollte sie demonstrieren."
„Und Hal war willig?"
„Zuerst nicht."
Er schmiegte eine Hand um ihre Wange. „Aber du hast ihn überredet."
„Das ist eine wirklich nette Art zu sagen, dass ich ihn verführt habe."
„Also gut, du hast ihn verführt. Und dann?"
Sie lächelte scheu. „Dann war er mehr als willig. Er hat sich vorher nie so verhalten."
„Wie?"
Jenny schloss die Augen und befeuchtete sich die Lippen, bevor sie erwiderte: „Begierig, sinnlich. Ein bisschen wild." Sie lachte verlegen. „Ich weiß nicht, wie ich es beschreiben soll."
„Grob? Zu grob?"
„Nein."
„Zärtlich?"
„Ja, unglaublich zärtlich, aber … aber auch leidenschaftlich."
„Hattest du Angst, als er dir das Nachthemd auszog?" Bruce hätte sich ohrfeigen können für seine Achtlosigkeit, als sie ihn erstaunt anblickte. „Ich meine, du hattest doch bestimmt ein Nachthemd an, oder?"
Seine sanfte raue Stimme hatte so faszinierend gewirkt, dass sie bis gerade eben wie hypnotisiert darauf reagiert hatte. Doch seine letzte Frage riss sie aus ihrer Benommenheit. „Ich sollte nicht mit dir darüber reden, Bruce."

„Warum nicht?"

„Es ist peinlich. Außerdem ist es Hal gegenüber unfair. Warum willst du das alles wissen?"

„Weil ich neugierig bin."

„Das ist krankhaft!"

„Nein, Jenny." Er beugte sich über sie, stützte eine Hand auf die Armlehne neben ihr und hielt sie somit gefangen. „Ich will wissen, wie du darüber denkst."

„Warum?"

Er beugte den Kopf, bis sein Atem ihre Lippen streifte. „Weil ich mit dir schlafen will. Aber du widerstehst mir ständig. Ich will wissen, was dich in jener Nacht veranlasst hat, nicht mehr du selbst zu sein, deine Hemmungen und Beschränkungen abzulegen, nur für den Augenblick zu leben. Kurz gesagt, Jenny, was macht dich an?"

Gegen ihren Willen erregte sie der sinnliche Klang seiner Stimme und die Härte seines Körpers, der an ihrem lehnte. Ihr Atem beschleunigte sich, und sie konnte den Blick nicht von seinen Augen lösen.

„War es die Umgebung? War sie so romantisch, dass du dich nicht zurückhalten konntest?"

Sie schüttelte den Kopf. „Es ist in meinem Zimmer passiert."

„Das ist – weiß der Himmel – nicht verführerisch."

„Es war dunkel."

Bruce griff an ihr vorbei und löschte die Stehlampe in der Ecke. Es wurde beinahe finster. Nur die Kerzen auf dem Couchtisch tauchten den Raum in einen schwachen Schein. Sie warfen flackernde Schatten an die Wände und auf sein markantes Gesicht. „War es so?"

„Nein, völlig dunkel. Ich konnte nichts sehen."

„Du konntest das Gesicht deines Liebhabers nicht sehen?"

„Nein."

„Wolltest du es nicht?"

„Doch", murmelte Jenny und wandte den Kopf ab.

„Dann ist es jetzt besser. Sieh mich an." Er drehte ihr Gesicht zu sich herum und blickte ihr in die Augen.

Dann presste er den Mund hart auf ihren. Sie öffnete die Lippen, ließ seine forschende Zunge eindringen, schlang die Arme um ihn und massierte die harten Rückenmuskeln unter seinem Hemd.

„Was hat er zu dir gesagt, Jenny? Hat er dir all die Dinge gesagt, die du hören wolltest?"

Während seine Lippen mit ihren spielten, dachte sie angestrengt nach. „Er hat gesagt … Er hat gar nichts gesagt."

„Nichts? Hat er dir nicht gesagt, wie wundervoll und begehrenswert du bist?“

„Das bin ich gar nicht.“

„Doch, Jenny, du bist so wundervoll“, flüsterte er ihr ins Ohr. „Du fühlst doch, wie erregt ich bin. Wie kannst du glauben, dass du nicht begehrenswert bist? Ich begehre dich, mehr als je zuvor irgendeine Frau.“ Er streichelte ihren Hals. „Hat er dir nicht gesagt, dass deine Haut so weich wie Seide ist?“ Er küsste ihre Kehle. „Und dass du himmlisch riechst?“

Sie sträubte sich nicht, als er ihre Bluse aufknöpfte und sie ihr von der Schulter streifte. Er streichelte sie zärtlich, und sie schloss die Augen und genoss seine sanften Liebkosungen.

„Er hätte dir sagen sollen, dass deine Brüste wundervoll sind. So weich und prall und vollkommen.“ Er öffnete ihren BH und schob ihn beiseite. „All das hätte er dir sagen sollen, denn es ist wahr.“ Er umschmiegte ihre Brüste mit den Händen, senkte den Kopf und küsste sie.

Jenny hatte nicht gewusst, dass Liebkosungen so zärtlich und doch so leidenschaftlich sein konnten, dass Lippen so fieberhaft knabbern und saugen konnten, ohne Schmerzen zu verursachen, dass eine Zunge so flink und dennoch gemächlich streicheln konnte. Wogen der Erregung durchströmten ihren Körper. Sie hatte die Grenzen der Vernunft längst überschritten, und es gab kein Zurück mehr. Sie war seinem legendären Charme zum Opfer gefallen. Sie gehörte nun auf die lange Liste seiner Geliebten. Doch irgendwie hatte sie das Gefühl, dass es dieses Mal auch für ihn anders war.

„Hat es dir gefallen, seinen Körper an deinem zu spüren, Jenny?“

„Ja.“

„Und seine Haut an deiner zu spüren?“

„Er hat sich nicht ausgezogen“, gestand sie atemlos, während er weiterhin ihre Brüste liebkoste.

„Und du?“

„Ich war …“

„Nackt?“

„Ja.“

„Und wie hast du dich dabei gefühlt?“

„Ich habe mich nicht geschämt. Ich wollte nur …“

„Was?“

„Ihn auf mir fühlen.“

Bruce stützte sich auf und blickte ihr tief in die Augen. „Knöpf mein Hemd auf.“

Sie zögerte nur einen kurzen Moment. Dann senkte sie den Blick und öffnete einen Knopf nach dem anderen. Sie seufzte, leise und sehnsüchtig, als seine gebräunte Brust enthüllt war. Die Brustwarzen schimmerten dunkel im schwachen Kerzenschein. Sie schob das Hemd von seinen Schultern und streichelte genüsslich seine glatte straffe Haut.

Allmählich senkte Bruce sich auf sie hinab, bis seine behaarte Brust ihre zarten Brüste berührte. Ihre Lippen vereinten sich ebenso wie ihre Körper. Er rollte sich ein wenig zur Seite, um sie nicht mit seinem ganzen Gewicht zu belasten. Er spürte das Pochen ihres Herzens an seinem und die Spitzen ihrer Brüste an seiner Haut. Er liebte Jenny so sehr, und er konnte kaum glauben, dass sie endlich sein wurde.

„Bist du jetzt froh, dass wir das weiche Sofa haben?"

„Hmm. Hattest du das im Sinn, als du es ausgesucht hast?"

„Das und viel mehr. Jenny, fass mich an."

Sie legte ihre Hand auf seine Brust, und seine Brustspitze zog sich unter ihren streichelnden Fingern zu einer kleinen harten Perle zusammen.

„Jenny, lass mich dich lieben."

„Bruce ..."

„Ich werde dir nicht wehtun. Ich verspreche es. Komm, lass uns ins Bett gehen."

Als Antwort hob sie ihm die Hüften entgegen. Er sah es als Zustimmung an. Er stand auf, nahm Jenny bei der Hand und zog sie von der Couch hoch.

Ein lautes Klopfen an der Wohnungstür ertönte. Bruce blieb auf dem Weg ins Schlafzimmer abrupt stehen. „Zum Teufel!"

Jenny ließ seine Hand los, stürzte zum Sofa und schlüpfte hastig in ihre Bluse. Den BH stopfte sie unter das nächste Kissen.

Anscheinend kümmerte er sich nicht um seinen verräterischen Aufzug. Mit wehenden Hemdschößen stürmte er zur Tür und riss sie auf. Roxy und Gary standen auf der Schwelle. „Steht das Gebäude in Flammen?"

„Nein."

„Dann Gute Nacht."

Bruce versuchte, ihnen die Tür vor der Nase zuzuschlagen, doch Roxy stemmte sich dagegen. „Aber es geht um Leben oder Tod. Wenn Gary und ich nicht heute Abend heiraten, bringe ich mich um."

„Heiraten?", rief Jenny und eilte herbei. Vor Verblüffung vergaß sie ihr zerzaustes Haar und ihre glühenden Wangen.

Roxys Augen funkelten belustigt bei Jennys Anblick. „Stören wir etwa bei etwas Wichtigem?“, fragte sie mit unschuldigem Augenaufschlag.

Bruce starrte sie finster an.

„Tut mir leid, Kumpel“, murmelte Gary.

„Dann verschwindet schleunigst wieder.“

„Bruce, hast du nicht gehört, was Roxy gesagt hat? Wir wollen heiraten.“

„Genau.“ Roxy hakte sich bei Gary unter. „Das heißt, wenn ihr mit uns nach El Paso fahrt.“

Bruce blickte von ihr zu ihm. Allmählich verflog seine Verärgerung. „Ihr meint es wirklich ernst, wie? Ihr wollt wirklich heiraten!“

„Ja!“

„Ja ... He, das ist ja großartig!“ Bruce schüttelte Gary die Hand und umarmte Roxy.

„Herzlichen Glückwunsch, Gary.“ Jenny umarmte ihn stürmisch, und seine großen Ohren wurden feuerrot. Dann drückte sie Roxy an sich. „Ich bin ja so glücklich für dich.“

„Ich auch, Mädchen. Er ist das Beste, was mir je passiert ist. Ich verdiene ihn gar nicht.“

„Und was hat es nun mit der Fahrt nach El Paso auf sich?“, fragte Bruce.

„Wir haben von dort einen Flug für morgen Nachmittag nach Acapulco reserviert. Gary ist ja so altmodisch“, neckte Roxy. „Er findet, wir sollten heiraten, bevor wir auf Hochzeitsreise gehen. Deshalb fahren wir heute Abend zu einem Friedensrichter in El Paso, und ihr sollt unsere Trauzeugen sein.“

Bruce grinste. „Ich bin dabei. Und du, Jenny?“

Es war bereits zehn Uhr durch. Nie zuvor hatte sie mitten in der Nacht eine spontane Fahrt durch eine Gegend angetreten, in der es nichts als Sand und Steppengras und Hasen gab. Doch die Idee reizte sie irgendwie. Außerdem hatte sie Roxy und Gary ins Herz geschlossen und wollte Zeuge ihrer Trauung werden. „Es klingt großartig“, antwortete sie eifrig.

„Ich glaube, wir haben alles!“ Roxy winkte mit einer Flasche Sekt und verschloss ihre Wohnungstür, nachdem das Gepäck im Kofferraum von Garys Wagen verstaut war. „Mrs Burton wird sich um alles kümmern, während ich weg bin, Bruce“, erklärte sie, als sie sich neben Gary auf den Beifahrersitz setzte. „Und es ist ja auch nur für eine Woche.“

„Kein Problem. Jenny und ich sind ja auch da. Also mach dir keine Sorgen. Konzentrier du dich nur auf deine Flitterwochen."

„Das habe ich auch vor." Roxy kuschelte sich an Gary. Sie berührte ihn an einer intimen Körperstelle, sodass er zusammenzuckte. Der Wagen geriet ein wenig ins Schlingern.

„So geht's nicht", verkündete Bruce. „Gary kann nicht fahren und gleichzeitig mit Roxy schmusen. Also fahren wir lieber bei mir vorbei und nehmen den Lincoln. Dann könnt ihr beide während der ganzen Fahrt nach El Paso den Rücksitz haben."

„Das ist wirklich eine tolle Idee, Bruce!", rief Roxy begeistert. „Bist du einverstanden, Honey?" Gary nickte nachdrücklich.

„Außerdem brauchen wir nur die halbe Zeit, wenn Bruce fährt", bemerkte Jenny trocken.

„Wenn du nicht aufhörst, so vorlaute Bemerkungen von dir zu geben, muss ich dich durch drastische Maßnahmen zum Schweigen bringen." Bruce zog sie unerbittlich an sich und verschloss ihren Mund mit einem heißen anhaltenden Kuss, bis der Wagen vor seiner Garage anhielt.

„Die Zeit ist um!", rief Roxy.

Bruce fluchte leise vor sich hin, als Jenny sich aus seinen Armen löste. „Ich musste sowieso irgendwann mal Luft holen", murmelte sie, während sie ihre Kleidung zurechtzupfte.

Alle fanden diese Bemerkung höchst witzig und lachten herzhaft, während sie das Gepäck von Garys Wagen in den Lincoln umluden.

„Macht's euch gemütlich da hinten", empfahl Bruce, während er das alte, aber auf Hochglanz polierte Fahrzeug in Bewegung setzte.

„Das haben wir auch vor", erwiderte Roxy. Sie ließ sich in eine Ecke des Rücksitzes fallen und zog Gary mit sich.

Bruce lachte, während er auf die Schnellstraße einbog. „Das war das Letzte, was wir bis El Paso von den beiden hören." In diesem Augenblick erklang ein zufriedenes Seufzen von hinten. „Oder vielleicht auch nicht", korrigierte er sich.

Der Lincoln raste mit neunzig Meilen oder mehr auf der Überholspur dahin, doch Jenny fühlte sich sicher. Die Straße wies kaum Kurven auf, und die Sicht war ausgezeichnet.

„Bequem?", fragte Bruce nach einer Weile.

„Hmm. Ja."

„Schläfrig?"

„Nicht besonders."

„Du bist schrecklich still."

„Ich denke nur nach."

„Dieser Wagen ist geradezu ein Schlachtschiff. Ich finde, du sitzt schrecklich weit weg."

Jenny lächelte und rückte näher an ihn.

„So ist's schon besser." Er legte einen Arm um ihre Schultern und bedeckte ihre Brust mit einer Hand.

„Bruce!" Hastig schob sie seine Hand fort.

„Ich habe diesen Trick während der Schulzeit entwickelt und perfektioniert. Sag bloß nicht, dass er inzwischen nicht mehr funktioniert."

„Bei mir nicht."

„Bei den netten Mädchen hat es nie geklappt", murrte er und zog seinen Arm zurück, bis seine Finger auf ihrem Nacken lagen. „Worüber hast du nachgedacht?"

Sie ließ den Kopf an seine Schulter sinken, und ihre Hand landete auf seinem Bein. „Über dieses Abenteuer. Es macht mir richtig Spaß. Ich habe noch nie etwas so Wildes und Leichtsinniges getan."

„Wir fahren doch nur über die Schnellstraße. Und ansonsten findet nur ein bisschen harmloses Geschmuse statt – zwischen zwei Menschen, die sich offensichtlich lieben und bald heiraten werden."

„Ich habe doch nicht gesagt, dass ich dich heiraten werde."

„Ich habe von Roxy und Gary gesprochen." Verlegen zog sie ihre Hand von seinem Bein fort und versuchte, von ihm abzurücken.

„Bleib hier. Ich lasse dich nicht los", flüsterte, er eindringlich. „Es freut mich, dass du dachtest, ich hätte uns gemeint. Sind wir zwei Menschen, die sich lieben, Jenny?"

„Ich weiß es nicht", murmelte sie mit gesenktem Kopf.

„Ich kann natürlich nur für mich sprechen. Ich liebe dich, Jenny."

Verblüfft hob sie den Kopf, und er löste den Blick von der Straße und schaute ihr einen Augenblick lang tief in die Augen.

„Ich weiß, was du denkst", sagte Bruce, während er seine Aufmerksamkeit wieder ganz auf die Straße richtete. „Dass ich es schon zu vielen Frauen gesagt habe. Zu sehr vielen. Und es stimmt. Ich habe alles Mögliche gesagt, um eine Frau ins Bett zu kriegen. Ich habe es getan, weil ich betrunken war oder heiß oder verärgert oder traurig. Manchmal habe ich es auch getan, obwohl ich gar nicht wollte, weil mir die Frau leidtat und ich wusste, dass sie einen Mann brauchte. Ich war nie besonders wählerisch."

Erneut blickte er zu ihr hinüber. „Aber ich schwöre dir, Jenny, dass ich nie geliebt habe. Du bist die einzige Frau, die ich je lieben werde. Es fing vor langer Zeit an. Vor Jahren. Aber es hatte keinen Sinn, es zu zeigen. Du wärst entsetzt weggelaufen, wenn ich mich dir ernsthaft genähert hätte. Meine Eltern hätten Wutanfälle gekriegt. Aber vor allem war Hal da, und ich wollte ihm nicht wehtun."

Tränen standen ihr in den Augen. „Warum erzählst du mir das alles jetzt?"

„Meinst du nicht, dass es Zeit wird, dass du es erfährst?" Er drückte einen Kuss auf ihre Schläfe. „Liebst du mich, Jenny?"

„Ich glaube ... ich meine ... ja. Ich weiß es. Aber ich bin so verwirrt."

„Verwirrt?"

„Ja. Bis vor ein paar Monaten war mein Leben so geordnet. Seit der Nacht, als Hal fortging, ist alles ganz anders als vorher. Diese Nacht hat mich verändert. Ich kann es nicht erklären."

Einen Moment lang schloss er die Augen. Er wollte ihr sagen: Du hast dich verändert, weil wir uns geliebt haben und es wundervoll war, weil unsere Körper uns verraten haben, was wir insgeheim wussten, aber jahrelang ignoriert haben. Doch er konnte es ihr nicht sagen. Sie hatte schon genug erlitten. Er wollte ihr nicht noch größeren seelischen Schmerz zufügen.

„Ich bin wie ein Tier, das in Gefangenschaft aufgewachsen ist und nun plötzlich freigelassen wird. Ich muss mich erst ganz allmählich daran gewöhnen", erklärte Jenny. „Bitte mich nicht um eine Bindung. Es ist alles so kompliziert. Ich hatte kaum Zeit, meine Gefühle für Hal zu ergründen, bevor mir klar wurde, wie ich in Wirklichkeit für dich empfinde." Ihre Hand lag wieder auf seinem Bein, und ihre Finger gruben sich in die harten Muskeln. „Ich weiß nur, dass ich es nicht ertragen könnte, wenn du jetzt aus meinem Leben verschwändest."

Er legte seine Hand auf ihre. „Du weißt, was passiert wäre, wenn Roxy und Gary uns nicht unterbrochen hätten, oder?"

„Wir hätten uns geliebt."

„Wir wären immer noch dabei."

„Und es wäre falsch."

„Wie kannst du das sagen, nachdem wir gerade zugegeben haben, dass wir uns lieben?"

„Es geht noch um jemand anderen."

„Hal?"

„Sein Kind", sagte sie leise.

Bruce schwieg einen langen Augenblick, bevor er rau entgegnete: „Das Kind ist auch deins. Es ist ein Teil von dir, Jenny. Ich liebe dich. Ich liebe das Kind. So einfach ist es."

Sie bettete den Kopf an seine Schulter und gestand: „Ich wollte mit dir schlafen. Aber sogar das verwirrt mich."

„Wieso?"

„Weil ich nicht genau weiß, ob ich dich will oder nur eine weitere Liebesnacht wie die mit Hal. Es klingt gemein, das weiß ich, aber irgendwie kann ich euch in meiner Vorstellung nicht voneinander trennen."

Sein Herz schlug höher. „Sieh zu, dass du zu einer Bindung bereit bist, bevor wir zusammen schlafen. Wenn ich dich erst einmal habe, lasse ich dich nie wieder gehen."

Sie lächelte zu ihm auf, ein verführerisches Lächeln, das seinen Herzschlag beschleunigte. Er bremste und brachte den Wagen auf dem Seitenstreifen zum Stehen.

„Warum halten wir an?", fragte Gary benommen vom Rücksitz her.

„Ich bin hungrig", sagte Bruce.

„Wie kann man jetzt nur ans Essen denken?", murrte Roxy.

„Ich habe nicht an Essen gedacht." Bruce zog Jenny in die Arme und senkte den Mund auf ihren.

Es dauerte eine beträchtliche Weile, bevor der Lincoln die Fahrt nach El Paso fortsetzte.

11. KAPITEL

„Ich finde, es war unheimlich romantisch", verkündete Jenny mit einem herzhaften Gähnen.

„Ich finde, wir haben wie eine Räuberbande ausgesehen. Wenn ich der Friedensrichter gewesen wäre, hätte ich die Tür vor uns verrammelt", entgegnete Bruce.

Sie hatten den armen Mann aus dem Bett geholt, und er hatte sich mürrisch bereit erklärt, die Trauung vorzunehmen. Danach war das Brautpaar zu einem Hotel gefahren worden, wo es bis zum Abflug nach Acapulco am Nachmittag bleiben wollte. Nachdem Bruce mehrere Tassen Kaffee in einer Bar getrunken und den Lincoln aufgetankt hatte, befanden sie sich nun auf der Rückfahrt.

Er musterte Jenny und lachte. Irgendwann während der Nacht hatte sie den Versuch aufgegeben, ihr Haar hochgesteckt zu halten. Völlig zerzaust hing es ihr auf die Schultern. Rock und Bluse waren hoffnungslos zerknittert. Sie sah aus wie ein Starlet aus einem französischen Film in der Szene am Morgen danach.

„So witzig sehe ich aus?"

„So reizend. Leg dich hin und schlaf ein bisschen." Er klopfte mit der Hand auf sein Bein.

„Ich habe Angst, dass du einschläfst, wenn ich dir keine Gesellschaft leiste."

„Keine Sorge. Der Kaffee wird mich wach halten. Außerdem bin ich daran gewöhnt, so wilde und leichtsinnige Dinge zu tun." Sie zog eine Grimasse, und er lachte. „Komm."

Jenny legte sich auf die Seite, bettete den Kopf auf sein Bein und streckte sich so weit wie möglich aus. Sie schloss die Augen und seufzte. „Das tut gut."

Er zog ihre Bluse aus dem Gürtel, schob die Hand darunter und massierte sanft ihren Rücken.

Sie seufzte erneut. „Du verwöhnst mich zu sehr."

„Das tue ich mit Vergnügen." Ihre Haut war glatt wie Satin. Und warm. Allmählich ließ er die Hand weiter nach vorn gleiten, bis er ihre volle Brust berührte. „Wo ist dein BH?"

„Ich musste ihn unter dem Sofakissen verstecken, als du die Tür geöffnet hast. Und dann hatte ich keine Gelegenheit mehr, ihn hervorzuholen."

„Das freut mich", murmelte er zufrieden.

„Mich auch."

Er streichelte sie zärtlich. Nicht, um sie zu erregen, sondern um sie zu entspannen. Er war glücklich darüber, dass sie ihm inzwischen so weit vertraute, um diese intime Berührung zuzulassen. Eine Weile später merkte er an ihren regelmäßigen Atemzügen, dass sie eingeschlafen war.

Er konnte der Versuchung nicht widerstehen und strich mit den Fingerspitzen über ihre Knospe. Es war eine federleichte Berührung, doch sie reichte, um eine spontane Reaktion hervorzurufen, sogar im Schlaf. Jenny bewegte sich unruhig, rieb ihren Kopf an seinem Schoß, bis sie wieder still lag.

Er biss die Zähne zusammen und atmete tief durch, um sein Verlangen zu zügeln. „Keine Sorge, Jenny“, flüsterte er. „Solange dein Kopf in meinem Schoß liegt, schlafe ich bestimmt nicht ein.“

„Wo sind wir?“ Jenny setzte sich auf und blinzelte gegen das helle Sonnenlicht. Sie ließ den Kopf kreisen und streckte sich.

„Beinahe zu Hause. Ich dachte mir, dass du vielleicht Hunger hast. Ich bin jedenfalls halb verhungert.“

Sie blickte aus dem Fenster und sah, dass sie auf dem Parkplatz vor einem Café standen. „So, wie ich aussehe, kann ich unmöglich da reingehen!“

„Unsinn! Du siehst reizend aus.“ Er stieg aus, streckte sich, ging um den Lincoln herum und öffnete die Beifahrertür.

Sie versuchte vergeblich, ihre zerknitterte Kleidung zu glätten und ihr Haar zu ordnen. „Ich sehe schrecklich aus“, klagte sie, während er ihr aus dem Wagen half. Sie taumelte und lehnte sich an ihn. „Oh, mein Fuß ist eingeschlafen. Du musst mich stützen.“

„Aber gern“, flüsterte Bruce ihr ins Ohr. „Übrigens habe ich mir Freiheiten erlaubt, während du geschlafen hast.“

„Das sieht dir ähnlich!“, sagte sie in vorwurfsvollem Ton, doch ihre Augen funkelten belustigt.

„He, was haben wir denn da?“ Bruce griff hinter den Sitz und holte die ungeöffnete Sektflasche hervor. „Wir haben ganz vergessen, damit anzustoßen.“

Jenny seufzte und nahm ihm die Flasche ab. „Die trinken wir zum Frühstück.“

„Ich hätte dich nicht auf den Geschmack bringen sollen. Es wird sehr teuer, dich zu unterhalten. Hätte ich dich bloß an Bier oder etwas anderes gewöhnt!“

Unbekümmert und müde taumelten sie die Stufen zum Café hinauf.

Gerade als Bruce die Türklinke ergreifen wollte, kam ein anderes Paar heraus. Bob und Sarah Hendren.

Es war ihnen zur Tradition geworden, jeden Sonnabend auswärts zu frühstücken, schon seit ihre Kinder groß genug waren, um sich selbst zu versorgen. Bobs Beruf ließ ihnen so wenig Zeit für sich selbst, dass sie sich die ganze Woche auf diese Gelegenheit freuten und überlegten, in welches Restaurant sie nächstes Mal gehen sollten.

Wie angewurzelt standen sie nun da und starrten Bruce und Jenny an. Bruce' Bartstoppeln kümmerten die beiden weniger, doch Jennys aufgelöste Erscheinung schockierte sie offensichtlich. Mit vollkommen zerknitterter Kleidung, wirrem Haar, verschmierter Wimperntusche und einer Flasche Sekt im Arm hatten sie Jenny noch nie gesehen.

„Hallo, Mom, Dad", sagte Bruce und brach somit als Erster das gespannte Schweigen.

„Guten Morgen", wünschte Bob mit ausgesprochenem Mangel an Höflichkeit.

Sarah sagte gar nichts. Sie starrte weiterhin Jenny an. Seit sie ihr vorgeworfen hatte, Hal verführt zu haben, waren sie sich nicht mehr begegnet, und ihre Miene verriet, dass sie die Beschuldigung nun als bestätigt ansah.

„Es ist nicht so, wie es aussieht", erklärte Jenny eindringlich. „Wir ... Bruce und ich ... Wir haben nur ..."

„Wir haben Freunde nach El Paso gefahren", erklärte Bruce, als sie verstummte, „weil sie unbedingt letzte Nacht heiraten wollten. Wir sind gleich wieder zurückgefahren und gerade erst angekommen."

Jenny lachte nervös. „Der Sekt war für die Hochzeit. Aber wir haben ihn ganz vergessen. Seht ihr? Er ist noch nicht einmal geöffnet. Und jetzt wollten wir ..."

„Du bist ihnen keine Erklärung schuldig", unterbrach Bruce sie gereizt. Er war nicht auf Jenny ärgerlich. Er wusste, dass ihr die Situation peinlich war, und er hätte es ihr gern erspart. Aber er war zornig auf seine Eltern. Er konnte ihnen nicht verdenken, dass sie von ihm das Schlimmste dachten, aber sie hatten kein Recht, Jenny so vorschnell zu verurteilen.

„Du warst für mich wie eine Tochter", sagte Sarah mit zitternder Stimme. Tränen traten in ihre Augen, und sie presste fest die Lippen zusammen.

„Das möchte ich immer noch sein", versicherte Jenny ernst. „Ich habe euch sehr lieb, und ich habe euch vermisst."

„Uns vermisst? Wir haben von deiner neuen Wohnung gehört. Du hast es ja nicht einmal für nötig gehalten, uns die Adresse mitzuteilen, geschweige denn, uns zu besuchen."

„Weil ich annahm, dass ihr mich nicht sehen wollt."

„Du hast uns genauso schnell vergessen wie Hal."

„Ich werde Hal nie vergessen. Ich habe ihn geliebt. Und ich trage sein Kind in mir."

Diese sanfte Erinnerung brach den Damm von Sarahs Tränen, und sie lehnte sich schluchzend an Bob.

„Sarah vermisst dich schrecklich, Jenny", erklärte er leise. „Ich weiß, dass wir die Nachricht von dem Baby sehr schlecht aufgenommen haben. Inzwischen hatten wir aber Zeit, es uns zu überlegen. Erst vorhin haben wir darüber gesprochen und uns vorgenommen, dich anzurufen und uns zu versöhnen. Es ist unsere christliche Pflicht, die Familie zusammenzuhalten." Missbilligend musterte er Bruce, die Flasche Sekt und Jenny. „Aber wenn ich dich jetzt so sehe, dann bin ich mir einfach nicht mehr sicher." Traurig schüttelte er den Kopf und wandte sich ab, einen Arm schützend um Sarah gelegt.

„Bitte", flehte Jenny und streckte eine Hand aus.

„Jenny, nicht", sagte Bruce sanft und hielt sie zurück. „Lass ihnen Zeit, damit ins Reine zu kommen." Er führte sie zum Wagen zurück. Sie war nicht in der Verfassung, um sich in der Öffentlichkeit zu zeigen.

Und sobald sie eingestiegen war, brach sie in Tränen aus. Sie hatte das einengende, erdrückende Leben, das sie vor Hals Abreise geführt hatte, hinter sich gelassen. Doch welchen Preis hatte ihre Befreiung gefordert! Sie hatte die Liebe und Anerkennung der Menschen verloren, die ihr am meisten bedeuteten.

Jenny ließ den Tränen freien Lauf und achtete nicht darauf, wohin Bruce fuhr – bis er den Motor des Lincolns abstellte. Sie hob den Kopf, wischte sich über die Augen und stellte erstaunt fest: „Wir sind ja bei dir zu Hause. Was wollen wir denn hier?"

„Ich werde dafür sorgen, dass du ein ordentliches Frühstück isst. Und keine Widerrede", fügte er hinzu, als sie zu einer Entgegnung ansetzte. Er hielt ihr die Wagentür auf und sie stieg aus.

Sie war ohnehin zu erschöpft, um zu widersprechen. Schweigend folgte sie ihm ins Haus und die Treppe hinauf ins Schlafzimmer.

„Das Badezimmer gehört für zehn Minuten dir." Bruce kramte in einer Schublade und holte ein T-Shirt heraus. „Nimm eine heiße Dusche, und dann zieh dir das an. Wenn du in zehn Minuten nicht unten bist, komme ich dich holen." Er gab ihr einen raschen Kuss und verschwand.

Das Wasser war wohltuend heiß, die Seife duftete herrlich, das

Shampoo schäumte mild, das Handtuch war weich. Als Jenny sich das T-Shirt über den Kopf zog, fühlte sie sich besser und sehr hungrig.

Zögernd und äußerst verlegen blieb sie in der Küchentür stehen. Das T-Shirt reichte ihr zwar bis zur Mitte der Oberschenkel, aber sie trug nur ein Höschen darunter, und ihr Haar war nass.

Bruce schien weder ihre knappe Bekleidung noch ihre Verlegenheit zu bemerken. „Steh nicht so da herum. Fass mit an."

„Was soll ich denn tun?"

„Den Toast buttern."

Sie tat es, und kurz darauf saßen sie am Tisch, und Jenny machte sich heißhungrig über ihre Portion Spiegelei mit Schinken her. Sie fing einen belustigten Blick von Bruce auf und erklärte hastig: „Du bist ein guter Koch."

„Nur zu, iss ruhig tüchtig."

Nachdem sie ihren Teller geleert hatte, war sie so müde, dass sie kaum noch die Tasse mit Kräutertee heben konnte, den er für sie aufgebrüht hatte.

„Komm, bevor du umfällst", sagte er und stand auf.

„Wohin?"

„Ins Bett." Er hob sie auf die Arme.

„In dein Bett?"

„Ja."

„Ich sollte mich anziehen und nach Hause fahren. Lass mich runter, Bruce."

„Nicht, bevor wir am Bett sind."

Sie brachte nicht die Energie auf, ihn zurückzuhalten. Der kurze Schlaf während der Fahrt hatte nicht gereicht. Sie konnte sich nicht erinnern, sich jemals so erschöpft gefühlt zu haben. Ihr Kopf fiel an seine Brust, und ihre Augen schlossen sich. Er war so stark. So verlässlich. So vertrauenswürdig. Und sie liebte ihn.

Sanft legte Bruce sie auf das sauber duftende Laken und deckte sie zu. „Schlaf gut", wünschte er und strich ihr das Haar aus der Stirn.

„Was hast du jetzt vor?"

„Abwaschen."

„Das ist aber nicht fair. Du bist die ganze Nacht gefahren, und dann hast du auch noch gekocht", murmelte sie schlaftrunken.

„Du kannst es ein andermal gutmachen. Du und das Baby müsst euch jetzt erst einmal ausruhen." Er küsste sie sanft auf die Lippen, doch sie merkte es nicht mehr. Sie schlief bereits.

Als Jenny erwachte, wusste sie zunächst nicht, wo sie sich befand. Sie blieb reglos liegen und blickte sich um, bis sie Bruce' Schlafzimmer erkannte. Da fiel ihr wieder ein, was alles geschehen war, seit er am vergangenen Abend mit den Rosen vor ihrer Tür gestanden hatte.

Nun war es wieder Abend. Durch das Fenster sah sie den Mond und den strahlend hellen Abendstern am Himmel stehen.

Sie gähnte, drehte sich auf den Rücken, stieß die Bettdecke beiseite und streckte sich. Das T-Shirt hatte sich um ihre Taille gewickelt, und ihre Beine waren entblößt. Sie drehte sich auf die andere Seite, und ihr stockte der Atem.

Bruce lag reglos neben ihr auf dem Rücken, auf Armeslänge entfernt. Er hatte die Hände unter dem Kopf gefaltet und beobachtete sie. Es schien unangemessen, etwas zu sagen, und daher erwiderte sie nur seinen stummen Blick.

Er hatte geduscht. Er roch nach derselben Seife, die sie benutzt hatte. Sein Gesicht war glatt rasiert. Sie sehnte sich danach, durch sein Haar zu streichen, das wie immer zerzaust aussah. Doch es schien ebenso unangemessen, ihn zu berühren. Daher blickte sie ihn nur genauso eindringlich an wie er sie.

Verlangen erwachte zwischen ihnen. Sie wusste, dass er alles an ihr wahrnahm – ihre Haare, ihr Gesicht, ihre Brüste, deren Knospen sich unter dem T-Shirt aufrichteten, so als wollten sie um seine Aufmerksamkeit betteln. Genauso wenig entging ihm, dass ihr Höschen unter dem hochgerutschten Hemd hervorlugte. Unter seinem glühenden Blick erwärmten sich ihre erogenen Körperstellen und begannen zu prickeln.

Fasziniert musterte sie seinen nackten Oberkörper. Gemächlich wanderte ihr Blick über seine breiten Schultern, die muskulöse Brust, seinen festen flachen Bauch.

Er trug eine verwaschene Jeans, die seine langen Beine wie eine zweite Haut umschmiegte. Und der Schlitz stand offen.

Jenny schloss die Augen und atmete tief durch. Er war bedeckt, aber dennoch … Ihr Herz klopfte wild. Als sie die Augen wieder öffnete, fiel ihr Blick unwillkürlich auf seinen Schoß. Mit jedem Atemzug hob und senkte sich sein Bauch, und das Spiel seiner Muskeln wirkte hypnotisierend und erotisch.

Sie war fasziniert. Sie fühlte sich gezwungen, ihn zu berühren. Warum widerstehen? Sie streckte die Hand aus. Ihre Fingerspitzen streichelten über den schmalen Haarstreifen, der von seiner Brust hinablief, und umkreisten seinen Nabel.

Bruce war so warm und lebendig. Energie strahlte von ihm aus. Sie fühlte sich schwach und wehrlos gegen seine männliche Anziehungskraft. Ihre Hand glitt weiter hinab. Die Haare in der Öffnung seiner Jeans waren dunkler und dichter und lockiger.

Sie zögerte. Sie wandte den Kopf und blickte ihm voll ins Gesicht. Tränen glitzerten in seinen Augen. Er hatte sich nicht bewegt, hatte kein Wort gesagt, doch aus seinen Augen sprachen tiefe Gefühle.

Ihm war nie Liebe entgegengebracht worden. Er war nie mit Zuneigung und Zärtlichkeiten überschüttet worden. Selbstlose Liebkosungen waren ihm versagt geblieben.

Jenny zögerte nicht länger. Sie dachte nicht nach. Ihre Hand verschwand in seiner Jeans.

Bruce stöhnte auf. Er senkte die Arme und umklammerte das Laken mit den Händen. Mit verklärter Miene schloss er die Augen. Ein heftiges Verlangen durchströmte ihn. Er hakte die Daumen in den Bund der Jeans, schob sie sich von den Hüften und streifte sie sich ab.

Jenny blickte hinab auf ihre Hand. Er füllte sie reichlich aus, hart und heiß. Mit ungeübtem, aber eifrigem Blick bewunderte sie ihn.

Spontan drehte sie sich um, legte sich dicht neben ihn, bettete ihre Wange auf seinen Schenkel. Sie war erfüllt von Liebe zu ihm, und sie wollte ihm zeigen, wie wundervoll sie ihn fand. Sie hob den Kopf, beugte sich über ihn und küsste ihn.

Was dann geschah, übertraf all ihre Vorstellungskraft. Sie merkte kaum, dass Bruce ihr den Slip abstreifte. Sie spürte seine streichelnden Hände auf ihren Beinen, zwischen ihren Schenkeln. Er berührte sie auf höchst intime, aufreizende Weise. Und dann spürte sie seinen Mund, warm und feucht und sanft.

Sie liebkosten einander mit Lippen und Zungen. Die raue Wirklichkeit entschwand. Sie entrückten in eine wundersame samtene Welt, in der es keine Probleme, keine Hässlichkeiten, keine Härte gab. Es war ein strahlendes vollkommenes Reich der Harmonie und Schönheit.

Als Bruce sich umdrehte und behutsam auf sie niedersank, flüsterte er: „Mach die Augen auf, Jenny. Sieh mich an."

Sie blickte zu ihm auf, und mit einer raschen Bewegung drang er tief in sie ein. Er lächelte sie an und beobachtete die wechselnden Ausdrücke, die über ihr Gesicht huschten, während er sich rhythmisch bewegte. Er sah das Staunen in ihren Augen, als er das Tempo änderte und ihre Erregung mehr und mehr steigerte. Und er sah das verklärte Leuchten auf ihrem Gesicht, als sie schließlich Erfüllung fanden.

Er senkte den Kopf, schmiegte seine Wange an ihre. „Ich liebe dich", flüsterte er dicht an ihrem Ohr.

„Ich liebe dich auch, Bruce." Sie streichelte mit den Fingerspitzen über seine Stirn, seine Augen, seine Wange, seine Lippen. „Es war wundervoll."

„Du bist wundervoll." Er hob den Kopf, küsste sie innig auf den Mund. Dann schob er ihr T-Shirt hinauf, zog es ihr über den Kopf und streichelte ihre Brust. „Ich liebe dich schon sehr lange, Jenny."

„Ich habe gespürt, dass etwas zwischen uns war. Ich wusste nur nicht, was."

„Verlangen."

Sie lächelte und strich mit den Fingern durch sein Haar. „Was immer es war, ich hatte Angst davor."

„Ich dachte, du hättest Angst vor mir gehabt."

„Nein. Nur vor den Gefühlen, die du in mir erweckt hast."

„Hast du mich deshalb immer gemieden?"

„War es so offensichtlich?"

„Hmm. Du hast mich nie in deine Nähe gelassen."

„Du warst zu gefährlich. Wenn ich allein mit dir in einem Raum war, konnte ich nicht atmen. Es war, als hättest du all den Sauerstoff verbraucht." Jenny stöhnte auf, als er den Kopf senkte und mit der Zunge über die Spitze ihrer Brust streichelte. „Du raubst mir immer noch den Atem."

„Und ich kann kaum verheimlichen, was du mir antust." Er bewegte sich in ihr. Er war wieder hart.

Sie schmiegte die Hände um seine Hüften und presste ihn an sich. Sie wollte ihn all die Zeiten in der Vergangenheit vergessen machen, in denen er Liebe gebraucht und nicht bekommen hatte. Sie wollte sich darauf konzentrieren, ihm Vergnügen zu bereiten. Doch seine Liebkosungen erregten sie zu sehr. Sein Verlangen war gewachsen, und er füllte sie wieder aus. Sie genoss jede seiner kraftvollen Bewegungen und hob sich ihnen entgegen.

Und dann spürte sie eine andere Bewegung in ihrem Innern, zunächst so schwach, dass sie glaubte, es sich nur eingebildet zu haben. Doch dann wurde das Flattern stärker. Sie geriet in Panik. Ihr Körper erstarrte unter Bruce. „Nein, hör auf." Sie ergriff seinen Kopf und hob ihn von ihrer Brust. Sie entwand sich ihm und presste die Schenkel fest zusammen.

Sein Atem ging rasch. Es dauerte einen Moment, bis er in die Wirklichkeit zurückkehrte. „Jenny, was ist? Habe ich dir wehgetan?"

Sie drehte ihm den Rücken zu, zog die Knie an die Brust, rollte sich zusammen und begann, zu weinen.

Angst stieg in Bruce auf. Er hatte sich noch nie so hilflos gefühlt. Er legte eine Hand auf Jennys Schulter, doch sie zuckte zurück. „Soll ich einen Arzt rufen?“ Als Antwort erklang nur ein Schluchzen. „Um Himmels willen, Jenny, sag mir wenigstens, ob du Schmerzen hast?“

„Nein.“

„Was ist denn dann? Warum sollte ich aufhören? Habe ich dir wehgetan?“

„Das Baby hat sich leicht bewegt“, flüsterte sie tonlos.

Bruce atmete erleichtert auf. „War es das erste Mal?“

Jenny nickte stumm.

Er lächelte vor sich hin. Sein Kind hatte gesprochen. Doch Jenny war offensichtlich besorgt. Erneut berührte er ihre Schultern, und diesmal ließ er die Hand liegen, als sie sich abwehrend versteifte. Er legte sich neben sie, versuchte, sie in die Arme zu schließen. „Das ist kein Problem, Jenny. Es schadet dem Baby nicht, wenn wir vorsichtig sind.“

Abrupt setzte sie sich auf und starrte ihn an. „Du begreifst überhaupt nichts, wie?“ Sie zerrte die Decke vom Bett, wickelte sich darin ein und trat ans Fenster. Mit dem Rücken zu ihm starrte sie hinaus.

Er war verletzt und verärgert. Er sprang auf, zog sich mit ruckhaften Bewegungen die Jeans an und stürmte zu ihr. „Anscheinend begreife ich wirklich nicht. Warum erklärst du es mir nicht?“

Sie drehte sich zu ihm um. Er stand sehr nahe vor ihr. Sein Haar war zerzaust, und seine Jeans stand wieder offen. Er sah so männlich und verführerisch aus, dass es ihr schwerfiel, seiner Anziehungskraft zu widerstehen. „Vielleicht hast du keine Bedenken gegen so unzüchtiges Verhalten, aber ich schon.“

„Du hältst es für unzüchtig, was wir getan haben?“, hakte er in zornigem Ton nach.

„Seit sich das Baby bewegt hat, ja.“

„Ich finde es wundervoll. Es ist schade, dass du mich nicht daran teilhaben lässt.“

„Es ist das Baby eines anderen, Bruce! Ist dir nicht klar, zu was für einer Frau mich das macht?“ Beschämt und verzweifelt senkte sie den Kopf. Tränen rannen ihr über die Wangen, und Schluchzer schüttelten ihre Schultern.

„Zu was für einer Frau macht es dich denn?“

Jenny schüttelte den Kopf und schluckte schwer. Es gelang ihr nicht, ihre Gedanken in Worte zu fassen. Schließlich brachte sie stockend hervor: „Was wir getan haben ... Ich kenne mich nicht mehr ... Ich liebe dich, aber ich trage das Kind deines Bruders in mir."

„Hal ist tot. Wir leben."

„Ich wollte es nicht eingestehen, aber deine Eltern haben recht. Ich habe versucht, ihn von seiner Mission abzubringen. Er wollte nicht mit mir schlafen. Ich habe ihn geküsst und ihn gebeten, bei mir zu bleiben und mich zu heiraten."

„Aber du hast mir erzählt, dass er gegangen und später zurückgekommen ist."

„Das stimmt."

„Dann kannst du dir nicht vorwerfen, ihn verführt zu haben. Er hat seine eigene Entscheidung getroffen."

„Aber vielleicht ist er nur zurückgekommen, weil er mir noch einmal Gute Nacht sagen wollte. Aber ich war so verzweifelt, und das muss er gespürt haben."

„Es war trotzdem seine eigene Entscheidung."

„Wenn es nicht passiert wäre, würde er vielleicht noch leben. Ich habe nicht an eine mögliche Schwangerschaft gedacht, aber vielleicht hat er es getan. Vielleicht hat er sich Sorgen gemacht und war deswegen so unachtsam, dass er deshalb gefangen genommen werden konnte. Ich habe ihn verführt, obwohl ich in Wirklichkeit dich geliebt habe und nur zu schwach war, um es einzugestehen. Und jetzt schlafe ich mit dir, obwohl ich Hals Kind in mir trage. Ich bin schuld daran, dass mein Baby niemals seinen Vater kennenlernen wird."

Bruce kehrte zum Bett zurück und sank auf die Kante. Er stützte die Ellbogen auf die Knie und das Kinn in die Hände, während er zu Boden starrte. „Du brauchst dich nicht schuldig zu fühlen."

„Versuch nicht, es zu beschönigen. Ich verachte mich."

Er hob den Kopf und erklärte eindringlich: „Du bist nicht schuldig, Jenny. Du hast Hal nicht verführt und ihn auch nicht von seiner Mission abgelenkt. Du bist nicht schuld an seinem Tod, und du brauchst dir nichts vorzuwerfen." Er holte tief Luft und gestand leise, aber ohne Zögern. „Dein Baby ist nicht von Hal. Es ist von mir. Ich bin in jener Nacht in dein Zimmer gekommen. Du hast mit mir geschlafen."

Jenny starrte ihn mit großen Augen an. Langsam glitt sie an der Wand hinab und sank auf den Fußboden. „Das ist unmöglich."

„Es ist die Wahrheit."

Heftig schüttelte sie den Kopf. „Hal ist in mein Zimmer gekommen. Ich habe ihn gesehen."

„Es war dunkel im Zimmer. Du hast nur eine Silhouette gesehen. Ich war es. Ich bin an deiner Tür vorbeigekommen und habe dich weinen gehört. Dann wollte ich Hal holen, aber er war in das Gespräch mit Mom und Dad vertieft. Deswegen habe ich nach dir gesehen. Bevor ich etwas sagen konnte, hast du mich mit ‚Hal' angesprochen." Ich wusste nicht, was ich tun sollte.

„Ich glaube dir nicht", sagte sie tonlos.

„Woher weiß ich dann, wie es war? Du hast dich aufgesetzt und mich in die Arme gezogen. Du hattest Tränen auf dem Gesicht. Du warst verzweifelt und brauchtest Trost. Ich hätte mich zu erkennen geben sollen, als du mich ‚Hal' nanntest, aber ich habe es nun einmal nicht getan. Und ich bin froh darüber. Ich glaube nicht, dass er dir gegeben hätte, was du gebraucht hast."

„Ich habe mit Hal geschlafen!", rief sie verzweifelt.

„Hal war unten und hat über seine Mission geredet, statt sich um seine Verlobte zu kümmern. Du hast uns beide verwechselt. Wir waren uns von der Statur her sehr ähnlich, und wir hatten beide Jeans und ein Hemd an. Ich habe nichts gesagt, damit du mich nicht an meiner Stimme erkennen konntest."

„Aber ich hätte den Unterschied gemerkt."

„Woran denn? Du hattest keine Vergleichsmöglichkeit. Ich war dein erster Liebhaber."

Sie erinnerte sich sehr gut, wie eifrig sie diesen Liebhaber gedrängt hatte, sie zu umarmen, sie zu küssen. Und sie erinnerte sich, wie benommen sie sich von den Schlaftabletten gefühlt hatte, wie traumartig ihr alles erschienen war.

„Du hast Hal erwartet, und deshalb ist es dir gar nicht in den Sinn gekommen, dass es jemand anders hätte sein können."

„Mein Gott, Bruce, ich fasse es nicht! Wie konntest du so gemein sein? Wie konntest du mich so täuschen? Wie konntest du nur ..."

Bruce stand vom Bett auf, trat zu ihr und hockte sich vor ihr nieder. „Weil ich dich liebe. Weil ich dich genauso gebraucht habe, wie du die Liebe eines Mannes gebraucht hast. Ich hatte dich schon seit Jahren begehrt. Zuerst wollte ich dich nur einen Moment in den Armen halten und mich dann zu erkennen geben. Aber nachdem ich dich geküsst und gestreichelt hatte, gab es einfach kein Zurück mehr. Ich wollte deinen Kummer durch meine Liebe vertreiben. Zum ersten Mal im Leben hatte ich das Gefühl, etwas Gutes zu tun. Es war sauber und richtig, Jenny. Das hast du selbst gesagt."

„Ich dachte, ich hätte von Hal gesprochen."

„Aber ich bin es gewesen. Denk an jene Nacht zurück und vergleiche sie mit vorhin. Du weißt, dass ich nicht lüge.“ Er stand auf und wanderte rastlos im Raum umher.

Jenny blickte zum Bett hinüber. Es war schrecklich, aber sie glaubte ihm. „Warum hast du es mir nicht längst gesagt, Bruce?“

„Zuerst dachte ich, du würdest Hal noch lieben. Ich wollte auf keinen Fall, dass du denkst, du wärst ihm untreu geworden.“

„Aber das bin ich.“

„Das bist du nicht, verdammt!“

Sie atmete tief durch und stand auf. „Inzwischen sind Monate vergangen. Warum hast du es mir nicht irgendwann früher gesagt?“

„Ich wollte dir nicht wehtun.“

„Glaubst du etwa, dass es mir jetzt nicht wehtut?“

„Das sollte es nicht. Es ist mein Vergehen, Jenny, nicht deins. Du bist unschuldig, und ich wollte dich schonen.“

„Warum?“

„Weil du einen masochistischen Hang dazu hast, die Schuld anderer auf dich zu nehmen. Die meiner Eltern, Hals, meine.“ Er seufzte tief. „Aber das ist nicht der einzige Grund. Ich habe mich Hal gegenüber verpflichtet gefühlt, es dir nicht zu sagen. Ich habe genommen, was rechtmäßig ihm gehörte … Und ich wusste, dass ich einen sehr hohen Preis für dich bezahlen musste. Schlechte Menschen wie ich kommen nie ungestraft davon.“

„Wie meinst du das? Inwiefern bist du denn schon gestraft worden?“

„Weil du bei deinem ersten Höhepunkt Hals Namen gerufen hast. Weil du die ganze Zeit über gedacht hast, dass er dich zum ersten Mal in Ekstase gebracht hat. Weil ich dir meine Liebe nicht zeigen konnte, als du in Monterico in meinen Armen geschlafen hast. Und vor allem, weil du gedacht hast, dass mein Kind von einem anderen sei, und weil ich mich bis jetzt nicht zu ihm bekennen konnte.“

Sie hätte ihm beinahe verziehen. Sie wäre beinahe dem Zittern seiner Stimme und den heftigen Gefühlen in seinem Blick erlegen. Sie hätte sich beinahe in seine Arme geworfen und seine Liebe akzeptiert. Doch sie konnte es nicht. Er hatte eine schreckliche Schuld auf sich geladen, die sie nicht so einfach verzeihen konnte. „Und warum erzählst du es mir jetzt?“

„Weil ich nicht zulassen kann, dass du dir die Schuld an Hals Tod gibst. Er ist mit reinem Gewissen zu seiner Mission aufgebrochen. Sein Tod hatte nichts mit dir zu tun. Ich kann nicht zulassen, dass du dich für den Rest deines Lebens dafür verantwortlich fühlst und glaubst, du habest unser Kind zu einem Waisen gemacht.“ Er nahm ihre Hand, die sich kalt und schlaff anfühlte. „Ich liebe dich, Jenny."

Sie entriss ihm die Hand. „Liebe ist nicht auf Lügen und Täuschungen aufgebaut. Du hast mich seit Monaten belogen. Du hast mich zum Narren gehalten."

„Ich habe dich zu einer Frau gemacht. Du solltest endlich aufhören, alles mit schlechtem Gewissen und Schuldgefühlen zu betrachten. Jene Nacht war das Beste, was uns beiden je passiert ist. Sie hat uns befreit."

„Befreit?", schrie Jenny aufgebracht. „Jene Nacht wird mich für den Rest meines Lebens belasten!"

„Bezeichnest du das Baby etwa als Last?"

„Nein, nicht das Baby. Die Schuld, mit einem Bruder geschlafen zu haben, während ich mit dem anderen verlobt war."

Bruce stieß einen heftigen Fluch aus. „Sind wir jetzt schon wieder bei diesem Punkt angelangt?"

„Ja. Und ich bin es leid. Bring mich nach Hause."

„Nein. Nicht, bevor wir zu einer Einigung gekommen sind."

„Bring mich nach Hause", beharrte sie. „Sonst nehme ich mir den Schlüssel von einem deiner Wagen und fahre selbst."

„Du bleibst hier, oder ich …"

„Drohe mir nicht. Ich habe keine Angst mehr vor dir. Was könntest du mir schon Schlimmeres antun, als du bereits getan hast?"

Zornig presste er die Lippen zusammen. Dann trat ein kalter harter Blick in seine Augen. Abrupt wandte er sich ab. Er ging zum Schrank, riss ein Hemd von einem Bügel und nahm ein Paar Stiefel heraus. „Zieh dich an", sagte er schroff. „In fünf Minuten fahren wir."

12. KAPITEL

Bruce schwieg beharrlich während der gesamten Fahrt in die Stadt. Er fuhr sehr schnell. Vor Jennys Wohnung trat er hart auf die Bremse. Er beugte sich zur Beifahrertür hinüber und stieß sie auf.

„Jenny?", sagte er tonlos, als sie wortlos ausstieg. „Ich habe einige schreckliche Dinge getan, größtenteils aus Bosheit. Aber diesmal habe ich versucht, das Richtige zu tun. Für dich und unser Baby." Er lachte hart auf. „Selbst wenn ich mich noch so bemühe, etwas richtig zu machen, geht es daneben. Vielleicht ist es wahr, was die Leute über mich sagen. Ich tauge eben nichts." Er knallte die Tür zu, legte heftig einen Gang ein und trat das Gaspedal durch. Der Lincoln schoss davon.

Lustlos betrat Jenny ihre Wohnung. Sie fühlte sich ausgelaugt. War es erst einen Tag her, dass sie und Bruce das Dinner bei Kerzenschein veranstaltet hatten? Ja, die Eiscremeschalen und Kaffeetassen standen noch auf dem Tisch. Doch das alles schien nun eine Ewigkeit zurückzuliegen.

Sie durchquerte die Wohnung und ging ins Schlafzimmer. Es wirkte kalt und leer und ungemütlich. Ganz anders als das Schlafzimmer in Bruce' Haus. Sie wollte nicht daran denken, doch die Erinnerungen stürmten ungebeten auf sie ein, an jede Berührung, jeden Kuss, jedes Wort.

Sie erinnerte sich an den hoffnungslosen Ausdruck auf seinem Gesicht, mit dem er davongefahren war. Hatte er wirklich versucht, das Richtige zu tun? Liebte er sie wirklich? Um ihr nicht wehzutun, hatte er die Wahrheit verschwiegen und darauf verzichtet, Anspruch auf sein Kind zu erheben. War ein derartiges Opfer nicht der größtmögliche Liebesbeweis? Und wenn er sie liebte, warum war sie dann eigentlich so aufgebracht?

Bruce war ihr einziger Liebhaber. Vermittelte ihr dieses Wissen nicht ein wohliges erhebendes Gefühl? Sie hätte es ahnen müssen. An diesem Abend hatte sie dasselbe Entzücken verspürt wie in jener Nacht. War ihr sein Körper nicht vertraut erschienen? Hatte sie nicht beide Male ein Gefühl der Zusammengehörigkeit verspürt, so als wäre er eine Erweiterung ihrer selbst?

Beschuldigte sie Bruce nur der Täuschung, um ihr eigenes Gewissen zu erleichtern? Weil sie jahrelang Hal und die Hendrens getäuscht hatte? Sie hatte deren Hochzeitsplänen zugestimmt, trotz des Wissens, dass ihre Liebe zu Hal nicht als Grundlage für eine Ehe ausgereicht hätte.

Konnte sie Bruce nicht verzeihen, dass er ein paar Monate lang sein Geheimnis gewahrt hatte? Sie war bereit gewesen, ihres ein Leben lang zu hüten. Und andere zu täuschen. Wäre Hal nicht gestorben, dann hätte sie ihn geheiratet, dann hätte sie sich weiterhin selbst verleugnet und unterdrücken lassen.

Bruce hingegen beflügelte ihren Geist und forderte sie heraus, sie selbst zu sein. Er hatte in ihr den Mut erweckt, ihr Glück zu verfolgen. Er hatte sie gelehrt, sich eine eigene Zukunft aufzubauen. War das allein nicht Grund genug, ihn zu lieben?

Vielleicht rufe ich ihn morgen an, dachte Jenny. *Ich sollte mich wirklich für meine Intoleranz entschuldigen und mich mit ihm aussprechen.*

Müde zog sie sich aus und schlüpfte ins Bett. Doch sie konnte nicht einschlafen. Die Welt schien verhindern zu wollen, dass sie Ruhe fand. Sirenen heulten durch die Straßen der Stadt, und als ihr gerade die Augen zufielen, klingelte das Telefon.

Sie zögerte. Vielleicht war es Bruce. Sie wusste nicht recht, ob sie schon bereit war, sich mit ihm auszusöhnen. Beim sechsten Klingeln gab sie nach und griff zum Hörer. „Hallo?"

„Miss Fletcher?"

Es enttäuschte sie ein wenig, dass es nicht Bruce war. „Ja?"

„Hier ist Deputy Sheriff Rawlins. Wissen Sie zufällig, wo ich die Hendrens erreichen kann?"

„Haben Sie es im Pfarrhaus versucht?"

„Natürlich."

„Es tut mir leid. Dann weiß ich auch nicht, wo sie sein können. Kann ich Ihnen helfen?"

„Ich muss sie dringend finden. Ihr Sohn hatte einen Unfall."

Jenny erstarrte. Übelkeit stieg in ihr auf, und einen Moment lang war ihr schwarz vor Augen. „Ihr Sohn?", wiederholte sie mit unnatürlich hoher Stimme.

„Ja. Bruce."

„Aber er war gerade … Ich habe ihn doch gerade noch gesehen."

„Es ist vor ein paar Minuten passiert."

„War es … Ist er … tot?"

„Das weiß ich noch nicht, Miss Fletcher. Die Ambulanz ist gerade auf dem Weg ins Krankenhaus. Es steht recht schlimm um ihn. Sein Wagen ist mit einem Zug zusammengeprallt. Deswegen muss ich seine nächsten Angehörigen benachrichtigen."

Mit eiskalter Hand dämpfte Jenny den entsetzten Aufschrei, der sich ihrer Kehle entrang. Die nächsten Angehörigen … der offizielle Ausdruck der Polizei im Falle eines Todesopfers.

„Miss Fletcher?"

„Ich weiß nicht, wo Bob und Sarah sind. Aber ich fahre sofort ins Krankenhaus." Sie legte den Hörer auf.

Ihre Knie gaben nach, als sie aus dem Bett glitt. Sie taumelte zum Schrank und zerrte das erstbeste Kleidungsstück hervor. Sie musste sich beeilen. Sie musste Bruce sagen, dass sie ihn liebte, bevor ... Nein, er durfte nicht sterben. Sie wollte nicht daran denken.

Warum hatte er es nur getan? Hatte ihre Zurückweisung ihn derart getroffen? Ich tauge eben nichts, waren seine letzten Worte gewesen. War dieser Unfall ein Versuch, die Welt von ihm zu erlösen?

„Nein!", schrie Jenny auf und rannte durch die dunkle Wohnung zur Tür. Tränen strömten ihr über die Wangen, und ihre Hände zitterten so sehr, dass es ihr kaum gelang, den Schlüssel ins Zündschloss ihres Wagens zu stecken.

Aus einiger Entfernung sah sie den Unfallort, den die Polizei abgeriegelt hatte. Der silbergraue Lincoln war von den Schienen gezogen worden. Er sah aus wie ein Stück Aluminiumfolie, das ein zorniger Riese in der Faust zusammengeknüllt und dann weggeworfen hatte. Es schien unvorstellbar, dass Bruce lebend aus diesem Metallwrack geborgen worden war.

Jenny stellte ihren Wagen vor dem Krankenhaus ab und rannte über den Parkplatz zur Unfallstation. „Bruce Hendren?", fragte sie atemlos an der Aufnahme.

Die Schwester blickte vom Schreibtisch auf. „Er ist schon im OP."

Dem Himmel sei Dank, dachte Jenny und atmete auf. Wenn er operiert wurde, dann lebte er also noch. „Welcher Stock?"

„Dritter."

„Ich danke Ihnen." Jenny wandte sich ab und rannte zum Fahrstuhl.

„Miss?", rief die Schwester ihr nach. „Es dauert wahrscheinlich sehr lange."

„Ich warte auf jeden Fall."

In der dritten Etage bestätigte die Stationsschwester, dass Bruce sich im OP befand. „Sind Sie mit ihm verwandt?", fragte sie höflich.

„Ich bin im Haus seiner Eltern aufgewachsen. Ich gehöre quasi zur Familie."

„Aha. Wir konnten seine Eltern bisher noch nicht erreichen."

„Sie werden bestimmt bald nach Hause zurückkehren und dann hierherkommen."

„Ein Streifenwagen wartet dort auf sie, um sie herzubringen."

Jenny nagte an der Unterlippe. „Das wird sie sehr erschrecken. Sie haben erst vor ein paar Monaten ihren jüngeren Sohn verloren."

„Das tut mir leid", sagte die Schwester mitfühlend. Sie deutete zum Warteraum. „Setzen Sie sich doch dort hinein. Wir werden bestimmt bald erfahren, wie es Mr Hendren geht."

Wie ein Roboter bewegte Jenny sich zum Warteraum und sank auf das Sofa. Vielleicht hätte sie zum Pfarrhaus fahren und dort warten sollen, um den Hendrens persönlich die Unfallnachricht zu überbringen. Aber sie konnte das Krankenhaus nicht verlassen. Sie musste einfach in Bruce' Nähe bleiben.

Hatte sie ihn zu einer Verzweiflungstat getrieben? Genau wie seine Eltern am Abend von Hals Beerdigung, hatte sie ihn zurückgewiesen. Sie hatte ihn grausam ausgeschlossen, als er ihr sein Herz geöffnet hatte. Die Hendrens mochten zu ignorant sein, um zu erkennen, was sie ihm das ganze Leben lang angetan hatten, doch sie hätte es besser wissen sollen.

Er war in dem Glauben fortgegangen, dass er durch und durch schlecht sei. Wie oft hatte er bereits den Sinn seines Lebens angezweifelt? Spielte er nicht jedes Mal mit dem Tod, wenn er sich hinter das Steuer eines Wagens setzte und sämtliche Geschwindigkeitsbegrenzungen überschritt?

Bruce, bitte verzeih mir, dachte sie inbrünstig. *Ich liebe dich. Du bist der wichtigste Mensch für mich auf der Welt.*

„Miss Fletcher?"

Jenny zuckte zusammen. Mit geschlossenen Augen hatte sie um Bruce' Leben gebetet. Sie blickte auf, in der Erwartung, einen Arzt vor sich zu sehen. Doch vor ihr stand ein Polizist in Uniform.

„Ich bin Deputy Rawlins", stellte er sich vor. „Wir haben vorhin zusammen telefoniert. Und das hier ist Mr Hanks. Es ist seine Familie, die von Bruce gerettet wurde."

Jenny wischte sich die Tränen aus den Augen. Nun erst bemerkte sie den Mann, der hinter dem Deputy gestanden hatte und nun vortrat. Sein Monteuranzug stand in krassem Gegensatz zu der sterilen Krankenhausatmosphäre. Seine Augen waren feucht von Tränen.

„Gerettet?", flüsterte sie kaum hörbar. „Das verstehe ich nicht."

„Seine Frau und seine Kinder sind mit dem Wagen auf den Schienen liegen geblieben. Bruce ist hinter ihnen gefahren und hat sie gerade noch rechtzeitig von den Gleisen schieben können. Der Zugführer hat natürlich abgebremst, so sehr er konnte, aber er ist nicht mehr zum Stehen gekommen." Der Deputy räusperte sich. „Bruce hat großes Glück gehabt, dass der Zug ihn an der Beifahrerseite getroffen hat und dass es nicht sein Sportwagen war. Der wäre komplett zerquetscht worden."

Erneut rannen Tränen über Jennys Wangen. Bruce hatte also nicht versucht, sich das Leben zu nehmen. Er hatte vielmehr anderen das Leben gerettet. Sie blickte zu Mr Hanks auf. „Wie geht es Ihrer Familie?"

„Sie sind noch ziemlich erschüttert, aber dank Mr Hendren sind sie unverletzt. Ich möchte ihm gern selbst sagen, wie dankbar ich ihm bin. Ich bete zu Gott, dass er es übersteht."

„Darum bete ich auch."

„Wissen Sie", sagte Mr Hanks und schüttelte bekümmert den Kopf, „ich habe immer schlecht von Bruce Hendren gedacht, wegen all der Geschichten, die man so hört. Über sein Trinken und die Frauen und so. Ich habe ihn in seinem flotten Wagen durch die Stadt rasen sehen und ihn für einen Verrückten gehalten." Er seufzte. „Jetzt ist mir eine harte Lektion erteilt worden. Jetzt habe ich gelernt, dass man einen Menschen nicht verurteilen soll, den man nicht kennt. Er hätte den Wagen meiner Frau nicht von den Gleisen schieben müssen. Aber er hat's getan." Erneut traten Tränen in seine Augen. Beschämt bedeckte er sie mit einer Hand.

„Am besten gehen Sie jetzt nach Hause, Mr Hanks", schlug der Deputy freundlich vor und legte ihm eine Hand auf die Schulter.

„Danke, Mr Hanks", sagte Jenny leise.

„Wofür? Wenn mein alter Wagen nicht liegen geblieben wäre …"

„Trotzdem danke", beharrte Jenny sanft, und er nickte ihr ernst zu, bevor er sich vom Deputy hinausführen ließ.

Beinahe zwei Stunden saß Jenny bereits im Warteraum, ohne Nachricht über Bruce, als Bob und Sarah eintrafen. Sie sprachen kurz mit der Schwester am Empfang. Dann wandten sie sich dem Warteraum zu, aufeinander gestützt, mit kummervollen verzweifelten Gesichtern. Sie zögerten, als sie Jenny sahen.

Mit vorwurfsvoller Miene blickte sie ihnen entgegen und dachte dabei: Ihr habt ihn nie geliebt, aber jetzt kommt ihr, um an seinem Sterbebett zu weinen.

Doch sie konnte die beiden nicht beschuldigen, ohne sich selbst Vorwürfe zu machen. Hätte sie nicht so sehr um ihr geruhsames wohlbehütetes Leben gebangt, dann hätte sie sich schon vor Jahren zu Bruce bekannt. Und an diesem Tag, als er ihrer Liebe und Vergebung bedurft hatte, war er abgewiesen worden. Er hatte sich dafür entschuldigt, dass er ihr die wundervollste Nacht ihres Lebens geschenkt hatte, und sie hatte sich geweigert, seine Entschuldigung zu akzeptieren. Wie konnte sie den Hendrens deren Unzulänglichkeit vorwerfen, wenn ihre eigene viel verletzender auf Bruce gewirkt hatte?

Jenny stand auf und streckte die Hände aus. Mit einem erleichterten Seufzer taumelte Sarah in ihre Arme. „Seht, Sarah, es wird alles gut. Ich weiß es."

Schluchzend erklärte Sarah: „Wir haben einen erkrankten Freund außerhalb der Stadt besucht. Als wir nach Hause zurückkamen, stand der Wagen des Sheriffs vor der Tür. Wir wussten, dass etwas Schreckliches passiert ist. Zuerst Hal und jetzt Bruce. Ich kann es nicht ertragen."

Jenny setzte sich mit ihr zusammen auf das Sofa. „Wäre es wirklich so schlimm für euch, wenn Bruce stirbt?" Sie konnte selbst kaum fassen, dass sie diese kühne Frage stellte. Doch wenn Grausamkeit nötig war, um ihnen bewusst zu machen, wie ungerecht sie ihren Sohn behandelt hatten, dann musste sie eben grausam sein. Diesen Kampf führte sie für Bruce. „Er glaubt bestimmt, dass es euch nicht kümmert."

„Aber er ist doch unser Sohn! Wir haben ihn lieb!", rief Sarah.

„Habt ihr ihm das jemals gesagt? Habt ihr ihm je gesagt, dass ihr ihn schätzt?" Bob senkte schuldbewusst den Blick. Sarah schluckte schwer. „Ihr braucht nicht zu antworten. Solange ich bei euch gelebt habe, habt ihr es nie getan."

„Wir ... wir hatten es schwer mit Bruce", erklärte Bob.

„Weil er nicht in die Form passte, in die ihr ihn pressen wolltet. Er hat sich immer zurückgesetzt gefühlt. Ihr wolltet ihn, so wie er war, nicht akzeptieren. Er wusste, dass er eure Erwartung nicht erfüllen konnte, und deswegen hat er den Versuch aufgegeben. Er gibt sich hart und kalt und zynisch, aber das ist seine Verteidigung. Er sehnt sich verzweifelt nach Liebe von euch, seinen Eltern."

„Ich habe versucht, ihn zu lieben", flüsterte Sarah. „Aber er hat nie lange genug stillgehalten. Er war nie so liebevoll wie Hal. Er war nie so artig. Es ist schwer, ihn zu lieben. Seine wilde Ader hat mir immer Angst gemacht."

„Ich weiß, was du meinst." Mit einem kleinen Lächeln tätschelte Jenny verständnisvoll Sarahs Hand. „Ich habe gelernt, hinter seine Fassade zu sehen, und ich liebe ihn."

„Wirklich?", fragte Bob verblüfft.

„Ja. Ich liebe ihn sehr."

„Wie kannst du das, so kurz nach Hals Tod?"

„Ich habe Hal geliebt, aber eher wie einen Bruder. Erst als Bruce und ich mehr Zeit miteinander verbrachten, wurde mir klar, dass ich ihn schon sehr lange liebe. Wie ihr hatte ich früher Angst vor ihm."

„Es wird wohl eine Zeit lang brauchen, bis wir uns an den Gedanken gewöhnen, dass du und Bruce zusammen seid."

„Ich habe auch einige Zeit gebraucht."

„Wir wissen, dass wir nicht fair dir gegenüber waren", gestand Sarah mit leiser Stimme. „Wir wollten dich für uns behalten, um die Leere in unserem Leben zu füllen, die Hals Tod verursacht hat."

„Ich muss mein eigenes Leben führen."

„Das ist uns jetzt klar. Wir können dich nur behalten, indem wir dich gehen lassen."

„Ich werde nicht weit gehen", versicherte Jenny mit einem Lächeln. „Ich habe euch beide lieb, und es hat mir sehr wehgetan, dass diese Kluft zwischen uns war."

„Das Baby war ein Schock für uns, Jenny." Bobs Blick glitt zu ihrem Bauch hinab. „Das kannst du sicherlich verstehen. Aber nun, es ist auch Hals Kind. Aus diesem Grund akzeptieren und lieben wir es."

Jenny setzte zu einer Entgegnung an, doch in diesem Augenblick ertönte eine andere Stimme von der Tür her.

„Reverend Hendren?" Dr. Mabry, der Chirurg, betrat in grüner OP-Kleidung den Warteraum. Er wirkte erschöpft. „Er lebt", verkündete er, und alle atmeten erleichtert auf. „Aber sein Zustand ist sehr kritisch. Er hatte innere Blutungen. Es war eine sehr schwere Operation, aber wir haben ihn wieder ganz ordentlich zusammengeflickt. Wir mussten ihm mehrere Blutkonserven geben. Der rechte Oberschenkel und das rechte Schienbein sind gebrochen, und er hat am ganzen Körper Prellungen und Fleischwunden."

„Wird er am Leben bleiben, Dr. Mabry?", fragte Sarah mit verzagter Stimme.

„Die Chancen stehen recht gut, weil er so stark und zäh wie ein Bulle ist. Dass er den Unfall und die Operation überlebt hat, ist ein gutes Zeichen. Meiner Ansicht nach besteht Anlass zur Hoffnung. Doch jetzt entschuldigen Sie mich. Ich muss zurück in den OP."

„Dürfen wir zu ihm?", fragte Jenny besorgt.

Dr. Mabry zögerte einen Augenblick. „Nun gut. Sobald er auf die Intensivstation verlegt worden ist, kann einer von Ihnen für ein paar Minuten zu ihm. Ich komme später zurück." Er wandte sich ab und eilte mit großen Schritten den Korridor hinab.

„Ich gehe zu ihm", sagte Sarah. „Ich muss ihm sagen, wie viel er uns bedeutet."

„Natürlich, Darling", stimmte Bob zu. „Geh du."

„Nein, ich gehe zu ihm", entgegnete Jenny entschieden. „Ihr hattet euer ganzes Leben Zeit, ihm zu sagen, dass ihr ihn lieb habt. Aber ihr habt es nicht getan. Ich hoffe, dass ihr es den Rest eures Lebens wieder gutmachen könnt. Heute Abend gehe ich zu ihm. Er braucht mich. Und was das Baby angeht, Sarah und Bob … Es ist nicht von Hal. Es ist von Bruce."

Bob und Sarah starrten sie fassungslos an.

Doch Jenny ließ sich nicht länger von Konventionen einschüchtern. Sie legte beiden eine Hand auf die Schulter und erklärte: „Wir haben euch lieb, und wir möchten gern eine richtige Familie mit euch zusammen sein. Wenn ihr uns aber nicht so akzeptieren könnt, wie wir sind, dann ist es auch gut. Es wäre euer Schaden." Sie lächelte unter Tränen. „Ich liebe Bruce, und er liebt mich, und ich fühle mich nicht schuldig deswegen. Wir werden heiraten und unser Kind jeden Tag seines Lebens wissen lassen, dass wir es so lieben, wie es ist."

Und als Dr. Mabry eine halbe Stunde später zurückkehrte, war es Jenny, die mit ihm zu Bruce ging.

„Was geht denn hier vor?"

„Wir nehmen ein Bad."

„Ihr veranstaltet eine Überschwemmung."

„Das ist Trents Schuld. Er planscht so gern."

„Und wer hat ihm das beigebracht?" Liebevoll lächelte Jenny ihren Ehemann und ihren sieben Monate alten Sohn an, die zusammen badeten. Trent saß auf dem Schoß seines Vaters, den Rücken an dessen angezogene Oberschenkel gelehnt, die pummeligen Füßchen auf dessen Bauch gestützt. Sie betrat das Badezimmer und hockte sich vor die Wanne. Trent lachte sie an, zeigte dabei stolz seine beiden Vorderzähne. Er deutete mit dem Finger auf sie und krähte vergnügt.

„Ich empfinde genauso, mein Sohn", sagte Bruce. „Sie ist hinreißend, stimmt's?"

„Sie wird euch gleich zeigen, wie hinreißend sie sein kann, wenn ihr nicht sofort herauskommt und diese Überschwemmung beseitigt." Jenny bemühte sich, streng zu klingen, doch sie lachte, als sie Trent aus der Wanne hob.

„Pass auf, er ist schlüpfrig wie ein Aal", warnte Bruce, während er aufstand.

„Das weiß ich nur zu gut." Es kostete sie einige Mühe, ihren zappelnden Sohn festzuhalten, während sie ihn in ein Handtuch wickelte.

Sie hatte längst den Versuch aufgegeben, trocken zu bleiben. Sein kleiner fester Körper hatte ihren Bademantel bereits durchnässt.

Sie trug ihn hinüber in das Kinderzimmer, das Bruce nach ihren Anweisungen in liebevoller Eigenarbeit eingerichtet hatte. Sie waren sehr stolz auf das Resultat.

Als Bruce in einem Bademantel zu ihnen trat, hatte sie Trent bereits gewickelt und einen Schlafanzug angezogen. „Sag Daddy Gute Nacht", forderte sie ihn auf und hielt ihn hoch.

Bruce nahm ihn ihr aus den Armen, drückte ihn an sich und küsste ihn zärtlich auf die Wange. „Gute Nacht, mein Sohn. Ich hab dich lieb."

Trent war sehr müde. Sein Köpfchen mit den blonden Ringellocken fiel auf Bruce' Schulter, und er gähnte herzhaft.

„Er war wirklich reif fürs Bett", sagte Jenny, nachdem Trent eingeschlafen war und sie mit Bruce in das Schlafzimmer ging. „Und das bin ich auch." Sie breitete die Arme aus und ließ sich rückwärts auf das Bett fallen. „Ihr beide habt mich völlig geschafft."

„Ach ja?" Eingehend musterte er sie von Kopf bis Fuß. Ihr Bademantel hatte sich geöffnet. Aufreizend lugten ihre wohlgeformten glatten Schenkel und ihre vollen Brüste hervor. Ohne Umschweife knotete er seinen Bademantel auf und ließ ihn auf den Teppich fallen. Dann legte er sich auf sie.

„Du solltest wirklich lernen, deine Schüchternheit zu überwinden, Bruce."

Er schmunzelte, während er mit den Lippen an ihrem Ohr spielte.

Sie hatte kurz vor ihm gebadet, und ihre Haut duftete herrlich. „Warum Zeit mit Vorgeplänkel vertun? Ich bin dafür, mir gleich zu nehmen, was ich mir so unendlich ersehne."

„Und du ersehnst mich?"

„Hmm." Er bedeckte ihren Hals mit zarten Küssen. „Immer. Die längsten drei Monate meines Lebens waren die nach Trents Geburt."

„Vergiss nicht die Wochen davor."

„Die habe ich nicht vergessen. Ich glaube, dass der Arzt uns früher als nötig Enthaltsamkeit auferlegt hat. Er wollte sich rächen."

„Wofür?"

„Ach, nichts."

Jenny zog an seinen Haaren, bis er den Kopf hob. „Wofür? Sag's mir."

„Also gut. Vor ein paar Jahren ging ich mit einer seiner tüchtigen Krankenschwestern. Als ich mit ihr Schluss machte, war sie außer sich und verließ die Stadt. Das nimmt er mir immer noch übel."

„Mit wie vielen Frauen bist du denn eigentlich … gegangen?"
Seine Miene wurde ernst. „Ist das wirklich wichtig, Jenny?"
„Das hängt davon ab, ob du es vermisst. Das Herumtreiben."
„Was meinst du wohl?" Er schob mit seinem Körper ihren Bademantel beiseite, und sie spürte sein Verlangen.
„Ich glaube nicht."
„Da hast du recht", bestätigte Bruce und küsste sie mit hungriger Leidenschaft, die jeglichen Zweifel verscheuchte.
Ihr Puls raste, als er schließlich den Kopf hob. „Ich liebe dich, Bruce."
„Und ich liebe dich."
„Weißt du eigentlich, was heute für ein Tag ist?"
Er überlegte. „Der Unfall?"
„Ja. Heute vor einem Jahr."
„Wieso weißt du das?"
„Weil es der Tag war, an dem ich glaubte, dich verloren zu haben. Zuerst habe ich nur gebetet, dass du lange genug lebst, damit ich dir sagen konnte, wie sehr ich dich liebe und wie viel du mir bedeutest. Als du dann die Operation überstanden hast, wurde ich mutiger und betete, dass du bis ins hohe Alter lebst."
Er lächelte. „Ich hoffe ja sehr, dass dein Gebet erhört wird."
„Das hoffe ich auch. Und ich danke dem Schicksal für jeden einzelnen Tag, den wir zusammen verbringen dürfen."
Sie besiegelten ihre Liebe mit einem innigen Kuss.
„Als ich auf der Intensivstation zu mir kam, sah ich als Erstes dein Gesicht. Da konnte ich doch nicht sterben und dich verlassen."
„Wie viel weißt du eigentlich von den ersten Tagen nach dem Unfall?" Seltsamerweise hatten sie bisher kaum darüber gesprochen. Mit Jennys liebevoller Fürsorge und geduldigem Zuspruch war er innerhalb einiger Monate völlig genesen. Die Ärzte hatten sogar gescherzt, dass es ihm nun besser ging als je zuvor, da er nicht mehr rauchte und wesentlich weniger trank.
Sein Geschäft florierte. Er hatte inzwischen zwei Angestellte. Eine Sekretärin, die Jennys Position kurz vor Trents Geburt übernommen hatte, und einen Geologen, der Erdproben analysierte. Doch es war nach wie vor Bruce, der spekulierte, der mit Investoren verhandelte, der die Geschäfte abschloss, der das Öl fand. Das vergangene Jahr war so betriebsam gewesen, dass Jenny nur selten an die trostlosen ersten Tage nach dem Unfall dachte. Und sie hatte ihn nie nach seinen Eindrücken gefragt.

„Ich weiß nicht viel. Nur, dass du immer da warst. Und ich erinnere mich an den ersten Besuch meiner Eltern. Sie haben beide meine Hand genommen und mich auf die Wange geküsst. Mir hat es sehr viel bedeutet."

Jenny unterdrückte ihre Tränen der Rührung. „Du wärst stolz auf mich, wenn du gesehen hättest, wie ich mich gegen sie behauptet und ihnen gesagt habe, dass das Baby von dir ist."

„Sie haben sich wirklich sehr geändert. Sie sind verrückt nach Trent und halten ihn für das wundervollste Baby auf der ganzen Welt."

„Wie sie wohl auf die Idee gekommen sein können? Wir müssen aufpassen, dass er von ihnen und Roxy und Gary nicht schändlich verzogen wird." Jenny lachte. „Weißt du, wann ich zum ersten Mal gemerkt habe, dass deine Eltern uns akzeptieren würden?"

„Als Dad uns im Krankenzimmer getraut hat?" Meinst du den Moment?

„Nein." Sie lächelte versonnen, als sie daran zurückdachte. „Vorher schon, als Gary aus El Paso anrief und wissen wollte, warum wir nicht am Flughafen waren, um sie von der Hochzeitsreise abzuholen. Ich hatte die beiden durch deinen Unfall völlig vergessen. Bob bot freiwillig an, sie abzuholen. Da wusste ich, dass sie uns auch akzeptieren würden, wenn sie sogar Roxy akzeptieren können."

„Du hast ein paar Pluspunkte bei ihnen gewonnen, als du den Hal-Hendren-Fonds für politische Flüchtlinge gegründet hast."

„Und du hast noch mehr Pluspunkte bekommen, als du die saftige Spende geleistet hast."

„Nur, weil du darauf bestanden hast, dass ich genauso viel stifte, wie ich für unsere Eheringe ausgegeben habe."

„Das hättest du sowieso getan."

„Ich weiß nicht recht", murmelte Bruce und blickte hinab auf ihren Diamantring. „Das war ein verdammt teurer Ring."

Jenny piekte ihn zärtlich, und sie lachten beide. Sie fasste in sein zerzaustes Haar und sah ihn liebevoll an.

„Weißt du eigentlich, dass ich dich anbete, Jenny? Du hast erst Licht in mein Leben gebracht durch deine Liebe."

„Dieses Licht wird für immer scheinen, denn so lange werde ich dich lieben."

„Schwörst du's?"

„Ich schwöre." Sie küsste ihn, und Verlangen flammte zwischen ihnen auf. „Aber du bist trotzdem ein Unruhestifter", flüsterte sie an seinen Lippen.

„Findest du?“

„Hmm. Sieh nur, was du angerichtet hast.“ Sie nahm seine Hand und legte sie auf ihre Brust.

Er spürte, wie hart die Knospe hervorstand. „Das habe ich geschafft?“

„Ja. Und dabei war ich doch früher so ein braves Mädchen.“

Verschmitzt raunte er ihr zu: „Ich bin wirklich ein böser Junge.“

Als endlich ihre Körper miteinander verschmolzen, schien die Zeit stillzustehen, und die Erde schien sich schneller zu drehen, während sie den Gipfel der Leidenschaft erklommen. Es dauerte lange, bis sie wieder zu Atem kamen. Dann stützte Bruce sich auf die Ellbogen und blickte lächelnd in ihr strahlendes Gesicht.

Jenny erwiderte sein Lächeln, verklärt und verführerisch, und sie flüsterte mit rauer Stimme: „Du bist wirklich ein wunderbarer Mann, Bruce Hendren.“

– ENDE –

Sandra Brown

Unbestechliche Herzen

Roman

Aus dem Amerikanischen von
Johannes Heitmann

1. KAPITEL

Die Lampe in dem offenen Kühlschrank tauchte die Küche in ein blaues Licht. Auf der Anrichte stand eine Tüte Milch, und daneben lag ein angeschnittenes Brot.

Doch selbst ohne diese Anzeichen spürte Aislinn sofort, dass etwas nicht stimmte, als sie durch die Hintertür in die Küche kam. Sie fühlte, dass sich außer ihr noch jemand im Haus aufhielt und ihr auflauerte.

Unwillkürlich tastete sie nach dem Lichtschalter.

Noch bevor sie ihn erreichte, fühlte sie kräftige Finger, die ihre Hand eisern umklammerten und ihren Arm nach hinten auf den Rücken drehten. Aislinn öffnete den Mund, um aufzuschreien, aber eine Hand legte sich ihr über den offenen Mund. Ihr Schrei wurde zu einem unterdrückten Gurgeln.

Schon oft hatte sie sich überlegt, wie sie sich in einer solchen Situation verhalten würde. Würde sie ohnmächtig werden, würde sie um ihr Leben betteln?

Jetzt überraschte es sie, dass sie nicht nur verängstigt, sondern auch wütend war. Sie wehrte sich, indem sie versuchte, ihren Mund freizubekommen. Sie wollte unbedingt das Gesicht ihres Angreifers sehen. Jede Frauenorganisation riet den Frauen, den Angreifern ins Gesicht zu sehen, um einer Vergewaltigung zu entgehen.

Das war jedoch nicht so einfach. Sie kam einfach nicht gegen die körperliche Kraft des Eindringlings an. Er musste groß sein, denn sein warmer Atem strich ihr über das Haar. Mindestens einen Meter fünfundachtzig, schätzte sie.

Sein Körper, gegen den sie gedrückt wurde, war hart, aber nicht sehr stämmig. Vielmehr wirkte er drahtig und durchtrainiert. Aus dem Augenwinkel heraus erkannte Aislinn den festen Bizeps seines Oberarms.

Mittlerweile war sie erschöpft von ihren Befreiungsversuchen. Sie erkannte die Sinnlosigkeit, sich zu sträuben, und hielt in ihren Bewegungen inne. Durch die Nase versuchte sie angestrengt, genügend Luft zu holen. Allmählich lockerte ihr Angreifer den Griff etwas.

„Mein Name ist Lucas Greywolf."

Seine Stimme klang sanft und heiser. Er sprach ihr direkt ins Ohr, doch Aislinn ließ sich von dem vertraulichen Klang nicht täuschen. Sie wusste, dass der Tonfall rasch in Wut umschlagen konnte, zumal ihr der Name nicht unbekannt war.

Den ganzen Tag lang schon berichteten das Fernsehen und die Radiosender über die Flucht des Mannes aus dem Gefängnis von Florence, das ungefähr siebzig Kilometer entfernt lag. Überall in der Gegend wurde nach dem Flüchtling gesucht.

Und jetzt war er hier in ihrer Küche.

„Ich brauche etwas zu essen und muss mich ausruhen. Ich tue Ihnen nichts, wenn Sie mir keinen Ärger machen", sagte er ihr leise ins Ohr. „Wenn Sie aber schreien, bin ich gezwungen, Sie zu knebeln. Haben Sie mich verstanden?"

Aislinn nickte, und der Mann nahm langsam die Hand von ihrem Mund. Gierig atmete sie tief ein. „Wie sind Sie hierhergekommen?"

„Größtenteils zu Fuß", antwortete er sachlich. „Wissen Sie denn, wer ich bin?"

„Ja. Sie suchen überall nach Ihnen."

„Ich weiß."

Aislinns Wut war verflogen. Sie war zwar kein Feigling, aber auch kein Dummkopf. Sie würde nicht versuchen, die Heldin zu spielen. Lucas Greywolf war kein einfacher Dieb, sondern äußerst gefährlich. Darauf wurde in den Nachrichten ständig hingewiesen.

Was sollte sie tun? Überwältigen konnte sie ihn nicht, der Versuch allein würde ihn provozieren, und dann würde er ihr möglicherweise etwas antun. Nein, sie konnte nur abwarten und versuchen, ihn zu überlisten, wenn sich die Gelegenheit ergab.

„Setzen Sie sich!" Grob drückte er ihre Schulter.

Widerspruchslos ging sie zum Küchentisch, legte ihre Handtasche ab und setzte sich auf einen Stuhl.

Er bewegte sich vollkommen geräuschlos und unauffällig. Aislinn fuhr erschreckt zusammen, als sein Schatten über den Tisch fiel. Sie sah hoch und erkannte seine Umrisse im fahlen Licht des Kühlschranks. Er wirkte bedrohlich wie ein Raubtier, als er sich vorbeugte und eine Wurst aus dem Kühlschrank nahm.

Offenbar nahm er an, dass sie jeden Widerstand aufgegeben hatte, denn er schloss völlig gelassen die Kühlschranktür. Schlagartig wurde die Küche stockfinster. Aislinn sprang auf und rannte auf die Hintertür zu. Bereits nach zwei Schritten hatte der Mann sie eingeholt, umschlang mit einem Arm ihre Taille und riss sie an sich.

„Wohin soll's denn gehen?"

„Ich will nur … das Licht einschalten."

„Setzen Sie sich!"

„Die Nachbarn werden merken, dass ..."
„Ich habe gesagt, Sie sollen sich setzen. Und genau das werden Sie jetzt auch tun." Er zerrte sie durch die Küche zurück zum Stuhl. In der Dunkelheit wäre Aislinn beim Hinsetzen fast mit dem Stuhl umgefallen.

„Ich will Ihnen lediglich helfen", sagte sie. „Die Nachbarn werden Verdacht schöpfen, wenn sie gesehen haben, dass ich nach Hause gekommen bin und kein Licht anmache."

Wahrscheinlich wusste er, dass das nur eine leere Drohung war. In diesem Neubaugebiet außerhalb von Scottsdale waren noch nicht einmal die Hälfte der Häuser verkauft. Sicher hatte Greywolf sich dieses abgelegene Haus ganz bewusst ausgesucht.

Aislinn hörte ein metallisches Geräusch aus dem Dunkeln, und vor Entsetzen erstarrte sie. Lucas Greywolf hatte die Fleischmesser entdeckt und eines davon aus dem Holzregal gezogen.

Innerlich machte sie sich bereits darauf gefasst, die Klinge des Messers zu spüren zu bekommen, als das Küchenlicht anging. Erst nach ein paar Sekunden gewöhnten sich ihre Augen an das grelle Licht. Der Mann hatte den Schalter mit der Messerklinge betätigt und hielt das Messer nach wie vor an den Lichtschalter.

Gebannt starrte sie auf die Klinge, dann glitt ihr Blick den gebräunten, sehnigen Arm entlang zu der muskulösen Schulter. Langsam blickte sie erst auf das ausgeprägte, kantige Kinn, die gerade, schmale Nase und schließlich in die eisigsten Augen, die sie jemals gesehen hatte.

Ihr Herzschlag setzte einen Augenblick lang aus. Noch nie hatte sie so einen abfälligen, verächtlichen Blick gesehen, so unverhohlenen Hass und eine solche Verbitterung.

Im Gegensatz zu seinem Äußeren, in dem sie deutlich eine indianische Herkunft erkannte, wirkten die Augen wie die von einem „Anglo", einem Weißen. Ihr Grau war so hell, dass die Augen fast durchsichtig wirkten. Dadurch bekamen die schwarzen Pupillen einen stechenden Ausdruck. Ohne zu blinzeln, sah er sie reglos an. Der Kontrast zwischen diesen hellen Augen und dem übrigen dunklen Gesicht war so auffällig, dass Aislinn den Mann viel zu lang anstarrte.

Sie senkte den Blick, doch das Aufblitzen der Messerklinge ließ sie sofort wieder hochsehen. Er hatte lediglich eine Scheibe von der Wurst abgeschnitten. Kurz bevor er hineinbiss und dabei seine ebenmäßigen weißen Zähne zeigte, entdeckte Aislinn den Anflug eines spöttischen

Lächelns auf seinem Gesicht. Offenbar kostete er ihre Angst aus, und das machte sie wieder wütend. Mühsam unterdrückte sie jede Gefühlsregung und betrachtete den Eindringling kühl.

Das war vielleicht ein Fehler. Bis heute Abend hatte sie sich einen ausgebrochenen Sträfling völlig anders vorgestellt. Undeutlich erinnerte sie sich an die Schlagzeilen von damals, als Lucas Greywolf verurteilt worden war. Doch das war schon einige Jahre her. Die Staatsanwaltschaft hatte ihn bei dem Prozess als Aufrührer beschrieben, der ständig Ärger suchte und überall die Indianer aufwiegelte. In den Schlagzeilen damals war jedoch naturgemäß nicht erwähnt worden, wie gut er aussah. Jedenfalls konnte Aislinn sich nicht daran erinnern.

Er trug ein einfaches dunkelblaues Hemd, das zweifellos zur Gefängniskleidung gehörte. Die Ärmel waren herausgerissen, und einen der Ärmel hatte er sich als Stirnband um den Kopf gebunden. Sein langes Haar war so tiefschwarz, dass es keinerlei Licht reflektierte. Doch das mochte vielleicht an dem Staub liegen, der auch seine Jeans und Stiefel bedeckte.

Sein Gürtel hatte eine kunstvoll aus Silber geschmiedete Schnalle, die mit Türkisen besetzt war. Um den Hals trug er eine Kette mit einem Kreuzanhänger, der von dunklem Brusthaar umgeben war. Offensichtlich war der Mann kein reinrassiger Indianer.

Wieder blickte sie von ihm weg. Selbst in ihrer Situation verwirrte es sie, dass er das verschwitzte Hemd fast offen trug und dass sie der Ohrring in seinem rechten Ohr nicht abstieß.

Die winzige silberne Maske an dem Ohrring deutete auf eine andere Religion als das silberne Kreuz hin. Doch der Ohrring passte so gut zu Lucas Greywolf, als sei er damit geboren worden.

„Wollen Sie mir nicht Gesellschaft leisten?“, fragte er leise und streckte Aislinn auf der Messerklinge eine Wurstscheibe hin.

Abrupt hob sie den Kopf und richtete sich auf. „Nein danke. Ich warte mit dem Essen, bis mein Mann kommt.“

„Ihr Mann?“

„Ja, mein Ehemann.“

„Wo ist er?“

„Noch bei der Arbeit, aber er muss jeden Augenblick kommen.“

Ruhig schnitt er sich eine Scheibe Brot ab und biss so genüsslich davon ab, dass Aislinn ihn am liebsten geschlagen hätte. „Sie sind eine schlechte Lügnerin.“

„Ich lüge nicht.“

Lucas Greywolf schluckte das Brot herunter. „Ich habe das Haus durchsucht, Miss Aislinn Andrews. Hier lebt kein Mann."

Es fiel ihr schwer, ruhig weiterzuatmen. Ihr Herz schlug wild, und sie schwitzte an den Händen. „Woher wissen Sie meinen Namen?"

„Aus Ihrer Post."

„Sie haben meine Briefe durchgesehen?"

„Weshalb so besorgt? Haben Sie etwas zu verbergen, Miss Andrews?"

Sie wollte sich nicht auf Diskussionen einlassen und presste die Lippen aufeinander.

„Heute kam Ihre Telefonrechnung."

Sein freches Grinsen versetzte sie wieder in Rage. „Man wird Sie schnappen und wieder hinter Schloss und Riegel bringen."

„Ja, das ist mir klar."

Seine ruhige Antwort ließ sie jegliche Erwiderung vergessen. Wortlos sah sie zu, wie er die Tüte Milch ansetzte, den Kopf zurückbog und sie leer trank. Mit dem Handrücken wischte er sich die Lippen ab. Nach wie vor hielt er das Fleischermesser fest.

„Wenn Sie schon wissen, dass Sie wieder gefasst werden, weshalb machen Sie es für sich selbst noch schlimmer, als es ohnehin schon ist?" Aislinn fragte aus ungespielter Neugier. „Warum geben Sie nicht auf?"

„Weil ich vorher noch etwas erledigen muss", entgegnete er entschlossen. „Bevor es zu spät ist."

Aislinn fragte nicht weiter, weil sie lieber nicht hören wollte, was für kriminelle Dinge Lucas vorhatte. Dennoch war es vielleicht nützlich, wenn sie sich mit ihm unterhielt. Möglicherweise ließ er dann in seiner Wachsamkeit nach, und sie bekam eine Gelegenheit zu fliehen. Wenn sie erst in der Garage war, würde sie durch das Garagentor weglaufen.

„Wie sind Sie hier hereingekommen?", fragte sie unvermittelt, als ihr klar wurde, dass sie kein zerbrochenes Schloss bemerkt hatte.

„Durchs Schlafzimmerfenster."

„Und wie konnten Sie aus dem Gefängnis fliehen?"

„Ich habe jemanden getäuscht, der mir vertraute." Verächtlich zog er die Mundwinkel herab. „Es war dumm von ihm, einem Indianer zu trauen. Jeder weiß schließlich, dass Indianer Betrüger sind. Stimmt's, Miss Andrews?"

„Ich kenne keine Indianer", antwortete sie vorsichtig. Sie wollte ihn nicht reizen. Die Anspannung seines Körpers beunruhigte sie.

Doch ihre Antwort regte ihn anscheinend trotzdem auf. Schweigend musterte er sie eingehend. Mit einem Mal wurde ihr bewusst, wie sie mit ihren hellblonden Haaren, den blauen Augen und der hellen Haut auf ihn wirken musste. „Das glaube ich Ihnen aufs Wort." Unvermittelt steckte er das Messer in seinen Hosenbund und griff nach Aislinn. „Stehen Sie auf!"

„Wieso?" Angstvoll sog sie die Luft ein, als er sie grob hochzog. Er presste ihren Rücken an sich, drückte ihre Schultern mit den Händen und drängte sie aus der Küche. Beim Hinausgehen löschte er das Licht. Im Flur war es dunkel. Aislinn stolperte vor ihm her. Er schob sie zum Schlafzimmer, und ihre Kehle war wie ausgedörrt. „Sie haben bekommen, was Sie haben wollten."

„Noch nicht alles."

„Sie sagten, dass Sie etwas zu essen wollten", erwiderte sie erschreckt und sträubte sich, weiterzugehen. „Wenn Sie jetzt gehen, verspreche ich Ihnen, nicht die Polizei anzurufen."

„Seltsam, aber ich kann Ihnen nicht glauben, Miss Andrews", sagte er in leisem Tonfall.

„Ich schwöre es!" Ihre Stimme zitterte, und Aislinn hasste sich für ihre Schwäche.

„Mir haben schon viele Weiße Versprechungen gemacht. Ich habe gelernt, misstrauisch zu sein."

„Aber dafür kann ich doch nichts. Ich ... Sagen Sie doch, was haben Sie denn jetzt vor?"

Er schob sie ins Schlafzimmer. Sobald er die Tür geschlossen hatte, lehnte er sich mit dem Rücken dagegen. „Raten Sie mal, Miss Andrews." Mit einem Ruck drehte er sie zu sich herum und klemmte sie zwischen der Tür und sich ein. Eine Hand legte er ihr an die Kehle und drückte ihr Gesicht nach oben. Dann senkte er den Kopf zu ihr herab. „Was, glauben Sie, werde ich jetzt tun?"

„Ich ... ich weiß nicht."

„Sie sind doch nicht eine dieser sexuell verklemmten Frauen, die sich heimlich vorstellen, vergewaltigt zu werden. Oder?"

„Nein!", stieß sie hastig aus.

„Haben Sie sich nie ausgemalt, von einem Wilden überwältigt zu werden?"

„Lassen Sie mich los! Bitte!" Sie drehte den Kopf weg, doch der Mann ließ sie nicht los. Vielmehr drängte er sich noch enger an sie und presste sie an die Tür.

Aislinn schloss die Augen und biss sich vor Angst und Verzweiflung auf die Unterlippe. Mit den Fingern strich er ihren Hals entlang.

„Ich jedenfalls bin eine sehr lange Zeit im Gefängnis gewesen." Er strich über ihr Dekolleté und zog mit einem Finger an ihrer Bluse, bis der oberste Knopf aufsprang.

Aislinn war den Tränen nahe. Sein Gesicht war dem ihren so nah, dass sie seinen Atem auf der Haut spürte. Sie musste ihn sogar einatmen, und das widerte sie an.

„Wenn Sie wirklich schlau sein wollen", warnte er sie mit trügerisch sanfter Stimme, „dann setzen Sie mir keinen Floh in den Kopf."

Als sie wahrnahm, was er sagte, wandte sie sich ihm zu und sah ihm in die Augen. Einen Moment blickten sie sich nur schweigend an, als wollten sie die Gedanken des anderen erforschen.

Endlich trat er langsam einen Schritt zurück. Als er sie nicht mehr berührte, wäre sie vor Erleichterung fast zu Boden gesunken.

„Ich habe Ihnen gesagt, dass ich Essen und Ruhe brauche." Seine Stimme klang jetzt schroffer.

„Sie haben sich ausgeruht."

„Schlaf, Miss Andrews. Ich brauche Schlaf."

„Sie meinen, Sie wollen hierbleiben? Hier?", fragte sie schockiert nach. „Wie lange?"

„Bis ich beschließe zu gehen", antwortete er gelassen. Er ging durch das Zimmer und schaltete die Nachttischlampe an.

„Das können Sie nicht!"

Er kam wieder zu ihr und zog sie an der Hand mit sich. „Sie sind nicht in der Situation, sich auf Diskussionen einzulassen. Seien Sie sich nicht sicher, dass ich Ihnen nicht doch noch etwas antue."

„Ich habe keine Angst vor Ihnen."

„Doch, das haben Sie." Er zog sie mit sich ins angrenzende Badezimmer und schloss die Tür. „Wenigstens sollten Sie Angst haben. Hören Sie zu", fuhr er angespannt fort. „Ich muss etwas erledigen, und niemand, vor allem keine weiße Frau, wird mich davon abhalten. Ich habe eine Wache bewusstlos geschlagen, um aus dem Gefängnis zu kommen, und bin bis hierher zu Fuß gegangen. Außer meinem Leben habe ich nichts mehr zu verlieren, und das ist im Gefängnis nicht viel wert. Also gehen Sie nicht zu weit, Lady. Ich werde Ihr Gast sein, so lange es mir gefällt." Um seine Drohung zu unterstreichen, zog er das Messer aus dem Hosenbund. Aislinn hielt die Luft an, als habe Lucas sie mit dem Messer bereits verletzt. „Das gefällt mir schon besser", stellte er fest, als er ihre Panik bemerkte. „Jetzt setzen Sie sich.“ Mit dem Kinn wies er auf einen Hocker.

Ohne den Blick von dem Messer zu wenden, folgte Aislinn seiner Aufforderung und setzte sich.

Greywolf legte das Messer auf den Rand der Badewanne, außerhalb von Aislinns Reichweite. Dann entledigte er sich seiner Stiefel und seiner Socken und zog das Hemd aus der Hose.

Aislinn saß reglos wie eine Marmorstatue da und sagte kein Wort, während er sich das Hemd auszog.

Seine Brust war mit dichtem schwarzen Haar bedeckt. Unter der braunen Haut zeichneten sich die stahlharten Muskeln ab. Seine Brustwarzen waren klein und dunkel. Die Haut an seinem Bauch war über der Muskulatur straff gespannt, und auch um den Nabel herum war sie mit dunklem Haar bedeckt.

„Was tun Sie da?“, fragte Aislinn aufs Äußerste bestürzt, als er sich die Jeans aufknöpfte.

„Ich will duschen.“ Er beugte sich kurz vor und drehte die Wasserhähne in der Dusche auf. Selbst durch das Prasseln des Wassers hindurch hörte Aislinn noch das Geräusch des Reißverschlusses, als Greywolf sich die Jeans ganz öffnete.

„Muss ich Ihnen etwa dabei zusehen?“, schrie sie auf.

„Sie sollen nur an einem Platz bleiben, wo ich Sie sehen kann.“ Gelassen streifte er die Jeans ab und stieg unter die Dusche.

Aislinn schloss die Augen. Ihr war schwindlig, und sie krallte sich an dem Badezimmerschränkchen fest. Noch nie in ihrem Leben hatte sie sich so beleidigt und gedemütigt gefühlt.

Gleichzeitig fühlte sie sich durch die Nacktheit des Mannes angegriffen. Er hatte einen vollkommenen Körper. Seine Schultern waren breit, die Hüften schmal. Die muskulöse Brust und die schlanken, sehnigen Beine und Arme vervollständigten das perfekte Bild. Die dunkle Haut wirkte wie polierte Bronze und lud förmlich dazu ein, gestreichelt zu werden.

Ohne den Duschvorhang zuzuziehen, ließ Greywolf sich das Wasser über die Schultern strömen. Mit abgewandtem Gesicht versuchte Aislinn währenddessen, ruhig und tief durchzuatmen.

„Was ist los, Miss Andrews? Haben Sie noch nie einen nackten Mann gesehen? Oder regt es Sie nur so auf, weil ich Indianer bin?“

Der spöttische Tonfall ließ sie herumfahren. Auf keinen Fall sollte er glauben, sie sei eine prüde Jungfer oder eine Rassistin. Doch bei seinem Anblick brachte sie kein Wort heraus. Sie konnte nur zusehen, wie er mit den schlanken Händen seinen Körper einseifte. Das Wasser musste sehr heiß sein, denn die Spiegel waren bereits beschlagen, und der Dunst in dem kleinen Bad wurde immer dichter. Aislinn bekam kaum noch Luft.

„Wie Sie sehen“, zog er sie auf, während er sich einseifte, „sind wir Indianer genauso wie jeder andere Mann ausgestattet.“

Eher etwas besser, stellte Aislinn für sich fest. „Sie werden ordinär“, sagte sie bissig. „Aber etwas anderes darf man von einem Sträfling wohl nicht erwarten.“

Er lächelte nur abfällig und nahm das Stirnband ab, um es zu den übrigen Kleidern zu werfen. Dann hielt er den Kopf kurz unter die Dusche, um die Haare nass zu machen. Aus einer Flasche Shampoo goss er sich etwas in die Hand und schäumte sich damit das Haar gründlich ein. „Mhm, das duftet besser als das Shampoo im Gefängnis“, stellte er fest.

Aislinn erwiderte nichts, denn ihr war gerade ein rettender Gedanke gekommen. Der Mann musste schließlich den Kopf noch einmal unter die Dusche halten, um sich das Shampoo wieder aus den Haaren zu spülen. Ihr blieb nicht viel Zeit, denn in diesem Moment strich er sich bereits den Großteil des Schaums mit beiden Händen von den Haaren ab.

Im Schlafzimmer neben ihrem Bett stand ein Telefon. Wenn sie es schaffte, dorthin zu rennen und den Notruf zu wählen …

Greywolf hielt den Kopf unter den Wasserstrahl, und sie durfte keine Sekunde länger zögern.

Aislinn sprang hoch, riss die Tür auf und rannte wie von Hunden gehetzt ins Schlafzimmer. Hastig riss sie den Telefonhörer von der Gabel und tippte atemlos die Nummer des Notrufs ein.

Reglos presste sie den Hörer ans Ohr und lauschte. Es war kein Laut zu hören. Mist!

Hatte sie sich in der Panik etwa verwählt? Sie unterbrach die Leitung und wählte noch einmal. Ihre Hände zitterten so stark, dass sie kaum den Hörer festhalten konnte. Mit einem raschen Blick über die Schulter entdeckte sie Lucas Greywolf, der im Türrahmen zum Bad lehnte und scheinbar gelassen zu ihr herübersah.

Er hatte sich ein Handtuch um den Nacken gelegt, aber abgesehen davon war er nackt. Wasser rann ihm aus dem Haar und lief seinen bronzefarbenen Körper entlang. Als sie dem Lauf der Tropfen mit den

Augen folgte, sah Aislinn das Messer, mit dessen flacher Klinge er sich an den Schenkel klopfte.

Dann erst merkte sie, dass auch ihr zweiter Anruf nicht nach draußen gelangt war. Weitere Versuche waren demnach wohl zwecklos. „Sie haben etwas mit meinem Telefon gemacht!"

„Gleich nachdem ich im Haus war."

Hastig zog sie an der Telefonschnur, bis sie den zertrümmerten Anschlußstecker in den Fingern hielt. Offenbar hatte er ihn mit dem Stiefelabsatz zertreten.

Sie wurde von Verzweiflung gepackt. Und von Wut. Wie konnte er so ruhig bleiben, während sie erfolglos versuchte, einen Ausweg zu finden? Aislinn fluchte und schleuderte ihm das Telefon entgegen. Dann rannte sie zur Tür. Sie musste einfach hier heraus, weg von ihm. Auch wenn es ausweglos war, musste sie es wenigstens versuchen.

Sie erreichte tatsächlich die Tür und konnte sie sogar einen Spalt öffnen, bevor er sie direkt vor ihren Augen mit der flachen Hand wieder zuknallte. Aislinn fuhr herum und versuchte ihn zu kratzen.

„Hören Sie auf!", fuhr er sie an und hielt ihre Arme fest. Die Spitze des Messers stach ihr dabei in den Unterarm. Vor Schmerz schrie sie auf. „Sie kleine Närrin!"

Er gab einen überraschten Laut von sich, als sie plötzlich ruckartig das Knie hochriss, um seinen Unterleib zu treffen. Sie verfehlte zwar ihr Ziel, schaffte es jedoch, ihn mit einem kräftigen Stoß aus dem Gleichgewicht zu bringen, als er ihrem Tritt auswich. Kämpfend gingen sie beide zu Boden. Seine Haut war noch nass und glitschig, und beinahe mühelos wehrte er die Schläge und Hiebe ab, mit denen sie ihn zu treffen versuchte. Kurz darauf lag sie unter ihm, und mit einer Hand drückte er ihre Handgelenke auf den Boden.

„Was sollte das denn werden? Sie hätten sich verletzen können!", schrie er sie an. Sein Gesicht war dicht über ihrem, und sein Atem ging rasch. Die Wut in seinem Blick steigerte Aislinns Angst ins Unermessliche, doch das ließ sie sich nicht anmerken. Stattdessen hielt sie dem Blick stand.

„Wenn Sie mich umbringen wollen, dann bringen Sie es endlich hinter sich", stieß sie hervor.

Bevor sie noch reagieren konnte, zog er sie wieder auf die Füße hoch. Ihre Zähne schlugen aufeinander, und sie bemühte sich noch, das Gleichgewicht zu finden, als sie sah, wie das Messer seitlich an ihrem Kopf herunterfuhr. Sie wollte schreien, doch sie bekam nur ein leises

Wimmern heraus, als sie die blonde Haarsträhne in seiner Hand sah. Dadurch wurde ihr bewusst, wie verletzlich sie war und wie leicht er sie mit seiner körperlichen Kraft überwältigen konnte.

„Ich mache keine Scherze, Lady“, sagte er, noch immer schwer atmend. „Ich habe nichts mehr zu verlieren. Noch so ein plumper Trick, und es sind nicht nur ein paar Haare, die Sie verlieren. Verstanden?“

Stumm nickte Aislinn und blickte dabei auf die Haarsträhne in seinen kräftigen Fingern. Achtlos warf er sie zu Boden.

Nach einem Moment ließ er sie los und trat einen Schritt zurück. Er hob das Handtuch auf und trocknete sich ab. Abschließend strich er sich mit dem Handtuch noch einmal über das schulterlange Haar. Dann warf er ihr das Handtuch zu. „Ihr Arm blutet.“

Aislinn hatte es nicht bemerkt. Als sie an sich heruntersah, bemerkte sie verblüfft, dass sie gleich über dem Handgelenk blutete, und presste das Tuch auf die Wunde. „Tut Ihnen sonst noch etwas weh?“ Sie schüttelte nur den Kopf. „Gehen Sie rüber zum Bett.“

Der unbändige Zorn darüber, in ihrem eigenen Haus von einem Fremden herumkommandiert zu werden, wurde nur noch von ihrer Furcht übertroffen. Ohne Widerspruch gehorchte sie deshalb dem Befehl. Ihr Arm blutete nicht mehr, und sie legte das Handtuch weg. Dann sah sie wieder zu Greywolf.

„Ziehen Sie sich aus.“

Aislinn hatte gedacht, Greywolf könnte ihr nicht noch mehr Angst machen, aber das war ein Irrtum gewesen. „Was?“, flüsterte sie.

„Sie haben mich richtig verstanden.“

„Nein.“

„Wenn Sie nicht tun, was ich sage, war die Wunde an Ihrem Arm nur der Anfang.“ Die Messerklinge blitzte auf, als der Mann die Waffe vor Aislinns Gesicht hin und her bewegte.

„Ich glaube nicht, dass Sie mir etwas antun würden.“

„Seien Sie sich nicht zu sicher.“

Mit kaltem, gefühllosem Blick starrte er sie an, und ihr wurde klar, dass sie kaum Chancen hatte, diese Nacht heil zu überstehen.

„Wieso … wieso muss ich mich ausziehen?“

„Wollen Sie es wirklich wissen?“

Nein, sie wollte es lieber nicht hören, dazu hatte sie bereits eine zu genaue Vorstellung von dem, was ihr bevorstand. Wenn er es jetzt noch aussprach, würde sie dadurch nur noch mehr in Panik geraten.

„Aber wenn Sie über mich herfallen wollen“, sie musste sich dazu zwingen, ihre Gedanken in Worte zu fassen, „warum haben Sie es dann nicht schon …“

„Ziehen Sie sich aus.“ Er betonte jedes Wort einzeln. Seine Stimme klang eiskalt.

Einen Augenblick überlegte sie noch und kam zu dem Schluss, dass ihr keine Wahl blieb. Wenn sie sich selbst auszog, gewann sie dadurch vielleicht etwas Zeit. Falls jemand sie inzwischen anrufen wollte und feststellte, dass ihr Telefon defekt war, rief er möglicherweise die Störungsstelle an, die dann jemanden schicken würde. Vielleicht klingelte auch jemand an ihrer Haustür. Sie musste in jedem Fall versuchen, den Mann hinzuhalten. Hatte die Polizei das Haus eventuell schon umstellt, weil sie wusste, dass Greywolf hier war?

Langsam hob sie die Hände zum zweiten Knopf ihrer Bluse, da Greywolf den obersten bereits geöffnet hatte. Ein letztes Mal sah sie bettelnd zu dem Eindringling hoch. Sein versteinerter Gesichtsausdruck und die kalten Augen nahmen ihr die letzte Hoffnung. Ihr Stolz verbot es ihr, den Mann anzuflehen, doch sie war ohnehin überzeugt, dass sie ihn mit keinem Wort umstimmen konnte.

Sie schob den Knopf durch das Knopfloch und senkte zögernd die Hände zum nächsten.

„Beeilung!“

Sie blickte wieder auf. Nur einen Meter von ihr entfernt stand er nackt und reglos da. Auch unter ihrem Blick zeigte er keinerlei Reaktion. Aislinn ließ sich dennoch mit jedem Knopf Zeit und stellte damit seine Geduld auf die Probe. Schließlich hatte sie die Bluse geöffnet.

„Jetzt ziehen Sie sie aus.“ Er machte eine unwillige Bewegung mit dem Messer. Mit gesenktem Kopf zog Aislinn die Bluse von den Schultern, presste sie sich jedoch anschließend vor die Brust.

„Fallen lassen!“

Kraftlos ließ sie die Bluse zu Boden fallen.

Eine Weile schwieg er. „Jetzt den Rest“, sagte er dann.

Hier in Arizona war bereits Sommer. Aislinn hatte das Studio schon früh am Nachmittag verlassen, weil sie keine Termine mehr hatte. Sie war ins Fitness-Center gefahren, und nach dem Duschen hatte sie dort einen Rock, die Bluse und Sandalen angezogen, weil sie in Strumpfhosen nur wieder geschwitzt hätte.

„Den Rock, Aislinn“, stieß er gepresst hervor.

Dass er sie mit ihrem Vornamen ansprach, war der Gipfel der Demütigung, und sie spürte wieder Wut in sich aufsteigen. Sie griff nach hinten, riss den Reißverschluss auf und ließ den Rock fallen.

Als sie ein unterdrücktes Räuspern hörte, sah sie zu dem Mann auf. Seine Gesichtsmuskeln waren angespannt, und sein hungriger Blick fuhr an ihrem Körper auf und ab.

Warum hatte sie nicht einfachere, weniger aufreizende Unterwäsche angezogen? Der seidene BH und der dazu passende Slip waren hellgelb und mit Spitze abgesetzt. Diese Unterwäsche war nicht nur dazu da, ihren Zweck zu erfüllen, sondern sie sollte auch reizvoll sein. Sie überließ nicht viel der Fantasie, und Aislinn war davon überzeugt, dass bei einem Sträfling die Fantasie recht ausgeprägt war.

„Den BH."

Mühsam versuchte sie die Tränen zurückzuhalten, während sie die Träger von den Schultern schob, die Arme herauszog und schließlich den Verschluss vorn öffnete. Greywolf streckte eine Hand aus, und unwillkürlich zuckte Aislinn zusammen.

„Geben Sie ihn mir", verlangte er heiser.

Ihre Hand zitterte, als sie ihm den seidenen BH reichte. In seiner geballten Faust wirkte er noch winziger und weiblicher. Greywolf ertastete den weichen Stoff, und Aislinn hatte ein merkwürdiges Gefühl, als ihr bewusst wurde, dass er noch ihre Körperwärme darin spüren musste.

„Seide", sagte er leise mit tiefer Stimme. Er hob den BH hoch und presste ihn sich an die Nase. Aufstöhnend schloss er die Augen und verzog das Gesicht. „Dieser Duft. Dieser wunderbare, weibliche Duft."

Aislinn merkte, dass er nicht zu ihr, sondern zu sich selbst sprach. Er meinte auch nicht ihren Duft im Speziellen, sondern lediglich generell den Duft von Frauen. Sie wusste nicht, ob sie das eher erschreckend oder beruhigend finden sollte.

Der Augenblick dauerte nur wenige Sekunden, dann warf Greywolf den BH wütend von sich. „Machen Sie weiter."

„Nein. Lieber lasse ich mich umbringen."

Eine quälend lange Zeit blickte er sie starr an, dann ertrug Aislinn seinen musternden Blick nicht länger und schloss die Augen.

„Sie sind sehr schön."

Innerlich bereitete Aislinn sich darauf vor, dass er sie berührte. Doch stattdessen wandte er sich von ihr ab, als ob er sich über ihre Reglosigkeit oder die Tatsache, dass er ihr einen Schwachpunkt von sich gezeigt hatte, ärgerte.

Auf jeden Fall war er jetzt wütend. Er riss einige ihrer Schubladen auf, bevor er fand, wonach er gesucht hatte. Mit zwei Strumpfhosen kehrte er zu ihr zurück.

„Legen Sie sich hin.“ Er umfasste Aislinn, die reglos und wie angewurzelt dastand, und zog gleichzeitig die Bettdecke weg.

Sie legte sich hin, starr vor Angst. Entsetzt riss sie die Augen auf, als der Mann sich über sie kniete. Doch er blickte sie nicht einmal an. Sein Gesicht war vollkommen ausdruckslos, während er ihren Arm griff und nach oben zum Kopfende des metallenen Bettgestells bog.

„Binden Sie mich fest?“, fragte sie mit bebender Stimme.

„Ja“, erwiderte er nur knapp und fesselte ihr Handgelenk mit dem Seidenstrumpf an das Bettgestell.

„Oh, bitte tun Sie das nicht!“ Unzählige schreckliche Vorstellungen wirbelten ihr durch den Kopf. Schlagartig konnte sie sich an jede Abartigkeit erinnern, von der sie jemals gehört hatte.

Wieder lächelte er spöttisch, als könne er an ihrer Angst ihre Gedanken erkennen. „Entspannen Sie sich, Miss Andrews. Wie bereits gesagt, will ich mich nur ausruhen, und genau das werde ich auch tun.“

Immer noch völlig reglos, ließ Aislinn sich das andere Handgelenk an seinen Arm fesseln. Als er fertig war, wurden ihre Handrücken aneinander gepresst, und Aislinn blickte ungläubig zu ihm auf. Er schaltete nur das Licht aus und legte sich mit dem Rücken zu ihr neben sie.

„Sie Mistkerl!“ Mit aller Kraft zog sie an der Fessel, die sie an ihn band. „Binden Sie mich los!“

„Schlafen Sie.“

„Ich sagte, Sie sollen mich losbinden!“, schrie sie und versuchte sich aufzusetzen. Greywolf drehte sich nur um und drückte sie wieder aufs Bett. Obwohl sie ihn nicht erkennen konnte, ging von seinem Körper dicht neben ihr eine schreckliche Drohung aus, die lähmender wirkte als jede körperliche Gewalt.

„Ich hatte keine andere Wahl, als Sie zu fesseln.“

„Weshalb musste ich mich ausziehen?“

„Damit es für Sie schwieriger wird zu fliehen. Sicher werden Sie nicht mitten in der Nacht nackt auf die Straße laufen. Und dann …“

„Und dann?“, fuhr sie ihn verärgert an.

Nach einer langen Pause kam endlich seine Antwort. Leise und fast verschämt. „Und dann wollte ich Sie auch betrachten.“

2. KAPITEL

„Stehen Sie auf!“

Aislinn öffnete langsam die Augen und konnte sich im ersten Moment nicht erinnern, weshalb sie sich vor dem Aufwachen fürchtete. Dann wurde sie grob an der Schulter geschüttelt, und schlagartig fiel ihr alles wieder ein. Sofort riss sie die Augen weit auf. Sie richtete sich halb auf und hielt die Decke über ihrer nackten Brust fest. Hastig strich sie sich das wirre Haar aus dem Gesicht und blickte Lucas Greywolf an.

Sie hatte Stunden gebraucht, um endlich einzuschlafen. In diesen Stunden hatte sie auf seinen Atem gelauscht und erkannt, dass er tief schlief. Dann hatte sie versucht, ihren Arm vom Kopfende des Bettes zu befreien, bis ihr ganzer Körper vor Anstrengung schmerzte. Schließlich hatte sie aufgegeben und die Augen geschlossen. Dann war sie vor Erschöpfung eingeschlafen.

„Aufstehen!“, wiederholte Lucas Greywolf ungeduldig. „Und ziehen Sie sich an. Wir müssen los.“

Beide Strumpfhosen, mit denen sie gefesselt gewesen war, lagen am Fußende des Bettes. Der Mann musste sie losgebunden haben. Wieso war sie dabei nicht aufgewacht? Jetzt konnte sie sich auch entsinnen, dass sie in den frühen Morgenstunden gefroren hatte. Hatte er sie zugedeckt? Der Gedanke ließ sie erzittern.

Sie war erleichtert, als sie sah, dass er bereits angezogen war. Er trug dieselben Sachen wie gestern, bevor er ihre Dusche benutzt hatte. Lediglich als Stirnband trug er eines von ihren statt des ausgerissenen Ärmels. Der Ohrring und die Halskette glänzten auf der bronzefarbenen Haut, und Aislinn konnte den Duft seiner frisch gewaschenen tiefschwarzen Haare riechen.

Also hatte sie sich das alles nicht eingebildet. Lucas Greywolf stand wirklich vor ihr und verkörperte alles, wovon Frauen Albträume bekamen. Oder wovon sie träumten.

Schlagartig riss sie sich aus diesen Gedanken heraus. „Wohin wollen Sie mit mir gehen? Ich werde nicht mitkommen.“

Abfällig stieß er die Luft aus, öffnete den Kleiderschrank und musterte prüfend ihre Kleider. Die Seidenblusen und Kostüme beachtete er nicht weiter und zog stattdessen alte Jeans und ein Baumwollhemd heraus. Beides warf er Aislinn aufs Bett.

Dann bückte er sich und suchte ein Paar flache Stiefel heraus, die er ihr vor das Bett stellte. „Entweder ziehen Sie sich selbst an", er machte eine kurze Pause und betrachtete ihre Umrisse unter der Bettdecke, „oder ich ziehe Sie an. Auf jeden Fall verlassen wir das Haus in fünf Minuten."

Mit leicht gespreizten Beinen stand er vor ihr und streckte entschlossen das Kinn vor. Die Überheblichkeit, die von ihm ausging, konnte Aislinn einfach nicht wortlos hinnehmen. „Wieso können Sie mich nicht hier zurücklassen?"

„Eine dumme Frage, Aislinn. Ich hätte Ihnen eigentlich mehr Intelligenz zugetraut."

Darüber dachte sie kurz nach. Sobald er ging, würde sie schreiend durch die Straßen laufen, bis jemand ihr zu Hilfe kam. Dann käme er nicht einmal bis zur Stadtgrenze.

„Sie sind meine Absicherung. Jeder richtige Ausbrecher nimmt sich eine Geisel." Er kam einen Schritt näher. „Und allmählich verliere ich die Geduld mit meiner Geisel. Kommen Sie endlich aus dem verdammten Bett!", fuhr er sie mit einem Mal an.

Obwohl es ihr widerstrebte, folgte sie dem Befehl und zog die Bettdecke mit sich, während sie aufstand. „Drehen Sie sich wenigstens um, wenn ich mich anziehe."

Er zog nur eine Augenbraue hoch. „Sie bitten tatsächlich einen Indianer, sich wie ein Gentleman zu verhalten?"

„Ich habe keine Rassenvorurteile."

Verächtlich lächelnd betrachtete er ihr wirres blondes Haar. „Das glaube ich Ihnen sogar. Sicher wussten Sie bis gestern nicht einmal, dass es uns dort draußen gibt." Damit wandte er sich um und ging hinaus.

Wütend zog sie sich die Sachen an, die er für sie herausgesucht hatte. Vorher zog sie sich einen BH und einen Slip an, die er auf seiner Suche aus den Schubladen gerissen hatte.

Sobald sie die Jeans zugeknöpft hatte, lief sie zum Fenster und zog das Rollo hoch. Gerade als sie das Fenster öffnen wollte, hielt eine kräftige braune Hand ihren Arm fest.

„Langsam habe ich genug von Ihren kleinen Spielchen, Aislinn."

„Und ich habe von Ihrer herrischen Art allmählich genug", schrie sie und versuchte, ihren Arm freizubekommen. Erst als er das Rollo wieder heruntergezogen hatte, ließ er ihren Arm los. Aislinn rieb sich das Handgelenk und blickte wütend zu Greywolf auf. Sie hatte es schon immer gehasst, bevormundet zu werden.

„Hören Sie mir zu, wenn ich Sie nicht als Sicherheit brauchen würde, wäre meine Geduld mit Ihnen schon längst zu Ende. Also spielen Sie sich nicht auf." Er drehte sie am Arm herum und gab ihr einen Stoß in den Rücken. „Gehen Sie."

Er führte sie in die Küche, wo er eine Thermoskanne und einen Beutel mit Proviant nahm.

„Wie ich sehe, fühlen Sie sich hier schon richtig zu Hause", bemerkte sie bissig. Innerlich ärgerte sie sich, dass sie so tief geschlafen hatte. Während er hier in aller Ruhe Kaffee gekocht hatte, hätte sie genug Zeit zum Fliehen gehabt.

„Sie werden noch froh sein, etwas zu essen dabeizuhaben."

„Und wohin gehen wir?"

„Dorthin, wo die anderen leben." Er ging nicht weiter darauf ein, sondern ergriff nur ihren Oberarm und zog sie mit sich in die Garage. Er schob Aislinn auf den Beifahrersitz und setzte sich hinter das Lenkrad. Zunächst musste er den Sitz richtig einstellen, um Platz für seine langen Beine zu finden. Dann öffnete er mit der Fernsteuerung das Garagentor und fuhr auf die Straße. Von dort aus schloss er das Tor wieder und bog in die Hauptstraße ein.

„Wie lange werde ich weg sein?", fragte Aislinn beiläufig und sah sich dabei aufmerksam um.

Greywolf fuhr nie lange genug neben einem anderen Wagen, dass sie Blickkontakt zu einem der Fahrer hätte aufnehmen können. Und Polizisten waren nirgendwo in Sicht. Greywolf fuhr vorsichtig und überschritt nie die Höchstgeschwindigkeit. Er war nicht dumm. Gesprächig war er auch nicht.

„Man wird mich vermissen. Schließlich habe ich ein eigenes Geschäft. Wenn ich nicht zur Arbeit komme, werden die Leute nach mir suchen."

„Gießen Sie mir einen Becher Kaffee ein."

Die ruhige Art, in der er ihr ständig Befehle gab, machte Aislinn einen Moment sprachlos. Sollte sie hier die kleine Indianersquaw für den großen tapferen Krieger spielen? „Sie spinnen doch", sagte sie schließlich.

„Geben Sie mir einen Kaffee."

Wenn er sie angeschrien hätte, wäre sie auf den Streit mit ihm eingegangen. Aber er sprach leise, und seine Worte klangen so bedrohlich, dass es ihr kalt den Rücken hinunterlief. Bislang hatte er sie noch nicht ernsthaft verletzt, doch er war ein kräftiger Mann. Das Küchenmesser steckte immer noch in seinem Gürtel, und ein eiskalter Blick aus seinen Augen überzeugte sie davon, dass er ein gefährlicher Gegner war.

Aislinn fand zwei Plastikbecher in dem Proviantbeutel und goss ihm einen davon halb voll. Schweigend nahm er ihr den Becher ab und trank einen Schluck, wobei er die Augen wegen des heißen Dampfs zusammenkniff.

Auch Aislinn schenkte sich Kaffee ein, bevor sie die Kanne wieder verschloss. Gedankenverloren sah sie in den Becher und überlegte, was Greywolf wohl mit ihr vorhatte. Als er sie unvermittelt ansprach, zuckte sie regelrecht zusammen.

„Was für ein Geschäft ist das?"

„Was?"

„Sie sagten, Sie hätten ein Geschäft."

„Oh, es ist ein Fotostudio."

„Sie fotografieren?"

„Ja. Meistens Brautpaare, Babys, Kinder und so weiter."

Sie konnte nicht erkennen, was er davon hielt. Aus seinem Gesichtsausdruck ließ sich keinerlei Gefühlsregung ablesen. Sicher, ihr Beruf war nicht sehr aufregend, das wusste sie selbst. Als sie ihr Journalistikstudium abgeschlossen hatte, wollte sie mit Fotoreportagen aus aller Welt die Menschen aufrütteln. Aber ihre Eltern hatten andere Pläne für sie gemacht. Willard Andrews war ein bekannter Geschäftsmann in Scottsdale, und seine Frau Eleanor fehlte auf keiner gesellschaftlichen Veranstaltung der Stadt. Von ihrer Tochter erwarteten sie beide, dass sie sich dementsprechend verhielt. Das bedeutete, sie sollte einer angemessenen Tätigkeit nachgehen, bis sie einen passenden jungen Mann heiratete. Es gab eine ganze Reihe von Vereinen, denen sie hätte beitreten und wohltätige Organisationen, die sie hätte leiten können. Wohltätigkeit war etwas Anständiges, solange man persönlich nicht davon betroffen wurde. Durch die Welt reisen und Bilder von schrecklichen Dingen zu machen, passte jedenfalls nicht in die Vorstellung ihrer Eltern. Nach Wochen der Auseinandersetzung hatte Aislinn sich schließlich deren Willen gebeugt.

Als Kompromiss richtete ihr Vater ihr das Studio ein, in dem sie die Bekannten ihrer Eltern und deren Nachwuchs fotografieren konnte. Das war keine langweilige Beschäftigung, es hatte lediglich nichts mit ihren Vorstellungen von einer sinnvollen Tätigkeit zu tun.

Sie fragte sich, was ihre Eltern sagen würden, wenn sie sie jetzt mit Lucas Greywolf zusammen sehen könnten. Bei diesem Gedanken konnte sie ein Lachen nicht unterdrücken.

„Finden Sie die Situation amüsant?“, fragte Greywolf.

„Überhaupt nicht“, widersprach sie, sofort wieder ernst. „Warum lassen Sie mich nicht gehen?“

„Ich hatte nicht vor, eine Geisel zu nehmen. Lediglich essen und schlafen wollte ich und dann wieder verschwinden. Aber dann sind Sie gekommen und haben mich in Ihrer Küche überrascht. Deshalb habe ich jetzt keine andere Wahl, als Sie mitzunehmen.“ Rasch sah er sie an. „Natürlich habe ich noch eine andere Wahl, aber ich bin kein Mörder. Noch nicht.“

Mit einem Mal schmeckte ihr der Kaffee nicht mehr. Sie hatte nur noch den beißenden Geschmack der Angst im Mund. „Haben Sie vor, mich zu töten?“

„Nur, wenn ich keinen anderen Ausweg mehr sehe.“

„Ich werde mich auf Schritt und Tritt gegen Sie wehren.“

„Dann werden wir Schwierigkeiten miteinander bekommen.“

„Los doch, bringen Sie es am besten gleich hinter sich. Besser für mich, als noch lange in dieser Erwartung zu leben.“

„Im Gefängnis zu leben ist auch nicht schön.“

„Was haben Sie denn erwartet?“

„Ich habe gelernt, keine Erwartungen zu stellen.“

„Es ist ja nicht meine Schuld, dass Sie ins Gefängnis mussten. Sie haben ein Verbrechen verübt und müssen dafür büßen.“

„Und was genau war mein Verbrechen?“

„Ich … ich weiß nicht mehr. Irgendetwas mit …“

„Ich habe eine Demonstration vor dem Gerichtsgebäude in Phoenix organisiert. Es gab Ausschreitungen, wobei Polizisten verletzt und öffentliche Gebäude beschädigt wurden.“ Es klang nicht nach einem Geständnis, sondern eher so, als wiederhole er nur die Vorwürfe, die er oft genug gehört hatte. „Aber mein wirkliches Verbrechen bestand darin, als Indianer geboren zu sein.“

„Das ist lächerlich. Sie können niemandem außer sich selbst die Schuld geben, Mr Greywolf.“

„Ich glaube, die Geschworenen haben auch etwas in der Art gesagt, als sie mich verurteilt haben.“

Eine Zeit lang schwiegen sie beide, ehe Aislinn weiter nachfragte. „Wie lange sind Sie im Gefängnis gewesen?“

„Vierunddreißig Monate.“

„Und wie viel müssen Sie noch absitzen?“

„Noch drei.“

„Drei Monate?“ Bestürzt sah sie ihn an. „Sie brechen aus dem Gefängnis aus, obwohl Sie nur noch drei Monate vor sich haben?“

Einen Moment blickte er zu ihr hin. „Wie gesagt, ich habe etwas Wichtiges zu erledigen, und nichts wird mich davon abhalten.“

„Aber wenn Sie gefasst werden …“

„Man wird mich fassen.“

„Warum tun Sie dann dies alles hier?“

„Ich muss es einfach.“

„Nichts kann so wichtig sein“, widersprach sie. „Sie werden noch zusätzliche Monate, vielleicht Jahre aufgebrummt bekommen.“

„Ja, das weiß ich.“

„Sie werfen Jahre Ihres Lebens weg. Denken Sie doch an all die Dinge, die Sie aufgeben.“

„Wie zum Beispiel eine Frau.“ Seine Antwort klang knapp und kühl, und Aislinn verstummte. Dieses Thema wurde ihr zu heiß.

Beide schwiegen, obwohl sie beide an die Ereignisse der vergangenen Nacht denken mussten. Aislinn wollte die verwirrenden Erinnerungen verdrängen. Sie sah Greywolf nackt in der Tür zum Bad stehen, sie sah, wie er den BH an sein Gesicht drückte. Dann malte sie sich aus, wie er sie losgebunden oder mitten in der Nacht zugedeckt hatte.

Schließlich schloss sie die Augen und tat das einzig Mögliche, um diese Gedanken aus ihrem Kopf zu verbannen: Sie lehnte sich zurück und versuchte einzuschlafen.

„Mist!“

Sie musste tatsächlich eingenickt sein. Aislinn fuhr bei Greywolfs Fluch hoch. Mit der rechten Faust schlug er aufs Lenkrad.

„Was ist los?“, wollte sie wissen, richtete sich immer noch leicht benommen auf und blinzelte ins Licht.

„Eine Straßensperre“, stieß Greywolf aus, wobei er die Lippen kaum bewegte.

Durch das flirrende Licht der Nachmittagssonne über der Straße sah Aislinn die Polizeiwagen, die den Highway blockierten. Die Beamten hielten jedes Fahrzeug an, das die Sperre passieren wollte.

Noch bevor sie Erleichterung empfinden konnte, fuhr Greywolf in eine Haltebucht und hielt an. Mit einer einzigen fließenden Bewegung beugte er sich über Aislinn und knöpfte ihr die Bluse auf. Dann zog er ihr den BH ein Stück über die Brüste hinunter.

„Was tun Sie da?", fragte sie atemlos und schlug nach seinen Händen. Sie war noch zu schläfrig, um schnell genug reagieren zu können. Schon hatte Greywolf ihr die Bluse halb aufgeknöpft, und ihre Brüste traten fast nackt aus dem tiefen Ausschnitt hervor.

„Ich vertraue auf die menschliche Natur, das ist alles." Sachlich prüfte er die Wirkung seines Werks, und offensichtlich zufrieden kletterte er auf den Rücksitz. „Sie sind jetzt mit Fahren dran. Bringen Sie uns durch die Straßensperre."

„Aber … Nein!", widersprach sie wütend. „Nichts wünsche ich mir sehnlicher, als dass Sie geschnappt werden, Mr Greywolf!"

„Fahren Sie endlich los, ehe die Leute dort Verdacht schöpfen, weil wir hier stehen. Setzen Sie sich hinter das Steuer. Los!"

Aislinn sah ihn feindselig an, doch sie gehorchte, als er das Fleischermesser wieder aus dem Hosenbund zog und drohend damit vor ihr herumfuchtelte.

„Wagen Sie es nicht zu hupen", warnte er sie genau in dem Augenblick, als ihr dieser Gedanke durch den Kopf schoss.

Trotz des Messers hatte sie fest vor, in dem Moment, in dem sie die Sperre erreichte, aus dem Wagen zu springen und den Beamten den Rest zu überlassen.

„Falls Sie irgendwelche Fluchtpläne schmieden, vergessen Sie das lieber wieder", sagte er leise.

„Sie haben doch keine Chance."

„Sie aber auch nicht. Ich werde nämlich sagen, dass Sie mir geholfen haben. Dass Sie mich letzte Nacht bei sich aufgenommen und mir bis hierher geholfen haben."

„Jeder wird erkennen, dass Sie lügen", fuhr sie ihn an.

„Nicht, wenn man die Laken in Ihrem Bett untersucht."

Geschockt drehte sie sich zu ihm um. Er lag auf dem Rücksitz, als würde er schlafen. In den Händen hielt er eine Fotozeitschrift, die er sich offenbar über das Gesicht legen wollte. „Was soll das heißen?", fragte sie unsicher nach. Sein selbstsicherer Gesichtsausdruck gefiel ihr nicht. „Was haben meine Bettlaken damit zu tun?"

„Die Polizei wird Anzeichen von Sex darauf finden."

Aislinn wurde blass und umklammerte das Lenkrad. Peinlich berührt schluckte sie.

„Wenn Sie wollen", sprach er leise weiter, „erkläre ich Ihnen das ganz genau. Aber bei Ihnen als erwachsener Frau sollte das eigentlich nicht nötig sein. Seit langer Zeit habe ich keine nackte Frau mehr gesehen, geschweige denn, mit ihr in einem Bett gelegen, ihren Duft gerochen, ihren Atem gehört."

Aislinn wollte nicht weiter darüber nachdenken. Sie schwitzte an den Händen, und ihr wurde übel. Vielleicht log er einfach, aber es konnte auch wahr sein.

Würde die Polizei ihr zuhören, bevor sie sie verhafteten? Wie sollte sie ihre Version der Geschichte beweisen? Natürlich würde man sie nicht lange festhalten, weil sich irgendwann herausstellen würde, dass er log. Aber in der Zwischenzeit würde es für sie sehr peinlich werden. Und so etwas würde sie ihr Leben lang nicht vergessen können. Und ihre Eltern wären sicher furchtbar schockiert.

„Und kampflos werde ich mich auch nicht ergeben", flüsterte er, während Aislinn vor der Sperre abbremste. Nur ein anderer Wagen stand vor ihnen. Einer der Polizisten beugte sich zum Seitenfenster, um mit dem Fahrer zu sprechen.

„Wenn Sie nicht wollen, dass mein Blut Ihr Gewissen belastet oder das irgendwelcher Unschuldiger, die ich mit mir ins Unglück reiße, dann sollten Sie lieber Ihr Bestes geben, damit wir durch diese Sperre kommen."

Ihr blieb keine Zeit mehr, noch länger nachzudenken. Der Polizist winkte den Wagen vor ihr weiter und gab ihr ein Zeichen, vorzufahren. Wie bin ich bloß hier hineingeraten? Was soll ich tun? fragte sie sich angsterfüllt.

Merkwürdigerweise fiel ihr die Entscheidung dann gar nicht mehr schwer. Sie hatte nicht einmal Gewissensbisse, sondern reagierte ganz einfach aus der Situation heraus.

Noch bevor der Polizist ihr ein Zeichen gab, kurbelte sie schon die Scheibe herunter und redete los: „Oh, ich bin ja so froh, dass Sie hier stehen. Irgendetwas ist mit meinem Wagen nicht in Ordnung. Dieses kleine rote Licht hier geht immer an und aus. Was hat das bloß zu bedeuten? Nichts Ernstes, hoffe ich."

Ihr Plan ging auf. Mit großen Augen und leicht außer Atem sah sie zu dem Beamten auf. Ihr Haar war vom Schlafen im Auto noch mehr zerzaust und hing ihr wirr über die Schultern.

Für die Augen dieses Polizisten musste das sehr reizvoll wirken. Immerhin hatte er die undankbare Aufgabe, in der prallen Hitze des Augusts jeden Wagen anzuhalten und nach einem flüchtigen Indianer zu suchen, von dem er selbst glaubte, dass er sich längst nach Mexiko abgesetzt hatte.

„Na dann, junge Frau", sagte er gedehnt und schob sich den Hut aus der Stirn, „wollen wir mal sehen, wo Ihr Problem liegt."

Er lehnte sich in den Wagen, als wolle er herausfinden, welches Licht aufblinkte. Doch Aislinn wusste, dass er in erster Linie auf ihre Brüste sah. Dennoch veränderte sich seine Miene, als er auf den Rücksitz des Wagens blickte.

„Wer ist das?"

„Ach so, das ist mein Mann", sagte sie abfällig und zuckte nur mit den Schultern. Sie spielte mit einer Haarsträhne. „Der ist unglaublich schlecht gelaunt, wenn ich ihn während der Fahrt aufwecke. Immer muss ich fahren. Aber heute bin ich froh darüber." Sie schlug die Augen kurz nieder, und der Polizist lächelte.

Lucas Greywolf besaß eigentlich eine gute Menschenkenntnis, doch weshalb Aislinn ihre Rolle dermaßen überzeugend spielte, konnte er sich im Moment nicht erklären. Ihm blieb auch keine Zeit zum Nachdenken, denn der Polizist sprach weiter.

„Ich kann kein rotes Licht entdecken." Er flüsterte, als wolle er den schlafenden Ehemann nicht aufwecken. Offenbar befürchtete der Polizist, der Mann könne etwas mehr als schlecht gelaunt sein, wenn er bemerkte, dass jemand mit seiner Frau flirtete.

„Wirklich nicht? Trotzdem vielen Dank." Aislinn verließ allmählich der Mut. Jetzt hatte sie tatsächlich einem Sträfling bei der Flucht geholfen, und sie wollte so schnell wie möglich weg von hier. „Dann war es wohl nichts Schlimmes."

„Könnte bedeuten, dass Ihr Motor überhitzt ist." Der Polizist redete vertraulich weiter. „Meiner ist es jedenfalls." Seine Stimme sank noch weiter ab, und Aislinn musste sich zum Lächeln zwingen.

Greywolf bewegte sich und murmelte etwas Unverständliches. Abrupt verschwand das Lächeln auf dem Gesicht des Beamten.

„Vielleicht treffen wir uns mal wieder", sagte sie und setzte den Fuß aufs Gaspedal. Sie wollte nicht den Eindruck erwecken, es eilig zu haben, obwohl der Fahrer hinter ihr bereits ungeduldig hupte.

Der Polizist warf kurz einen einschüchternden Blick zu dem nächsten Wagen. „Sie sollten den Wagen lieber überprüfen lassen, wenn das Licht wieder aufblinkt. Ich könnte per Funkgerät ..."

„Nein, nicht nötig", unterbrach Aislinn ihn. „Ich werde dann doch lieber meinen Mann wecken. Vielen Dank."

Sie kurbelte das Fenster hoch und gab Gas. Im Rückspiegel sah sie, wie der Polizist das nächste Fahrzeug heranwinkte.

Erst als die Straßensperre außer Sicht war, entspannte Aislinn sich etwas. Tief durchatmend sackte sie auf dem Fahrersitz zusammen.

Greywolf kletterte behände auf den Beifahrersitz. „Das haben Sie gut gemacht. Man glaubt kaum, dass Sie keinerlei Erfahrung als Kriminelle haben."

„Seien Sie still!", schrie sie ihn an und bog in die nächste Haltebucht ein. Sobald das Auto still stand, lehnte sie die Stirn gegen das Lenkrad und schluchzte los.

„Ich hasse Sie. Bitte lassen Sie mich gehen. Wieso habe ich das getan? Wieso? Ich hätte Sie auffliegen lassen sollen. Ich habe Angst, Hunger und Durst und bin müde. Sie sind ein Krimineller, und ich habe noch nie in meinem Leben jemanden getäuscht. Jetzt wandere ich vielleicht auch ins Gefängnis, oder? Warum helfe ich Ihnen, wenn Sie ohnehin vorhaben, mich umzubringen?"

Reglos saß Greywolf neben ihr. Als sie sich schließlich ausgeheult hatte, trocknete sie sich die Tränen ab und sah zu ihm.

„Ich würde Ihnen gern sagen, dass wir das Schlimmste hinter uns haben, aber ich fürchte, jetzt fängt der Ärger erst an, Aislinn."

Als er auf ihre Brüste blickte, knöpfte sie die Bluse hastig wieder zu. „Was meinen Sie damit?"

„Ich meine die Straßensperre. Damit hatte ich nicht gerechnet. Wir müssen einen Fernseher finden."

„Einen Fernseher?", wiederholte sie mit bebender Stimme.

Prüfend überflog er den Highway in beiden Richtungen. „Ja. Sicherlich wird in den Nachrichten über die Polizeiaktion berichtet. Hoffentlich sagen sie auch etwas über die weiteren Pläne der Polizei. Fahren wir."

Mit dem Kinn wies er in Richtung Highway. Müde fuhr Aislinn weiter. „Was ist mit dem Autoradio? Im Radio wird sicher auch darüber berichtet."

„Nicht so ausführlich", widersprach er kopfschüttelnd.

„Ich gehe mal davon aus, dass Sie mir sicherlich sagen werden, wo ich langfahren soll."

„Genau. Fahren Sie einfach."

Fast eine Stunde fuhren sie, ohne sich miteinander zu unterhalten. Zwischendurch reichte er ihr schweigend Sandwiches mit Käse aus dem Proviantbeutel. Obwohl es ihr widerstrebte, etwas aus seiner Hand zu essen, aß sie, denn sie hatte wirklich Hunger.

Als sie eine halb verfallene kleine Ortschaft erreichten, wies Greywolf Aislinn an, langsamer zu fahren. Sie kamen an einer Wirtschaft vorbei, die auch schon bessere Zeiten erlebt haben musste.

„Dort", sagte er nur knapp und zeigte auf die Kneipe. „Halten Sie vor dem ‚Tumbleweed'."

Angewidert sah Aislinn zu ihm hinüber. Das „Tumbleweed" war die schäbigste Kneipe, die sie jemals gesehen hatte. „Vielleicht haben wir Glück und bekommen als erste Kunden seit Jahren einen Drink umsonst", spottete sie.

„Sie haben einen Fernseher", sagte Greywolf nur und wies auf die Antenne auf dem flachen Blechdach. „Steigen Sie aus."

„Zu Befehl." Erschöpft öffnete sie die Tür. Es tat ihr gut, wieder zu stehen, und Aislinn reckte sich.

Nur wenige Autos standen auf dem staubigen Parkplatz. Greywolf zog sie in den Arm und ging mit ihr auf die Tür der Kneipe zu. Aus der Nähe wirkte das Gebäude noch heruntergekommener als von der Straße aus. Aislinn fügte sich widerstandslos. Sie hatte vor, in der Kneipe um Hilfe zu schreien.

„Was immer Sie jetzt denken, vergessen Sie es."

„Woran denke ich denn Ihrer Meinung nach?"

„Dass Sie sich losreißen und in die starken Arme eines Retters fliehen. Glauben Sie mir, ich bin die sicherste Begleitung, die Sie an einem Ort wie diesem finden können." Er hatte sich im Auto das Messer in den Stiefel gesteckt. „Geben Sie sich etwas Mühe", fuhr er fort. „Tun Sie, als ob wir beide viel Spaß miteinander hätten."

„Was?" Aislinn traute ihren Ohren nicht.

„Doch, doch. Wir haben eine heiße Affäre und den ganzen Nachmittag für uns."

„Sie müssen krank sein, wenn Sie glauben ... Und hören Sie auf damit!" Sie versuchte sich loszureißen, als er den Arm noch enger um sie legte und dabei fast ihre Brust berührte. Doch gegen seinen eisernen Griff kam sie nicht an.

„Na, na, Liebling, spricht man so zu seinem Liebhaber?", zog er sie auf.

Nach außen hin gelassen, schob er die Tür auf und schlenderte in das verrauchte Innere der Kneipe. Um bei seinem leicht schwankenden Gang das Gleichgewicht zu behalten, krallte Aislinn sich an seinem Hemd fest und presste dabei die Hand an seinen flachen Bauch. Greywolf sah sie an und zwinkerte anerkennend. Am liebsten hätte sie ihn laut angeschrien.

Doch Aislinn sagte kein Wort. Die Einrichtung der Kneipe machte sie sprachlos. Solche Lokale kannte sie bislang nur aus Filmen. Unter der niedrigen Decke hing ein dichter Rauchschleier. Einen Moment mussten Aislinns Augen sich erst an das Dämmerlicht gewöhnen, doch der Anblick, der sich ihr dann bot, entmutigte sie noch mehr.

Die Barhocker vor dem Tresen waren mit rotem Plastik bezogen, das Rot glich allerdings jetzt eher einem dunklen Braun. Nur drei der Hocker waren besetzt, und als die Tür hinter ihnen zuschlug, wandten sich drei Augenpaare um und musterten Greywolf und sie feindselig.

Eine geschmacklos geschminkte Blondine stützte sich mit einem nackten Fuß am nächsten Hocker ab und lackierte ihre Fußnägel. „Hey, Ray, wir haben Gäste", rief sie laut.

Aislinn nahm an, dass Ray der fette Kerl hinter der Theke war. Er stützte sich schwerfällig auf den Kühlschrank vor ihm und starrte auf den Fernseher, der oben unter der Decke hing. Die Fernsehserie schien ihn völlig zu fesseln. „Dann bedien sie", rief er zurück. Er blickte nur auf den Bildschirm.

„Meine Nägel sind noch nicht trocken."

Ray ließ einen Schwall an Flüchen vom Stapel, richtete sich schwer atmend auf und blickte böse zu Greywolf und Aislinn. Greywolf konnte das allerdings nicht bemerken, denn er hatte das Gesicht in ihrem Haar vergraben und leckte ihr über das Ohr.

Trotzdem schien er alles um sich herum mitzubekommen. „Zwei Bier", sagte er laut genug. Dann gab er Aislinn einen leichten Stoß und drängte sie zu einer Sitzgruppe, von der aus sie sowohl den Fernseher als auch die Tür gut sehen konnten. „Setzen Sie sich, und rücken Sie durch", flüsterte er ihr ins Ohr.

Ihr blieb keine andere Wahl, zumal er sie praktisch vor sich her schob. Sie konnte nicht sehen, ob die Sitzbank sauber war, doch das war vielleicht auch besser so. Greywolf setzte sich neben sie und drängte sie ganz in die Ecke. „Sie klemmen mich ja ein", beschwerte sie sich leise.

„Genau das ist auch meine Absicht."

Als Ray mit den beiden Bieren herüberkam, knabberte Greywolf gerade an ihrem Hals. Lautstark stellte Ray die beiden Flaschen ab. „Hier wird sofort bezahlt. Drei Dollar."

„Bezahl du den Mann, Liebling", säuselte Lucas Greywolf und strich ihr über den Rücken. „Ich bin gerade beschäftigt."

Sie biss die Zähne wütend zusammen, holte das Geld aus der Handtasche und bezahlte. Jetzt verstand sie, was Greywolf gemeint hatte. Niemals würde sie hier einen Aufruhr veranstalten und sich auf Rays

Hilfe verlassen. Auch wenn sie hier nicht freiwillig mit Lucas Greywolf saß, so kannte sie ihn wenigstens ein bisschen.

Ray schnappte sich das Geld und schlurfte wieder zurück.

„Gut gemacht“, lobte Lucas sie leise.

Aislinn wünschte nur, dass er nicht so angestrengt mit seinen Vertraulichkeiten weitermachen würde. Wenigstens konnte er die Hand aus ihrer Bluse nehmen, wo er den Träger ihres BHs in den Fingern hielt. „Und was jetzt?“, fragte sie.

„Jetzt spielen wir miteinander.“

„Das hätten Sie wohl …“

„Schscht“, zischte er verärgert. „Wollen Sie Ray auf uns aufmerksam machen? Oder vielleicht gefallen die beiden Cowboys dort drüben Ihnen besser? Die warten sicher bloß darauf, einer hilflosen Frau zu Hilfe zu kommen.“

„Hören Sie auf“, sagte sie, als er mit den Lippen ihren Hals entlangstrich. „Ich dachte, wir seien zum Fernsehen hier.“

„Natürlich. Aber das soll niemand wissen.“

„Dann soll ich hier herumsitzen und mich von Ihnen befingern lassen?“ Als Antwort kam nur ein zustimmendes Raunen von ihm. „Und wie lange soll das dauern?“

„So lange wie nötig. Wir werden alle halbe Stunde neues Bier bestellen, damit Ray nicht ärgerlich wird.“

Wie konnte dieser Mann bloß so ruhig und beherrscht reden, während er ihre Halsbeuge küsste? Unwillkürlich bewegte sie sich etwas von ihm weg. „So viel Alkohol vertrage ich nicht.“

„Schütten Sie das Bier unauffällig auf den Boden. Das wird sicher niemand bemerken.“

„Da haben Sie recht“, sagte Aislinn angewidert und hob einen Fuß an. Der Boden klebte überall, und sie wollte gar nicht daran denken, was dort unten alles den Boden bedeckte. „Glauben Sie, dass sich der Besuch hier wirklich lohnt?“

„Was ist denn los, Kleines? Amüsierst du dich nicht?“ Langsam fuhr er über ihre Bluse und machte den obersten Knopf auf.

„Nein.“

„Möchtest du lieber noch mehr Straßensperren erleben? Hast du es genossen, den Polizisten verrückt zu machen?“

„Ich verachte Sie.“ Aislinn lehnte sich zurück und versuchte, die Berührungen seiner Hände und Lippen teilnahmslos über sich ergehen zu lassen.

„Ich bin nicht überzeugt davon, dass Sie es genießen, und die übrigen Leute hier werden es auch nicht sein. Sie sollten sich ein wenig mehr anstrengen“, murmelte er dicht an ihrem Ohr.

„Nein, das hier ist widerwärtig.“

Unvermittelt hob er den Kopf und sah sie kalt an. „Warum?“

Offenbar fühlte er sich angegriffen. Vermutete er wieder irgendwelche Rassenvorurteile bei ihr, oder fühlte er sich als Mann beleidigt? Aber konnte ihr das nicht völlig egal sein? „Ich bin es nicht gewohnt, solche Intimitäten in der Öffentlichkeit auszutauschen, Mr ...“

Sie kam nicht dazu, seinen Namen auszusprechen. Abrupt presste er die Lippen auf ihren Mund und erstickte jeden Laut. Es war ein gefühlloser Kuss, der lediglich dem Zweck diente, Aislinn nicht aussprechen zu lassen. Dennoch drehte sich alles in ihr, und sie bekam keinen Ton mehr heraus.

„Vorsicht“, sagte er, als er schließlich den Kopf wieder hob.

Sie nickte nur und hoffte, ihr Atem würde bald wieder ruhig gehen. Wenn sie nicht wollte, dass er sie noch einmal küsste, durfte sie ihn nicht mehr verärgern.

Auch wenn sie sich über die Gründe nicht ganz im Klaren war, wusste sie dennoch ganz genau, dass sie nicht wieder von ihm geküsst werden wollte.

Zum Glück schien niemand in der Kneipe auf sie beide zu achten. Hier herrschte anscheinend das ungeschriebene Gesetz, dass sich jeder um seinen eigenen Kram kümmerte.

Obwohl er nach außen hin ausschließlich mit seinen Zärtlichkeiten beschäftigt schien, nahm Greywolf genau wahr, was in dem Lokal vor sich ging. Aus halb geschlossenen Augen heraus beobachtete er jede Bewegung in dem Raum. Niemand schien ihn zu erkennen. Ray oder die blonde Frau brachten von Zeit zu Zeit frisches Bier an den Tisch, wenn Greywolf mit lallender Stimme bestellte.

Hin und wieder kamen neue Gäste herein. Die meisten blieben nur auf ein Bier und gingen dann wieder. Ein Gast spielte lange an dem Flipperautomaten in einer Ecke, und das Blinken und Klingeln des Geräts machte Aislinn fast verrückt. Der Fernseher lief die ganze Zeit, und Ray sah jede Sendung, als habe er noch nie etwas Spannenderes angesehen.

Für Aislinn zog sich die Zeit endlos hin. Aber nicht aus Langeweile, denn ihre Nerven waren bis zum Zerreißen angespannt. Sie redete sich ein, dass sie lediglich gespannt auf einen möglichen Retter wartete.

Aber innerlich gestand sie sich ein, dass Greywolfs Vorspiel sie in diesen Zustand versetzte.

Denn seine Liebkosungen waren eine Art Vorspiel. Er strich ihr mit den Fingern durchs Haar, umfasste ihr Gesicht, während er mit den Lippen über ihren Hals fuhr, und streichelte ihren Oberschenkel, wenn die Kellnerin neues Bier brachte. Zwischendurch sog er immer wieder sanft an ihrem Ohrläppchen.

„Lassen Sie das", stieß sie einmal leise stöhnend aus, als sie davon eine Gänsehaut bekam.

„Das Stöhnen klang überzeugend. Weiter so", flüsterte er zurück, als zwei Lastwagenfahrer kurz zu ihnen herübersahen.

Greywolf nahm ihre Hand und führte sie unter sein Hemd, wo er sie fest an seine nackte Brust drückte. Aislinn versuchte die Hand zurückzuziehen, aber er ließ es nicht zu. Daraufhin nützte Aislinn die Situation aus, um unauffällig seine Haut zu ertasten. Als sie die Hand ein kleines Stück bewegte, berührte sie seine Brustwarze, die sich augenblicklich zusammenzog.

Unvermittelt atmete Lucas Greywolf tief ein. „Meine Güte", flüsterte er. „Hören Sie auf damit." Schon vorher war sein Körper angespannt gewesen, doch jetzt verkrampfte er sich noch mehr.

Aislinn blickte ihn an. „Ich tue doch nur, was Sie …"

„Schscht!"

„Sagen Sie nicht immer …"

„Schscht! Sehen Sie! Auf dem Bildschirm."

Sie sah zum Fernseher. Ein Nachrichtensprecher las einen Bericht über die Suche nach einem flüchtigen Sträfling, dem Führer einer Indianerbewegung, Lucas Greywolf. Gerade wurde ein Bild von ihm gezeigt, doch Aislinn erkannte ihn kaum. Sein Kopf war fast kahl rasiert.

„Kein sehr schmeichelhaftes Foto", flüsterte sie trocken.

Greywolf lächelte schwach, konzentrierte sich jedoch sofort wieder auf die gezeigte Landkarte von Arizona. Wie er gehofft hatte, taten die Medien den Behörden keinen Gefallen und wiesen ausführlich auf alle eingerichteten Straßensperren hin.

Sobald der Sprecher zur nächsten Nachricht überging, rückte Lucas ein Stück von Aislinn ab. „Okay, fahren wir weiter. Und denken Sie daran zu schwanken. Sie haben immerhin angeblich einige Biere getrunken."

Er hielt ihr die Hand hin, wurde aber abgelenkt, als die Tür aufging und ein neuer Gast hereinkam. Mühsam unterdrückte er einen Fluch, als er die Uniform des Mannes bemerkte.

3. KAPITEL

Ruhig nahm der Polizist den Hut ab und wischte sich mit einem Ärmel den Schweiß von der Stirn. Aislinn richtete sich neben Greywolf auf, um besser sehen zu können. Er trug die Uniform eines Sheriffs.

„Stella, bring mir ein Bier“, rief er, als die Tür hinter ihm zuschlug.

Die blonde Kellnerin drehte sich um und lächelte ihn strahlend an. Die beiden kannten sich anscheinend gut. „Na, wen haben wir denn da?“ Sie lehnte sich an den Tresen und stützte sich mit den Ellbogen auf, wobei ihre Brüste sich deutlich unter der Bluse abzeichneten.

Das lüsterne Lächeln des Sheriffs drückte seine Anerkennung aus. „Hast du mich vermisst?“

„Ach Quatsch“, entgegnete sie gedehnt und legte ihm einen Arm um den Nacken, als er sich auf den Hocker neben ihr setzte. „Du kennst mich doch. Aus den Augen, aus dem Sinn.“

„Seit zwei Tagen suche ich jetzt so einen verdammten Indianer, den niemand zu Gesicht bekommen hat. Ich brauche dringend ein paar kühle Biere und etwas menschliche Wärme.“

„In dieser Reihenfolge?“ Sie lehnte sich vor und sah ihm tief in die Augen. Er küsste sie und schlug ihr dann auf den Po.

„Bring mir das Bier.“

Stella ging um die Theke herum, während Greywolf wieder dichter an Aislinn rückte. „Mist“, flüsterte er und schlug sich unter dem Tisch mit der Faust aufs Bein. „Ein paar Minuten später, und wir wären weg gewesen.“

Er schimpfte noch weiter, wobei er sich über Aislinn beugte, als wären sie beide in Zärtlichkeiten vertieft. „Wagen Sie es nicht, irgendwie seine Aufmerksamkeit auf uns zu ziehen. Denn um Sie zu retten, muss er über meine Leiche.“

„Was haben Sie jetzt vor?“

„Fürs Erste machen wir so weiter wie bisher“, sagte er und küsste ihren Hals. „Vielleicht geht er ja bald wieder.“

Aber der Sheriff hatte offenbar vor, den ganzen Abend in der Kneipe zu verbringen. Nach und nach trank er vier Bier, und Stella wich nicht von seiner Seite. Die beiden flirteten hemmungslos, und schließlich flüsterten sie nur noch vertraulich miteinander. Hin und wieder lachte Stella sinnlich auf, während der Sheriff ihr unablässig über den Schenkel strich.

Aislinns anfängliche Hoffnung, dass der Sheriff ihr helfen könnte, schwand allmählich. Sie glaubte kaum noch daran, dass es dem Polizist überhaupt etwas bedeutete, ob der Sträfling gefasst wurde oder nicht. Schon bei Lucas' Verurteilung hatten viele Leute, Indianer und auch Weiße, ihre Sympathie für ihn zum Ausdruck gebracht. Vielleicht gehörte dieser Sheriff auch dazu. Möglicherweise würde er sogar wegsehen, wenn Lucas ihm über den Weg lief.

Dennoch war der Sheriff Aislinns einzige Chance, von Greywolf loszukommen. Sie wollte die Chance nutzen, auch wenn der Sheriff hinterher vielleicht wütend auf sie war, weil sie ihm einen angenehmen Abend verdorben hatte.

„Wenn der Zeitpunkt günstig ist, werden wir aufstehen und gehen, verstanden?"

„Ja", stimmte sie Greywolf etwas zu hastig zu.

Er hob den Kopf etwas an und sah ihr starr in die Augen, wobei er unter den Tisch griff. Noch bevor er es ihr zeigte, wusste sie, dass er das Messer aus dem Stiefel holte. „Bringen Sie mich nicht dazu, das hier zu benutzen, Aislinn."

„Würden Sie mir etwas antun?"

Langsam glitt sein Blick über ihren Körper. „Es täte mir leid, besonders nach diesem angenehmen Nachmittag hier dicht neben Ihnen."

„Ich verachte Sie aus tiefster Seele", stieß sie voller Abscheu hervor.

„Wahrscheinlich haben Sie allen Grund dazu." Er konzentrierte sich wieder auf das Pärchen an der Bar. Als der Sheriff mit einer Hand seitlich an Stellas Brust entlangstrich, richtete Greywolf sich leicht auf. „Jetzt!"

Aislinn hatte erwartet, er werde sich mit ihr unauffällig zur Tür schleichen. Stattdessen riss er sie unvermittelt hoch und überrumpelte sie damit. Als Resultat davon schwankte sie und musste sich Halt suchend an ihm festhalten. Sofort schlang er den Arm um sie und presste sie an seine Seite. Mit beiden Fäusten versuchte sie, sich von ihm wegzudrücken. Sie machte den Mund auf, um etwas zu sagen, doch als sie das Messer zwischen ihren Körpern spürte, stieß sie nur tonlos die Luft aus.

„Nicht." Seine leise Stimme klang gefährlich ruhig. Augenblicklich gab sie jede Hoffnung auf Flucht auf.

Schwankend gingen sie zur Tür, wobei Lucas den Kopf senkte, als sei er angetrunken.

„Hey, Mister!"

Aislinn wäre fast gestolpert, aber Greywolf ging ruhig weiter.

„Hey, ich rede mit Ihnen, Chef!“

An der Wange spürte Aislinn seinen Atem, als er stehen blieb und den Kopf hob. „Was gibt's?“, fragte er Ray, der ihn angesprochen hatte.

„Wir haben ein paar Hinterzimmer. Wollen Sie eines davon für den Abend?“

„Nein, danke.“ Lucas schüttelte träge den Kopf. „Ich muss sie zurückbringen, bevor ihr Mann nach Haus kommt.“

Ray lachte höhnisch auf und blickte weiter auf den Bildschirm, wo gerade eine Krimiserie lief. Der Sheriff war so in einen Kuss mit Stella versunken, dass er nicht einmal hochsah. Draußen atmete Aislinn tief ein. Sie hatte den Eindruck, als würde sie den Gestank von Rauch und Alkohol niemals mehr aus ihren Lungen herausbekommen. Greywolf drängte sie ungeduldig zum Auto.

Minuten später waren Aislinn und Greywolf schon Kilometer vom „Tumbleweed“ entfernt. Erst jetzt holte er tief Luft. Er kurbelte das Fenster herunter und genoss den Fahrtwind, der ihm ins Gesicht wehte. „Sie werden allmählich sehr geschickt darin, die Gesetzeshüter hinters Licht zu führen.“

„Besonders dann, wenn mir ein Messer in die Rippen gedrückt wird“, erwiderte sie bissig.

Er schien genau zu wissen, wohin er fuhr, obwohl sie in immer entlegenere Gegenden kamen. Die Straße wurde schmaler, und nur noch ganz vereinzelt standen Hinweisschilder. Immer seltener kam ihnen ein Wagen entgegen.

Greywolf fuhr schnell und sicher. In der Dunkelheit waren nur die Mittelstreifen auf der Fahrbahn zu erkennen, und nach einiger Zeit wurde Aislinn müde und schlief ein. Kurz darauf schreckte sie jedoch wieder hoch, weil Greywolf laut fluchte.

„So ein verdammter Mist!“

„Werden wir verfolgt?“, fragte sie hoffnungsvoll.

„Dieses Licht hier blinkt auf.“

Enttäuscht sank sie wieder in den Sitz. Einen Moment hatte sie sich ausgemalt, dass er doch im „Tumbleweed“ erkannt worden war und dass der Sheriff ihnen jetzt mit Verstärkung folgte. „Das hat es heute Nachmittag schon getan“, sagte sie nur erschöpft.

Sein Kopf fuhr herum, und Greywolf starrte sie wütend an. Im grünlichen Licht des Armaturenbretts wirkte er noch Furcht einflößender. „Wollen Sie damit etwa sagen, dass der Motor heute Nachmittag schon überhitzt war?“

„Haben Sie denn dem Polizisten an der Straßensperre nicht zugehört?"

„Ich dachte, das wäre nur ein Ablenkungstrick von Ihnen gewesen", rief er aus.

„Tja, da haben Sie sich geirrt."

„Und warum haben Sie mir nichts davon gesagt, bevor ich in diese abgelegene Gegend gefahren bin?"

„Sie haben mich nicht gefragt!"

Er beendete den Streit mit einem neuerlichen Fluch und bog so unvermittelt vom Highway ab, dass Aislinn sich erschreckt am Sitz festklammerte. „Wohin fahren wir jetzt?", fragte sie ängstlich.

„Der Motor muss abkühlen, sonst geht er kaputt. Hier in der Dunkelheit kann ich ihn ohnehin nicht reparieren." Er fuhr mit dem Wagen hundert Meter vom Highway weg. Als er schließlich anhielt, zischte der Motor wie ein Teekessel. Greywolf machte die Tür auf und stieg aus. Er lehnte sich mit dem Rücken gegen den Wagen und senkte den Kopf.

„Wie viel Zeit ich heute schon vergeudet habe! Erst in dieser schmierigen Kneipe, und jetzt das noch." Die Verzögerung schien ihn maßlos aufzuregen. Er ging zur Kühlerhaube und trat zornig gegen einen der Reifen.

Auch Aislinn stieg aus und reckte sich. „Gibt es irgendwelche dringenden Termine, die wir einhalten müssen?"

„Ja, die gibt es allerdings." Seine wütende Erwiderung ließ sie verstummen. Nach einer Weile seufzte er auf. „Solange wir hier festhängen, können wir die Zeit auch ausnutzen und schlafen. Setzen Sie sich hinten in den Wagen."

„Ich bin nicht müde", entgegnete sie mürrisch.

„Sie steigen trotzdem in den Wagen!"

Seine Stimme klang wie weit entfernter Donner. Aislinn sah ihn wütend an, gehorchte aber. Greywolf ließ die vorderen Türen offen und öffnete auch eine der hinteren Wagentüren. Dann stieg auch er hinten ein, lehnte sich gegen die einzige geschlossene Tür und spreizte die Beine. Noch bevor Aislinn erkannte, was er vorhatte, zog er sie zu sich zwischen seine Beine.

„Lassen Sie mich los", protestierte sie aufgebracht. Sie wand sich, doch als sie sich dadurch nur noch enger an den Reißverschluss seiner Jeans presste, hielt sie in der Bewegung inne.

„Ich werde jetzt schlafen. Und Sie auch." Er drückte sie an seine Brust und schlang die Arme um sie.

Aislinn hatte das Gefühl, als wäre sie von zwei Stahlbändern direkt unterhalb ihrer Brüste gefesselt. Obwohl es nicht wehtat, wusste sie, dass sie in dieser Position nicht einschlafen konnte. Dazu müsste sie sich erst entspannen, und das konnte sie nicht.

„Ich kann doch sowieso nirgendwohin flüchten, Greywolf. Wir sind doch mitten in der Wüste. Lassen Sie mich los."

„Keine Chance. Wenn Sie wollen, kann ich Sie allerdings auch ans Lenkrad fesseln."

„Was glauben Sie denn, was ich tun könnte?"

„Mittlerweile habe ich herausgefunden, dass Sie eine einfallsreiche Frau sind."

„Wir sind mitten im Nichts, und es ist stockdunkel."

„Es gibt immerhin noch den Mond."

Ja, das war ihr aufgefallen. Und Sterne. So viele Sterne hatte sie noch nie am Nachthimmel gesehen. Normalerweise hätte sie diesen Anblick genossen und sich von der zauberhaften Stimmung mitreißen lassen.

Doch an dieser Nacht wollte sie nichts Schönes finden. Später wollte sie sich nur an die schrecklichen Ereignisse erinnern. „Ich müsste wahnsinnig sein, allein loszulaufen, selbst wenn ich wüsste, wo wir jetzt sind."

„Es hat keinen Sinn, weiter auf mich einzureden. Seien Sie ruhig, und lassen Sie mich schlafen."

Der gespannte Tonfall ließ sie auch die Anspannung seines Körpers registrieren. Seine Arme zitterten leicht, und Aislinn bemühte sich, nicht an den Druck über ihrem Po zu denken, wo sie an seine Jeans gepresst wurde.

„Bitte tun Sie das nicht." Sie war bereit, ihn anzubetteln, weil sie wusste, dass sie die Nacht in dieser Lage nicht ertragen konnte. Nicht weil es sie anwiderte, ihm so nah zu sein, sondern weil es sie viel zu wenig anwiderte. „Lassen Sie mich los."

„Nein."

Es war aussichtslos, und Aislinn konzentrierte sich deshalb darauf, sich nicht zu entspannen. Ihr Rücken war starr wie ein Brett. Kurze Zeit später fing jedoch ihr Nacken an zu schmerzen, und als sie überzeugt war, dass Greywolf schlief, ließ sie den Kopf an seine Schulter sinken.

„Sie sind sehr stur, Aislinn Andrews."

Zähneknirschend schloss sie die Augen. Offenbar hatte er ihren Kampf gegen die eigene Schwäche noch genau mitbekommen. „Wenn Sie den Griff etwas lockerten, könnte ich leichter atmen."

„Und besser an das Messer kommen." Schweigend lagen sie eine Weile da, bis er sagte: „Sie sind etwas Besonderes."

„Inwiefern?"

„Bislang habe ich noch mit wenigen Frauen mehr als eine Nacht verbracht."

„Das soll mir jetzt wohl schmeicheln."

„Nein. Ich glaube kaum, dass sich eine Anglo-Jungfrau etwas Schlimmeres vorstellen kann als einen Indianer in Kontakt mit ihrem blütenweißen Körper."

„Sie sind geschmacklos, und eine Jungfrau bin ich auch nicht."

„Waren Sie verheiratet?"

„Nein."

„Hatten Sie Affären?"

„Geht Sie nichts an."

Lieber wollte sie sterben, als ihn wissen zu lassen, dass es in ihrem Leben erst einen Mann gegeben hatte. Das Ganze war eine eher enttäuschende Affäre gewesen, und sie hatte sich lediglich darauf eingelassen, um ihre eigene Neugier zu stillen.

Sie hatte mit diesem Mann kaum geredet, und zwischen ihnen hatte es keine Zuneigung oder Wärme gegeben, nicht einmal sehr viel Leidenschaft. Hinterher war sie enttäuscht gewesen, und sie nahm an, ihrem Partner war es ähnlich ergangen.

Auf eine solche Affäre hatte sie sich nie wieder eingelassen, und mittlerweile glaubte sie, dass sie sexuell kalt war. Die Männer, mit denen sie ausging, machten zwar Annäherungsversuche, doch sie hatte nie Lust, die oberflächliche Bekanntschaft über unregelmäßige Verabredungen zum Essen hinaus zu vertiefen.

Statt jedoch mit ihm über ihr nicht vorhandenes Liebesleben zu reden, fragte sie: „Was ist mit Ihnen? Wie viele ernsthafte Beziehungen haben Sie denn schon hinter sich?"

Entweder war er schon eingeschlafen, oder er wollte nicht mit ihr darüber reden. Jedenfalls kam keinerlei Antwort.

Aislinn schmiegte sich enger an die Wärme.

Im Halbschlaf hörte sie ein tiefes Schnurren wie von einer Raubkatze. Sie streckte sich etwas aus, und als ihr Gehirn endlich die verschiedenen Sinneseindrücke verarbeitet hatte, schreckte sie abrupt hoch und riss die Augen auf.

„Oh nein!", rief sie aus.

„Das ist mein Text“, widersprach Lucas Greywolf schläfrig.

Irgendwann in der Nacht hatte sie sich umgedreht, sodass ihre Wange jetzt an seiner nackten Brust lag. Ihre Brüste pressten sich in seine Magengegend, und zwischen den Schenkeln spürte sie den Druck seiner körperlichen Erregung. „Nein!“, schrie sie noch einmal auf und rutschte hastig in die andere Ecke der Rückbank. „Es tut mir leid“, brachte sie hervor und wandte dabei das Gesicht ab.

„Mir auch“, gab er zu, öffnete die Wagentür hinter sich und fiel förmlich aus dem Auto. Lange Zeit stand er nur reglos neben dem Auto. Aislinn brauchte gar nicht zu fragen, was mit ihm los war. Sie konnte es sich denken.

Schließlich ging er nach vorn und öffnete die Kühlerhaube. Er werkelte im Motorraum herum und kam dann wieder nach hinten zu Aislinn. „Ziehen Sie den BH aus.“

Verständnislos blickte sie zu ihm hoch. „Wie bitte?“

„Sie haben richtig verstanden. Entweder den BH oder die Bluse. Aber beeilen Sie sich, wir haben schon genug Zeit verloren.“

Die Sonne stand bereits hoch am Himmel. Aislinn errötete, als ihr klar wurde, wie tief sie beide geschlafen hatten.

„Entweder Sie ziehen ihn selbst aus, oder ich werde es tun.“

„Drehen Sie sich um.“

Er stieß ungeduldig die Luft aus, wandte sich dann aber ab. Hastig zog sie das Hemd aus, nahm den BH ab, zog das Hemd wieder an und knöpfte es schnell zu.

„Hier.“ Sie warf ihm den BH zu. Wortlos verschwand er damit wieder unter der Kühlerhaube. Nach einigen Minuten, die nur von Klappern und Flüchen unterbrochen wurden, knallte er die Motorhaube zu und wischte sich die Hände an den Jeans ab.

„Das sollte für eine Weile halten“, sagte er nur.

Doch es hielt nicht sehr lang. Nach knapp dreißig Kilometern Fahrt kamen die ersten weißen Dampfwölkchen aus dem Motorraum. Schließlich wurden die Schwaden immer dichter.

„Wir sollten lieber anhalten, bevor das ganze Auto in die Luft fliegt“, schlug Aislinn vor. Seit dem Start hatten sie kein Wort miteinander gesprochen. Aislinn nahm an, dass auch er immer noch an die vertrauliche Position denken musste, in der sie beide aufgewacht waren, und sie konnte seine Schweigsamkeit verstehen.

Die ganze Zeit über versuchte sie schon, die Erinnerungen daran zu verdrängen. Sie spürte noch die weiche Brustbehaarung an den

Lippen, fühlte noch seine Hände, mit denen er ihren Po umfasst hatte, und sie konnte sich glasklar an das wohlige Gefühl der Geborgenheit erinnern, bevor ihr bewusst geworden war, in welcher Situation sie sich befand.

Sein Gesichtsausdruck gab keinerlei Aufschluss über seine Gedanken. Wortlos fuhr er an den Straßenrand und hielt an. „Kommen Sie."

Fragend sah sie ihn an. „Wohin?"

„Zur nächsten Ortschaft."

„Heißt das, wir gehen zu Fuß?", hakte sie ungläubig nach. Um sie herum war nichts, was auf menschliche Behausungen schließen ließ. Am Horizont konnte sie die dunklen Umrisse der Berge sehen. Dazwischen erstreckte sich felsiger Boden, der nur von dem grauen Asphalt der Straße abgelöst wurde.

„Bis jemand vorbeikommt und uns mitnimmt", antwortete Lucas. Mit diesen Worten stieg er aus und ging los. Aislinn blieb keine andere Wahl, als ihm nachzugehen.

Sie wollte nicht dort in dem Wagen allein zurückbleiben. Vielleicht kam Greywolf nicht zurück, und es sah so aus, als könne es Tage dauern, bis ein anderer Wagen hier entlangfuhr. Schon jetzt hatte sie Durst, und die paar Kekse, die von dem Proviant noch übrig waren, würden nicht mehr lange reichen.

Stundenlang schritten sie nebeneinander her. Aislinn musste fast laufen, um mit Lucas Schritt zu halten. Gnadenlos brannte die Sonne auf sie herab, und ein paar Eidechsen, die hin und wieder vor ihnen entlanghuschten, waren das einzige Anzeichen von Leben.

Endlich hörten sie von hinten das Geräusch eines Transporters, der sich ihnen näherte. Noch bevor Greywolf den Arm hob, bremste der Fahrer bereits ab und hielt neben ihnen an. Im Fahrerhaus des alten Wagens saßen drei Navajo-Indianer mit ausdrucksloser Miene, und nach einer kurzen Unterhaltung half Greywolf Aislinn auf die Ladefläche und stieg selbst hinauf.

„Haben sie Sie erkannt?"

„Wahrscheinlich."

„Haben Sie keine Angst, dass sie Sie verraten könnten?"

Sein Kopf fuhr herum, und bei seinem Blick lief ihr trotz der Hitze ein Schauder über den Rücken. „Nein."

„Ah, ich verstehe. Das Ehrgefühl verbietet ihnen, Sie zu verraten."

Greywolf gab sich nicht die Mühe, ihr darauf zu antworten. Stattdessen blickte er nur nach Nordwesten zum Horizont.

Während der Fahrt bis zu einem kleinen schmutzigen Ort schwiegen sie beide sich feindselig an. Es wäre ohnehin schwierig gewesen, sich zu unterhalten. Der heiße Wind machte es Aislinn bereits schwer, überhaupt zu atmen.

Noch am Ortsrand klopfte Greywolf an das Rückfenster der Fahrerkabine, und der Fahrer brachte den Wagen vor einer Tankstelle zum Stehen. Greywolf half Aislinn beim Absteigen. „Besten Dank", rief er dem Fahrer zu, der nur kurz an seine Hutkrempe tippte, bevor er weiterfuhr.

„Und was jetzt?", fragte Aislinn müde. Sie hatte sofort gewusst, dass die Navajo-Indianer keine Hilfe für sie darstellten, doch beim Anblick der Ortschaft hatte sie neue Hoffnung geschöpft.

Diese Hoffnung war ihr jetzt vergangen. Die Straßen wirkten vollkommen verlassen, und außer ein paar Hühnern gab es hier keine Anzeichen von Leben. Der Ort wirkte genauso leblos und abweisend wie die Wüste ringsumher.

Greywolf ging auf das kleine Blechhäuschen der Tankstelle zu, und Aislinn folgte ihm erschöpft. Noch nie in ihrem Leben hatte sie sich so unwohl gefühlt. Ihre Kleidung war verschwitzt, und der Staub juckte überall an ihrem Körper. Ihr Haar hing wirr von ihrem Kopf, und ihre Lippen waren ausgedörrt.

Hoffnungslos seufzte sie auf, als sie das Schild an der Tankstelle entdeckte. „Mittagspause!", beschwerte sie sich dann lauthals.

„Bis fünf Uhr ist sie geschlossen", stellte Greywolf fest.

Neben dem Gebäude war ein schmaler, schattiger Streifen, den Aislinn sofort aufsuchte. Sie lehnte den Kopf zurück und schloss die Augen. Doch beim Klang von splitterndem Glas schreckte sie wieder hoch.

Greywolf hatte eine Scheibe in der Tür eingeschlagen und die Tür von innen geöffnet. Quietschend schwang sie auf, und er ging hinein. Aislinn wäre nie der Gedanke gekommen, absichtlich eine Scheibe einzuschlagen und obendrein noch in ein Gebäude einzubrechen. Dennoch folgte sie Greywolf ins kühle Innere des kleinen Häuschens.

Als ihre Augen sich erst an das Dämmerlicht gewöhnt hatten, erkannte sie, dass dies hier nicht nur eine Tankstelle, sondern auch ein kleiner Laden war. An den Wänden befanden sich voll gepackte Regale.

Greywolf steuerte auf einen altmodischen Getränkeautomaten zu. Er brach das verrostete Schloss auf und nahm zwei Dosen Cola heraus, von denen er eine an Aislinn weiterreichte.

„Ich werde für meine Dose bezahlen", sagte sie entschuldigend.

Er setzte gerade die Dose zum Trinken an. „Ich möchte, dass Sie auch für meine Dose bezahlen. Und auch für die kaputte Glasscheibe und den Kühlschlauch."

Gierig trank sie von der Cola. Es kam ihr vor, als habe sie noch nie etwas so Köstliches getrunken. „Was für ein Kühlschlauch?"

„Um den defekten im Wagen zu ersetzen. So einen hier." Er hielt einen Schlauch hoch, den er aus einer Schublade herausgekramt hatte.

Mit der anderen Hand suchte er weiter nach passendem Werkzeug. Das metallische Klappern machte Aislinn nur noch deutlicher, wie verlassen sie hier beide waren.

Sie kam sich fremd vor in dieser Einsamkeit. Lucas Greywolf schien keine derartigen Gefühle zu kennen. Er nahm sich die nötigen Werkzeuge, als hätte er jedes Recht dazu. Gerade als Aislinn ihre letzte Hoffnung begraben wollte, entdeckte sie das Münztelefon.

Greywolf konnte es noch nicht bemerkt haben, denn er hatte noch nicht in diese Richtung gesehen. Und das Telefon wurde fast vollständig von einem Zeitschriftenregal verdeckt.

Wenn sie ihn dazu brachte, weiter mit ihr zu sprechen, konnte sie vielleicht das Telefon erreichen und einen Anruf tätigen, ohne dass er etwas davon bemerkte. Aber wo war sie hier? Hatte dieser Ort hier überhaupt einen Namen? Möglicherweise befanden sie sich gar nicht mehr in Arizona.

„Fertig?"

Schuldbewusst zuckte sie beim Klang seiner Stimme zusammen. „Ja", sagte sie und reichte ihm die leere Dose. Mit einem Mal war sie hellwach und überlegte fieberhaft, wie sie ihn von dem Telefon ablenken konnte.

„Geben Sie mir etwas Geld." Fordernd streckte er die flache Hand aus.

Eifrig suchte sie aus ihrer Handtasche einen Zwanzigdollarschein hervor. „Das sollte reichen."

Er faltete den Geldschein und steckte ihn unter einen Aschenbecher vor der Kasse. „Hier gibt es auch Waschräume", bemerkte er. „Wollen Sie einen aufsuchen?"

Ja, das wollte sie, aber am liebsten hätte sie Nein gesagt und vorgeschlagen, hier auf ihn zu warten. Andererseits hätte das nur einen Verdacht in ihm geweckt, und sie wollte ihn lieber in dem Glauben lassen, sie habe nicht mehr vor zu fliehen.

„Ja, gern“, sagte sie schwach. Schweigend führte er sie aus dem Laden und zur Rückseite des Gebäudes, wo zwei Türen zu den Waschräumen führten. Zögernd betrat sie die Damentoilette. Der Gestank war fast zu viel für sie, und innerlich aufs Schlimmste gefasst, schaltete sie das Licht ein.

Der Anblick war nicht so schlimm, wie sie gedacht hatte, obwohl der Raum sehr schmutzig war. Nach der Toilette benutzte sie das verrostete Waschbecken, und selbst das lauwarme Wasser kam ihr angenehm kühl vor.

Sie schüttelte das Wasser von den Händen und ging zur Tür. Dort schob sie den Riegel zurück und drückte dagegen. Doch die Tür ging nicht auf.

Zuerst dachte sie noch, dass sie vielleicht ziehen oder stärker drücken musste, doch dann wurde sie von Panik erfasst und warf sich mit aller Kraft gegen die Blechtür. Schließlich wurde ihr klar, dass Greywolf die Tür von außen blockiert hatte.

„Greywolf!“, schrie sie. „Öffnen Sie die Tür! Sofort!“

„Das werde ich, wenn ich zurückkomme.“

„Zurück? Wo wollen Sie denn hin? Wagen Sie es nicht, mich hier eingesperrt zu lassen!“

„Ich muss es tun. Sonst benutzen Sie das Telefon, das Sie so ostentativ übersehen haben. Ich bin so schnell wie möglich wieder hier.“

„Wohin gehen Sie?“, wiederholte sie verzweifelt. Der Gedanke, auf unbestimmte Zeit hier in dem Waschraum zu bleiben, war grauenhaft.

„Zum Auto. Wenn ich es repariert habe, komme ich hierher zurück und hole Sie ab.“

„Sie wollen zurück zum Auto? Wie wollen Sie da hinkommen?“

„Ich werde laufen.“

Sprachlos stand sie einen Moment da. Dann kam ihr ein rettender Gedanke. „Sobald der Eigentümer um fünf Uhr kommt, wird er mich finden. Ich werde pausenlos schreien.“

„Bis dahin bin ich wieder hier.“

„Mistkerl! Lassen Sie mich raus!“ Wieder warf sie sich gegen die Tür, die sich allerdings keinen Zentimeter bewegte. „Ich werde hier drin ersticken.“

„Sie werden schwitzen, aber nicht sterben. Ruhen Sie sich lieber aus.“

„Das werden Sie büßen!“

Von draußen kam keine Antwort mehr. Noch ein paar Mal rief sie seinen Namen, bis ihr klar wurde, dass sie allein war.

Entkräftet lehnte sie sich gegen die Tür und ließ ihren Tränen freien Lauf. Nichts in ihrer Erziehung hatte sie auf solche Situationen vorbereitet. Selbst öffentliche Schulen hatte sie nicht besuchen dürfen, weil sie dort „schlechten Einflüssen“ ausgesetzt gewesen wäre. Auf der exklusiven Mädchenschule hatte sie weiter in einer heilen Welt gelebt. Das alles hier kam ihr wie ein einziger Albtraum vor.

Mit sechsundzwanzig Jahren erlebte sie jetzt zum ersten Mal richtige Angst. Was, wenn Greywolf nicht zurückkam? Vielleicht hatte der Eigentümer diese Tankstelle schon vor Wochen aufgegeben?

Sie würde hier verdursten.

Nein, überlegte sie, auch wenn das Wasser nicht das sauberste war, sie würde genug zu trinken haben.

Aber verhungern konnte sie, wenn hier lange Zeit niemand vorbeikam. Sie würde auf Motorengeräusche achten müssen, damit sie auf sich aufmerksam machen konnte.

Ersticken würde sie auch nicht, weil sich hoch unter der Decke ein kleines Fenster befand, das einen Spalt breit geöffnet war. Viel eher jedoch würde sie vor Wut sterben. Wie konnte Greywolf ihr das antun? Während sie in dem kleinen Waschraum hin und her lief, belegte sie Lucas Greywolf mit jedem Schimpfnamen, der ihr einfiel.

Schließlich musste sie wieder daran denken, dass er sie einfallsreich genannt hatte. Irgendwie musste sie hier herauskommen.

Sich weiter gegen die Tür zu werfen, hatte keinen Sinn. Nachdenklich blickte sie sich um, und ihr Blick fiel wieder auf das Fenster.

In einer Ecke stand eine Blechtonne, die anscheinend als Mülleimer diente. Aislinn wollte lieber keinen Blick hineinwerfen, um sich davon zu überzeugen. Mit aller Kraft zerrte sie an der Tonne und schaffte es endlich, sie unter das Fenster zu ziehen.

Als sie auf der Tonne stand, konnte sie gerade das Fenstersims erreichen. Ein paar Minuten versuchte sie angestrengt, sich hochzuziehen, wobei sie mit den Füßen an der glatten Wand nach Halt suchte. Endlich konnte sie sich auf die Ellbogen stützen und riss das Fenster ganz auf. Sie steckte den Kopf nach draußen und atmete tief durch. Eine Weile hing sie nur so aus dem Fenster und erholte sich. Ihre Arme zitterten von der Anstrengung und brauchten dringend diese Pause.

Das Fenster war sehr klein, doch Aislinn glaubte, dass sie es schaffen konnte, hinauszuklettern. Sie zog ein Knie hoch und versuchte sich so zu drehen, dass sie mit den Füßen zuerst nach draußen kam.

Als sie das andere Knie nachzog und beide Füße aus dem Fenster hängte, rutschte sie ab. Sie fiel und riss sich beim Hinausfallen den Arm an einem Nagel vom Handgelenk bis zum Ellbogen auf.

Sie landete zwar auf den Füßen, doch der Boden war uneben. Während sie unwillkürlich den verletzten Arm festhielt, stolperte sie nach hinten und fiel zu Boden, wobei sie mit dem Hinterkopf an einen Stein stieß.

Ein paar Sekunden sah sie nur die gleißende Sonne vor ihren Augen, dann wurde alles um sie herum schwarz.

4. KAPITEL

Lucas Greywolf hatte es eilig, zurückzukommen. Er hatte sich die Landschaft genau eingeprägt und wusste, dass es nur noch ein paar Kilometer sein konnten. Ungeduldig trat er das Gaspedal bis zum Anschlag durch.

Zum Glück lief der Wagen wieder einwandfrei. Es war kein Problem gewesen, den Ersatzschlauch einzubauen. Viel schwieriger war der lange Lauf zum Auto gewesen, noch dazu mit dem schweren Werkzeug in den Taschen und dem Kanister Wasser, um das verlorene Kühlwasser wieder aufzufüllen. Er war es gewohnt, lange Strecken zu laufen, und auch die Hitze machte ihm dabei nichts aus. Aber diese zusätzlichen Gewichte störten seinen Laufrhythmus.

Greywolf war dankbar dafür, dass er hier im Wagen einmal in Ruhe nachdenken konnte. Der Wind pfiff ihm durchs Haar, denn wann immer er konnte, fuhr Greywolf mit offenen Fenstern. Die Kühlung der Klimaanlage war nicht nach seinem Geschmack, und nur Aislinn zuliebe war er bislang mit geschlossenen Fenstern gefahren.

Diese Frau.

Er bekam ein schlechtes Gewissen, wenn er daran dachte, dass sie jetzt in dem kleinen Raum eingesperrt war. Was aber hätte er sonst tun sollen? Sie hätte den Weg zurück zum Wagen nicht mehr geschafft, zumindest hätte es noch sehr viel länger gedauert, und ihm blieb nicht mehr viel Zeit.

Wie lange mochte es noch dauern, bis sie ihn einfingen? Würde er noch rechtzeitig kommen? Er musste es einfach schaffen.

Er wusste von vornherein, was ihn dieser Ausbruch kostete, doch das nahm er in Kauf. Er bedauerte lediglich, dass andere auch dafür bezahlen mussten. Nur ungern hatte er den Wächter bewusstlos geschlagen, der in ihm den Freund gesehen hatte. Und es machte ihm auch keinen Spaß, dieser Frau Angst einzujagen. Sie verkörperte alles, was er selbst verachtete. Sie war eine Weiße, und wohlhabend noch dazu. Trotzdem wünschte er sich, er hätte sie da nicht mit hineingezogen.

War das wirklich nötig gewesen?

Verärgert schaltete er das Autoradio ein und drehte die Lautstärke voll auf. Er redete sich ein, dass er nur auf Nachrichten wartete, doch im Grunde wollte er nur seine Gedanken an diese Frau verdrängen.

Wieso hatte er sich diese Verantwortung aufgeladen? Er hätte sie doch nur bewusstlos schlagen und ihr Haus verlassen müssen. Bis sie zu sich gekommen wäre und die Polizei alarmiert hätte, wäre er längst verschwunden gewesen.

Dummerweise war er dort geblieben und hatte sich mit dieser Frau abgegeben. Die Dusche war nicht zwingend notwendig gewesen, und einen Schlafplatz hätte er auch sonst irgendwo gefunden.

Und wenn er schon über Nacht geblieben war, wieso war er dann nicht wenigstens im Morgengrauen verschwunden? Vielleicht wäre sie erst Stunden nach ihm aufgewacht.

Statt vernünftig zu handeln, hatte er dagelegen und diese schöne blonde Frau angesehen. Es war ihm schwergefallen, ihrer Schönheit zu widerstehen, noch dazu, wo es so lange her war, dass er eine Frau zu Gesicht bekommen hatte. Fast berauscht hatte er ihren Duft eingeatmet.

Und dann hatte er sie auch noch mitgenommen. Dabei hatte er ihr nie etwas antun wollen.

Was sollte das dann mit dem Messer? Die ewigen Drohungen? Wieso hatte er sie sich ausziehen lassen? Er redete sich ein, dass er sich mit den Drohungen nur absichern wollte und dass er sich einfach zu sehr danach gesehnt hatte, eine nackte Frau zu sehen.

Andererseits hatte er sie begehrt, und er hatte bisher noch nie den Wunsch gehabt, mit einer weißen Frau zu schlafen.

Er würde sein Begehren unter Kontrolle halten. Wenn er diese Frau nur in seiner Nähe hatte, reichte ihm das völlig. Jedenfalls redete er sich das ein. Immer wieder rief er sich in Erinnerung, aus welchen Gründen er die Weißen verachtete.

Sie war reich und charakterlich bestimmt verdorben. Diesen Rühr-mich-nicht-an-Blick kannte er nur zu gut aus der Schulzeit und vom College. Mädchen wie Aislinn Andrews flirteten vielleicht mit Indianern, aber auf mehr ließen sie sich nicht ein. Und wenn sie mit einem Indianer schliefen, dann nur, um vor ihren Freundinnen damit zu prahlen. Danach verhielten sie sich kühler und abweisender denn je.

Diese Frau allerdings war zäh, das musste er ihr zugestehen. Sie wirkte die meiste Zeit über sehr gefasst, egal, was er ihr antat.

Er musste fast schmunzeln, als er daran dachte, wie Aislinn sie beide durch die Straßensperre geschleust hatte. Warum hatte sie das getan?

Nach der letzten Nacht war er sich nicht mehr so sicher, ob er es schaffen würde, sie körperlich in Ruhe zu lassen. Die Stunden im „Tumbleweed“ waren Himmel und Hölle zugleich gewesen. Ein paar Mal hatte er sich danach gesehnt, ihr einen richtigen Kuss zu geben und mit der Zunge ihren Mund zu erforschen.

Es hatte sich gut angefühlt, ihren Körper zu spüren. Und dann heute früh, als er ihren Atem an der Brust gespürt hatte, ihre Brüste und ihre Schenkel ...

Nein, er musste sie gehen lassen.

Er würde den Wagen voll tanken, nachsehen, ob es ihr gut ging, und dann eine Nachricht für den Tankstellenbesitzer hinterlegen, damit er Aislinn fand. Sie würde der Polizei nicht sagen können, wohin er verschwunden war. Die ungefähre Richtung seiner Flucht kannten sie ohnehin schon. Über kurz oder lang würde er gefasst werden.

Greywolf hoffte nur, dass er bis dahin erledigt hatte, weswegen er ausgebrochen war.

Beim Anblick der Ortschaft gab er noch einmal Gas. Jetzt, wo er entschieden hatte, die Frau freizulassen, wollte er es hinter sich bringen und verschwinden. Er würde ihren Wagen mitnehmen müssen, aber für eine Frau wie sie würde es kein Problem sein, einen anderen Wagen zu bekommen.

Er hielt vor der Zapfsäule der Tankstelle, und während der Tank voll lief, überprüfte er den Kühlwasserstand. Rasch reinigte er noch die Scheiben und prüfte den Reifendruck. Er beeilte sich, um so schnell wie möglich wegzukommen.

Schließlich ging er um das Gebäude herum zu den Toiletten. Er entfernte den Stahlträger von der Tür und klopfte laut an. Als er keine Antwort hörte, rief er nach Aislinn.

„Antworten Sie mir. Ich weiß, dass Sie da drin sind. Das ist doch lächerlich."

Nachdem er ein paar Sekunden gelauscht hatte, öffnete er die Tür. Fast hoffte er, dass sie ihn überlisten wollte, doch innerlich wusste er, dass der Raum leer war.

Hitze und Gestank schlugen ihm entgegen, und sofort fiel ihm das offene Fenster auf. Seine Sorge verwandelte sich in ohnmächtige Wut. Diese kleine Schlange war tatsächlich entkommen!

Er stürzte aus dem Waschraum und lief um das Gebäude herum und in den Verkaufsraum, doch auch hier fand er keinerlei Anzeichen dafür, dass Aislinn hier gewesen war.

Die Scherben lagen immer noch auf dem Boden, und der Geldschein steckte nach wie vor unter dem Aschenbecher. Auch in der Staubschicht auf dem Telefonhörer entdeckte er keine Spuren.

Verwirrt schob er die Hände in die Jeanstaschen. Wohin konnte sie gegangen sein? War vielleicht jemand vorbeigekommen, der sie mitgenommen hatte? Hätte sie aber nicht als Erstes telefoniert? Das alles ergab keinen Sinn.

Greywolf ging zurück zum Waschraum.

„Vorsichtig, trinken Sie ganz langsam, sonst werden Sie sich noch verschlucken."

Aislinn genoss das Gefühl, als der erste Schluck der Cola ihre Kehle hinunterlief. Sie richtete sich etwas auf, gab den Versuch jedoch stöhnend auf, als sie rasende Kopfschmerzen bekam.

„Legen Sie sich zurück", sagte die sanfte Stimme. „Das reicht jetzt sowieso fürs Erste."

Sie öffnete die Augen. Greywolf beugte sich über sie, sein Gesicht lag im Schatten und wirkte unergründlich. Dann entdeckte sie, dass die Sonne bereits untergegangen sein musste. Es war dunkel. Aus dem Augenwinkel heraus erkannte sie, dass sie auf dem Rücksitz des Autos lag. Die Fenster waren alle heruntergekurbelt, um die frische Wüstenluft hereinzulassen. Greywolf hockte neben ihr.

„Wo …", setzte sie an.

„Ungefähr fünfzig Kilometer von der Tankstelle entfernt. Ich habe Verbandszeug dabei."

„Wofür?"

„Sie haben im Schlaf gestöhnt", antwortete er knapp, als würde das alles erklären.

Unter größter Anstrengung streckte sie den Arm aus und griff nach seinem Hemd. „Reden Sie endlich mit mir. Diese indianische Sturheit macht mich langsam verrückt. Wo bin ich, und weswegen brauchen Sie Verbandszeug? Haben Sie mich jetzt doch mit dem Messer verletzt?"

Dieser Gefühlsausbruch kostete sie den Rest ihrer Kraftreserven, und sie sackte wieder zurück. Aber sie blickte Greywolf weiterhin feindselig an, auch wenn sie aus seinem Gesichtsausdruck nichts ablesen konnte.

„Erinnern Sie sich nicht, dass Sie aus dem Fenster gefallen sind?"

Nachdenklich schloss sie die Augen. Jetzt erinnerte sie sich. Die Angst, die Verzweiflung und der Hass auf Greywolf, das alles kam mit einem Mal zurück.

„Ich habe ein paar Aspirin gegen Ihre Kopfschmerzen."

Als sie die Augen wieder öffnete, nahm er gerade zwei Tabletten aus einem Röhrchen. „Wo haben Sie die her?"

„Aus dem Laden. Können Sie sie mit Cola runterspülen?" Sie nickte nur. Er reichte ihr die Tabletten, und sie legte sie sich auf die Zunge. Mit einem Arm stützte Greywolf sie bei den Schultern hoch, während er mit der anderen Hand die Cola-Dose an ihre Lippen hielt.

Als sie geschluckt hatte, ließ er sie langsam wieder auf den Sitz zurücksinken. „Ihre Lippen sind von der Sonne ausgetrocknet." Noch während er das sagte, strich er ihr mit einem Finger, den er mit Lippencreme bedeckt hatte, über die Lippen.

Die Berührung seiner Fingerspitze weckte Empfindungen in ihr, für die sie sich schämte, denn sie ähnelten stark körperlichem Verlangen. Zunächst fuhr er schnell über ihre Lippen, um die Salbe zu verteilen, doch dann wurde er langsamer, und als er erneut ihre Oberlippe entlangstrich, konnte Aislinn kaum noch still halten. Sie fühlte sich von einer Unruhe ergriffen, die nichts mit ihren Verletzungen zu tun haben konnte.

Als er den Finger zurückzog, berührte sie tastend die Lippen mit der Zunge. Die Salbe schmeckte leicht nach Banane und Kokosnuss. „Lecken Sie sie nicht ab", wies Greywolf sie an und blickte unverwandt auf ihren Mund. „Die Lippen sollen doch heilen."

„Danke."

„Danken Sie mir nicht. Ihretwegen wäre ich beinahe gefasst worden."

Beim harten Klang seiner Stimme, der der sanften Berührung völlig widersprach, zuckte Aislinn zusammen. Wie hatte sie sich einbilden können, dieser Mann sei zärtlich zu ihr? Wütend sah sie wieder zu ihm hoch. „Meiner Meinung nach geschieht es Ihnen nur recht, wenn Sie gefasst werden. Besonders, da Sie mich so misshandelt haben."

„Sie sind niemals in Ihrem Leben misshandelt worden, Miss Andrews", erwiderte er abfällig. „Sie wissen nicht einmal, was dieses Wort bedeutet. Als Weiße aus gutem Haus haben Sie bisher schließlich nur die schönen Seiten des Lebens erlebt."

„Was den Indianern angetan wurde, ist nicht meine Schuld." Aislinn wusste, dass seine ganze Verbitterung daher stammte. „Klagen Sie jeden Weißen deshalb an?"

„Ja", stieß er wütend hervor.

„Und was ist mit Ihnen selbst?", rief sie zurück. „Sie sind auch kein reinrassiger Indianer. Sind Sie selbst auch zur Hälfte verdorben?"

Wütend umfasste er ihre Schultern und drückte sie auf den Sitz hinunter. Sein Blick war kalt. „Ich bin Indianer", flüsterte er und unterstrich jedes Wort damit, dass er Aislinn leicht schüttelte. „Vergessen Sie das niemals."

Sie wusste, dass sie das nicht konnte. Die Wut in seinem Blick löschte jede Hoffnung in ihr aus, dass er ihr gegenüber etwas nachgiebiger wurde. Er war gefährlich, und sie zitterte verschüchtert, als er sich über sie beugte.

Das ärmellose Hemd, das Lucas trug, ließ seine muskulösen Arme in Aislinns Augen hart wie Stein wirken. Die meisten der Knöpfe waren offen, und seine nackte Brust hob und senkte sich bei jedem seiner hastigen Atemzüge. Der kräftige Hals betonte die versteinerte Reglosigkeit seines wütenden Gesichts noch mehr.

Fast drohend blitzte der silberne Ohrring auf, und das Kreuz an seiner Halskette pendelte höhnisch hin und her. Der Duft, der von Greywolf ausging, war eine Mischung aus Sonne, Schweiß und Männlichkeit.

Jede Frau mit einem Rest gesunden Menschenverstand hätte sich gehütet, diesen wutentbrannten Mann durch weitere Bemerkungen noch mehr zu reizen. Aislinn war klüger als der Durchschnitt, sie wagte nicht einmal zu blinzeln.

Allmählich entspannte er sich ein bisschen. „Ich sollte Ihren Arm lieber verbinden, bevor die Wunde sich entzündet." Er sprach vollkommen teilnahmslos, als hätten sie sich nie gestritten.

„Mein Arm?" Erst als Aislinn versuchte, den Arm zu bewegen, stellte sie fest, dass er schmerzte. Jetzt fiel ihr auch wieder der schmerzhafte Augenblick während ihres Sturzes ein.

„Sehen Sie", sagte er nur, als er ihr schmerzverzerrtes Gesicht bemerkte. „Lassen Sie mich mal machen." Er stützte sie hoch und half ihr, sich halb aufzusetzen. Als seine Hände zu den Knöpfen ihrer Bluse glitten, hielt Aislinn unwillkürlich die Bluse vor ihrer Brust verkrampft zu. Greywolf sah sie eindringlich an. „Sie müssen sie ausziehen, Aislinn."

Sie sah an sich hinunter und stellte erschreckt fest, dass der Ärmel blutdurchtränkt war. „Das … das wusste ich nicht." Innerlich wehrte sie sich gegen das Schwindelgefühl, das sie ergriff.

„Ich musste dringend weg von der Tankstelle, deshalb habe ich Sie nur auf den Rücksitz gelegt. Jetzt sind wir weit genug entfernt, sodass ich mir Ihren Arm genauer ansehen kann."

Schweigend blickten sie einander in die Augen. Ihr kam es wie eine Ewigkeit vor, bis Greywolf ungeduldig den Kopf schüttelte. „Wie gesagt, ich brauche Sie als Sicherheit."

Wieder fuhr er mit den Händen zu den Knöpfen ihrer Bluse, und diesmal wehrte sie sich nicht. Rasch und nüchtern öffnete er die Bluse, und Aislinn errötete, als ihre Brüste allmählich entblößt wurden. Doch sein Gesicht verriet nichts von seinen Gedanken.

Als er ihr die Bluse von den Schultern schob, wurden seine Bewegungen vorsichtiger und sanfter. Zuerst zog er den unverletzten Arm aus der Bluse und dann langsam den linken mit der Wunde.

Aislinn stöhnte auf, als der blutverkrustete Stoff sich von der Wunde löste.

„Tut mir leid." Bevor sie sich darauf vorbereiten konnte, riss er den Stoff schon mit einem Ruck herunter. „Das ist immer noch der schmerzloseste Weg. Es tut mir wirklich leid."

„Ich weiß. Schon in Ordnung." Tränen traten ihr in die Augen, aber sie kämpfte dagegen an. Einen Augenblick betrachtete er nur ihre Augen, als sei er gefesselt von dem Anblick. Vielleicht wollte er aber auch nur prüfen, ob eine weiße Frau sich zu Tränen und Jammern hinreißen lassen würde.

Dann zog er Aislinn unvermittelt hoch und zog ihr die Bluse vom Rücken. Eine Sekunde lang berührten ihre Brüste seinen Brustkorb.

Unzählige Empfindungen durchschossen sie gleichzeitig. Ihre Brustspitzen fühlten sich an seiner muskulösen Brust noch zarter an, und sie spürte seine Brusthaare, die ihre Haut kitzelten. Seine Haut war warm.

Sie taten beide so, als hätten sie die flüchtige Berührung nicht wahrgenommen, doch Greywolfs Gesicht wirkte noch angespannter, als er Aislinn langsam wieder auf den Autositz herabließ.

Die wieder aufgerissene Wunde zog sich über den gesamten Unterarm und blutete. Greywolf warf die Bluse zur Seite und holte aus einer Papiertüte ein Päckchen mit Verbandszeug und eine Flasche mit einer keimtötenden Flüssigkeit. „Es wird sehr stark brennen", sagte er, während er die Flasche öffnete und einen Wattebausch tränkte. „Sind Sie bereit?"

Aislinn nickte. Er hob ihren Arm und strich mit der Watte über die Wunde. Unwillkürlich zog sie die Knie an und stieß die Luft aus. Jetzt konnte sie die Tränen nicht länger zurückhalten. Er rieb die ganze Wunde ab und presste die Watte dann auf die Stellen, an denen der Nagel tiefer eingedrungen war.

„Oh, bitte", stöhnte sie auf und schloss vor Schmerz die Augen.

Rasch verschloss er die Flasche wieder, hob Aislinns Arm noch höher und blies sacht über die Wunde. Mit einer Hand hielt er ihr Handgelenk, während er sich mit der anderen neben ihrem Kopf abstützte. Aislinn beobachtete sein Gesicht und seine Wangen, die sich blähten, wenn er mit seinem Atem ihre Haut kühlte. Seine Lippen waren dicht an ihrem Arm. Als er langsam den Kopf parallel zu ihrer Wunde bewegte, kam er ihren Brüsten immer näher.

Schließlich spürte sie den Lufthauch auch an ihren Brustspitzen, die sich augenblicklich aufrichteten. Als Greywolf das bemerkte, zuckte er zusammen, als wolle er den Kopf heben. Doch stattdessen neigte er den Kopf noch tiefer und blies erneut. Diesmal noch sanfter und direkt auf ihre Brustknospe.

Genau wie er verharrte auch Aislinn vollkommen still. Er sah sie an, und sie erkannte die Lust in seinem Blick. Er neigte sich zu ihr, doch er berührte sie nicht.

Sie wagte nicht, sich zu bewegen, obwohl die Versuchung stark war. Dem Drang, ihm mit den Fingern durchs Haar zu streichen und ihn zu sich zu ziehen, konnte sie kaum widerstehen. Eine ungeahnte Woge der Zärtlichkeit überkam sie. So ein starkes Gefühl hatte sie noch nie empfunden. Sie sehnte sich mit einem Mal danach, eins mit ihm zu werden und mit ihm zu schlafen. Obwohl sie ihn eigentlich hassen sollte.

Wieso hatte er sie nicht an der Tankstelle zurückgelassen? Und warum hatte er seine knappe Zeit damit verbracht, Aspirin und Verbandszeug zu suchen? Besaß er doch so etwas wie menschliches Mitgefühl? Vielleicht war seine abweisende Haltung nur eine Schutzreaktion auf die ganzen Ungerechtigkeiten, die er erlebt hatte.

Ihr Gesichtsausdruck verriet, wie empfänglich und verletzlich sie in diesem Moment war. Schlagartig wirkte seine Miene wieder wie versteinert. „Sehen Sie mich nicht so an", warnte er sie leise.

Verständnislos schüttelte sie den Kopf. „Was meinen Sie?"

„Als hätten Sie vergessen, dass ich lange im Gefängnis war. Wollen Sie wissen, ob ich Sie begehre?", fragte er barsch. „Ja, das tue ich." Sein Griff wurde wieder stahlhart. „Ich begehre Sie. Ihren ganzen Körper möchte ich berühren, ich möchte an Ihren Brustspitzen saugen und so tief in Sie eindringen, dass ich Ihren Herzschlag spüre. Und wenn Sie nicht wollen, dass das geschieht, sollten Sie mich besser nicht wieder so ansehen, Miss Andrews."

Wie hatte sie nur glauben können, dass er so etwas wie menschliches Mitgefühl besaß? Wütend auf ihn und auf sich selbst, bedeckte sie mit dem freien Arm ihre Brüste. „Bilden Sie sich bloß nichts ein", zischte sie ihn an. „Lieber würde ich sterben."

„Das glaube ich." Er lachte auf. „Aber verbluten sollen Sie nicht. So weit lasse ich es nicht kommen."

Sie wandte den Kopf ab, während er ihr einen Verband um den Unterarm anlegte. Anschließend packte er das restliche Verbandszeug und das Medikament wieder in den Papierbeutel.

Furchtsam riss sie die Augen auf, als er wieder nach dem Messer griff, aber er benutzte es lediglich, um die Ärmel aus ihrer Bluse herauszutrennen. Dann warf er ihr das zerstörte Kleidungsstück zu.

„Ziehen Sie das wieder an. Wir haben genug Zeit vergeudet." Er stieg aus und ging zum Fahrersitz herum.

Wütend schwieg Aislinn und starrte auf seinen Hinterkopf, während Greywolf losfuhr. Dutzende von Fluchtmöglichkeiten gingen ihr durch den Kopf, doch sie verwarf jede von ihnen sofort wieder. Selbst wenn es ihr gelingen sollte, Greywolf zu überwältigen, wusste sie nicht, wo sie sich befände. Sie hatte keine Ahnung, in welcher Richtung sie auf Menschen treffen würde, und wenn das Benzin ausging, wäre sie vollkommen hilflos.

So gab sie den Gedanken an Flucht auf und blieb reglos sitzen, bis sie vor Erschöpfung schließlich wieder einschlief.

Aislinn wachte auf, als Greywolf den Wagen anhielt. Mühsam richtete sie sich auf und versuchte, in der Dunkelheit ringsum etwas zu erkennen.

Greywolf warf ihr nur einen flüchtigen Blick zu, bevor er aus dem Wagen stieg. Er ging einen Pfad zu einem kleinen Haus entlang. In der Dunkelheit konnte sie die Umrisse nur undeutlich erkennen, dennoch sah sie, dass es von Indianern erbaut war. Nur durch das Licht, das in dem Häuschen brannte, konnte sie überhaupt etwas davon erkennen.

Die Hütte lag an einem Berghang, und selbst das Blechdach lag im Schatten des Bergs, während die übrige Landschaft silbern im Mondlicht schimmerte.

Einerseits war es Neugier und andererseits die Angst, in dieser seltsamen, verzauberten Umgebung allein gelassen zu werden. Jedenfalls stieg Aislinn aus und ging Greywolf nach. Sie hatte Mühe, nicht ständig über Steine und Geröll auf dem schmalen Weg zu stolpern.

Noch bevor er die Hütte erreichte, kam eine Person nach draußen, die von den Umrissen her viel kleiner war als er. Es war eine Frau.

„Lucas!"

Es klang wie ein freudiger Aufschrei, und die Frau rannte Greywolf entgegen. Sie warf sich an ihn, und er schloss sie in die Arme. Beschützend beugte er sich über die kleine, zierliche Frau.

„Lucas, warum hast du das bloß getan? Wir haben im Radio davon gehört und im Fernsehen dein Bild gesehen."

„Du weißt, warum. Wie geht es ihm?"

Er schob die Frau etwas von sich und sah ihr prüfend ins Gesicht. Traurig schüttelte sie den Kopf. Ohne ein weiteres Wort führte Greywolf sie am Arm zurück zur Tür.

Gespannt folgte Aislinn ihnen und betrat zum ersten Mal eine Indianerhütte. In dem einzigen Raum war es sehr heiß. Im Kamin brannte ein Feuer, und der Rauch drang durch ein Loch im Blechdach nach draußen. Brennende Petroleumlampen stellten die einzige Beleuchtung dar. Auf einem großen, rechteckigen Tisch mit vier alten Stühlen darum standen eine Kanne Kaffee und einige zerbeulte Blechtassen. In einer Ecke des Raums war ein Waschbecken mit einer handbetriebenen Wasserpumpe.

Der Boden bestand aus gestampfter Erde, und nicht weit vom Eingang war er mit einer schönen Sandmalerei verziert. Aislinn konnte die verschlungenen Muster nicht deuten, doch sie wusste, dass diese Malereien zu Heilzwecken dienten.

An der gegenüberliegenden Wand war in einer Nische ein schmales Bett, das mit indianischen Stoffen bedeckt war. Greywolf kniete neben dem Bett, in dem ein alter Indianer lag. Sein eingefallenes Gesicht wurde von langen grauen Haarsträhnen eingerahmt. Mit den alten, knorrigen Händen krallte er sich in die Decken. Seine Augen glänzten fiebrig, während er zu Greywolf hochsah. Leise sprach er zu ihm in einem indianischen Dialekt.

Außer ihnen befanden sich noch zwei Personen in dem Zimmer – die Frau, die Greywolf begrüßt hatte, und dann noch ein Mann, ein Weißer. Er war mittelgroß und hatte schütteres braunes Haar. Seine Schläfen waren grau, und Aislinn schätzte ihn auf ungefähr fünfzig Jahre. Gedankenverloren blickte er zu Lucas und dem alten Mann.

Aus Gründen, über die sie lieber nicht näher nachdenken wollte, hatte Aislinn es bislang vermieden, die Frau genauer anzusehen. Das holte sie jetzt nach. Sie war eine schöne Indianerin. Hohe Wangenknochen, tiefschwarzes Haar, das glatt bis zu den Schultern reichte, und lebhafte dunkle Augen. Sie war wie eine Weiße gekleidet und trug ein einfaches Baumwollkleid, flache Schuhe und schlichten Schmuck. Ihre

Kopfhaltung verlieh ihr eine elegante Ausstrahlung, und ihr Körper war schlank und weiblich.

Greywolf presste die Stirn fest gegen die abgearbeiteten Hände des alten Mannes und wandte sich dann an den Mann am Fuß des Bettes. „Hallo, Doc."

„Lucas, du Dummkopf."

Ein flüchtiges Lächeln zog sich über Lucas' Gesicht. „Eine nette Begrüßung nenn ich das."

„So etwas Verrücktes. Aus dem Gefängnis ausbrechen!"

Greywolf zuckte nur mit den Schultern und blickte wieder auf den alten Mann. „Er sagt, er habe keine Schmerzen."

„Ich habe es für ihn so bequem wie möglich gemacht", sagte der andere Mann. „Obwohl ich ihn gedrängt habe, wollte er nicht ins Krankenhaus."

„Er will hier sterben", sagte Lucas. „Das ist wichtig für ihn. Wie lange noch?", fragte er heiser.

„Bis zum Morgen. Vielleicht."

Die Frau fing an zu zittern, gab jedoch keinen Laut von sich. Greywolf ging zu ihr und nahm sie in die Arme. „Mutter."

Sie ist seine Mutter! dachte Aislinn bestürzt. Die Frau sah so jung aus, viel zu jung, um einen Sohn in Lucas' Alter zu haben.

Er sprach ihr leise ins Ohr, und Aislinn nahm an, dass er sie zu trösten versuchte. Entgeistert stellte sie fest, dass der Mann, der sich in den vergangenen zwei Tagen so kalt und teilnahmslos verhalten hatte, tatsächlich Mitgefühl zeigte. Diese Empfindungen zeigten sich auch auf seinem sonst so hart wirkenden Gesicht. Als er schließlich hochblickte, sah er Aislinn, die nach wie vor reglos in der Tür stand.

Sanft schob er seine Mutter von sich und wies mit dem Kinn in Aislinns Richtung. „Ich habe eine Geisel mitgebracht."

Diese Äußerung ließ seine Mutter herumfahren und Aislinn ansehen. Furchtsam legte sie eine Hand an die Brust. „Eine Geisel? Lucas!"

„Hast du den Verstand verloren?", fragte der Doktor verärgert. „Mensch, weißt du nicht, dass sie überall nach dir suchen?"

„Das habe ich mitbekommen", sagte Greywolf leichthin.

„Sie werden dich so schnell wieder ins Gefängnis bringen, dass du nicht mal mitbekommst, was mit dir geschieht. Und diesmal wird es für eine lange Zeit sein."

„Das Risiko musste ich eingehen", sagte Lucas nur. „Ich habe um die Erlaubnis gebeten, meinen Großvater noch einmal zu sehen, bevor er stirbt. Mein Antrag wurde abgelehnt. Es nützt eben nichts, nach ihren Regeln zu spielen. Mittlerweile habe ich dazugelernt. Frag nicht lange, sondern handle."

„Oh, Lucas." Seine Mutter seufzte und sank auf einen Stuhl. „Vater hätte verstanden, dass du nicht hier sein kannst."

„Aber ich habe es nicht verstanden", erwiderte Lucas wütend. „Was hätte es für einen Unterschied gemacht, wenn sie mich ein paar Tage freigelassen hätten?"

Die drei schwiegen, weil niemand von ihnen eine Antwort darauf wusste. Schließlich kam der eine Mann auf Aislinn zu und reichte ihr die Hand. „Ich bin Dr. Gene Dexter."

Sie mochte ihn sofort. Er sah unauffällig aus, aber seine Art war beruhigend und gutmütig. Aber vielleicht erschien ihr das auch nur so im Gegensatz zu Lucas Greywolf. „Aislinn Andrews."

„Sie kommen aus ...?"

„Scottsdale."

„Sie wirken erschöpft. Wollen Sie sich nicht setzen?"

Gene Dexter bot ihr einen Stuhl an, und sie setzte sich dankbar. „Vielen Dank."

„Dies ist Alice Greywolf", stellte Gene Dexter die Frau vor.

„Ich bin Lucas' Mutter", sagte sie und beugte sich vor. Ernsthaft sah sie Aislinn an. „Werden Sie uns jemals vergeben, was geschehen ist?"

„Ist er Ihr Vater?", erkundigte Aislinn sich vorsichtig und wies auf den alten Mann im Bett.

„Ja, Joseph Greywolf." Alice nickte.

„Es tut mir leid."

„Danke."

„Kann ich Ihnen etwas anbieten?", fragte Dr. Dexter nach.

Müde seufzte sie auf und lächelte schwach. „Sie können mich nach Hause bringen."

Verächtlich stieß Greywolf die Luft aus. „Es war für Miss Andrews eine unangenehme Überraschung, als sie vorgestern Abend nach Hause kam und entdeckte, dass ich etwas aus ihrem Kühlschrank gegessen hatte."

„Du bist bei ihr eingebrochen?" Ungläubig sah Alice zu ihm hoch.

„Ich bin ein Krimineller, Mutter. Hast du das vergessen? Ein Sträfling auf der Flucht." Er schenkte sich einen Becher Kaffee ein. „Entschuldigen Sie mich." Er lächelte Aislinn verkrampft zu und wandte sich dann wieder dem Bett zu.

„Er ist aus dem Gefängnis geflohen, in mein Haus eingebrochen und hat mich als Geisel mitgenommen, damit er hier seinen Großvater sehen kann, bevor er stirbt?“ Aislinn konnte das einfach nicht fassen.

Wenn sie daran dachte, wie sehr Greywolf ihr Angst gemacht hatte, wie er sie mit dem Messer bedroht und sie gedemütigt hatte, dann wollte sie am liebsten aufspringen, ihn an seinen Haaren reißen und ihn mit aller Kraft ohrfeigen.

Sie hatte sich all dem gefügt, weil sie ihn für gewalttätig gehalten hatte. Wenn sie ihn jetzt ansah, wie er sich über den sterbenden Mann beugte und leise auf ihn einredete, während er ihm über die Stirn strich, zweifelte sie daran, dass er einer Fliege etwas zuleide tun konnte.

Aislinn sah wieder zu den beiden Leuten am Tisch, die sie ansahen, als komme sie aus einer anderen Welt. „Ich verstehe das alles nicht.“

Alice Greywolf lächelte sanft. „Mein Sohn ist auch nicht leicht zu verstehen. Er handelt oft unüberlegt und ist aufbrausend. Aber im Grunde ist er ein netter Kerl.“

„Ich würde ihm am liebsten den Hintern versohlen, weil er diese junge Frau hier noch mit hineingezogen hat“, sagte Dr. Dexter. „Wieso macht er es sich selbst noch schwerer, indem er Miss Andrews entführt?“

„Du kennst ihn doch, Gene“, sagte Alice aufseufzend. „Wenn er es sich erst mal in den Kopf gesetzt hat, hierherzukommen, bevor Vater stirbt, lässt er sich durch nichts aufhalten.“ Besorgt sah sie Aislinn an. „Er hat Ihnen doch hoffentlich nichts angetan?“

Sie zögerte mit der Antwort. Sollte sie ihnen erzählen, dass er sie erniedrigt hatte, indem er sich vor ihr auszog, um zu duschen? Dass er sie danach gezwungen hatte, sich auch auszuziehen, und sie dann ans Bett gefesselt hatte? Er hatte sie zwar oft beleidigt und mit Worten verletzt, aber körperlich hatte er ihr nichts angetan.

„Nein“, entgegnete sie ruhig. Verwirrt blickte sie auf ihre verkrampften Hände. Jetzt nahm sie ihn schon wieder in Schutz, warum nur?

„Ihr Arm ist verbunden“, stellte Gene fest.

„Ich habe mich verletzt, als ich aus einem Waschraum herauswollte … Er hatte mich eingeschlossen.“

„Was?“

Aislinn erzählte alles von Anfang an, wobei sie über die persönlicheren Einzelheiten hinwegging und den Zwischenfall an der Straßensperre ausließ. „Lucas hat meinen Arm vor ungefähr einer Stunde verbunden.“

„Wir sollten lieber nachsehen“, beschloss Gene und pumpte Wasser in das Waschbecken. Dann wusch er sich die Hände. „Alice, bitte hol meine Tasche. Wir sollten Miss Andrews eine Tetanusspritze geben.“

Eine halbe Stunde später ging es Aislinn besser. Die Wunde an ihrem Arm war kaum mehr als ein Kratzer. Sie hätte sich an dem Waschbecken frisch gemacht und sich das Haar gebürstet. Alice hatte ihr eine bestickte Bluse und einen indianischen Rock geliehen. „Es ist sehr nett von Ihnen, hier zu warten, bis ... bis Vater stirbt.“

Aislinn knöpfte sich die Bluse zu. „Ich hatte damit gerechnet, in irgendeinem Unterschlupf zu landen.“ Sie blickte zum Bett, wo Gene und Lucas sich um den alten Mann kümmerten. „Ich verstehe nicht, weshalb er mir nicht gleich gesagt hat, weswegen er geflohen ist.“

„Mein Sohn verhält sich oft abweisend.“

„Er ist sehr misstrauisch.“

Kurz legte Alice Aislinn eine Hand auf den Arm. „Wir haben noch warme Suppe. Möchten Sie einen Teller?“

„Ja, gern.“ Jetzt erst wurde ihr klar, was für einen Hunger sie hatte. Alice saß ihr am Tisch gegenüber, während sie aß. Aislinn nutzte die Gelegenheit, um Alice Fragen über Lucas zu stellen, die sie schon früher beschäftigt hatten.

„Heißt das, er hat eine dreijährige Haftstrafe für ein Verbrechen abgesessen, das er nicht begangen hat?“

„Ja“, antwortete Alice. „Lucas hat diese Demonstration vor dem Gerichtsgebäude in Phoenix lediglich organisiert. Er bekam die Erlaubnis dazu, und niemand sah voraus, dass es zu Gewalttätigkeiten kommen könnte.“

„Was ist geschehen?“

„Ein paar Mitdemonstranten, die viel radikaler in ihren Ansichten sind als Lucas, fingen damit an. Bevor Lucas etwas unternehmen konnte, zerstörten sie bereits öffentliches Eigentum. Bei den anschließenden Ausschreitungen und Straßenkämpfen wurden einige Leute verletzt, auch ein paar Polizisten.“

„Ernstlich verletzt?“

„Ja. Und weil er bereits ein bekannter Anführer war, wurde Lucas als Erster verhaftet.“

„Wieso hat er denn vor Gericht nicht angegeben, dass er versucht hat, die Leute aufzuhalten?“

„Er hat sich geweigert, die Namen der Verantwortlichen preiszugeben. Vor Gericht hat er sich selbst verteidigt, aber ich denke, für die

Richter und die Geschworenen stand das Urteil schon zu Beginn der Verhandlung fest. Es gab einen großen Presserummel um das Urteil. Er wurde schuldig gesprochen, und die Strafe war unverhältnismäßig schwer."

„Hätte er sich nicht lieber einen Anwalt nehmen sollen?", fragte Aislinn nach.

Alice lächelte. „Mein Sohn hat Ihnen wirklich nicht viel von sich erzählt, oder?" Aislinn schüttelte den Kopf. „Er ist selbst Anwalt."

Sprachlos sah Aislinn Lucas' Mutter an. „Anwalt?"

„Jetzt hat er allerdings Berufsverbot", wandte Alice traurig ein. „Deshalb ist er so verbittert. Er wollte unseren Leuten mit rechtlichen Mitteln helfen. Das ist ihm nun nicht mehr möglich."

Aislinn konnte die Neuigkeiten gar nicht so schnell verdauen. Anscheinend steckte viel mehr hinter Lucas Greywolf, als sie angenommen hatte. Sie sah zum Bett. Gerade in diesem Moment stand er auf und drehte sich zum Tisch um. Tröstend legte Gene ihm eine Hand auf die Schulter.

„Sie sprechen von ‚unseren Leuten'." Aislinn sah Alice prüfend an. „Anscheinend bedeutet Ihnen Ihr indianisches Erbe sehr viel. Nennen Lucas und Sie sich deshalb Greywolf?"

„Welchen Namen sollten wir denn sonst annehmen?", fragte Alice völlig verblüfft.

„Na, Dexter." Auch Aislinn wirkte jetzt verwundert. „Ist Gene denn nicht Lucas' Vater?"

Alle drei sahen Aislinn starr an. Dann errötete Alice und blickte weg. Gene Dexter räusperte sich unbehaglich. Nur Lucas antwortete ihr schließlich.

„Nein, das ist er nicht."

„Alice, Joseph fragt nach dir", sagte Gene sanft und legte Alice den Arm um die Schultern. Beide drehten sich zum Bett um.

Aislinn wünschte, sie würde im Erdboden versinken. „Ich ... ich dachte, weil ... weil Sie nur zur Hälfte Indianer sind ..."

„Ja, da haben Sie sich geirrt." Greywolf ließ sich auf einen der Stühle fallen. „Was tun Sie hier eigentlich noch? Ich war sicher, dass Sie Gene längst dazu gebracht hätten, Sie zurück in die Zivilisation zu fahren."

„Er hat hier Wichtigeres zu tun. Zum Beispiel muss er sich um Ihren Großvater kümmern."

Spöttisch sah er Aislinn an. „Vielleicht gefällt Ihnen dieses Leben unter Kriminellen auch, und Sie wollen gar nicht mehr zurück?"

Erbost blickte sie ihn an. „Natürlich will ich nach Hause. Aber ich bin nicht so gefühllos und selbstsüchtig, wie Sie denken."

„Und das heißt?"

„Das heißt, ich habe Verständnis für Sie und Ihre Mutter. Anstatt ständig mit diesem Messer herumzufuchteln, hätten Sie bloß zu sagen brauchen, was Sie vorhaben. Dann hätte ich Ihnen geholfen."

Abfällig lachte er auf. „Eine hübsche, gesetzestreue Bürgerin wie Sie, die einem ausgebrochenen indianischen Sträfling bei der Flucht hilft? Das bezweifle ich. Aber ich konnte ohnehin nicht auf Ihre Warmherzigkeit zählen. Ich habe gelernt, misstrauisch zu sein." Er beugte sich über den Tisch vor. „Ist noch Suppe übrig?"

Als sie ihm aus dem Topf Suppe auf einen Teller schöpfte, stellte sie fest, dass sie immer noch nichts über Lucas' Vater wusste. Offenbar sprach er nicht gern über seine weiße Herkunft, und das machte es für Aislinn noch interessanter.

Er löffelte die heiße Suppe. Ohne zu fragen, schenkte Aislinn ihm Kaffee ein. Noch vor ein paar Stunden wollte sie nichts sehnlicher, als von diesem Mann fortzukommen. Jetzt rückte sie einen Stuhl zurecht und setzte sich Lucas gegenüber. Fragend blickte er sie an, aß dann jedoch schweigend weiter.

Er wirkte nicht mehr so bedrohlich. Es fiel Aislinn schwer, sich vor einem Mann zu fürchten, der neben dem Bett seines sterbenden Großvaters niederkniete und sanft auf ihn einredete.

Dennoch war sein Blick weiterhin eiskalt, und die Muskeln unter seiner kupferbraunen Haut wirkten angespannt. Aber irgendetwas war anders an ihm.

Auf Aislinn wirkte er jetzt vielmehr fesselnd. Er unterschied sich grundlegend von den Männern, mit denen ihre Eltern sie bekannt gemacht hatten. Jene Männer waren einer wie der andere. Sie trugen maßgeschneiderte Anzüge in unterschiedlichen Grautönen. Sie gaben sich lebhaft und aufgeschlossen und konnten stundenlang über die verschiedensten Themen reden, wie zum Beispiel den Tennisclub, teure Sportwagen und gemeinsame Bekannte aus der gehobenen Gesellschaft.

Wie langweilig sie alle im Vergleich zu diesem Mann wirkten, der einen silbernen Ohrring trug und heiße Suppe in sich hineinlöffelte, als sei es die letzte warme Mahlzeit, die er für lange Zeit bekommen würde. Dieser Mann hier machte keinen großen Bogen um Schweiß, Schmutz und die grundlegenden Dinge im Leben wie den Tod.

„Sie haben mir nicht erzählt, dass Sie Anwalt sind." Aislinn wusste nicht, wie sie ihn sonst zum Reden bringen sollte, als durch das direkte Ansprechen von Themen.

„Es spielte keine Rolle."

„Sie hätten es dennoch erwähnen können."

„Wieso? Wäre es für Sie leichter gewesen, wenn Sie gewusst hätten, dass Sie von einem Anwalt mit dem Messer bedroht werden?"

„Sicher nicht", erwiderte sie. Damit war die Unterhaltung wieder beendet. Es war unglaublich schwer, Informationen aus ihm herauszubekommen. „Ihre Mutter sagte, Sie hätten ein Stipendium für das College bekommen."

„Sie haben sich anscheinend blendend unterhalten." Er aß weiter seine Suppe. „Warum interessiert Sie das alles?"

Sie hob die Schultern. „Ich ... ich weiß nicht."

„Sie wollen bloß hören, wie es ein armer kleiner Indianer in der weißen Welt zu etwas gebracht hat, stimmt's?"

„Das hätte ich mir denken können, dass Sie sich sofort wieder angegriffen fühlen. Vergessen wir das Ganze." Ärgerlich stand sie auf, um die Teller zum Waschbecken zu tragen, doch er hielt sie an der Hand fest.

„Setzen Sie sich, dann erzähle ich Ihnen alles, wenn es Sie schon so brennend interessiert."

Einen Ringkampf hätte Aislinn gegen Lucas kaum gewonnen, und da er ihre Hand nicht losließ, setzte sie sich wieder. Einen Moment hielt er sie noch fest, bevor er ihre Hand losließ. Aus seinem Blick sprach unverhohlene Verachtung. Unruhig rutschte sie auf dem Stuhl hin und her.

„Ich habe hier im Reservat den Schulabschluss gemacht", setzte er an. Seine Lippen bewegten sich kaum, während er sprach. „Das Stipendium habe ich bekommen, weil ich ein guter Dauerläufer war. Ich habe mich am College in Tucson eingeschrieben. Die Sportkurse sind mir leichtgefallen, aber abgesehen davon war ich einer der schlechtesten Studenten im ersten Semester. Obwohl die Lehrer hier im Reservat ihr Bestes geben, war ich überhaupt nicht auf die Hochschule vorbereitet."

„Sehen Sie mich nicht so an, als müsse ich mich wegen meiner blonden Haare und blauen Augen schämen."

„Jemand wie Sie wird das vielleicht nicht nachvollziehen können, aber wenn man ein Außenseiter ist, nützt es eine ganze Menge, wenn man wenigstens irgendetwas gut kann. Deshalb habe ich gepaukt und gepaukt, während Sie und Ihre Leute sich wahrscheinlich auf irgendwelchen Partys amüsiert haben."

„Sie wollten einer der Besten werden."

Er stieß die Luft aus. „Ich wollte nur mithalten. Wenn ich nicht im Unterricht oder in der Bücherei oder auf dem Sportplatz war, habe ich gearbeitet. Ich hatte zwei Jobs auf dem College-Gelände, damit niemand behaupten konnte, ich hätte den Platz nur bekommen, weil ich Indianer und ein guter Läufer bin." Er faltete die Hände auf dem Tisch und blickte auf sie hinunter. „Wissen Sie, was ein Halbblut ist?"

„Natürlich weiß ich das. Es ist ein widerlicher Ausdruck."

„Sicher können Sie sich aber nicht vorstellen, was es heißt, mit einem solchen Namen leben zu müssen. Oh, ich war auch bekannt, weil ich ein guter Läufer war", sagte er nachdenklich. „Als ich mein College-Studium mit Auszeichnung abschloss ..."

„Dann waren Sie also doch einer der Besten."

Er ging nicht darauf ein. „Ich war so bekannt, dass sogar in der Zeitung ein Bericht über mich war. Kurz zusammengefasst stand darin, wie bemerkenswert mein Erfolg sei ... für einen Indianer." Durchbohrend sah er sie an. „Sehen Sie, das war immer der Unterschied: für einen Indianer."

Aislinn wusste, dass er recht hatte, und sie erwiderte nichts.

„Ich habe sofort angefangen, Jura zu studieren. So schnell wie möglich wollte ich eine Anwaltskanzlei eröffnen, um den Indianern zu helfen, nicht mehr ausgebeutet zu werden. Ein paar Fälle habe ich gewonnen, aber bei Weitem nicht genug. Das Rechtssystem hat mich sehr enttäuscht, weil auch dort Unterschiede zwischen den Rassen gemacht werden." Er machte eine kurze Pause. „Dann fing auch ich an, mich nicht mehr an die Spielregeln zu halten. Ich habe mich viel offener und kritischer geäußert, und dann begann ich, die Indianer zu organisieren, damit ihre Stimmen mehr Gewicht bekommen. Es gab friedliche Demonstrationen, aber ich bekam den Ruf eines Aufrührers, den man im Auge behalten musste. Als sie die Gelegenheit bekamen, mich festzunehmen und einzusperren, taten sie es sofort." Er lehnte sich zurück. „Das war's. Sind Sie jetzt zufrieden?"

Es war eine längere Rede geworden, als sie es sich bei ihm hatte vorstellen können. Den Rest konnte sie sich gut genug ausmalen. Lucas gehörte zu keiner Gesellschaft richtig, er war weder ganz Indianer noch ganz Weißer. Sie konnte sich vorstellen, welche Beschimpfungen er über sich hatte ergehen lassen müssen.

Er war klug und körperlich stark. Ohne Zweifel stellte er für die anderen Indianer eine Führerfigur dar. Dadurch wurde er jemand, den die weiße Gesellschaft fürchtete. Dennoch war Aislinn überzeugt, dass ein Großteil seiner Verbitterung von seiner eigenen Dickköpfigkeit herrührte.

Er hätte sich die Jahre im Gefängnis ersparen können, wenn er die Namen der Schuldigen genannt hätte, und Aislinn konnte sich seinen Gesichtsausdruck vor dem Gericht sehr gut ausmalen.

„Sie fühlen sich ständig angegriffen“, stellte sie fest.

Überraschenderweise lächelte er, obwohl es ein bitteres Lächeln war. „Das ist richtig, aber das war nicht immer so. Als ich das Reservat verließ, war ich sehr naiv und voller Ideale.“

„Aber dann wurden Sie von der Gesellschaft enttäuscht.“

„Machen Sie ruhig weiter. Ziehen Sie mich auf. Das bin ich gewohnt.“

„Sind Sie nie auf den Gedanken gekommen, dass Sie nicht wegen Ihrer Hautfarbe ein Außenseiter wurden, sondern wegen Ihrer abweisenden, unfreundlichen Art?“

Wieder streckte er die Hand aus und umfasste ihr Handgelenk. „Was wissen Sie schon darüber? Nichts“, stieß er aus. „Sind Sie jemals zu einer Party eingeladen worden, wo man Ihnen Unmengen an Alkohol aufnötigt, um zu sehen, wie viel Sie vertragen? Dann fragt man Sie, wo Sie Pfeil und Bogen gelassen haben und ob Sie nicht einen dieser Tänze aufführen wollen.“

„Hören Sie auf!“ Vergeblich versuchte sie sich loszureißen.

Ohne es zu merken, waren beide aufgestanden. Er hatte sie über den Tisch zu sich gezogen und blickte sie aus vor Wut blitzenden Augen an. „Wenn Sie erst mal so lächerlich gemacht wurden, Miss Andrews, können Sie gern zurückkommen und mir noch mal erzählen, dass ich mich leicht angegriffen fühle.“

„Lucas!“

Der Ausruf seiner Mutter beendete Lucas Greywolfs Wutausbruch. Einen Moment lang noch sah er Aislinn zornig an, dann ließ er plötzlich ihre Hand los.

„Er will dich sprechen.“ Alice blickte zwischen Lucas und Aislinn hin und her, als spüre sie das Knistern zwischen den beiden. Sie nahm Lucas am Arm und führte ihn zum Bett.

Aislinn sah ihnen nach. Alice reichte ihrem Sohn kaum bis zur Schulter. Mit einem Arm umschlang Lucas die Taille seiner Mutter, und Aislinn konnte sich gar nicht vorstellen, dass dieser Mann zärtliche und liebevolle Gefühle empfand.

„Sie müssen Lucas verzeihen.“ Gene Dexters sanfte Stimme riss Aislinn aus ihren Gedanken.

„Warum? Er ist erwachsen und für sich selbst verantwortlich. Schlechtes Benehmen ist unentschuldbar, egal, welchen Grund es dafür gibt."

Der Arzt seufzte auf und schenkte sich einen Kaffee ein. „Natürlich haben Sie recht." Auch er sah jetzt zu Mutter und Sohn, die beide neben dem Bett des sterbenden Mannes niederknieten. „Ich kenne Lucas, seit er ein kleiner Junge war. Er war immer temperamentvoll und aufbrausend."

„Kennen Sie ihn schon so lange?"

Gene Dexter nickte. „Ich kam gleich nach meiner Assistenzzeit in das Reservat."

„Wieso?" Sie errötete, als der Arzt ihr schmunzelnd ins Gesicht sah. Färbte Lucas' schroffe Art auch auf sie ab? „Entschuldigung. Es geht mich nichts an."

„Schon in Ordnung. Ich antworte Ihnen gern." Er wählte seine Worte sehr sorgfältig. „Ich fühlte mich in gewisser Weise berufen. Damals war ich jung und idealistisch. Ich wollte helfen und nicht unbedingt viel Geld verdienen."

„Sie haben sicher vielen geholfen." Sie machte eine kurze Pause. „Jedenfalls Alice und Lucas Greywolf." Als sie ihn unauffällig aus dem Augenwinkel heraus ansah, merkte sie, dass er sich durch ihr vorsichtiges Nachhaken nicht täuschen ließ.

„Ich traf Alice, als sie mit Lucas in die Klinik kam, weil er sich einen Arm gebrochen hatte. Während der folgenden Wochen wurden wir Freunde, und ich fragte sie, ob sie mir nicht in der Klinik helfen wolle. Ich brachte ihr alles Notwendige bei, und seitdem arbeiten wir zusammen."

Seine Gefühle für Alice waren mehr als die Dankbarkeit eines Arztes für seine aufopfernde Krankenschwester, doch Aislinn hatte keine Gelegenheit, weiter zu fragen. In diesem Augenblick wandte Alice sich voller Panik an den Arzt.

„Gene, komm schnell! Er …"

Der Doktor lief ans Bett und kniete sich neben Alice und Lucas. Er legte das Stethoskop an die Brust des alten Mannes. Selbst aus der Entfernung konnte Aislinn das rasselnde, keuchende Atmen des alten Mannes hören.

Und bis zum Morgengrauen quälte der alte Indianer sich noch weiter. Die Stille, nachdem Lucas' Großvater den letzten Atemzug getan hatte, war noch beklemmender als der Todeskampf zuvor. Aislinn bedeckte die bebenden Lippen mit den Händen und wandte sich von den drei Trauernden ab, um nicht zu stören. Leise setzte sie sich auf einen der Stühle und senkte den Kopf.

Sie hörte das Geräusch von Füßen auf dem Boden der Hütte, das leise Weinen von Alice und gedämpfte, tröstende Worte. Dann vernahm sie das laute Trampeln von Stiefeln. Die Tür ging auf, und als sie den Kopf hob, sah sie Lucas, der gerade aus der Hütte ging.

Durch die offene Tür sah Aislinn Lucas den Pfad entlanggehen. Seine Bewegungen waren fließend wie immer, doch seine Schultern wirkten verspannt. Nur durch reine Willenskraft schien er sich zusammenreißen zu können. Obwohl sie sein Gesicht nicht sehen konnte, wusste sie, welchen versteinerten Ausdruck seine Züge jetzt hatten.

Er ging an Aislinns Auto vorbei und lief in langen, entschlossenen Schritten den gegenüberliegenden Hügel hinauf.

Sie dachte nicht groß über das nach, was sie tat. Sie stand einfach auf und lief zur Tür. Mit einem raschen Blick zu Alice sah sie, dass Gene Dexter sie tröstete.

Aislinn rannte aus der Hütte. Der Morgen dämmerte bereits. Hier in den Bergen war es erheblich kühler, doch das alles nahm Aislinn kaum wahr. Sie sah nur den Mann, der vor ihr in einiger Entfernung scheinbar mühelos den Berg hinaufkletterte.

Sie kam nicht so schnell voran. Die von Alice geliehenen Stiefel bereiteten ihr zwar keine Probleme, doch der weite Rock verfing sich immer wieder in den Büschen und behinderte sie beim Klettern. Ein paar Mal schürfte sie sich die Knie auf, und ihre Handflächen waren bald voller Risse.

Noch bevor sie die Hälfte des Aufstiegs hinter sich hatte, war sie außer Atem und rang nach Luft. Trotzdem kletterte sie weiter, von einem inneren Drang getrieben, über den sie nicht nachdenken wollte. Sie musste das hier einfach tun. Sie musste Lucas einholen.

Schließlich wirkte das Felsplateau, das die flache Bergkuppe darstellte, nicht mehr so unerreichbar. Noch einmal kletterte Aislinn etwas schneller. Wenn sie hochsah, konnte sie Lucas oben erkennen. Seine Umrisse zeichneten sich dunkel vor dem wolkenlosen Himmel ab.

Als sie endlich den Gipfel erreichte, musste sie das letzte Stück buchstäblich kriechen. Oben angekommen, ließ sie sich gegen einen Felsbrocken sinken und schöpfte Atem. Ihr Herz schlug so rasend schnell, dass es ihr wehtat. Ungläubig sah sie auf ihre aufgerissenen Handflächen und die abgebrochenen Fingernägel.

Normalerweise wäre sie über die Verletzungen entsetzt gewesen, doch im Moment bedeutete ihr dieser Schmerz überhaupt nichts im Vergleich zu diesem Mann.

Greywolf stand reglos mit dem Rücken zu ihr da. Er blickte über die Landschaft, die sich unter ihm erstreckte. Die Beine hatte er leicht gespreizt, und die Hände hingen zu Fäusten geballt an seinen Seiten herab.

Während sie ihn besorgt betrachtete, warf er den Kopf in den Nacken, schloss die Augen und stieß ein lautes Wolfsheulen aus, dessen Echo von den umliegenden Bergen widerklang. Dieser tierische Schrei kam direkt aus seiner Seele und drückte seinen tiefen Schmerz so kraftvoll aus, dass Aislinn ihn wie den eigenen empfand. Tränen liefen ihr über die Wangen. Sie streckte die Hand nach ihm aus, aber er stand einige Meter außerhalb ihrer Reichweite.

Merkwürdigerweise fühlte sie sich von diesem Gefühlsausbruch nicht angewidert. In ihrer Familie war eine solche Hemmungslosigkeit im Zeigen der Gefühle verboten. Man verbarg das, was man empfand. Alles andere galt als anstößig und ungehörig.

Noch nie hatte Aislinn so etwas erlebt. Ihr kam es vor, als würde durch diesen Schrei etwas tief in ihr aufgerissen, das sie in all den Jahren verschlossen gehalten hatte.

Lucas sank auf die Knie, beugte sich vor und umschlang den Kopf mit beiden Armen. Er sprach in einem Singsang Worte vor sich hin, die sie nicht verstand. Aber sie begriff, dass dieser Mann untröstlich war und mit seinem Kummer allein nicht zurechtkam.

Aislinn ging zu Greywolf, hockte sich neben ihn und berührte seine Schulter. Er reagierte wie ein verwundetes Tier. Sein Kopf fuhr herum, seine Augen waren eisig und tränenlos, und doch erkannte sie in seinem Blick den tiefen Schmerz.

„Was tust du hier?", fragte er verächtlich. „Du gehörst nicht hierher."

Damit gab er ihr nicht nur zu verstehen, dass sie nicht auf diesem Felsen sein durfte, sondern auch, dass sie seinen Schmerz niemals nachempfinden konnte.

„Das mit deinem Großvater tut mir leid."

Seine Augen verengten sich. „Was kann dir schon der Tod eines alten, nutzlosen Indianers ausmachen!"

Bei diesen Worten traten ihr wieder Tränen in die Augen. „Warum tust du das? Du schließt andere Menschen aus, Menschen, die dir helfen wollen."

„Ich brauche keine Hilfe.“ Voll unverhüllter Verachtung sah er sie an. „Schon gar nicht deine.“

„Denkst du, du seist der einzige Mensch auf der Welt, der jemals enttäuscht, verletzt oder betrogen wurde?“

„Du hast so etwas erlebt? Du in deiner heilen Welt?“

Auf so eine beleidigende Frage wollte sie nicht antworten. Jede Erklärung wäre nur lächerlich gewesen. Außerdem war sie zu wütend, weil er ihr Mitgefühl von sich wies. „Du trägst deine Verbitterung wie einen Schutzschild vor dir her. Hinter dieser Wut versteckst du dich wie ein Feigling, der Angst hat, menschliche Wärme zu erleben. Jemand bietet dir Zärtlichkeit, und du deutest es als Mitleid. Und auch Mitleid braucht jeder von uns hin und wieder.“

„Na dann“, sagte er leise, „bemitleide mich.“

Er bewegte sich wie ein Blitz, und seine Berührung hatte etwas Elektrisierendes. Mit einer Hand fuhr er ihr durchs Haar, krallte sich mit einer Faust in den Haarsträhnen fest und zog ihren Kopf so weit in den Nacken zurück, dass es Aislinn schmerzte.

„Du willst die Wohltäterin für Indianer spielen? Dann zeig mal, wozu du bereit bist.“

Unvermittelt presste er die Lippen auf ihren Mund. Wütend versuchte sie etwas zu sagen, doch sie brachte nur ein ersticktes Stöhnen heraus. Es schien ihn nicht zu stören, er küsste sie nur noch brutaler.

Sie konnte den Kopf nicht wegdrehen, und so versuchte sie, Greywolf von sich wegzustoßen. Die Haut seiner Oberarme war warm und glatt. Die Muskeln darunter fühlten sich wie Stahlseile an. Es war zwecklos.

Er hob den Kopf nur ein paar Zentimeter und lächelte spöttisch. „Hat Sie schon einmal ein Indianer geküsst, Miss Andrews? Davon werden Sie Ihren Freunden bei der nächsten Teeparty erzählen können.“

Wieder presste er den Mund hart auf ihre Lippen. Diesmal hatte sie das Gefühl zu fallen und spürte kurz darauf tatsächlich den steinigen Boden unter ihrem Rücken. Er streckte sich über ihr aus und drückte eine Seite von ihr mit seinem Körpergewicht zu Boden.

„Nein!“, stieß sie atemlos hervor, als er mit den Lippen über ihren Hals fuhr. Sie wollte ihn treten, doch er legte nur einen Schenkel über ihre Beine und verhinderte damit jede Bewegung.

„Was ist los? Hast du den Gefallen am Mitleid schon verloren? Dann pass mal auf, was jetzt kommt.“

Er küsste sie wieder, und Aislinn spürte seine Zunge zwischen den Lippen. Beharrlich presste sie die Zähne aufeinander. Er ließ ihren Kopf los und drückte ihre Kiefer, bis sie keine andere Wahl hatte, als den Mund zu öffnen.

Seine Zunge drang besitzergreifend in ihren Mund ein. Vor Wut versuchte sie zu schreien und bog den Rücken durch, um ihn von sich abzuschütteln.

Doch damit erreichte sie nur, dass er ein Knie zwischen ihre Schenkel drückte und die Hüfte an sie presste. Verzweifelt wollte sie diese grausame Umarmung beenden. Entschlossen hob sie die Finger mit den langen Nägeln zu seinem Gesicht.

Doch in dem Moment, in dem sie sein Gesicht berührte, spürte sie die feuchten Stellen auf seinen Wangenknochen. Augenblicklich löste ihre Wut sich in Nichts auf, und fasziniert strich sie ihm mit den Fingerkuppen über die Wangen.

Das Ende ihres Widerstands besänftigte auch Lucas wieder etwas, und er unterbrach den Kuss. Schweigend sahen sie einander in die Augen. Durch einen Tränenschleier hindurch betrachtete sie seine hellen Augen, die sich von der dunklen Gesichtsfarbe abhoben.

Wie von selbst bewegte ihre Hand sich und strich ihm die Tränenspuren von den Wangen. Beim Gedanken daran, wie tief sein Schmerz sein musste, dass ein so unbeugsamer Mann wie er weinte, krampfte sich alles in ihr zusammen.

Lucas sah ihre von dem wütenden Kuss geschwollenen Lippen und bedauerte sofort, was er ihr angetan hatte. Noch nie zuvor hatte er einer Frau Gewalt angetan, und ihm wurde fast schlecht vor Wut auf sich selbst.

Er wollte sich von ihr hochstützen, doch Aislinn berührte immer noch sein Gesicht und betrachtete seinen Mund. Reglos hielt er inne.

„Ich habe Sie gewarnt, mich nie wieder so anzusehen", sagte er grob. „Sie wissen, was Sie dadurch bei mir auslösen."

Immer noch zeigte sie keine Regung.

Es dauerte nur wenige Sekunden, doch beiden kam es wie eine Ewigkeit vor, ehe er aufstöhnend wieder die Lippen auf ihren Mund senkte.

Diesmal berührte er ihre Lippen sanft und strich mit seinen so zart darüber, als wolle er Aislinn auf diese Weise um Vergebung bitten. Unweigerlich seufzte sie auf.

Langsam öffnete sie den Mund, und zögernd drang er mit der Zunge ein. Tief stöhnte er auf, bevor er das Innere ihres Mundes erkundete.

Noch nie war sie so sinnlich und aufreizend geküsst worden. Immer wieder drang er mit der Zunge vor, bis Aislinn atemlos aufstöhnte. Sie sehnte sich nach mehr.

Sanft berührte sie das Ohrläppchen mit dem Silberring, und Lucas verharrte reglos. Nur sein keuchender Atem verriet, wie sehr ihn diese Liebkosung erregte. Mit der anderen Hand fuhr Aislinn ihm durch das dichte Haar. Sie streifte ihm das Stirnband ab, und sein Haar fiel ihr wie schwarze Seide über die Finger.

Lucas tastete mit fiebriger Hast nach den Knöpfen ihrer geliehenen Bluse, und Aislinn tat nichts, um ihn davon abzuhalten.

Denk nicht nach, befahl sie sich immer wieder. Wenn sie jetzt einen Moment zögerte, würde sie das Ganze beenden. Und das wollte sie nicht.

Seit sie ihn in ihrer Küche überrascht hatte, wurde sie von den widersprüchlichsten Empfindungen bestürmt. Beinahe pausenlos war sie in den letzten Tagen ihren Gefühlen ausgeliefert. Manchmal hatte sie diese Gefühle nicht schnell genug verdrängen können, dann hatte sie gespürt, wie tief sie reichten. Noch vor drei Tagen war ihr Leben eintönig und langweilig verlaufen. Und in diesen drei Tagen hatte sie Empfindungen erlebt, deren Höhepunkt sie jetzt auch auskosten wollte. Zusammen mit Lucas Greywolf.

Heiß spürte sie seinen Atem an der Kehle. Er küsste den Ansatz ihrer Brust und strich mit der Hand sanft über die Knospe. Allein die Vorstellung seiner dunklen, kräftigen Finger auf ihrer weißen Haut ließ Aislinn erbeben.

Sie biss sich auf die Unterlippe, um nicht vor Lust aufzuschreien, als er ihre Brustspitze immer weiter reizte. Lucas umspielte sie mit der Zunge und sog mit den Lippen an ihr. Aislinn konnte den Aufschrei nicht länger unterdrücken und umfasste seinen Kopf mit beiden Händen.

Ohne Hemmungen liebkoste Lucas sie mit der Zunge, den Zähnen und den Lippen. Aislinn konnte nicht genug davon bekommen. Jede seiner Bewegungen erlebte sie als etwas Einzigartiges und Neues. Sie öffnete sein Hemd, schob den Stoff zur Seite und strich Lucas über die Brust. Das Ertasten seiner glatten Haut, des Brusthaars, das Berühren seiner Brustwarzen ließ sie erschauern.

Lucas barg das Gesicht zwischen ihren Brüsten und stöhnte lustvoll. Mit einer Hand schob er ihr den Rock hoch und berührte die Innenseite ihrer Schenkel.

Wie Donner dröhnte ihm der eigene Pulsschlag im Kopf. Seine Erregung steigerte sich immer mehr, und drängende Hitze breitete sich in seinen Lenden aus. Er hatte sich nach irgendeiner Frau gesehnt, doch sein Verlangen hatte sich auf diese eine Frau konzentriert. Diese blonde, blauäugige Frau, die alles verkörperte, was er hasste, stellte gleichzeitig alles dar, wonach er sich sehnte.

Seit er gesehen hatte, wie ihr Körper im Licht des Badezimmers golden schimmerte, regte sich bei ihrem Anblick sein Verlangen. Wie sehr hatte er davon geträumt, sie am ganzen Körper zu berühren, sie zu schmecken und ihren Duft in sich aufzunehmen.

Ihre zierlichen runden Brüste reizten ihn unsagbar, und der Gedanke an den noch verhüllten Rest ihrer schlanken, weiblichen Figur stachelte sein Begehren noch weiter an.

Lebhaft konnte er sich an ihren nackten Körper erinnern. Zitternd, aber dennoch stolz hatte sie vor ihm gestanden, ihre zarte Haut hatte leicht geschimmert.

Jetzt endlich konnte er sie berühren. Die weichen Haare zwischen ihren Schenkeln fühlten sich so warm und weiblich an, wie er es sich ausgemalt hatte. Er fuhr mit der Hand tiefer in ihren Slip und ertastete das Zentrum ihrer Lust. Mit einem Mal wurde er von brennender Ungeduld gepackt und zog ihr den Slip hastig herunter.

Kein Laut war zu hören außer ihrem hastigen Atmen. Lucas stützte sich über sie und sah ihr ins Gesicht. Ruhig und dennoch herausfordernd erwiderte sie den Blick.

Die Morgensonne schien auf ihre Brüste. Aislinn genoss die begehrlichen Blicke, mit denen Lucas sie ansah. Der Rock war ihr bis zur Taille hochgeschoben. Aislinn war so schön, so verführerisch. Unwillkürlich schloss er die Augen, um sich gegen die auf ihn einstürzenden Gefühle zu wehren.

Er öffnete seine Jeans und kniete sich zwischen ihre gespreizten Schenkel. Langsam beugte er sich über Aislinn und verschloss ihren Mund mit einem Kuss. Vorsichtig drang er in sie ein. Jede Sekunde kostete er aus, und er verlor sich in dem Gefühl, von ihr umschlossen zu werden. Als er ganz in ihr war, senkte er sich auf sie herab. Das Gesicht barg er in der Mulde an ihrem Hals. Fast wünschte er sich, in diesem Augenblick zu sterben, denn nie wieder würde er so etwas Schönes erleben.

Aislinn hatte die Augen geschlossen. Sie fuhr unter sein Hemd und strich ihm über den Rücken, genoss es, die kräftigen Muskeln zu spüren. Dann zog sie die Hände zurück. Sie wollte seinen Po umfassen, als könne sie ihn dadurch noch enger an sich pressen. Gleichzeitig fühlte sie sich ganz von ihm ausgefüllt.

Sie drehte den Kopf zur Seite und küsste sein Ohrläppchen. Tief stöhnte Lucas dabei auf und neigte den Kopf zu der zarten Spitze ihrer Brust. Mit offenen Lippen strich er darüber, bis Aislinn sich ihm drängend entgegenbog.

Dann begann er, sich in ihr zu bewegen. Immer wieder drang er tief in sie ein, und Aislinn konnte nicht verstehen, wie sie all die Jahre ohne ihn gelebt hatte.

Er murmelte etwas auf Indianisch, dann flüsterte er ihren Namen. „Ich will dich, ich will uns sehen“, stieß er hervor.

Langsam senkte er den Blick zu der Stelle, an der sie beide verschmolzen. Mit einer kreisenden Bewegung seiner Hüften steigerte er Aislinns Lust, sodass sie den Kopf von einer Seite auf die andere warf. Doch sie konnte die Augen nicht schließen, obwohl sie sich unaufhaltsam dem Gipfel der Ekstase näherte.

Sie sah in sein Gesicht, um es sich ins Gedächtnis einzubrennen. Wild und schön sah er aus, und auf seiner Stirn bildeten sich kleine Schweißperlen, als er seine Bewegungen beschleunigte.

„Ich werde es nie vergessen, niemals“, flüsterte er heiser. „Egal, wie lange sie mich wieder einsperren.“

Aufstöhnend warf er den Kopf in den Nacken, dann blickte er sie durchdringend an, kurz bevor er die Augen schloss. Jeder Muskel an seinem Körper spannte sich an, als er den Höhepunkt erreichte.

Aislinn schlang ihm die Arme um den Nacken und presste das Gesicht an seine Brust. Aufschreiend gab sie sich ihrem eigenen Gipfel der Lust hin.

Lucas sank kraftlos auf sie. Seine Lippen bewegten sich dicht an ihrem Ohr, aber Aislinn konnte kein Wort verstehen. Sie streichelte seinen Hinterkopf und genoss das Gefühl, sein Haar auf ihrer Wange zu spüren.

Sie erinnerte sich später nicht, wie lange sie so dagelegen hatten. Und sie wusste ebenso wenig, weshalb sie sich schließlich voneinander lösten.

Doch sie würde niemals seinen Gesichtsausdruck vergessen, als er den Kopf hob. Einen Moment wirkte er unendlich traurig, dann bekam sein Gesicht wieder diesen kühlen, abweisenden Ausdruck.

Er stand auf und zog seine Jeans wieder hoch. Sein Hemd knöpfte er nicht wieder zu. Gedankenversunken ging er an den Rand des Plateaus und sah zu Joseph Greywolfs Hütte hinab.

„Zieh dich lieber wieder an. Sie sind gekommen, um mich zu holen."

Seine Worte trafen sie wie Messerstiche. Sie wollte schreien, doch das wäre sinnlos gewesen. Wo sollte sie ihn verstecken? Wie konnte sie ihn beschützen? Außerdem wirkte Lucas, als sei ihm nun alles egal. Die Festnahme, seine weitere Zukunft und auch Aislinn.

Trotz der Hitze war Aislinn eiskalt, und sie zog sich hastig an. Zitternd stand sie auf und klopfte den Rock ab. Noch immer versuchte sie zu begreifen, was gerade geschehen war. Vor Scham errötete sie, während ihr Körper noch immer in der ausklingenden Lust bebte.

Es war viel zu schnell vorüber. Sie sehnte sich nach einem zärtlichen Nachspiel, nach Lucas' Wärme.

Hatte sie ein Liebesbekenntnis erwartet, einen Dank oder einen Scherz? Lucas sah sie nur noch einmal abwesend an, bevor er den Berg hinabstieg.

Hilflos bedeckte sie das Gesicht mit beiden Händen. Ihre Beine versagten ihr fast den Dienst, als sie an den Rand des Plateaus ging.

Polizeiwagen mit Blaulicht standen rings um die kleine Hütte herum. Überall liefen Polizisten herum. Einer von ihnen steckte gerade den Kopf durch das Fahrerfenster ihres Wagens.

„Nehmen Sie die Hände über den Kopf, Greywolf", donnerte eine Stimme Lucas entgegen.

Er gehorchte, obwohl er dadurch nur noch langsamer den Berg hinunterkam.

Hilflos sah Aislinn von oben zu. Ein Krankenwagen fuhr vor die Hütte, und kurz darauf wurde Joseph Greywolfs zugedeckte Leiche herausgetragen. Dicht dahinter folgte Alice, die sich an Gene Dexter lehnte.

Zwei Polizisten kamen Lucas entgegen und drehten ihm die Arme auf den Rücken.

Trotz der angelegten Handschellen ging Lucas aufrecht und stolz. Er schien nicht wahrzunehmen, was um ihn herum geschah. Alice rannte auf ihren Sohn zu und umarmte ihn. Lucas senkte den Kopf und gab ihr einen Kuss, bevor ihn einer der Polizisten auf einen der wartenden Wagen zustieß.

Kurz bevor er einstieg, hob Lucas den Kopf und sah zu Aislinn empor, die immer noch reglos auf dem Berg stand. Abgesehen von diesem Blick schien es, als gäbe es für ihn Aislinn überhaupt nicht.

5. KAPITEL

Wann wirst du mich endlich heiraten?"

„Wann hörst du endlich mit dieser ewigen Fragerei auf?"

„Wenn du Ja gesagt hast."

Alice Greywolf faltete das Geschirrtuch und legte es in eine Schublade. Aufseufzend wandte sie sich Gene Dexter zu. „Ich weiß nicht, ob du nur so halsstarrig oder begriffsstutzig bist. Warum gibst du nicht endlich auf?"

„Weil ich dich liebe." Er legte die Arme um sie und zog sie zu sich heran. „Seit dem ersten Tag damals in der Klinik."

Und das stimmte. An jenem Tag hatte er sich in sie verliebt. Sie war damals sehr jung gewesen und unglaublich schön. Voller Panik war sie zu dem Arzt gekommen, weil ihr kleiner Junge sich den Arm gebrochen hatte. Nach einer Stunde war der Arm versorgt und Gene Dexter rettungslos der jungen Mutter verfallen gewesen. Seit damals hatte seine Liebe keinen Tag nachgelassen.

Leicht war ihm das nicht immer gefallen. Einige Male hatte er ihr aus purer Enttäuschung Fristen gesetzt. Doch sein ganzes Toben und Reden hatte nichts genützt. Nach wie vor lehnte sie seine Anträge ab.

Ein paar Mal hatte er sich von ihr ferngehalten und vorsätzlich Affären mit anderen Frauen angefangen. Doch die hielten niemals lange. Seit Jahren jedoch benutzte er den Trick mit der Eifersucht nicht mehr, besonders, weil es den anderen Frauen gegenüber unfair war. Alice war die Liebe seines Lebens, auch wenn sie ihn niemals heiraten würde. Damit hatte er sich abgefunden.

Alice legte die Wange an seine Brust und lächelte traurig, als sie an den ersten Tag zurückdachte. Gene Dexter war ihr seit so langer Zeit der beste Freund, dass sie sich ein Leben ohne ihn nicht mehr vorstellen konnte.

„Lucas hatte sich damals gestritten", sagte sie erinnernd. „Die älteren Jungs von der Schule hatten ihn gereizt. Einer von ihnen hatte ihm einen Schimpfnamen zugerufen." Selbst heute noch bedrückte es sie, dass ihr Sohn als Außenseiter aufgewachsen war.

„Wie ich Lucas kenne, hat er sich bestimmt sofort mit allen gleichzeitig angelegt."

„Ja", stimmte sie lachend zu. „Ich habe mir damals Sorgen wegen seines Arms gemacht, aber gleichzeitig war ich wütend, weil er ihre Beschimpfungen nicht einfach ignoriert hatte."

Gene nahm an, dass die Jungen nicht nur Lucas, sondern auch Alice als seine Mutter verunglimpft hatten. Immer hatte Lucas seine Mutter in Schutz genommen, doch das wollte Gene nicht erwähnen.

„Ich wollte nicht, dass er in der Schule in Streitereien gerät, weil er dadurch nur Interesse auf sich zog“, fuhr Alice fort. „Und ich wusste damals nicht, wie ich den weißen Arzt bezahlen sollte.“ Sie legte den Kopf zurück und sah Gene an. Obwohl er nicht mehr so jung wie damals war, sah er auf seine Weise immer noch genauso gut aus. „Ich hatte das Geld nicht, um dich zu bezahlen. Wieso hast du mir damals Zahlungsaufschub gewährt?“

„Weil ich deinen Körper wollte“, sagte er nur und knurrte wie ein wildes Tier. „Ich wollte deinen Sohn behandeln, um Spielraum für Verhandlungen zu bekommen.“

Lachend schob Alice ihn von sich. „So ein Unsinn. Dazu bist du viel zu nett. Außerdem hast du mir gleich einen Job angeboten, damit ich dir später das Geld zurückgeben konnte.“

Liebevoll umfasste er ihr Gesicht mit beiden Händen. „Ich konnte dich damals doch nicht einfach wieder gehen lassen. Deshalb musste ich dafür sorgen, dass du wiederkommst.“ Er küsste sie zärtlich und gleichzeitig leidenschaftlich. „Heirate mich, Alice.“ Seine Stimme klang fast verzweifelt, und Alice wusste, dass das nicht gespielt war.

„Mein Vater …“

„Er ist tot.“ Gene ließ die Arme sinken. „Es ist erst ein paar Monate her, seit er gestorben ist, und ich weiß, dass du noch unter dem Verlust leidest. Aber du hast ihn seit Jahren als Ausrede benutzt, um mich nicht zu heiraten. Jetzt benutzt du seinen Tod auch noch als Ausrede. Wie lange soll das noch so weitergehen?“

Alice ging aus der Küche ins Wohnzimmer ihres kleinen, sauberen Hauses. „Bitte, bedräng mich nicht, Gene. Ich muss schließlich auch an Lucas denken.“

„Lucas ist ein erwachsener Mann.“

„Er braucht immer noch den Rückhalt der Familie, und ich bin die einzige Angehörige, die er hat.“

„Er hat mich doch schließlich auch!“

Entschuldigend sah sie zu ihm hoch und zog ihn zu sich auf das Sofa. „Das weiß ich. Ich wollte dich nicht ausschließen.“

Gene besänftigte sich wieder etwas. „Alice, auch wenn er kein Kind mehr ist, lässt Lucas sich trotzdem noch immer wieder auf Streit ein.

Er macht sich das Leben so schwer wie möglich. Denk nur an seinen Ausbruch und die Frau, die er als Geisel genommen hat."

„Diese Frau ist mir immer noch unbegreiflich", unterbrach Alice ihn, als er Aislinn Andrews erwähnte. „Es sieht Lucas auch gar nicht ähnlich, jemand anderen in seine Angelegenheiten hineinzuziehen."

„Darauf will ich hinaus. Er hat dich nicht um Rat gefragt und mich auch nicht. Weshalb findest du dann, du müsstest ihn um Erlaubnis fragen, ob du heiraten darfst? Wie ich für dich empfinde, weiß er sehr genau, und vielleicht wäre er heute nicht so wild, wenn du mich damals schon geheiratet hättest." Er seufzte auf, als er ihren verletzten Gesichtsausdruck sah. „Tut mir leid, das war nicht fair."

„Lucas musste schon mit genügend Dingen fertig werden, als er groß wurde. Mit einem weißen Stiefvater, der für die Leute im Reservat als reich gilt, wäre es noch schwerer geworden."

„Ich weiß", gab er zu. „Aber auch Lucas benutzt du seit Jahren als Ausrede. Als er erwachsen und auf der Universität war, sagtest du, dein Vater sei der Grund, weswegen du mich nicht heiraten könntest." Er drückte ihre Hand. „Keiner von ihnen war ein glaubhafter Grund. Das waren nur Ausflüchte, und jetzt hast du keine Ausrede mehr."

„Können wir nicht einfach wie bisher weitermachen?"

Er schüttelte energisch den Kopf. „Nein, Alice. Ich werde dich bis zu meinem letzten Atemzug lieben, aber ich bin auch nur ein Mann. Ich will und brauche eine liebevolle und erfüllende Beziehung." Gene beugte sich vor und sprach ernsthaft weiter: „Ich weiß, weshalb du Angst hast, mich zu heiraten."

Alice senkte den Kopf und atmete tief ein, als wolle sie sich innerlich gegen das wappnen, was jetzt kommen musste. Gene strich ihr das tiefschwarze Haar aus dem Gesicht und blickte sie teilnahmsvoll an. „Du denkst bei Sex immer nur daran, dass du einmal ein Opfer gewesen bist. Ich schwöre dir, dass ich dich niemals so verletzen werde, wie es dir schon einmal geschehen ist."

Mit Tränen in den Augen sah sie zu ihm auf. „Was meinst du damit?"

„Diese Unterhaltung hätten wir schon vor Jahren führen müssen, Alice, aber ich wollte dir nicht wehtun, indem ich darüber spreche." Einen Moment schwieg er. „Du hast Angst davor, wieder einen Mann zu lieben, besonders einen Weißen." Sie presste die Kiefer aufeinander, und Gene wusste, dass er ins Schwarze getroffen hatte. „Du denkst, dass dir niemand wehtun kann, solange du auf Distanz bleibst."

Er führte ihre Hände an den Mund und strich ihr mit den Lippen über die Knöchel. „Ich verspreche dir, dass ich dir niemals, niemals wehtun werde. Kennst du mich nicht gut genug, um zu wissen, dass du der Mittelpunkt meines Lebens bist? Ich liebe dich, und ich werde deinen Körper verehren, wenn du mich nur lässt. Weshalb sollte ich jemandem etwas antun, der der wichtigste Teil meines Lebens ist?"

„Gene." Leise schluchzend lehnte sie sich an ihn.

Er umarmte sie und zog sie beschützend zu sich. Lange und liebevoll küsste er sie. Schließlich fragte er: „Wann wirst du mich heiraten?"

„Sobald Lucas aus dem Gefängnis kommt."

Besorgt runzelte er die Stirn. „Wer weiß, wann das ist."

„Bitte, Gene, lass mir noch so lange Zeit. Er würde uns nie verzeihen, wenn wir ohne ihn heiraten. Und schließlich soll er ja nicht noch ein zweites Mal ausbrechen", fügte sie leise lachend hinzu.

Schmunzelnd nickte er, obwohl er glaubte, dass Lucas beruhigter wäre, wenn er wüsste, dass seine Mutter glücklich verheiratet war. Doch er wollte jetzt nicht streiten. „In Ordnung. Aber dabei bleibt es. Und in der Zwischenzeit", eindringlich sah er ihr in die Augen, „tue ich, was ich mein Leben lang getan habe: Ich werde ungeduldig auf dich warten, Alice Greywolf."

„Kommen Sie herein, Mr Greywolf."

Lucas betrat das Büro.

„Setzen Sie sich." Dixon, der Direktor des Gefängnisses, blieb hinter seinem breiten Schreibtisch sitzen, aber das war kein Zeichen der Verachtung seiner Gefangenen. Interessiert sah er den Häftling an.

Lucas ging durch das Büro und setzte sich auf einen der Stühle. Dixon wunderte sich, dass Lucas keine Unterwürfigkeit in seiner Haltung erkennen ließ. Vielmehr verhielt dieser Gefangene sich wie ein stolzer, ungebeugter Mann. Und seine kühlen grauen Augen wichen seinem Blick nicht aus.

„Offenbar tut die Gefängniskost Ihrer körperlichen Fitness keinen Abbruch", stellte Mr Dixon fest. Seit seiner Wiederfestnahme war Greywolf in Einzelhaft und ohne jede Straflockerungen gewesen.

„Mir geht's gut", sagte Lucas nur.

„Ein bisschen dünner, finde ich. Aber wenn Sie erst wieder in die Cafeteria dürfen, wird sich das sicher ändern."

Lucas schlug lässig ein Bein lang über das andere. „Wenn Sie etwas an mir auszusetzen haben, dann schießen Sie los. Ich möchte nämlich zurück in meine Zelle."

Der Direktor zügelte seinen Ärger. In Jahren der Berufserfahrung hatte er gelernt, sich auch von der derbsten Beleidigung nicht aus der Fassung bringen zu lassen. Er kam hinter dem Schreibtisch hervor und ging zum Fenster. „Die Disziplinarstrafe ist entscheidend kürzer ausgefallen, als es nach Ihrer Flucht normalerweise möglich gewesen wäre."

„Danke", entgegnete Lucas spöttisch.

„Bis zu Ihrem Ausbruch waren Sie ein Mustergefangener."

„Ich habe versucht, mein Bestes zu tun."

Wieder ging der Direktor nicht auf die Ironie der Bemerkung ein. „Wir haben Ihre Führungsberichte sorgfältig durchgelesen und uns dann für eine halbjährige Strafe zusätzlich zu den drei Monaten, die Sie sich ohnehin schon eingehandelt haben, ausgesprochen. Unsere Entscheidung fand die Zustimmung der zuständigen Richter."

Rasch wandte Dixon sich um, und er konnte noch Lucas' Reaktion sehen, bevor dieser wieder einen verschlossenen Gesichtsausdruck aufsetzte. Mr Dixon drehte sich wieder zum Fenster und unterdrückte ein Schmunzeln. Auch wenn Lucas Greywolf versuchte, es zu verbergen, er war menschlicher als die meisten anderen Häftlinge.

„War es denn wirklich ein halbes Jahr Gefängnis wert, Ihren Großvater sterben zu sehen?"

„Ja." Lucas bemerkte Bewunderung in der Haltung des Direktors.

„Warum?" Mr Dixon ging an seinen Schreibtisch zurück.

Lucas setzte sich aufrechter in den Stuhl. „Joseph Greywolf war ein stolzer Mann. Er hat an den Traditionen festgehalten, und dass ich im Gefängnis war, hat ihm mehr zu schaffen gemacht als mir selbst. Er konnte den Gedanken nicht ertragen, dass der Enkel eines Häuptlings hinter Gittern sitzt."

„Er war ein Häuptling?"

Lucas nickte. „Hat ihm nicht viel genützt. Er starb als armer, enttäuschter Mann, wie viele meines Stammes."

Der Direktor sah in seine Unterlagen. „Hier steht, dass Ihr Großvater Land besessen hat."

„Aber um drei Viertel der Fläche ist er betrogen worden. Schließlich hat er das Kämpfen aufgegeben. Zum Schluss hat er für Touristen die alten Tänze aufgeführt, die eine sehr tiefe religiöse Bedeutung haben."

Lucas sprang vom Stuhl auf, und der Direktor fuhr mit der Hand schon zum Alarmknopf, als er bemerkte, dass Lucas ihn nicht bedrohte.

„Ich war Großvaters einzige Hoffnung." Lucas ging in dem Raum hin und her. „Er vergab mir mein weißes Blut und liebte mich trotzdem. Aufgezogen hat er mich mehr wie einen Sohn als wie einen Enkel, und die Vorstellung, dass ich im Gefängnis sitze, war ihm unerträglich. Deshalb musste er mich noch einmal als freien Mann sehen, bevor er in Frieden sterben konnte. Ich musste es einfach tun."

Er drehte sich um, und Dixon rief sich in Erinnerung, dass er einem erfahrenen Anwalt zuhörte. Dieser Mann wirkte entschlossen, redegewandt und überzeugend. Wie schade, dass er Berufsverbot hatte.

„Ich wollte nicht fliehen, Mr Dixon. Ich habe um zwei Tage Ausgang gebeten, um meinen Großvater ein letztes Mal zu sehen. Nur zwei Tage! Aber mein Gesuch wurde abgelehnt."

„Es entsprach nicht den Regeln", erwiderte der Direktor ruhig.

„Das ist doch Unsinn. Können Sie sich nicht vorstellen, wie sehr es einem Häftling helfen würde, wenn man ihm ein paar Vorteile gewährt und ihm etwas von seiner Würde wiedergibt?" Lucas beugte sich jetzt drohend über den Schreibtisch.

„Setzen Sie sich, Mr Greywolf." Dixon sprach fest und bestimmt, um dem Häftling klarzumachen, dass er die Regeln überschritt. Nach einer Weile ließ Lucas sich zurück in den Stuhl fallen und blickte den Direktor finster an.

„Sie sind Anwalt", sagte der Direktor. „Sicher merken Sie selbst, wie ungeschoren Sie diesmal davongekommen sind." Er setzte eine Brille auf und las in dem Bericht, der vor ihm lag. „Da war diese junge Frau, Miss Aislinn Andrews." Über den Brillenrand hinweg sah er Lucas an, als habe er eine Frage gestellt.

Lucas erwiderte nichts und sah den Direktor nur teilnahmslos an. Mr Dixon wandte sich daher wieder dem Bericht zu. „Merkwürdigerweise wollte sie keine Anklage gegen Sie erheben." Er klappte die Mappe zu. „Sie dürfen jetzt wieder in Ihre reguläre Zelle zurückkehren, Mr Greywolf. Das war alles."

Lucas stand auf und ging zur Tür. Er hatte sie schon geöffnet, als der Direktor ihn zurückhielt. „Mr Greywolf, waren Sie persönlich für die Ausschreitungen bei jener Demonstration verantwortlich?"

„Ich habe die Demonstration organisiert. Das Gericht hat mich für schuldig befunden", sagte Lucas nur knapp, bevor er aus dem Büro ging.

Lange Zeit, nachdem Lucas gegangen war, starrte Mr Dixon noch auf die geschlossene Tür. Er wusste, wann ein schuldiger Mann log, und er spürte auch, wann jemand unschuldig war. Entschlossen ging er zum Telefon auf dem Schreibtisch.

Während Lucas zu seiner Zelle begleitet wurde, wirkte er nach außen hin gleichgültig, obwohl er innerlich völlig in Aufruhr war.

Er hatte sich auf eine Anklage wegen Einbruchs, Entführung, Diebstahl und noch mehr gefasst gemacht. Und eine zweite Verhandlung wäre für seine Mutter sicherlich zu viel gewesen.

Umso überraschter war er jetzt, dass er nur ein halbes Jahr länger als vorher im Gefängnis bleiben musste. In dieser Zeit hatte er genug zu tun. Sicher lag der kleine Tisch in seiner Zelle voll mit Briefen von Leuten, die seinen Rat als Anwalt suchten. Auch wenn er aus der Anwaltskammer ausgeschlossen war, so konnte es ihm niemand verbieten, kostenlose Ratschläge zu geben. Unter den Indianern war der Name Lucas Greywolf weit bekannt. Er würde nie jemanden abweisen, der Hilfe bei ihm suchte.

Aber warum hatte Aislinn Andrews keine Anschuldigungen gegen ihn erhoben? Sicher hatte man sie gedrängt, um ihn noch einmal verurteilen zu können. Doch ohne ihre Zeugenaussage konnten sie ihm nichts außer dem Ausbruch nachweisen. Wieso hatte Aislinn nicht mit den Behörden zusammengearbeitet?

Aislinn schloss die Schlafzimmertür leise hinter sich. Schon zum zweiten Mal klingelte es an der Haustür. Während sie durch den Flur lief, um zu öffnen, steckte sie einige lose Haarsträhnen fest. Im Spiegel prüfte sie rasch ihr Aussehen, bevor sie die Tür öffnete.

Das Lächeln auf ihren Lippen erstarb schlagartig. Mit beiden Händen hielt sie sich Halt suchend am Türrahmen fest, als sie sah, wer vor ihrer Tür stand, und einen Augenblick fürchtete sie, dass sie tatsächlich ohnmächtig werden würde.

„Was tust du hier?“

„Habe ich dir schon wieder Angst gemacht?“

„Bist du … frei?“

„Ja. Seit heute entlassen. Ich bin ein freier Mann.“

„Herzlichen Glückwunsch.“

„Danke.“

Die Unterhaltung kam Aislinn lächerlich vor, doch sie fand, dass sie unter diesen Umständen noch verhältnismäßig normal redete. Sie war beim Anblick von Lucas Greywolf nicht ohnmächtig geworden, obwohl ihre Hände vor Schweiß so glitschig waren, dass sie meinte, jeden Moment an der Tür abzurutschen. Ihr Mund war wie ausgedörrt, doch es gelang ihr noch zu sprechen.

„Darf ich hereinkommen?"

Unbewusst fuhr sie sich mit einer Hand an die Kehle. „Ich ... glaube nicht, dass das eine gute Idee ist." Lucas Greywolf wieder in ihrem Haus? Auf keinen Fall!

Einen Moment sah er auf seine Stiefelspitzen, dann sah er Aislinn wieder aus seinen hellgrauen Augen an. „Wenn es nicht wichtig wäre, würde ich dich nicht belästigen."

Sie sah ihn nur wortlos an.

„Ich bleibe nicht lange. Bitte."

Aislinn wich seinem Blick aus. Schließlich nickte sie und ging einen Schritt zur Seite. Hinter Lucas machte sie die Tür zu. Kaum zehn Sekunden war sie mit Lucas Greywolf unter einem Dach, und schon fiel ihr das Atmen schwer.

„Möchtest du etwas zu trinken?", fragte sie höflich und hoffte gleichzeitig inständig, dass er ablehnen würde.

„Ja, gern. Ich bin direkt zu dir gekommen."

Fast wäre sie auf dem Weg in die Küche gestolpert. Wieso kam er als Erstes zu ihr? Ihre Hände zitterten, als sie ein Glas aus dem Schrank holte. „Mineralwasser?", fragte sie nach.

„Gern."

Sie holte eine Flasche aus dem Kühlschrank. Beim Öffnen spritzte ihr das Wasser über die Hände, und sie wischte es ungeschickt mit einem Lappen auf. Hastig nahm sie Eiswürfel aus dem Eisfach und warf sie in das Glas Wasser. Dann erst wandte sie sich um und war überrascht, direkt auf seine Brust zu blicken.

„Entschuldigung. Setz dich doch bitte." Sie wies mit dem Kopf auf einen Küchenstuhl.

Lucas setzte sich hin und nahm das Glas dankend entgegen. Dabei blickte er sich genau in Aislinns Küche um. Beim Bord mit den Küchenmessern hielt er inne und sah wieder zu Aislinn. „Ich hätte dich niemals mit dem Messer verletzt."

„Ich weiß." Bevor ihre Knie nachgeben konnten, sank sie auf den Stuhl ihm gegenüber. „Das heißt, jetzt weiß ich es. Damals hatte ich nämlich Todesangst."

„Du hast sehr viel Mut bewiesen."

„Wirklich?"

„Ich denke, ja. Aber vor dir habe ich noch nie eine Geisel genommen."

„Auch für mich war es die erste Entführung."

Keiner von ihnen lächelte.

„Ist dein Haar nachgewachsen? Ich meine, die Strähne, die ich abgeschnitten habe?"

„Oh ja", sagte sie abwesend. Unbewusst griff sie nach der immer noch etwas kürzeren Strähne. „Ich stecke sie zurück. Da sieht man es nicht."

„Gut." Er trank einen Schluck.

Aislinn steckte die Hände zwischen die Knie. Die Anspannung, unter der sie stand, fühlte sich fast wie ein Herzinfarkt an. Sie meinte, jeden Moment zu ersticken. Ihre Unruhe steigerte sich immer weiter, und sie wusste nicht, wie lange sie noch so reglos dasitzen konnte. Schließlich ertrug sie das Schweigen nicht länger. „Warst du schon zu Hause bei deiner Mutter?"

Lucas schüttelte den Kopf. „Ich sagte doch, dass ich direkt zu dir gekommen bin."

Gerate nicht in Panik! rief sie sich zur Ordnung. „Wie bist du hierher gekommen?"

„Letzte Woche sind Mutter und Gene zum Gefängnis gekommen. Gene hat den Transporter dort stehen lassen."

„Ach so." Sie wischte sich die schweißnassen Hände an den Jeans ab. Ihr war gleichzeitig heiß und kalt. „Wieso bist du hergekommen?"

„Um dir zu danken."

Verblüfft sah sie zu ihm auf. Unter seinem Blick verkrampfte sich ihr Magen. „Du willst dich bedanken?"

„Warum hast du keine Anzeige gegen mich erstattet?"

Sie stieß die Luft aus. Wenn das alles war, was er von ihr wollte, dann konnte sie damit umgehen. „Der Sheriff und die Polizisten, die dich abgeholt haben, wussten gar nichts von mir." Sie berichtete ihm alles, was nach seiner Festnahme geschehen war. „Sie waren ja schon mit dir weggefahren, noch bevor ich wieder unten bei der Hütte war."

Flüchtig trafen sich ihre Blicke, während beide daran dachten, was auf der Bergkuppe geschehen war.

Rasch sprach sie weiter. „Die zurückgebliebenen Beamten fragten mich, wer ich sei und was ich bei dir gemacht hätte." Sie errötete bei der Erinnerung, weil sie sich gefragt hatte, ob die Polizisten auf den Gedanken kommen würden, dass sie gerade mit Lucas geschlafen hatte. Denn ihr Haar war durcheinander und ihre Lippen noch geschwollen gewesen.

„Was hast du gesagt?"

„Ich habe gelogen. Ich sagte, ich hätte dich auf der Straße getroffen und mitgenommen. Ich habe so getan, als hätte ich nicht gewusst, dass du ein entflohener Sträfling warst. Dann sagte ich, ich hätte dich aus Mitleid zu deinem todkranken Großvater gefahren."

„Haben sie dir geglaubt?"

„Wahrscheinlich."

„Du hättest in alles hineingezogen werden können."

„Das wurde ich aber nicht."

„Du hättest mich wegen vieler Dinge anzeigen können, Aislinn." Sie sahen sich an, als er ihren Namen nannte. „Wieso hast du ihnen nicht die Wahrheit gesagt?"

„Was hätte das gebracht?", fragte sie nach, strich sich über das Haar und rutschte unruhig auf dem Stuhl herum. „Ich war in Sicherheit, und du musstest ohnehin zurück ins Gefängnis."

„Aber du bist ... verletzt worden."

Diese beschönigende Umschreibung durchschauten sie beide sofort. Sie wussten, dass Aislinn ihn wegen Vergewaltigung hätte anklagen können und wahrscheinlich auch Erfolg damit gehabt hätte. Wer hätte ihm schon geglaubt?

„Der Kratzer an meinem Arm war schon zum Teil verheilt. Und außerdem traf dich keine Schuld." Sie wussten beide, dass sie damit nicht den Kratzer meinte. „Ich fand, dass es von der Gefängnisleitung ungerecht gewesen war, dich nicht zu deinem Großvater fahren zu lassen. Meiner Ansicht nach war deine Flucht gerechtfertigt, und es war niemandem ein Leid geschehen. Jedenfalls kein ernsthaftes."

„Hat dich niemand vermisst?"

Es fiel ihr schwer zu antworten, doch sie sagte die Wahrheit. „Nein." Sie war gleich nach der Vernehmung nach Hause gefahren, und die Presse hatte von der Festnahme noch nichts erfahren. Ihr Name tauchte nirgendwo in den Medien auf.

„Was war mit den Leuten in deinem Fotostudio?", fragte er.

„Was für Leute?"

„Du sagtest, du würdest vermisst werden."

„Natürlich habe ich das gesagt."

„Ach so." Schmunzelnd schüttelte er den Kopf. „Es gab dort gar keine Angestellten."

„Damals nicht. Aber jetzt habe ich zwei Angestellte."

Sein Schmunzeln verstärkte sich. „Keine Angst. Ich habe nicht vor, dich ein zweites Mal mit Waffengewalt zu entführen."

Aislinn erwiderte das Lächeln. Sie konnte ihn jetzt ruhiger ansehen, und sie war überrascht, wie gut er aussah. Vorn trug er das Haar kürzer, obwohl es hinten immer noch bis zum Kragen reichte. Er war sonnengebräunt und durchtrainiert. Das lag sicher daran, dass er weiterhin seine Dauerläufe auf dem Gefängnisgelände durchgeführt hatte.

Der Silberring steckte immer noch in seinem Ohrläppchen, und das kleine Kreuz lag in seinem Brusthaar. Die obersten Knöpfe seines Hemds standen offen. Anscheinend hatte seine Mutter ihm neue Kleidung ins Gefängnis gebracht. Nur der verzierte Gürtel kam ihr bekannt vor.

„Also gut", sagte er und stand auf. „Ich habe versprochen, dass ich nicht lange bleiben würde. Nochmals vielen Dank dafür, dass du es für mich nicht noch schlimmer gemacht hast."

„Du hättest dir keine Sorgen zu machen brauchen."

„Erst wollte ich dir schreiben, aber dann wollte ich mich lieber persönlich bedanken."

Ein schriftliches Dankeschön hätte es ihr allerdings sehr viel leichter gemacht. „Freut mich, dass du frei bist."

„Ich stehe nicht gern bei anderen in der Schuld, aber ..."

„Du schuldest mir nichts. Ich habe nur getan, was ich für richtig hielt, genau wie du."

„Trotzdem danke."

„Keine Ursache", sagte sie und hoffte, dass die Unterhaltung damit beendet sei. Durch das Wohnzimmer begleitete sie ihn zur Tür.

Lucas hatte diesem Treffen mit gemischten Gefühlen entgegengesehen, weil er nicht gewusst hatte, wie sie reagieren würde. In dem Augenblick, in dem sie ihn erblickt hatte, hätte sie genauso gut schreiend weglaufen können.

In jener Nacht, als er sich zufällig für ihr Haus entschieden hatte, war er verzweifelt gewesen, weil er Schutz und Nahrung gebraucht hatte. Und verzweifelte Menschen taten Dinge, die sie sonst niemals tun würden. Wie zum Beispiel unschuldige Frauen als Geiseln nehmen. Immer noch war es ihm unverständlich, weshalb sie ihn dafür nicht hatte büßen lassen.

Doch jetzt, wo er sich bei ihr bedankt hatte, zögerte er, sie allein zu lassen. Das war merkwürdig, denn er hatte geglaubt, dass er froh sein würde, sich von Aislinn Andrews zu verabschieden und damit ein unrühmliches Kapitel in seinem Leben zu beschließen.

Er gestand sich nur ungern ein, dass er im Gefängnis häufig an sie gedacht hatte. Monate waren schon vergangen, seit sie sich auf dem Berg geliebt hatten, und es kam ihm immer unvorstellbarer vor. Vor seiner Flucht hatte er sich nur nach irgendeiner Frau gesehnt.

Aber danach hatte sein Verlangen ein Gesicht und einen Namen bekommen. Viele Nächte hatte er auf der schmalen Pritsche in der Zelle gelegen und sich eingeredet, dass Aislinn nur eine Fantasie sei.

Sein Körper versuchte, ihn vom Gegenteil zu überzeugen. Besonders jetzt, als er ihre Schenkel und Hüften betrachtete. Sie trug eine einfache Hose und war kleiner, als er sie in Erinnerung hatte. Doch das konnte daran liegen, dass sie barfuß vor ihm stand. Das Hemd steckte unordentlich darin. Es musste ein altes Hemd sein, denn es war ihr viel zu klein. Schon als er mit ihr am Tisch gesessen hatte, war ihm aufgefallen, wie sich das Hemd über ihren Brüsten dehnte.

Als sie vor ihm zur Tür ging, bemerkte er den wippenden Pferdeschwanz. Ob ihr Haar immer noch so seidig war wie damals? Hatte er wirklich durch dieses dichte blonde Haar gestrichen, das so deutlich ihre weiße Abstammung verriet? Aislinn lächelte ihn flüchtig an. Konnte sie sich an die fordernden, hungrigen Küsse genauso gut erinnern wie er?

„Viel Glück, Lucas. Ich wünsche dir wirklich alles Gute für die Zukunft.“ Sie streckte die Hand aus.

„Danke.“ Er schlug ein, und sie sahen sich an.

Dann hörte er das Geräusch.

Das Geräusch kam aus den hinteren Räumen des Hauses und passte so wenig in diese Umgebung, dass Lucas zunächst dachte, sein Gehör spiele ihm einen Streich. Aber dann hörte er es wieder. Er sah in die Richtung und runzelte die Stirn.

„Das klingt wie …“

Aislinn zog abrupt die Hand zurück, die seine immer noch hielt. Verblüfft fuhr sein Kopf zu ihr herum. Als er ihr Gesicht sah, wusste er, dass er sich nicht getäuscht hatte. Bleich und schuldbewusst sah sie ihn an. Reglos stand er vor ihr und blickte sie so durchdringend an, als könne sie nichts vor ihm verbergen.

„Was war das?“

„Nichts.“

Er schob sie zur Seite und ging durch das modern eingerichtete Wohnzimmer.

„Wohin willst du?“, schrie sie und rannte ihm nach.

„Rate mal.“

„Nein!“ Sie hielt ihn am Hemd fest und zerrte mit aller Kraft an ihm. „Du kannst hier nicht einfach hereinplatzen und ...“

Er fuhr herum und schüttelte ihre Hände ab. „Das habe ich schon einmal getan.“

„Du kannst das nicht tun.“

„Täusche dich nicht.“

Er wollte auf jeden Fall herausfinden, woher das Geräusch stammte. Schluchzend lief Aislinn ihm nach und versuchte verzweifelt, ihn zurückzuhalten. Aber wie eine lästige Fliege schüttelte er sie immer wieder von sich ab.

Der erste Blick in ihr Schlafzimmer zeigte ihm, dass es noch genauso aussah, wie er es in Erinnerung hatte. Weiblich eingerichtet und ordentlich aufgeräumt. Wortlos ging er daran vorbei und kam am Ende des Flurs zu einer verschlossenen Tür. Ohne zu zögern, drehte er am Türknauf und öffnete die Tür.

Und dann wusste selbst er, der sonst nie aus der Fassung zu bringen war, nicht, was er sagen sollte.

Drei der Wände waren in hellem Gelb gestrichen, und an der vierten hing ein großes Poster, das eine Gänsefamilie zeigte. In einer Ecke stand ein großer Schaukelstuhl, der mit dicken Kissen gepolstert war. Auf einem Schubladenschrank lag eine gepolsterte Unterlage, neben der Cremes und einige Flüssigkeiten standen. Weiße Vorhänge dämpften die grelle Nachmittagssonne, doch das Licht reichte immer noch, um die Umrisse der Kinderwiege vor dem Fenster zu erkennen.

Lucas schloss die Augen und war überzeugt, dass er sich das Ganze lediglich einbildete. Doch als er die Augen wieder öffnete, sah er, dass er sich nicht getäuscht hatte. Und auch nicht in diesem eindeutigen Geräusch.

Vorsichtig näherte er sich so lautlos wie möglich der Wiege. Sie war seitlich mit einer dicken Einlage gepolstert, und in einer Ecke saß ein großer Teddybär. Das Gelb der Laken passte zu der Farbe der Wände.

Und unter der Decke lag ein strampelndes, zappelndes, hin und wieder schreiendes kleines Baby.

6. KAPITEL

Das Baby schrie weiter, ohne die Verwirrung zu beachten, die es bei dem großen dunkelhäutigen Mann hervorrief, der vor ihm stand. In dem sonst so unergründlichen Gesicht spiegelten sich tiefe Gefühle.

Aislinn stand dicht neben Lucas und presste die Hand vor den Mund, um ihre eigenen Empfindungen zu unterdrücken. Sie fühlte Panik in sich aufsteigen.

Zunächst wollte sie Lucas erzählen, sie sei nur Babysitter und das Baby gehöre Freunden von ihr. Doch das wäre lächerlich gewesen. Der Vater des Babys war eindeutig Lucas Greywolf, da genügte ein einziger Blick auf das Kind.

Der schön geformte Kopf war mit tiefschwarzem Haar bedeckt, und auch die Augenbrauen, das Kinn und die Gesichtsform verrieten deutlich, wie sehr das Baby später einmal Lucas ähneln würde.

Mit wachsendem Entsetzen sah sie zu, wie Lucas einen Finger ausstreckte und das Baby an der Wange berührte. Fast ehrfürchtig betrachtete er das Kind, und seine Lippen zuckten kaum merklich. Aislinn bemerkte die aufrichtigen tiefen Gefühle, weil sie selbst dasselbe empfand, sobald sie ihr Baby im Arm hielt.

Es erschreckte sie jedoch, diese Rührung bei Lucas zu sehen. Sie zuckte zusammen, als Lucas die Decke zurückschob. Gegen ihren mütterlichen Beschützerinstinkt konnte sie kaum ankämpfen, als er die Klebestreifen der Windel öffnete. Schließlich hielt sie seinen Arm fest, doch er drückte ihre Hand nur weg und zog die Windel herunter.

„Ein Sohn."

Der heisere Klang seiner Stimme kam Aislinn wie ein Todesstoß vor. Sie wurde fast verrückt vor Angst und wollte sich am liebsten die Ohren zuhalten und losschreien. Panisch versuchte sie sich einzureden, dass dies alles hier nur ein böser Albtraum war.

Doch es geschah wirklich. Hilflos sah sie zu, wie Lucas das nackte Baby aus der Wiege hob und auf den Arm nahm. In dem Moment, in dem er sich das Baby gegen die Brust legte, hörte es auf zu schreien.

Auch dieses Anzeichen sofortiger Zuneigung zwischen den beiden besänftigte Aislinn nicht. Sie hätte es lieber gesehen, wenn das Baby weitergeschrien hätte. Doch der Kleine gab nur glucksende, zufriedene Geräusche von sich.

Lucas ging mit dem nackten Baby zum Schaukelstuhl. Er setzte sich behutsam nieder und verschränkte die langen Beine. Reglos sah Aislinn zu. Ihre schlimmsten Albträume wurden Wirklichkeit.

Wenn die Situation nicht so entsetzliche Vorahnungen in ihr geweckt hätte, wäre Aislinn von dem Anblick gerührt gewesen, wie Lucas sein Baby mit väterlichem Stolz untersuchte.

Sanft drehte er den Kleinen herum, um ihn von allen Seiten zu betrachten. Mit einer Hand stützte er es am Bauch und streichelte mit der anderen über den Rücken und den winzigen Po. Jede Zehe und jeden kleinen Fingernagel berührte er. Dann betrachtete er eingehend die winzigen Ohren.

Schließlich legte er sich das Baby auf den Schoß und sah zu ihr hoch. „Wie heißt er?"

Sie wollte ihm sagen, dass es ihn nichts angehe, aber das entsprach leider nicht der Wahrheit. „Anthony Joseph." Sie bemerkte sofort die Reaktion in seinem Gesicht. „Auch ich hatte einen Großvater, der Joseph hieß", fügte sie rasch hinzu. „Ich nenne den Kleinen Tony."

Lucas sah wieder zu seinem Sohn, der wild mit den Fäustchen fuchtelte. „Wann ist er geboren?"

Sie zögerte und überlegte einen Moment, ob sie einen falschen Termin angeben und damit Lucas' Vaterschaft anzweifeln sollte. Aber bei seinem Blick verwarf sie diesen Gedanken wieder. „Am siebten Mai."

„Du hättest es mir nie gesagt, stimmt's?"

„Dazu gibt es keinen Grund."

„Er ist mein Sohn."

„Mit dir hat er nichts zu tun."

Lucas lachte kurz auf. „Von jetzt an hat er sehr viel mit mir zu tun."

Tony weinte jetzt ernstlich, nachdem sein Interesse an der neuen tiefen Stimme abgeklungen war und er sich wieder an seinen Hunger erinnerte. Als Lucas ihn an die Schulter legte, fing Tony sofort an, mit den Lippen zu suchen. Lucas lachte leise, und das war das erstaunlichste Geräusch, das Aislinn je von ihm gehört hatte. „Das ist etwas, womit ich dir nicht dienen kann, Anthony Joseph." Er stand mit dem Baby auf und reichte ihn Aislinn. „Er braucht dich."

Sie nahm das Kind und legte es zurück in die Wiege, wo sie ihm rasch eine neue Windel anlegte. Das Gestrampel des schreienden Babys machte es ihr nicht leicht, doch als sie Tony fertig angezogen hatte, nahm sie ihn an die Schulter und ging zum Schaukelstuhl. Dort wiegte sie ihn, klopfte ihm auf den Rücken und redete leise auf ihn ein. Es half alles nichts.

„Er hat Hunger", stellte Lucas fest.

„Das weiß ich", fuhr sie ihn an. Wollte er ihr zeigen, dass sie nicht wusste, was ihr Baby brauchte?

„Na dann ... füttere ihn."

Sie blickte zu Lucas hoch. „Könntest du mich dann für einen Moment entschuldigen?"

„Du meinst, ich soll den Raum verlassen? Auf keinen Fall."

Wütend sahen sie einander an. Merkwürdigerweise lenkte Lucas ein, drehte Aislinn den Rücken zu und sah aus dem Fenster, nachdem er die Vorhänge ein Stück zur Seite gezogen hatte. In diesem Moment wusste Aislinn, dass sein Sohn ihn verletzlicher machte als alles andere. Zwischen ihnen beiden war bereits eine tiefe Bindung entstanden, obwohl Lucas vor wenigen Minuten noch nicht einmal von der Existenz seines Sohnes gewusst hatte. Jetzt würde er ihr das Leben vielleicht zur Hölle machen.

„Warum hast du es mir nicht gesagt?"

Aislinn überging die Frage, knöpfte sich die Bluse auf und zog die eine Hälfte ihres Still-BHs herunter. Tony sog sofort an ihrer Brustspitze und trank schmatzend. Sie legte sich ein leichtes Tuch über die Schulter, um sich und den Kopf des Babys zu bedecken.

„Ich habe dich etwas gefragt." Diesmal hatte Lucas' Stimme etwas Befehlendes.

„Weil Tony mein Baby ist."

„Er ist genauso mein Kind."

„Das kannst du nicht mit Sicherheit sagen."

Abrupt fuhr er zu ihr herum, und sie zuckte zusammen. „Natürlich bin ich sicher." Er wirkte so überzeugt, dass es keinen Sinn hatte zu streiten.

„Tony war biologisch gesehen ein ... Unfall", sagte sie und gab damit Lucas' Vaterschaft zu.

„Warum hast du ihn dann nicht abgetrieben?"

Ein Zittern durchlief ihren Körper. Genau dieselbe Frage hatte ihre Mutter ihr schreiend gestellt, als sie ihre Eltern über ihre Schwangerschaft unterrichtet hatte. Sicherheitshalber hatte sie es ihnen erst dann mitgeteilt, als es für eine Abtreibung bereits zu spät gewesen war.

Noch bevor sie zum ersten Mal zum Arzt gegangen war, hatte sie bereits ihren eigenen Verdacht, woher ihre Übelkeitsanfälle und ihr zeitweiliger Heißhunger kamen. Sie hatte sich zuerst nicht eingestehen wollen, dass sie schwanger war. Doch als der Arzt ihr die Ergebnisse seiner Untersuchungen mitteilte, war sie nicht sonderlich überrascht. Vielmehr hatte sie sich sofort unbändig über die Nachricht gefreut.

Erst später hatte sie über die negativen Seiten nachgedacht, wenn sie als alleinstehende Frau ein Kind aufzog. Doch bei all den anschließenden Überlegungen hatte sie niemals an eine Abtreibung gedacht.

Von dem Augenblick an, in dem sie von seiner Existenz erfahren hatte, hatte sie ihr Baby geliebt. Mit einem Mal hatte ihr Leben einen Sinn bekommen. Sie hatte neue Ziele bekommen, die sie verfolgen konnte.

Deshalb konnte sie Lucas' Frage jetzt ohne Zögern beantworten. „Ich habe mich unglaublich auf das Kind gefreut.“ Sie griff unter das Tuch und berührte Tonys Köpfchen, während er gierig an ihrer Brust sog. „Von Anfang an habe ich ihn geliebt.“

„Fandest du nicht, dass ich ein Recht hatte, von ihm zu wissen?“

„Ich wusste nicht, ob du dir etwas aus ihm machst.“

„Dann weißt du es jetzt: Ich mache mir sehr viel aus ihm.“

„Was ... was hast du jetzt vor?“, fragte sie ängstlich und hasste das Zittern in ihrer Stimme.

„Ich will ihm ein Vater sein.“

Ungeduldig pochte Tony mit der Faust gegen ihre Brust. Nur dadurch wurde sie von Lucas' durchbohrendem Blick abgelenkt. „Ich muss ihn an die andere Brust legen“, sagte sie leise.

Lucas sah auf ihre Brüste und schluckte, bevor er sich abwandte.

Sie legte Tony an die andere Brust, und er nuckelte sofort weiter. „Ich verlange nichts von dir, Lucas. Die ganze Schwangerschaft und die Geburt habe ich auch allein durchgestanden. Finanziell bin ich gut versorgt ...“

Er kam so plötzlich einen Schritt auf sie zu, dass sie Angst hatte, er würde sie schlagen.

„Denkst du denn wirklich, ein Scheckbuch kann ihn mit allem versorgen, was er im Leben braucht?“

„Das meinte ich nicht“, brauste sie auf. „Ich liebe ihn.“

„Ich auch!“ Er wurde so laut, dass Tony einen Moment mit dem Nuckeln aufhörte.

„Sei still! Du machst dem Kleinen Angst.“

Lucas senkte die Stimme etwas. „Wenn du denkst, ich würde meinen Sohn hier bei dir in dieser gefühllosen, kalten Welt aufwachsen lassen, dann hast du dich getäuscht.“

Unwillkürlich umarmte sie ihr Baby enger. „Was heißt das?"
„Das heißt, dass er morgen mit mir ins Reservat fährt."
Aislinn wurde blass. Sogar ihre Lippen wurden kreidebleich. Aus schreckgeweiteten Augen sah sie den Mann an, der wieder zu ihrem Feind geworden war. „Du kannst ihn nicht mitnehmen."
„Ich werde es tun."
„Nein! Ich werde dich verfolgen lassen, wohin du auch gehst", drohte sie ihm.
Spöttisch lächelte er sie an. „Wenn ich nicht gefunden werden will, dann wird mich auch niemand finden, Miss Andrews. Aber selbst wenn, dann würde ich bis zum Obersten Gerichtshof gehen, um das Sorgerecht für meinen Sohn zu bekommen. Als Anwalt weiß ich, wie ich das anstellen muss. Ich glaube, er ist fertig."
Bei seinen Drohungen war sie vollkommen erstarrt. Er kam auf sie zu und hockte sich vor sie. Noch bevor sie ihn aufhalten konnte, nahm er ihr die Decke von der Schulter.
Tony lag satt in ihren Armen. Seine Wange lag an ihrer Brust, und auf den Lippen hatte er noch einen letzten Tropfen Milch. Er schlief zufrieden und ruhig.
Lucas strich ihm über die Wange und berührte die Lippen mit einem Finger. Dann beugte er sich tief über den Säugling und küsste ihn auf die Stirn.
Aislinn war vor Entsetzen wie gelähmt. Sie konnte kaum atmen, als Lucas mit einer Hand zwischen ihren Körper und Tony fuhr und das Kind hochnahm. Er richtete sich auf und trug ihn zur Wiege. Tony rülpste leise, und wieder lachte Lucas leise auf.
Mühsam riss Aislinn sich aus der Erstarrung. Lucas' Nähe hatte sie zu sehr überrascht. Jetzt zog sie den BH hastig wieder an und knöpfte die Bluse zu. Leicht schwankend stand sie auf. „Er kann jetzt schlafen", sagte sie und stellte sich neben Lucas an die Wiege. Behutsam legte sie Tony auf den Bauch.
„Er schläft auf dem Bauch?"
„Ja."
Das Baby zog die Knie an, schmatzte noch ein paar Mal und schlief ein.
„Er sieht glücklich aus", stellte Lucas fest.
„Im Moment jedenfalls", schränkte Aislinn ein und legte ein Tuch über die Wiege.
„Ich bin aber nicht zufrieden."

Verblüfft blickte sie zu Lucas hoch und sah den entschlossenen Ausdruck auf seinem Gesicht. „Du würdest nicht wirklich versuchen, ihn mir wegzunehmen, oder?“ Sie war sehr bemüht, dass es nicht wie ein Flehen klang.

Außerdem glaubte sie nicht, dass ein Vater das Sorgerecht bekam, wenn ein Kind eine liebevolle und fürsorgliche Mutter hatte. Daran konnte auch Lucas mit seiner Erfahrung nichts ändern. Aber vielleicht würde Tony in der Zwischenzeit sogar in ein Pflegeheim gesteckt, bis das Sorgerecht geklärt war. „Denk an Tony.“

„Das tue ich.“ Er fasste Aislinn bei den Schultern. „Wird deine Umwelt ihn akzeptieren?“ Lucas ließ ihr keine Zeit zu antworten. „Niemals, Aislinn.“ Sie spürte die Wärme und Kraft seiner Hände und musste unweigerlich an die anderen Situationen denken, in denen er sie berührt hatte. „Glaub mir, ich weiß es. In der weißen Gesellschaft ist ein Halbindianer nicht besser angesehen als ein richtiger. Und wegen seiner weißen Herkunft wird er auch in der indianischen Gesellschaft ein Außenseiter sein. Nirgendwo wird er richtig hingehören.“

„Ich werde dafür sorgen, dass er akzeptiert wird.“

Gleichzeitig mitleidig und spöttisch blickte er sie an. „Du machst dir etwas vor, wenn du denkst, du könntest das schaffen. Ich werde meinen Sohn davor bewahren, dieselben Erfahrungen wie ich zu machen.“

„Und wie? Was ist denn deine Lösung? Willst du ihn ganz von der übrigen Welt abschotten?“

„Wenn es sein muss, ja“, antwortete er gepresst.

Ungläubig sah sie ihn an. „Und du glaubst wirklich, das wäre ihm gegenüber fair?“

„Das Leben ist niemals fair. Diesen Glauben habe ich schon lange aufgegeben.“

„Ja, und du trägst deine Verbitterung wie einen Schutzschild vor dir her“, beschuldigte sie ihn und stieß seine Hände von sich. „Ich werde nicht zulassen, dass Tony in deiner hasserfüllten Welt aufwächst, Lucas. Weißt du, wen er am Ende am meisten hassen wird? Dich! Soll er dir dann vielleicht auch noch dankbar sein, dass du ihn von allen anderen Menschen fern gehalten hast?“

Offenbar erkannte Lucas, dass Aislinn recht hatte, denn er nagte unschlüssig an der Unterlippe. Aber so leicht wollte er ihr nicht nachgeben. „Was wolltest du ihm denn erzählen? Dass sein indianisches Aussehen purer Zufall ist? Wolltest du meine Identität völlig vor ihm geheim halten?“

„Ich … ich hatte noch nicht so weit im Voraus geplant."

„Dann solltest du lieber mal darüber nachdenken. Denn irgendwann wird er nach seinem Vater fragen. Ich habe das auch getan."

Ein paar Sekunden herrschte angespanntes Schweigen zwischen ihnen. „Und was hat man dir erzählt?", wollte sie dann wissen.

Er sah sie so lange schweigend an, dass sie schon dachte, er würde ihr nicht antworten. Schließlich ging er zum Fenster und drehte ihr den Rücken zu.

„Mein Vater war ein weißer Soldat, der im Fort Huachuca stationiert war. Meine Mutter war damals sechzehn und lebte nach der Schule bei Freunden von Joseph in Tucson. Dort arbeitete sie als Kellnerin in einem Restaurant."

„Hat sie dort deinen Vater getroffen?"

Lucas nickte. „Er flirtete mit ihr und wollte mit ihr ausgehen, doch sie lehnte ab. Trotzdem kam er immer wieder. Sie sagte, er sei sehr gut aussehend und charmant gewesen."

Er steckte die Hände in die hinteren Taschen der Jeans, und Aislinn konnte Alice Greywolf gut verstehen, wenn sie davon ausging, dass Lucas' Vater so gut ausgesehen hatte wie Lucas.

„Irgendwann willigte sie ein, mit ihm auszugehen. Er hat sie verführt. Ich weiß nicht, wie oft die beiden miteinander ausgegangen sind, jedenfalls wurde er nach ein paar Wochen versetzt. Er hat sich nicht verabschiedet. Als Mutter sich endlich aufraffte und ihn anzurufen versuchte, weil sie schwanger war, wurde ihr nur mitgeteilt, dass er nicht mehr da war."

Lucas drehte sich um und wirkte abweisender denn je. Aislinn verstand, dass er darunter litt, keinen richtigen Vater zu haben.

„Sie hat nie wieder etwas von ihm gehört und hat auch nicht versucht, ihn zu finden. Es war eine Schande für sie, mit dem Kind eines Weißen in das Reservat zurückzukehren. Kurz vor ihrem siebzehnten Geburtstag hat sie mich entbunden. Sie fing an, kleine Puppen zu basteln, weil sie für diese Arbeit zu Hause bleiben konnte. Großvater hat mit der Pferdezucht genug Geld verdient, um uns mit zu versorgen. Wir lebten in einem alten Anhänger, bis Mutter Gene Dexter traf. Er bot ihr eine Arbeit in der Stadt an, und danach ging es uns zum Glück etwas besser." Er wandte sich wieder Aislinn zu. „Du siehst, ich war für meine Mutter nur eine zusätzliche Last."

„Sie hat das sicher anders gesehen." Ein Kloß der Rührung steckte ihr im Hals. „Sie liebt dich sehr."

„Das weiß ich. Sie hat sich niemals beklagt. Aber du kannst meine Verbitterung niemals nachempfinden, denn du bist nicht als Halbblut aufgewachsen. Und meinem Sohn soll es nicht genauso ergehen wie mir."

„Aber dein Vater wusste doch von nichts. Vielleicht ..."

„Mach dich nicht lächerlich", unterbrach er sie scharf. „Für ihn war Alice Greywolf, die schöne Indianerin, nur eine unbedeutende Affäre. Wenn er von ihrer Schwangerschaft gewusst hätte, wäre er erst recht verschwunden." Er schüttelte den Kopf. „Aber ich will meinem Sohn ein Vater sein."

An seiner Entschlossenheit erkannte Aislinn, dass sie ihn nicht umstimmen konnte. Er meinte, was er sagte. Und er würde ihr Leben unerträglich machen.

Sie hatte damit gerechnet, Lucas Greywolf nie mehr wiederzusehen. Vielmehr hatte sie geglaubt, er würde den Morgen auf dem Berg als belanglosen Zwischenfall ansehen.

Das stimmte anscheinend nicht. Oder er hatte seine Meinung geändert, nachdem er Tony gesehen hatte. Auf jeden Fall hatte er von seiner Vaterschaft erfahren, und jetzt musste sie das Beste aus dieser verfahrenen Situation machen.

„Was schlägst du vor, Lucas? Sollen wir Tonys Leben zwischen uns aufteilen? Das macht es für ihn doch nur schwieriger. Es wird Jahre dauern, bis er das verstehen kann. Sechs Monate hier, sechs Monate bei dir." Es tat ihr weh, diesen Vorschlag auch nur auszusprechen. „Was für ein Leben wäre das für einen kleinen Jungen?"

„So etwas habe ich gar nicht vor."

„Sondern?"

„Wir werden heiraten. Ihr werdet beide bei mir leben." Es klang nicht wie ein Vorschlag, sondern vielmehr wie ein Beschluss.

Als Aislinn das einigermaßen verdaut hatte, lachte sie leise. „Das meinst du nicht ernst." Aber sein entschlossener Gesichtsausdruck verriet ihr das Gegenteil. „Bist du verrückt? Das ist unmöglich."

„Es ist sehr wichtig. Mein Kind soll nicht mit getrennt lebenden Eltern aufwachsen."

„Aber wir können nicht heiraten."

„Ich bin darauf auch nicht vorbereitet", stellte er schlicht fest. „Aber es muss sein. Ich komme morgen zurück."

Er beugte sich vor und strich Tony über den Kopf. Zärtlich lächelte er und redete leise in seiner Muttersprache auf ihn ein. Dann richtete er sich auf und verließ das Zimmer.

Aislinn lief ihm nach und hielt ihn fest, als er gerade die Haustür öffnen wollte. „Ich kann dich nicht heiraten."

„Bist du schon verheiratet?"

Einen Moment konnte sie nicht antworten. „Nein, natürlich nicht."

„Dann gibt es keinen Grund, weswegen wir nicht könnten."

„Außer, dass ich es nicht will."

„Na, ich will es ja auch nicht", gab er zu und beugte sich dicht zu ihr. „Aber wir müssen unsere persönlichen Gefühle zurückstecken, unserem Sohn zuliebe. Wenn ich damit klarkomme, eine Weiße zur Frau zu haben, kannst du auch einen Indianer als Mann verkraften."

„Oh, das ist nicht zu fassen!", schrie sie wütend. „Das hat nichts mit der Hautfarbe zu tun. Gibt es für dich eigentlich noch etwas anderes, woran du denken kannst?"

„Wenig."

„Dann mach mal eine Ausnahme. Denk mal dran, wie wir uns kennengelernt haben. Findest du da eine Heirat nicht auch lächerlich?"

„Na ja, eine Geiselnahme ist kein sehr charmanter Antrag."

„Genau."

„Was soll ich tun? Vor dir auf die Knie fallen?"

Vernichtend sah sie ihn an. „Ich wollte lediglich darauf hinweisen, dass wir uns kaum kennen. Wir haben ein Baby, aber ..." Von ihren eigenen Worten geschockt, unterbrach sie sich. An jenen Morgen wollte sie sich nicht mehr erinnern.

Sie hatte mit in die Hüften gestemmten Händen vor ihm gestanden. Jetzt ließ sie die Arme rasch sinken, weil durch diese Pose ihre Bluse über ihren Brüsten spannte. Nervös befeuchtete sie sich die Lippen und wich Lucas' Blick aus.

„Ja, wir haben ein Baby gemacht", sagte er ruhig. „Das ist der entscheidende Punkt, nicht? Tony hat nichts mit dem zu tun, was zwischen uns geschehen ist, also wird er nicht sein Leben lang dafür bezahlen. Aber wir", fügte er betont hinzu, „wir beide haben diese Lust geteilt. Und jetzt können wir nichts anderes tun, als auch die Verantwortung für das Leben, das daraus entstanden ist, zu teilen."

Er legte ihr einen Finger unter das Kinn und hob ihren Kopf, bis sie ihn ansehen musste. „Und Tony wird immer einen Vater haben." Dann trat er einen Schritt zurück. „Ich komme morgen wieder. Und ob du dann bereit bist, mich zu heiraten oder nicht, ich werde meinen Sohn mitnehmen, wenn ich gehe."

„Auch wenn du mich dann wieder mit einem Messer bedrohen musst?“, fragte sie bissig.

„Wenn es sein muss, ja!“

Sein Blick verriet ihr, dass er nicht scherzte, und sie war sprachlos vor Angst. Ohne ein weiteres Wort verließ er das Haus.

Aislinn war nervös. Obwohl sie sich ärgerte, dass sie so schreckhaft war, zuckte sie dennoch bei jedem Geräusch im Haus zusammen. Als es an der Tür klingelte, geriet sie beinahe in Panik. Doch es war nur der Postbote.

Sie versuchte sich einzureden, dass sie sich umsonst ängstigte. Vielleicht kam Lucas Greywolf nie zurück. Tonys Anblick mochte bei ihm Vatergefühle geweckt haben, aber mittlerweile hatte er seine Ansicht möglicherweise geändert.

Andererseits erschien es ihr unvorstellbar, dass Lucas Greywolf ein Mann war, der seine Meinung so rasch änderte. Und er machte auch keine Versprechen, die er nicht hielt. Irgendwann würde er heute vor ihrer Tür stehen. Was sollte sie tun, wenn das geschah?

Sie würde alle ihre Überredungskünste anwenden. Die ganze Nacht lang hatte sie dieses Problem hin und her gewälzt. Lucas war wieder in ihr Leben getreten, und sie musste sich ihm stellen.

Noch einmal ging sie in Gedanken die Regelungen durch, die sie sich für Lucas’ Besuchsrechte überlegt hatte. Sicher würde Lucas erkennen, wie vernünftig ihre Vorstellungen waren. In den ersten Jahren brauchte ein Kind die Mutter in besonderem Maße. Das musste auch Lucas einsehen. Und sie wusste, dass er sie nicht wirklich heiraten wollte, genauso wenig wie sie ihn.

Sie genoss ihr ausgeglichenes Leben. Im fünften Monat ihrer Schwangerschaft hatte sie eine Fotografin eingestellt, die ihr Studio leitete. Später hatte sie noch eine Buchhalterin angeworben, die den Papierkram regelte. Die beiden Frauen arbeiteten fleißig, und das Fotostudio warf mehr Gewinn ab als jemals zuvor.

Ab und zu ging Aislinn in das Studio, um zu sehen, wie die Geschäfte liefen. Doch viel wichtiger war für sie Tony, der ihre ganze Zuneigung brauchte. Er war erst wenige Wochen alt, und dennoch stellte er bereits das Wichtigste in ihrem Leben dar.

Nur ein Punkt machte sie unglücklich, nämlich dass ihre Eltern sie nicht in Ruhe ließen. Nachdem sie sich damit abgefunden hatten, dass ihre Tochter einen unehelichen Sohn hatte, versuchten sie alles, um einen Ehemann für sie zu finden, der sie mit ihrem Kind akzeptierte. Eine Heirat mit einem angesehenen Mann würde den Makel auslöschen, der jetzt auf der Familie lag.

Aislinn ließ sich von der Offenheit der jungen Männer, denen sie vorgestellt wurde, nicht täuschen. Sie sahen über die Tatsache, dass Tony unehelich war, großzügig hinweg. Alle hatten jedoch das Bankkonto ihres Vaters im Kopf und vertrauten auf seine gönnerhafte Unterstützung. Doch trotz der Sturheit ihrer Eltern konnte Aislinn noch eher mit ihnen fertig werden als mit Lucas Greywolf.

Als es kurz vor Mittag zum zweiten Mal klingelte, wusste sie, wer vor der Tür stand. Einen Augenblick faltete sie die Hände und kniff die Augen zu. Dann atmete sie tief durch. Es klingelte noch einmal, und langsam ging sie zur Tür.

Mit einem Mal wünschte sie sich, sie wäre nicht so eitel gewesen und hätte sich unauffälliger angezogen. Sie hatte noch Umstandskleider getragen, um ihrem Körper Zeit zu geben, wieder schlanker zu werden. Heute hatte sie jedoch einen Sommerrock angezogen und festgestellt, dass er ihr wieder passte.

Der weite, wadenlange Rock war blau und leicht. Dazu trug sie eine weiße Bluse, die vorn durchgeknöpft war, was das Stillen von Tony erleichterte. Ihr frisch gewaschenes Haar war an den Seiten nach hinten gesteckt, damit ihre goldenen Ohrringe zur Geltung kamen.

Vielleicht war sie mit dem Make-up und dem Parfüm etwas zu weit gegangen. Zum ersten Mal seit Monaten hatte sie sich heute einparfümiert. Doch dagegen konnte sie jetzt nichts mehr tun, denn es klingelte bereits zum dritten Mal.

Sie öffnete die Tür und blickte Lucas in die Augen. Eigentlich wollten sie beide auf Konfrontation gehen. Stattdessen waren sie beim Anblick des anderen freudig überrascht.

Diese hellgrauen Augen in dem dunklen Gesicht überraschten Aislinn jedes Mal aufs Neue. Er trug ein frisches Hemd, ansonsten war er wie am Vortag angezogen. Die Jeans, die abgetragenen Stiefel, das silberne Kreuz und der Ohrring.

Sie trat zur Seite und ließ ihn hereinkommen. Lucas blickte auf sie herab. Sein Blick blieb auf den runden Brüsten ruhen.

Vor Verlangen verkrampfte sich sein Magen, als er sich an die rosigen Spitzen erinnerte, an denen sein Sohn gesaugt hatte. Er hätte ihr gestern beim Stillen nicht zusehen dürfen. Doch er hatte einfach hinsehen müssen, er hatte nicht anders gekonnt.

Ihre Brüste waren jetzt deutlich größer als noch vor zehn Monaten. Dadurch wirkte ihre übrige Figur allerdings nur noch schlanker. Und in den Sandalen erschienen ihre Füße klein wie die eines Kindes.

Er räusperte sich. „Wo ist Tony?"

„Er schläft in seinem Zimmer."

Vollkommen lautlos und mit sparsamen Bewegungen drehte er sich um und ging in das Kinderzimmer. Aislinn bewunderte seinen geschmeidigen Gang.

Als Aislinn das Kinderzimmer betrat, beugte Lucas sich gerade über Tonys Wiege. Die Zärtlichkeit in seinem Blick weckte Gefühle in ihr, die sie nicht wahrhaben wollte. Ausweichend fragte sie: „Dachtest du, dass ich lüge? Musstest du dich mit eigenen Augen überzeugen? Denkst du, ich verstecke ihn vor dir?"

Mit derselben katzenartigen Anmut drehte er sich zu ihr. „Das würdest du nicht wagen."

Einige Augenblicke sahen sie einander schweigend an. Noch einmal sah er auf sein Kind, bevor er durch das Zimmer ging, ihren Arm ergriff und sie in den Flur führte.

„Ich würde gern etwas trinken", sagte er.

Ihr lag schon eine Bemerkung wie: „Das hier ist keine Kneipe!" auf der Zunge, doch dann beschloss sie, dass es besser war, mit ihm in der Küche zu sitzen, wo sie den Tisch zwischen sich hatten.

„In Ordnung. Aber lass mich los." Sie wand den Arm aus seinem Griff. Sie wollte seine warmen, kräftigen Finger nicht spüren. Die Berührung weckte zu viele Erinnerungen in ihr, die sie in all den Monaten aus ihrem Gedächtnis zu verdrängen versucht hatte. Andererseits wollte sie mit ihm keinen Streit anfangen.

„Tonys Sachen sind noch nicht gepackt", stellte er fest, während er sich auf denselben Stuhl wie am Vortag setzte.

„Was hättest du gern? Saft, Cola, Wasser?"

„Cola."

Sie holte eine Dose aus dem Kühlschrank und schenkte ein Glas ein.

„Tonys Sachen sind nicht gepackt", wiederholte er.

Sie setzte sich ihm gegenüber und kämpfte gegen das Zittern ihrer Hände an. „Das stimmt."

„Dann schließe ich daraus, dass du mich heiraten willst."

„Falsch, Mr Greywolf. Ich werde weder dich noch sonst jemanden heiraten."

Er trank einen Schluck und wischte sich den Mund ab. „Ich werde meinen Sohn bekommen."

Aislinn befeuchtete sich die Lippen. „Ich finde, dass Tony dich kennenlernen sollte. Das ist nur fair euch beiden gegenüber. Ich werde dich nicht davon abhalten, ihn zu sehen. Du darfst kommen, wann immer du möchtest. Ich möchte das lediglich ein paar Stunden im Voraus erfahren, um mich darauf einstellen zu können. Ich werde mich auf dich einrichten … Wohin gehst du?" Lucas war mit einem Mal aufgestanden und ging zur Tür.

„Ich hole meinen Sohn."

„Warte!" Sie sprang auf und hielt ihn fest. „Lass uns vernünftig miteinander reden. Ich werde nicht dastehen und zusehen, wie du mir meinen Sohn wegnimmst."

„Er ist auch mein Sohn."

„Im Moment braucht er aber dringender seine Mutter. Erst gestern hast du festgestellt, dass du ihn nicht stillen kannst."

„Da gibt es andere Wege." Er versuchte sich loszumachen.

Aislinn hielt seinen Arm noch stärker fest. „Bitte. Vielleicht, wenn er älter ist."

„Ich habe dir meine Alternativen genannt. Offenbar willst du nicht einwilligen."

„Du meinst die Heirat?" Sie ließ seinen Arm los und bemerkte, wie dicht er vor ihr stand. Abrupt wandte sie sich ab und ging zur Spüle. „Heiraten kommt überhaupt nicht in Frage."

„Ich sehe nicht den Grund."

Seine Beharrlichkeit regte sie auf, und sie musste sich mühsam beherrschen. Er zwang sie, alles offen auszusprechen, und das fiel ihr schwer. „Ich kann dich nicht heiraten, weil das vieles nach sich ziehen würde."

„Du meinst, dass du dieses Haus verlassen müsstest?"

„Unter anderem. Da ist auch noch mein Fotostudio."

„Das läuft auch ohne dich sehr gut."

„Na gut", schrie sie auf und fuhr zu ihm herum. „Es ist das Leben mit dir … und …"

„Mit mir zu schlafen." Er beendete den Satz für sie. Seine tiefe Stimme klang so vertraulich, dass Aislinn ein Schauer über den Rücken lief.

Als Antwort wandte sie sich wieder ab und senkte den Kopf.

„Dann reden wir also nicht über die Ehe. Es geht um den Sex. Ich meinte Heirat nur im rechtlichen Sinne. Anscheinend deutest du mehr in meinen Vorschlag hinein."

„Ich …“

„Nein, nein. Wenn wir schon darüber reden, sollten wir alles klären.“

Er trat hinter sie, und sie konnte seine Nähe spüren, noch bevor sie seinen Atem im Nacken fühlte. Sie kam sich wie in einer Falle vor.

„Du kannst den Gedanken nicht ertragen, mit mir zu schlafen, ist das der Punkt?“ Er legte einen Arm um ihre Taille und zog sie an sich. „An jenem Morgen auf dem Berg hattest du nichts dagegen.“

„Hör auf.“ Ihr geflüsterter Einwand klang schwach.

Lucas fuhr mit der Nase durch ihr Haar und berührte ihr Ohr mit den Lippen. „Habe ich an jenem Morgen etwas nicht mitbekommen? Oder sagen weiße Frauen anders nein?“

„Schluss damit. Hör auf.“ Sie seufzte auf.

Mit einem Finger berührte er flüchtig ihre Brustspitze, und sofort trat ein Tropfen Milch hervor. „Es klang in meinen Ohren viel mehr wie ein Ja.“

„Das hätte niemals passieren dürfen.“

„Was ist los, Miss Andrews? Haben Sie nach der langen Zeit auf einmal ein schlechtes Gewissen, mit einem Indianer geschlafen zu haben?“

Sie stieß seine Arme weg, drehte sich um und ohrfeigte ihn. Der Knall hallte durch die Küche wie ein Peitschenhieb. Beide verharrten verblüfft über den plötzlichen Wutausbruch und die boshaften Worte, die dazu geführt hatten.

Rasch zog sie die Hand zurück. „Sprich nie wieder so zu mir“, stieß sie aus, und ihr Atem ging hastig.

„In Ordnung“, sagte er leise, aber drohend, und drückte sie mit dem Rücken gegen die Anrichte. „Dann sprechen wir jetzt darüber, weshalb du dich heute so herausgeputzt hast. Wolltest du sichergehen, dass ich die blonde Schönheit in dir erkenne? Sollte das mich als Indianer einschüchtern? Wie kann ich so eine Göttin nur fragen, ob sie mich heiratet? Willst du das damit bewirken?“

„Nein!“

„Was soll dann dieser verführerische Duft? Und wozu dieses aufreizende Make-up?“, fragte er mit zusammengepressten Kiefern. „Und es wirkt tatsächlich aufreizend auf mich.“

Er konnte ein Aufstöhnen nicht unterdrücken, und er presste Aislinn dicht an sich. Das Gesicht barg er in ihrer Halsbeuge und rieb den Unterleib an ihr.

Die Umarmung dauerte nur wenige Sekunden, dann trat er einen Schritt zurück. Sein Brustkorb hob und senkte sich rasch. Ein paar Knöpfe seines Hemds waren aufgegangen, und seine Gesichtsfarbe hatte sich noch mehr verdunkelt. In Aislinns Augen wirkte er wild und gefährlich. Und unglaublich sexy.

„Siehst du, ich kann mein Verlangen kontrollieren. Red dir nicht ein, dass ich dich mehr begehre als du mich. Du bist nur eine zusätzliche Last für mich, die ich meinem Sohn zuliebe mitnehme, weil ich keine Milchdrüsen habe. Aber ich werde den Preis des Zusammenlebens mit dir zahlen, um Tony ein Zuhause zu schaffen." Er fuhr sich mit der Hand durchs Haar und atmete ein paar Mal tief durch. „Jetzt frage ich dich ein letztes Mal. Willst du mit mir kommen oder nicht?"

Bevor sie sich so weit unter Kontrolle bringen konnte, um ihm zu antworten, klingelte es an der Haustür.

7. KAPITEL

„Wer ist das?“, wollte Lucas wissen.

„Ich weiß es nicht“, antwortete Aislinn.

„Erwartest du jemanden?“

„Nein.“

Sie entschuldigte sich, obwohl das in dieser Situation eher lächerlich war, und ging zur Haustür. In Gedanken überlegte sie immer noch, wie sie sich jetzt Lucas gegenüber verhalten sollte. Sie öffnete die Haustür und erstarrte. Was musste eigentlich noch alles geschehen, um diesen Tag zum grauenvollsten ihres Lebens zu machen?

„Willst du uns denn nicht hereinbitten?“, fragte Eleanor Andrews ihre Tochter erstaunt.

„Ich … Es tut mir leid“, stotterte Aislinn. Sie trat zur Seite, um ihre Eltern ins Wohnzimmer zu lassen.

„Stimmt irgendetwas nicht?“, erkundigte sich ihr Vater.

„Nein, nein. Ich habe euch nur nicht erwartet.“ Wie üblich fühlte sie sich durch ihre Eltern eingeschüchtert. In ihrer Gegenwart kam sie sich immer noch wie ein Kind vor, das gleich getadelt wird.

„Wir sind gerade aus dem Club gekommen“, sagte Eleanor und lehnte den Tennisschläger an die Wand. „Und da wollten wir mal bei dir hereinschauen.“

Nicht sehr glaubhaft, überlegte Aislinn. Wenn ihre Eltern zu ihr kamen, gab es dafür immer einen triftigen Grund. Sie ließen sie nicht lange im Unklaren.

„Erinnerst du dich an Ted Utley?“, fragte ihr Vater unvermittelt. „Du hast ihn vor ein paar Jahren auf dem Opernball getroffen.“

„Damals war er verheiratet“, fügte ihre Mutter hinzu.

Während Eleanor sich sehr wortreich über die unglückliche Scheidung und das Vermögen von Mr Utley ausließ, versuchte Aislinn, ihre Eltern wie eine Außenstehende zu betrachten. Die beiden verkörperten den amerikanischen Traum. Sie führten ein sorgenfreies Leben, und dennoch überlegte Aislinn, ob einer von ihnen jemals irgendeine Lust am Leben empfunden hatte.

Natürlich lachten sie, wenn sie zu Weihnachten fotografiert wurden, und ihre Mutter weinte bei Beerdigungen. Ihr Vater regte sich auf, wenn er über die Staatsverschuldung sprach, aber Aislinn hatte die beiden niemals gemeinsam lachen oder lauthals streiten gehört. Sie hatte sie sich küssen gesehen, aber sie hatte niemals erlebt, dass sie sich feurige

Blicke zuwarfen. Obwohl sie ihre Tochter war, sah sie ihre Eltern als die gefühllosesten Menschen, die sie je getroffen hatte.

„Also, wir möchten, dass du Dienstag zu uns zum Abendessen kommst", sagte ihre Mutter. „Wir werden auf der Veranda essen, aber zieh dir etwas Nettes an. Und besorg dir einen Babysitter für das ... das Kind."

„Er heißt Tony", betonte Aislinn. „Und ich werde mir keinen Babysitter besorgen, weil ich nicht zum Essen kommen werde."

„Warum nicht?", fragte ihr Vater missmutig nach. „Nur weil du ein uneheliches Kind hast, musst du dich schließlich nicht gleich vor der Welt verstecken."

Sie lachte. „Vielen Dank, Vater, dass du so großmütig bist." Er bemerkte den Spott nicht. „Ich möchte nur keinen peinlichen Abend mehr erleben, an dem ihr beide, Mutter und du, versucht, mich mit einem Mann zu verkuppeln, der auch gestrauchelten Frauen gegenüber offen ist."

„Das reicht", erwiderte er scharf.

„Wir wollen doch nur dein Bestes", wandte Eleanor ein. „Du hast dein Leben völlig durcheinandergebracht. Wir versuchen deinen Fehler so gut wie möglich auszubügeln. Das Wenigste, was du uns deshalb entgegenbringen kannst ..."

Eleanor unterbrach ihren Vortrag und holte tief Atem. Sie hob eine Hand an die Brust, als wolle sie einen Angreifer abwehren. Willard Andrews folgte ihrem Blick, und auch er zuckte förmlich zusammen. Auch ohne sich umzudrehen, wusste Aislinn, was ihre sonst so unerschütterlichen Eltern so aus der Fassung brachte.

Als sie sich umwandte und Lucas Greywolf ansah, verspürte sie wieder diese Mischung aus Angst und Erwartung, die sie jedes Mal bei seinem Anblick empfand.

Er stand aufrecht und groß in der Tür zwischen Wohnzimmer und Küche. Seine grauen Augen blickten Aislinns Eltern prüfend an. Seine Lippen bildeten einen schmalen, geraden Strich. Das Hemd stand ihm fast bis zum Bauch offen, und sein Brustkorb bewegte sich kaum, wenn er atmete. Er stand so reglos, als sei er eine Statue, trotzdem strahlte er eine unbändige Energie aus.

„Mutter, Vater, darf ich euch Mr Greywolf vorstellen", sagte sie und brach damit die Stille.

Niemand sagte ein Wort. Lucas nickte den Andrews kurz zu, doch Aislinn nahm an, dass er das nur tat, weil Alice Greywolf ihrem Sohn gute Manieren eingetrichtert hatte. Sicher wollte er ihren Eltern keinen Respekt bezeugen.

Dem angstvollen Blick ihrer Mutter nach hätte Lucas auch ein entsprungener Tiger sein können. Willard fand schließlich die Sprache wieder. „Lucas Greywolf."

„Ja", antwortete Lucas knapp.

„Ich habe in der Zeitung von Ihrer Entlassung gelesen."

„Um Himmels willen." Eleanor schwankte und hielt sich an einer Sessellehne fest. Sie war so bleich, als stände sie vor einem Erschießungskommando.

Willard strafte seine Tochter mit einem eiskalten Blick. Aus purer Gewohnheit schlug sie die Augen nieder. „Was ich nicht verstehe, Mr Greywolf", sagte er, „ist, weshalb Sie im Haus meiner Tochter sind. Offensichtlich sogar mit ihrem Einverständnis."

Aislinn ließ den Kopf gesenkt. Sie hatte gedacht, dass ihr Aufeinandertreffen mit Lucas schlimm war, aber nichts war so schlimm wie das jetzt. Aus dem Augenwinkel sah sie, dass Lucas auf sie zukam. Eleanor ging einen Schritt zurück und schrie fast auf, als Lucas Aislinns Kinn hochhob und ihr in die Augen sah.

„Also?"

Er wollte ihr anscheinend die Wahl lassen, ob sie ihren Eltern den Grund für sein Hiersein mitteilte oder ob er es selbst tun musste. Sie drehte den Kopf weg und sah ihre Eltern an. Tief durchatmend, zögerte sie einen Augenblick.

„Lucas ist Tonys Vater."

Die darauf folgende Stille war so bedrückend, dass Aislinn ihren eigenen Herzschlag hören konnte. Die Gesichter ihrer Eltern waren in entsetztem Ausdruck erstarrt.

„Das ist unmöglich", brachte Eleanor schließlich heraus.

„Lucas und ich, wir haben uns getroffen, als er vor zehn Monaten aus dem Gefängnis ausgebrochen war", erklärte Aislinn.

„Das glaube ich nicht." Eleanor schüttelte kaum merklich den Kopf.

„Doch, das tun Sie", erwiderte Lucas abfällig. „Sonst wären Sie nicht so entsetzt. Sicher ist es unerfreulich, erfahren zu müssen, dass der eigene Enkel auch einen Indianerhäuptling als Großvater hat."

„Wagen Sie es nicht, in diesem Ton mit meiner Frau zu sprechen", befahl Willard und machte einen drohenden Schritt auf Lucas zu. „Ich könnte Sie einsperren lassen wegen …"

„Ersparen Sie mir die Drohungen, Mr Andrews. Das alles ist mir nicht neu. Schon reichere und mächtigere Männer als Sie haben mir gedroht. Ich habe keine Angst."

„Was wollen Sie?", wollte Willard wissen. „Ist es Geld?"

Greywolfs Blick wurde kalt und verächtlich. Er richtete sich noch mehr auf. „Ich will meinen Sohn."

Unvermittelt wandte Eleanor sich an Aislinn. „Gib ihn ihm."

„Was?" Aislinn musste sich verhört haben. „Was hast du gesagt?"

„Gib ihm das Baby. Das wäre das Beste für alle Beteiligten."

Angewidert sah Aislinn erst ihre Mutter an, dann ihren Vater, der durch sein Schweigen sein Einverständnis erklärte. „Ihr erwartet, dass ich mein Kind weggebe?" Doch sie erkannte an den Gesichtern ihrer Eltern, dass sie es ernst meinten.

„Hör uns doch einmal im Leben zu, Aislinn", setzte ihr Vater an und ergriff ihre Hand. „Du hast dich immer gegen unseren Willen aufgelehnt und absichtlich das getan, was wir nicht gutheißen konnten. Aber diesmal bist du zu weit gegangen und hast einen großen Fehler gemacht. Ich verstehe nicht, wie du mit ..." Unfähig, es auszusprechen, sah er nur rasch zu Lucas hinüber. Dann wandte er sich wieder an seine Tochter. „Aber es ist geschehen. Diesen Fehler wirst du für den Rest deines Lebens bereuen, wenn du das Kind jetzt nicht weggibst. Anscheinend sieht wenigstens Mr Greywolf das von der richtigen Seite. Lass ihn das Kind aufziehen. Wenn du willst, überweise ich regelmäßig Geld ..."

Aislinn zog die Hand weg und wich vor ihm zurück, als habe er eine ansteckende Krankheit. Wie konnten ihre Eltern ernsthaft vorschlagen, sie solle ihr Kind weggeben? So tun, als sei Tony das traurige Ergebnis einer wilden Party?

Sie sah beide an, und mit einem Mal kamen sie ihr wie Fremde vor. Wie wenig kannten die beiden sie eigentlich? „Ich liebe meinen Sohn. Für nichts in der Welt würde ich ihn weggeben."

„Aislinn, sei vernünftig", wandte Eleanor ein. „Ich bewundere deinen Einsatz für das Kind, aber ..."

„Ich denke, Sie sollten lieber gehen." Lucas' Tonfall war genauso befehlend wie seine Körperhaltung. Er schien sie alle drei zu überragen, als sie sich jetzt gleichzeitig zu ihm umdrehten.

Willard stieß verächtlich die Luft aus. „Ich werde mich sicherlich nicht im Haus meiner Tochter von einem ... von Ihnen herumkommandieren lassen. Abgesehen davon geht die Diskussion Sie überhaupt nichts an."

„Sie geht ihn sehr wohl etwas an", widersprach Aislinn. „Er ist Tonys Vater. Und wie immer meine Entscheidung ausfällt, sie betrifft auch ihn."

„Er ist ein Krimineller", regte ihr Vater sich auf.

„Er ist zu Unrecht verurteilt worden. Er hat unschuldig im Gefängnis gesessen." Sie bemerkte, dass Lucas sie überrascht ansah, als sie ihn verteidigte.

„Die Gerichte waren da anderer Ansicht. Er ist ein ehemaliger Sträfling. Noch dazu", Willard betonte jedes Wort, „ein Indianer."

„Genau wie Tony", stellte Aislinn mutig richtig. „Und das bedeutet nicht, dass ich meinen Sohn deswegen weniger liebe."

„Du darfst deswegen aber nicht erwarten, dass wir ihn akzeptieren", sagte Eleanor kühl.

„Dann schließe ich mich Lucas an und bitte euch zu gehen."

Noch nie hatte Aislinn ihren Vater so kurz vor einem Wutanfall erlebt, doch er beherrschte sich mit letzter Kraft. „Solltest du irgendetwas mit diesem Mann zu tun haben, brauchst du von mir in Zukunft nichts mehr zu erwarten."

„Ich habe nie etwas von dir erwartet, Vater." Tränen standen ihr in den Augen, aber sie hielt den Kopf stolz hoch. „Ich habe dir das Geld für das Fotostudio zurückgezahlt, das ich anfangs auch nicht wollte. Für nichts bin ich dir etwas schuldig, nicht einmal für eine glückliche Kindheit. Ihr habt mir meine Pläne immer ausgeredet, und ich habe mich in jeder größeren Entscheidung eurem Willen gebeugt. Bis jetzt. Wenn Mutter und du nicht akzeptieren könnt, dass Tony euer Enkel ist, habt ihr auch in meinem Leben keinen Platz mehr."

Die beiden nahmen Aislinns Worte mit derselben kühlen Haltung hin, die sie ihr ganzes Leben über bewahrt hatten. Ohne ein weiteres Wort nahm Willard Andrews seine Frau beim Arm und geleitete sie zur Tür. Eleanor blieb nur kurz stehen, um ihren Tennisschläger mitzunehmen. Sie blickten sich nicht um.

Aislinn ließ den Kopf sinken. Sie konnte die Tränen nicht länger zurückhalten. Ihre Eltern wollten über ihr Leben bestimmen oder gar keinen Anteil mehr daran nehmen. Es fiel Aislinn schwer zu erkennen, dass die Vorurteile so weit reichten, dass ihre Eltern den eigenen Enkel ablehnten.

Auf der anderen Seite waren Tony und sie besser ohne sie dran, wenn die beiden so engstirnig dachten. Sie wollte nicht, dass ihr Sohn sich einmal seiner Gefühle schämte. Er sollte in einer Freiheit aufwachsen, die sie selbst nie erlebt hatte. Er sollte seine Welt erleben, so wie sie die Welt mit Lucas erlebt hatte.

Aislinn fuhr herum und sah Lucas an, der schweigend hinter ihr stand. Als seine Gefangene hatte sie zum ersten Mal das Leben als etwas Spannendes erfahren. Nur zu deutlich konnte sie sich an die Wut, die Angst und die Freude mit ihm erinnern. Das alles war zwar nicht unbedingt wundervoll gewesen, aber wenigstens wirklich. Noch nie zuvor hatte sie sich so lebendig gefühlt.

„Was wirst du jetzt tun?", wollte Lucas wissen.

„Willst du mich immer noch heiraten?"

„Unserem Sohn zuliebe, ja."

„Wirst du Tony ein guter und liebevoller Vater sein?"

„Das schwöre ich."

Es war die schwerste Frage, die sie jemals stellen musste, doch sie begegnete seinem Blick standhaft. „Und zu mir? Was für ein Ehemann wirst du für mich sein?"

„Du bist die Mutter meines Sohnes. Ich werde dich mit dem nötigen Respekt behandeln."

„Du hast mir oft Angst gemacht. Ich will mein Leben nicht in Angst vor dir verbringen."

„Ich werde dir niemals etwas antun. Das schwöre ich bei meinem Großvater, Joseph Greywolf."

Was für ein seltsamer Heiratsantrag, dachte Aislinn. Kein Kerzenschein, keine Rosen, Wein oder Musik. Kein Vollmond oder Liebesschwüre. Sie lächelte schwach. Na ja, sie konnte nicht alles haben.

Gerade hatte sie alles hinter sich gelassen, was ihr vertraut war. Es gab kein Zurück, und Lucas würde niemals seinen Sohn aufgeben. Das hatte er ihr deutlich gemacht.

Es würde eine Ehe ohne Liebe werden, abgesehen von ihrer gemeinsamen Liebe für Tony. Andererseits gab es in ihrem Leben ohnehin keine Liebe, und so würde sie nichts vermissen. Eine Zukunft mit Lucas und Tony würde jedenfalls nicht langweilig werden.

Sie blickte zu Lucas auf. „Also gut, Lucas Greywolf", sagte sie ohne weiteres Zögern. „Ich werde dich heiraten."

Zwei Tage später um neun Uhr morgens wurden Aislinn und Lucas in demselben Gerichtsgebäude getraut, in dem Greywolf vier Jahre zuvor schuldig gesprochen worden war.

Die Braut drückte ihr Baby an die Schulter, als sie die Antwort gab, die sie rechtlich zur Ehefrau des Mannes machte, der neben ihr stand und für sie nicht viel mehr als ein Fremder war. Sie trug ein pfirsichfarbenes Leinenkostüm und darunter eine elfenbeinfarbene Bluse, durch die ihre schwarze Spitzenwäsche durchschimmerte. Es wirkte weich und weiblich, ohne sonderlich feierlich zu sein.

An einer Seite hatte sie das Haar mit einer Spange zurückgesteckt, die sie von ihrer Großmutter geerbt hatte.

Lucas hatte sie mit einem blassblauen Hemd und einer dunklen Hose überrascht. Dazu trug er ein Sportjackett und eine dezente Krawatte. Er sah mit dem langen schwarzen, zurückgekämmten Haar unglaublich männlich aus. Sie wussten, dass sie zusammen die Aufmerksamkeit auf sich zogen. Beim Betreten des Gerichts hatten sich viele Blicke auf sie gerichtet.

Noch bevor Aislinn sich dessen, was geschah, richtig bewusst geworden war, war die Zeremonie bereits vorbei, und sie verließen das Gebäude. Lucas hatte ihr einen flüchtigen Kuss gegeben, nachdem der Standesbeamte sie zu Mann und Frau erklärt hatte. Jetzt führte er sie zu dem uralten Transporter auf dem Parkplatz.

„Wir holen bei dir zu Hause deine Sachen ab, und dann fahren wir los."

Lucas wollte so schnell wie möglich ins Reservat zurück und noch vor Einbruch der Dunkelheit am Ziel ankommen.

Während sie in ihrem Haus Tony und sich selbst umzog, lud Lucas ihr Gepäck auf die Ladefläche des Transporters. Ein letztes Mal ging Aislinn durch ihr Zuhause, doch sie bedauerte es nicht, von hier fortzugehen.

Es war für sie nie ein richtiges Heim gewesen. Das Einzige, woran sie innerlich hing, war das Kinderzimmer, das sie für Tony eingerichtet hatte.

„Hast du alles?" Lucas kam ihr entgegen, nachdem er den Strom abgestellt hatte.

„Ich glaube schon."

Auch er hatte sich umgezogen und trug wieder Jeans und Stiefel. Das Stirnband hatte er sich wieder umgebunden und den Ohrring eingesetzt.

Sie schlossen die Tür hinter sich. Die Einrichtung und das Grundstück würden sie später verkaufen. Auch den Wagen ließ Aislinn zurück, doch schon bald sollten sie erkennen, dass das ein Fehler gewesen war.

„Diese alte Kiste hat keine Klimaanlage“, stellte Lucas bedauernd fest. Sie fuhren auf dem Highway, und der Wind zerzauste Aislinns Haar. Tony lag in seiner Tragetasche, die sicher zwischen ihnen beiden auf dem Sitz festgeschnallt war. Es war zu heiß, um die Fenster zu schließen, dafür musste Aislinn ständig mit ihren Haaren kämpfen. Obwohl sie sich nicht beschwerte, war es Lucas aufgefallen.

„Es ist nicht so schlimm“, log sie.

„Greif mal ins Handschuhfach“, sagte er.

Dort fand sie ein Tuch, das sie sich um den Kopf band. Prüfend betrachtete sie sich im Rückspiegel.

„Bin ich jetzt offiziell eine Indianersquaw?“ Lächelnd sah sie Lucas an.

Als er das belustigte Blitzen in ihren Augen sah, erwiderte er ihr Lächeln. Es breitete sich langsam auf seinem Gesicht aus, als habe er vergessen, wie man lächelt. Schließlich lachte er kurz auf.

Danach war die Stimmung zwischen ihnen nicht mehr so angespannt. Nach und nach gerieten sie ins Gespräch und erzählten sich Geschichten aus ihrer Kindheit.

„In gewisser Weise war ich genauso einsam wie du“, sagte Aislinn.

„Nachdem ich deine Eltern gesehen habe, glaube ich dir das.“

„Sie können bei Weitem nicht so sehr lieben wie deine Mutter.“

Lucas sah sie nur kurz an und nickte.

Obwohl er es so eilig hatte, nach Hause zu kommen, fragte er Aislinn oft, ob er anhalten solle, damit sie etwas essen oder trinken könnte.

„Wir müssen bald anhalten“, sagte sie kurz nach Mittag. „Tony wacht langsam auf, und sicher wird er Hunger haben.“

Der Kleine hatte die ganze Fahrt über ruhig in seiner Tasche geschlafen. Aber jetzt wachte er hungrig und ungeduldig auf. Als sie die nächste Ortschaft erreichten, schrie er schon fast ohne Unterbrechung.

„Wo soll ich halten?“, erkundigte Lucas sich.

„Wir können auch weiterfahren. Ich schaffe das schon.“

„Nein, es wird für dich bequemer, wenn wir halten. Sag einfach, wo.“

„Ich weiß nicht“, antwortete sie. Sie wollte nicht, dass Tonys Geschrei Lucas verärgerte. Vielleicht war seine Geduld bald erschöpft, und er überlegte es sich mit der Vaterschaft anders.

„Bei einem Waschraum?“, schlug er vor und suchte den Straßenrand ab.

„Ich gehe mit ihm nur ungern in die Öffentlichkeit, wenn er sich so aufführt."

Lucas fuhr schließlich auf einen Parkplatz bei einem Park und hielt im Schatten an. „Wie ist es hier?"

„Prima." Aislinn knöpfte die Bluse auf und legte sich Tony an die Brust. Sofort hörten seine Schreie auf. „Puh", sagte sie erleichtert und lachte. „Ich weiß nicht, ob wir noch lange …"

Sie verstummte, weil sie ihm ins Gesicht sah und den gefühlvollen Blick bemerkte, mit dem er seinen Sohn betrachtete. Sie konnte nicht weitersprechen. Als er merkte, dass sie ihn beobachtete, blinzelte er und sah wieder nach vorn.

„Hast du Hunger?", fragte er.

„Eigentlich schon."

„Wie wär's mit einem Hamburger?"

„Ja, gern. Irgendwas."

„Sobald Tony versorgt ist, holen wir uns etwas."

„Okay."

„Habe ich dir wehgetan?"

Sie hob den Kopf und sah ihn fragend an. Er blickte immer noch aus dem Fenster. „Wann, Lucas?"

„Du weißt schon. An jenem Morgen."

„Nein." Sie sprach so leise, dass sie ihre Stimme selbst kaum hörte.

Mit der Faust schlug er auf das Lenkrad. Rhythmisch schwang er ein Knie vor und zurück, während er die Landschaft betrachtete. Bei jedem anderen Mann hätte Aislinn das als Nervosität gedeutet. Aber Lucas wurde nie nervös. Oder doch?

„Ich war lange Zeit im Gefängnis gewesen."

„Das weiß ich."

„Und ohne eine Frau."

„Ich verstehe."

„Ich war grob zu dir."

„Nicht sehr …"

„Und später tat es mir leid. Ich dachte, dass ich dir vielleicht wehgetan hätte. An den Brüsten. Oder …"

„Nein, das hast du nicht."

„Du bist so zierlich gebaut."

„Es war schon lange her seit dem letzten Mal."

„Aber …"

„Es war keine Vergewaltigung, Lucas."

Sein Kopf fuhr herum. „Du hättest sagen können, dass es eine war."

In ihren Blicken lagen Dinge, die besser unausgesprochen blieben. Aislinn senkte den Kopf und schloss die Augen, als sie spürte, wie sie von Hitzewellen durchflutet wurde. Selbst jetzt noch konnte sie sich an das Gefühl, ihn in sich zu spüren, erinnern.

Lucas versuchte, nicht auf die schmatzenden Geräusche seines Sohns zu hören. Er wusste noch deutlich, wie er selbst an Aislinns Brustspitzen gesogen hatte. Wie er sie mit der Zunge umspielt und gereizt hatte. Er riss sich aus diesen Gedanken, bevor ihn körperliche Erregung überkam.

„Wann hast du festgestellt, dass du schwanger bist?", fragte er nach einer Weile rau.

„Ungefähr zwei Monate später. Mir wurde manchmal schlecht, und ich war immer so erschöpft. Und natürlich blieb meine Regel aus."

„Natürlich."

Aus dem Augenwinkel sah er, wie sie Tony an die andere Brust legte. Sicher musste sie sich überwinden, sich in seiner Nähe zu entblößen. Trotzdem hätte er dieses Schauspiel am liebsten genau betrachtet. Er wollte ihre Brüste sehen und berühren. Ihr Anblick, ihr Duft und der Klang ihrer Stimme erregten ihn, und er wollte sie ganz in sich aufnehmen.

„War es eine leichte Schwangerschaft?"

„Soweit das möglich ist", antwortete sie lächelnd.

„Hat er dich oft getreten?"

„Wie ein Fußballspieler."

„Ich stelle mir ihn lieber als Marathonläufer vor."

Sie blickten sich an, und die gemeinsamen Wünsche für ihr Kind verbanden sie. „Ja, wie ein Dauerläufer", stimmte sie sanft zu. „Genau wie du."

Eine Woge von Stolz überkam ihn. Einen Augenblick konnte er vor Rührung kaum noch atmen. „Danke." Fragend sah sie ihn an. „Dafür, dass du meinem Sohn das Leben geschenkt hast."

Jetzt war Aislinn an der Reihe, gerührt wegzusehen. Einem stolzen Mann wie Lucas kam ein Dank nicht leicht über die Lippen. Sie nickte nur, um die Stimmung nicht zu zerstören.

Dann konzentrierte sie sich auf Tony, bis er fertig war, und reichte ihn an Lucas. Er hielt ihn, bis Aislinn ihre Bluse wieder geschlossen hatte, und half ihr dann beim Windelwechsel.

Sie sprachen nicht weiter. Es war alles gesagt.

„Gene ist hier", stellte Lucas an Aislinn gewandt fest, als er den Transporter vor dem kleinen weißen Steinhaus parkte. Der Zaun ringsum war frisch gestrichen, und auf der Veranda brannte ein Windlicht. Zinnien blühten seitlich am Wegesrand.

Es war schon dunkel. Seit Stunden fuhren sie bereits durch das Reservat, obwohl sie diesmal keine Nebenstraßen benutzen mussten. Dennoch war die Fahrt lang und ermüdend. Aislinn war vollkommen erschöpft.

„Bleiben wir hier über Nacht?", erkundigte sie sich hoffnungsvoll.

„Nein, wir sagen nur rasch Hallo. Ich möchte so schnell wie möglich zu meinem eigenen Land."

Sein Land? Sie hatte nicht gewusst, dass er Landbesitzer war. Bislang hatte sie nicht einmal nachgefragt, wie er sie versorgen wollte, wenn er nicht mehr als Anwalt praktizieren durfte. Doch Greywolf war findig genug, sodass sie sich keine Sorgen um den Lebensunterhalt machte. Sicher würde er seinem Sohn das Leben so angenehm wie möglich machen.

Lucas half ihr beim Aussteigen. Zum ersten Mal fühlte sie so etwas wie Anspannung. Was war, wenn Alice und Gene Dexter auf Tony genauso reagierten wie ihre Eltern? Hier galt Aislinn noch mehr als Außenseiterin als Lucas in ihrer Welt. Wie würde man sie empfangen?

Lucas schien sich keine Sorgen zu machen. Er lief den Weg entlang und sprang auf die Veranda. Zweimal pochte er gegen die Tür, bevor Gene Dexter ihm öffnete.

„Na, das wurde auch Zeit. Alice hat sich schon …"

Als der Arzt Aislinn den Weg entlangkommen sah, verstummte er.

„Gene, ist es Lucas?", rief Alice von drinnen. „Lucas?" Sie lief um Gene herum und lächelte strahlend. „Da bist du ja! Wir haben uns schon Sorgen gemacht. Wieso bist du nicht direkt nach Hause gekommen? Bist du ein paar Tage in Phoenix geblieben?"

Lucas trat einen Schritt zur Seite. Als Alice Aislinn sah, wirkte sie sehr erstaunt. Und als sie das Baby auf Aislinns Arm entdeckte, öffnete sie fassungslos den Mund. „Ich denke, Sie sollten lieber ins Haus kommen. Es ist kalt hier draußen."

In diesem Moment wusste Aislinn, dass sie Alice mögen würde. Es wurden keine Fragen gestellt, sondern sie wurde einfach akzeptiert.

Lucas hielt ihr die Tür auf, und Aislinn betrat mit Tony auf dem Arm das Wohnzimmer, das einfach, aber geschmackvoll eingerichtet war.

„Mutter, Gene, ihr erinnert euch sicher an Aislinn."

„Natürlich", antwortete Gene.

„Hallo."

Alice lächelte sie an und fragte dann schüchtern: „Darf ich mal das Baby sehen?"

Aislinn drehte Tony so, dass sie ihn sehen konnte. Unwillkürlich stieß Alice die Luft aus. Tränen traten ihr in die Augen, als sie die Hand ausstreckte und über die dunklen Härchen auf seinem Kopf strich. „Lucas", flüsterte sie.

„Anthony Joseph", berichtigte Lucas stolz. „Mein Sohn."

„Oh ja, ich sehe, dass er dein Sohn ist."

Alice biss sich auf die Unterlippe, um nicht gleichzeitig zu lachen und zu weinen. „Er sieht genauso aus wie du damals. Gene, sieh dir das an. Ist er nicht wunderhübsch? Anthony Joseph. Nach Vater." Mit tränenverklärten Augen sah sie Aislinn an. „Danke."

„Ich ... wir ... wir nennen ihn Tony. Möchten Sie ihn einmal halten?"

Alice zögerte einen Augenblick, bevor sie die Arme nach dem Baby ausstreckte. Seit Jahren ging sie in der Klinik mit Neugeborenen um, und dennoch behandelte sie Tony, als sei er aus Porzellan. Sie ging mit ihm zu einem Sofa und sang ihm leise ein indianisches Schlaflied vor.

„Scheint so, als müsste ich den Gastgeber spielen", sagte Gene und schloss die Haustür. „Aislinn, setzen Sie sich doch." Mit einladender Geste wies er auf das Wohnzimmer.

„Wir haben heute geheiratet", sagte Lucas unvermittelt.

„Das ist ... das ist toll", entgegnete Gene leicht verunsichert.

Die Situation wäre ungemütlich geworden, wenn Alice sich nicht eingemischt hätte. „Bitte setzt euch doch alle", drängte sie. „Ich werde gleich etwas zu essen und zu trinken holen, aber erst muss ich ein paar Minuten für Tony haben."

„Mach dir keine Mühe, Mutter. Wir können nicht lange bleiben."

„Ihr fahrt wieder? Aber ihr seid doch gerade erst gekommen."

„Ich will nach Hause, so schnell es geht."

Ungläubig sah Alice ihren Sohn an. „Du meinst, zu dir? Du willst heute noch zu deinem Wohnwagen fahren?"

„Ja."

„Zusammen mit Aislinn und Tony?"

„Sicher."

„Aber der ist viel zu klein. Dort ist in der Zwischenzeit nicht einmal sauber gemacht worden."

„Alice“, warf Gene tadelnd ein.

Sofort verstummte sie und blickte Aislinn und Lucas verunsichert an. „Das geht mich ja nichts an. Ich habe nur gehofft, ihr würdet ein paar Tage hier bei mir bleiben, bevor ihr weiterfahrt.“

Lucas betrachtete Aislinn. Sie würde sich nicht einmischen, doch obwohl sie sich nicht beklagte, konnte sie, wenn es darauf ankam, halsstarriger als jeder Esel sein. Das hatte er an ihr von Anfang an bewundert. Jetzt allerdings sah er ihr die Erschöpfung an. „In Ordnung. Für eine Nacht“, willigte er ein.

„Oh, das freut mich.“ Alice strahlte. „Hier, Aislinn, nehmen Sie den Kleinen. Ich habe etwas Essen warm gestellt, für den Fall, dass Lucas heute doch noch kommt.“

„Ich werde Ihnen helfen“, bot Aislinn an.

Gene und Lucas folgten ihnen aus dem Zimmer. An der Tür hielt Lucas Gene am Arm fest. „Wir vertreiben euch doch nicht aus dem großen Bett, oder?“, fragte er flüsternd.

„Leider nicht“, sagte Gene bedauernd.

„Immer noch dasselbe?“

Traurig nickte der Arzt. „Deine Mutter ist eine einzigartige Frau, Lucas, und ich werde nicht aufgeben, bis sie meine Frau ist.“

Lucas klopfte ihm auf den Rücken. „Gut. Sie braucht dich.“

Sie betraten die Küche, und Lucas dachte daran, mit was für einer einzigartigen Frau er verheiratet war. Deshalb konnte er den Blick nicht von ihr wenden.

Sie bemerkte den Blick und erwiderte ihn schüchtern. An ihre Rolle als Ehefrau würde sie sich erst noch gewöhnen müssen. Aber sie freute sich, dass Lucas sich neben sie setzte.

Als sie später das Geschirr zum Spülbecken trug, fragte Alice ihren Sohn: „Wieso hast du mir nichts von dem Baby erzählt?“

Die nachfolgende Stille wirkte bedrückend. Schließlich antwortete Aislinn.

„Er wusste nichts von Tony, bis er vor drei Tagen zu mir kam, um sich zu bedanken.“ Sie versuchte den verblüfften Blicken zu begegnen, doch dann senkte sie den Blick.

„Ich habe sie gezwungen, mich zu heiraten“, erklärte Lucas offen. „Ich drohte, ihr Tony wegzunehmen, wenn sie nicht einwilligen würde.“

Unruhig rutschte Gene auf seinem Stuhl. Alice hob eine Hand an den Mund und hoffte gleichzeitig, dass man ihr den Schock nicht zu deutlich anmerkte. „Ich bin froh, dich als Schwiegertochter zu haben, Aislinn“, sagte sie schließlich.

„Danke“, antwortete Aislinn und lächelte sie an. Sie wusste, dass Gene und Alice vor Neugier brannten. Umso mehr schätzte sie daher deren Zurückhaltung.

„Du musst nach der langen Fahrt müde sein“, sagte Alice freundlich. „Ich werde dir das Zimmer zeigen. Du kannst in meinem Bett schlafen.“

„Nein.“ Noch bevor jemand etwas erwidern konnte, widersprach Lucas entschlossen. „Sie ist meine Frau, und sie wird bei mir schlafen.“

8. KAPITEL

Das Schweigen war unerträglich. Gene nahm unruhig die Kaffeetasse von einer Hand in die andere, und Alice blickte peinlich berührt auf ihre verschränkten Finger. Aislinn drückte das Gesicht an Tonys Köpfchen, während sie rot anlief. Nur Lucas schien von seiner Ankündigung völlig unbeeindruckt.

„Brauchst du noch etwas aus dem Wagen?“, fragte er und stand auf.

„Den kleinen Koffer und Tonys Tasche“, antwortete Aislinn leise.

„Mutter, was meinst du, können wir für Tony aus einer Schublade ein Bettchen machen?“

„Ja, natürlich. Komm, Aislinn.“ Alice legte ihr eine Hand auf die Schulter. „Lass uns Tony für die Nacht zurechtmachen.“

„Ich werde Lucas helfen.“ Gene folgte ihm aus der Küche.

Das Schlafzimmer, in das Alice Aislinn führte, war klein. Ein altmodischer Schminktisch, ein gepolsterter Stuhl, ein Schubladenschrank und ein Doppelbett waren die einzige Einrichtung.

„Die Schubladen sind leer“, sagte Alice und zog eine heraus. „Nach Vaters Tod habe ich hier alles ausgeräumt.“

„Bislang hatte ich noch keine richtige Zeit dafür, dir zu sagen, wie leid es mir für dich tut.“

„Danke, Aislinn. Er war schon sehr alt und wollte nicht mehr jahrelang in einem Krankenhaus oder Pflegeheim liegen. Es ist so geschehen, wie er es sich gewünscht hat.“

Während sie sich unterhielten, hatte sie die Schublade mit einer mehrmals gefalteten Decke ausgelegt, um einen weichen Untergrund für das Baby zu schaffen.

„Danke, Alice. Das wird reichen. Obwohl er in einem oder zwei Monaten sicherlich die Schublade kaputt treten würde.“ Zärtlich drückte sie den Kleinen an sich und küsste ihn auf die Schläfe.

„Oh, bis dahin habe ich eine Wiege besorgt. Ich rechne fest damit, dass du mich oft mit ihm besuchen kommst.“

„Macht dir das mit Lucas und mir denn nichts aus?“ Unsicher suchte sie Alices Blick.

„Vielleicht sollte ich dich darum lieber fragen. Hast du Kummer?“

„Am Anfang war ich wütend. Jetzt bin ich mir nicht mehr sicher“, gab sie ehrlich zu. „Wir kennen einander kaum, aber wir beide lieben Tony. Es ist uns beiden sehr wichtig, dass er ein schönes Leben führen kann. Darauf aufbauend kann ja vielleicht auch unsere Ehe klappen.“

„Das Leben dort draußen auf der Ranch wird ganz anders sein, als du es bislang kennst."

„Schon bevor ich Lucas traf, hatte mich mein damaliges Leben zu Tode gelangweilt", gestand Aislinn. „Und die meisten Umstellungen sind nicht leicht."

Die Frauen sahen einander an. Alice musterte skeptisch Aislinns entschlossenen Gesichtsausdruck. „Lass uns das Bett herrichten", sagte sie schließlich ruhig.

Als es mit Laken bezogen war, stellte Aislinn fest, wie schmal es war. Wie sollte sie die Nacht darin mit Lucas verbringen? Sie hörte, wie er sich unten mit Gene unterhielt, nachdem er nur rasch das Gepäck ins Zimmer gebracht hatte.

„Ich gehe jetzt", sagte Alice. „Wenn ich Gene nicht gute Nacht sage, wird er sich vernachlässigt fühlen." Sie küsste Tony, der bereits zufrieden in der Schublade lag. Dann nahm sie noch einmal Aislinns Hand. „Ich freue mich sehr, dich in der Familie zu haben."

„Obwohl ich eine Weiße bin?"

„Im Unterschied zu meinem Sohn mache ich nicht eine ganze Rasse für das verantwortlich, was einige wenige getan haben."

Spontan gab Aislinn ihrer neuen Schwiegermutter einen Kuss auf die Wange. „Gute Nacht, Alice. Danke für alles."

Als sie allein war, stillte sie Tony und hoffte, dass er die Nacht durchschlafen würde. Aislinn wollte mit dem Stillen fertig sein, bevor Lucas ins Zimmer kam, weil sie nicht noch mal so eine Situation erleben wollte wie vorhin im Transporter.

Es gab im ganzen Haus nur ein Badezimmer, das sich zwischen den beiden Schlafzimmern befand. Aislinn ging dorthin, nachdem sie Tony zu Bett gelegt hatte. Zurück im Schlafzimmer, blieb ihr nichts mehr zu tun, als sich auszuziehen.

Dies war offiziell ihre Hochzeitsnacht, doch das Nachthemd, das sie aus dem Koffer zog, war schon etwas älter und nicht gerade aufreizend. Vielmehr wirkte es schlicht und praktisch.

Sie cremte sich gerade die Arme ein, als Lucas hereinkam und die Tür hinter sich schloss. Ungeschickt machte sie die Lotion wieder zu und redete sich ein, dass sie nicht aufgeregt war, weil sie eine Nacht mit Lucas verbringen würde.

Hätte sie sich im Spiegel betrachtet, dann wäre ihr ihr eigener erwartungsvoller Blick aufgefallen. Sie wirkte jung und unschuldig, obwohl ihr das Haar verführerisch über die Schultern fiel. Ihre Lippen glänzten rosig, und trotz des mädchenhaften Nachthemds sah sie in den Augen ihres Bräutigams unglaublich sexy aus.

Das Licht der Nachttischlampe war gedämpft, und Lucas' Schatten in dem kleinen Zimmer wirkte noch größer als sonst.

„Schläft Tony etwa schon?", erkundigte er sich und knöpfte sich das Hemd auf.

„Ja. Es scheint ihn nicht zu stören, in einer Schublade zu liegen."

Im Spiegel sah sie Lucas' Lächeln, als er sich über seinen Sohn beugte. Die Schublade stand auf dem Boden neben dem Bett. Wie leicht musste es sein, sich in einen Mann zu verlieben, der einer Frau gegenüber diese Zärtlichkeit ausstrahlte.

Innerlich riss sie sich zusammen. Bei keinem der Männer, die sie kannte, war so etwas vorstellbar, und schon gar nicht bei Lucas Greywolf. Um diese dummen Fantasien aus ihrem Kopf zu verbannen, nahm sie die Bürste und kämmte sich die Haare durch, bis sie vor Spannung knisterten.

Lucas setzte sich auf die Bettkante, um die Stiefel auszuziehen. „Gene hat mir eben gesagt, dass er sich über unsere Hochzeit freut."

Es war so untypisch für Lucas, eine derartige Unterhaltung zu beginnen, dass Aislinn die Hände sinken ließ und ihn im Frisierspiegel ansah. „Wieso?"

Er lachte, und auch das war ungewöhnlich. „Seit Jahren will er meine Mutter heiraten. Sie hat ihm versprochen, nach meiner Freilassung einzuwilligen." Lucas stand wieder auf und öffnete den Gürtel. „Jetzt nach unserer Hochzeit hat sie keine Ausflucht mehr."

„Er ist so ein netter, liebenswürdiger Mensch. Wie kann sie überhaupt zögern, ihn zu heiraten?"

„Immerhin ist er ganz anders als dein Ehemann."

Sie legte die Bürste weg. „So meinte ich das nicht."

„Spielt auch keine Rolle. Ich bin nun mal dein Mann."

Aislinn schluckte, als Lucas langsam auf sie zukam. Bis auf die Jeans ausgezogen, strömte er männliches Selbstbewusstsein aus. Unwillkürlich blickte sie auf den offenen Hosenknopf, und ihr Herz schlug wild in einer Mischung aus Verlangen und Beklommenheit.

In dem weichen Licht wirkte seine Haut noch dunkler, und sein Körperhaar schimmerte. Auf den Wangenknochen zeichnete sich der Schatten seiner langen Wimpern ab, und sein Blick schien Aislinn durchbohren zu wollen. Ihr kam es vor, als könne er durch sie hindurchsehen. Sie erbebte.

„Lucas?“

„Du hast schönes Haar.“

Er stand jetzt direkt hinter ihr, und ihre Schultern befanden sich in Höhe seiner Hüften. Im Gegensatz zu seinem dunklen, muskulösen Bauch wirkte ihr Haar noch heller. Als er einzelne Strähnen zwischen den Fingern hindurchgleiten ließ, schimmerten sie golden.

Wie gebannt betrachtete Aislinn diesen sinnlichen Anblick im Spiegel. Sie zwang sich, das Ganze wie eine Außenstehende zu sehen, obwohl sie selbst ein Teil davon war. Nur so konnte sie es durchstehen.

Als er eine Hand voll ihrer Haare an seinem Bauch rieb, klopfte ihr Herz dennoch rasend. Wenn sie sich jetzt eingestände, dass sie sich tatsächlich in dieser erotischen Situation befand, würde sie sich umdrehen und die straffe Haut seiner Magengegend küssen. Dann würde sie mit der Zunge den schmalen Streifen dunklen Haars hinunterfahren. Über den Nabel hinweg bis zu dem offenen Hosenbund, wo die Körperbehaarung wieder dichter und breiter wurde.

Er ließ ihr Haar wieder auf die Schultern fallen und strich mit den Händen über ihren Hals. „Wieso gefällt mir deine helle Haut so sehr?“, fragte er heiser. „Ich versuche doch so sehr, sie zu hassen.“

Er berührte ihre Ohrläppchen und rieb sie sanft mit Daumen und Zeigefinger. Aislinn seufzte auf. Ohne es zu wollen, legte sie den Kopf in den Nacken und lehnte sich dabei gegen Lucas’ Bauch. Genießerisch rollte sie den Kopf von einer Seite zur anderen. Im Spiegel sah sie ihr Haar auf seiner dunklen Haut und stellte fest, wie schön sie beide zusammen waren.

Langsam strich er mit den Händen über ihre Schultern bis zu dem Halsausschnitt ihres Nachthemds. Aislinn riss die Augen auf und sah ihn im Spiegel an.

„Ich möchte meine Hände auf deiner Haut sehen.“

Gefesselt sah sie zu, wie seine kräftigen Finger über ihren Oberkörper strichen und hinabfuhren, wobei er ihr das Nachthemd mit abstreifte. Als er über ihre Brüste strich, atmete sie keuchend. Sanft drückte er ihre Brüste und beschrieb kreisende Bewegungen. Mit den Handflächen umschloss er die Unterseiten ihrer vollen Brüste, während er gleichzeitig mit den Daumen ihre erregten Brustspitzen reizte.

Aufstöhnend wand sie sich unter den Liebkosungen und drückte den Kopf gegen den flachen Bauch, der sich unter Lucas’ hastigen Atemzügen hob und senkte.

Im Spiegel blickten sie einander an und betrachteten fasziniert seine großen, männlichen Hände, die über die zarte Haut ihrer Brüste strichen. Mit sanftem Druck steigerte er langsam die Hitze ihrer Empfindungen, bis ihr Körper vor Verlangen bebte.

Tief in sich spürte sie eine Glut, die sie immer mehr ausfüllte. Es gab nur einen Weg, um dieses ungeduldige Sehnen zu stillen.

Das aber war unmöglich. Schlagartig traf Aislinn diese Erkenntnis, und sie stieß seine Hände von sich. Aufspringend zog sie sich das Nachthemd über die Brüste und wandte sich zu Lucas um. „Ich kann nicht."

Der verletzte Laut, den er ausstieß, klang wie von einem Tier, das verwundet in der Falle sitzt. Fest umfasste er ihren Oberarm und zog sie an sich. „Du bist meine Frau."

„Aber nicht dein Besitz", fuhr sie ihn an. „Lass mich los."

„Ich habe ein Recht darauf."

Mit den Fingern fuhr er ihr durchs Haar und drückte ihren Kopf näher zu sich. Unwillkürlich versuchte sie ihn von sich zu schieben. Sie drückte gegen die Seiten seines Brustkorbs. Die Haut fühlte sich glatt und warm an, und die Muskeln waren so hart, dass sie am liebsten erkundend darüberstreichen wollte. Mit Lippen und Zähnen wollte sie seinen Körper kennenlernen. Ihre Entschlossenheit nahm immer mehr ab.

Aber das hier war nicht richtig. Sie waren verheiratet, und damit bekam Lucas gewisse Rechte, doch sollte Liebe dabei keine Rolle spielen? Oder wenigstens gegenseitiger Respekt? Sie wusste, dass Lucas nur Verachtung für sie wegen ihrer Herkunft empfand. Sie wollte nicht lediglich ein Ventil für seine Lust darstellen.

Und wenn er nicht einsah, dass das, was sie taten, nicht richtig war, gab es noch einen anderen Grund, mit dem sie ihn von sich fernhalten konnte. Und diesen Grund würde sie jetzt benutzen.

Kurz bevor er die Lippen auf ihren Mund senken konnte, sagte sie: „Denk daran, Lucas! Tony ist noch nicht einmal einen Monat alt." Sie sah das Unverständnis in seinem Blick und fuhr hastig fort: „Du hast gesagt, du wollest mir niemals wehtun. Aber wenn wir jetzt miteinander schlafen würden, würdest du es tun. Mein Körper hat sich nämlich noch nicht ganz von der Geburt erholt."

Wortlos sah er ihr ins Gesicht, und sein erregter Atem streifte ihre Wange. Als er schließlich begriff, was sie meinte, blickte er an ihr hinunter.

Allmählich lockerte er den Griff und schob sie von sich. Unruhig befeuchtete sie sich die Lippen. „Reiz mich nicht noch mehr“, beschwerte er sich und fuhr sich durchs Haar. Dann bedeckte er das Gesicht mit beiden Händen. „Geh ins Bett.“

Sie wollte nicht streiten. Nachdem sie rasch noch einmal nach Tony gesehen hatte, der tief und ruhig schlief, legte sie sich in das frisch bezogene Bett. Die Klimaanlage kühlte die Luft, und so zog Aislinn eine leichte Decke über sich.

Sie schloss die Augen, bekam jedoch mit, als Lucas sich die Jeans auszog. Durch die Wimpern betrachtete sie ihn. Sie sah die langen Beine und die breiten Schultern. Das dunkle Dreieck zwischen seinen kräftigen Schenkeln und seine Erregung. Dann wurde es dunkel, als er die Lampe ausschaltete.

Als er neben ihr lag, konnte sie nur daran denken, dass er nackt und erregt war. Obwohl er sie nicht berührte, spürte sie seine Körperwärme. Das Geräusch seines Atems war gleichzeitig elektrisierend und beruhigend. Sie war völlig verspannt, bis er das Gewicht verlagerte und sie wusste, dass er sich auf die andere Seite gedreht hatte. Erst dann konnte sie sich genug entspannen, um einzuschlafen.

Aislinn öffnete die Augen einen Spalt. Es war noch früh am Morgen, und das Zimmer lag im ersten rosigen Dämmerlicht. Ihre Brüste schmerzten leicht. Tony hatte die ganze Nacht durchgeschlafen, aber er musste bald aufwachen. Das hoffte sie jedenfalls, denn der Druck in ihren Brüsten hatte sie geweckt.

Als sie die Augen ganz öffnete, erschrak sie, weil Lucas dicht vor ihr lag. Seine Brust befand sich direkt vor ihrer Nase. Deutlich konnte sie jedes einzelne Brusthaar erkennen. Die dunkle Haut unter dem weißen Laken verlockte zum Streicheln, doch Aislinn widerstand der Versuchung.

Reglos daliegend ließ sie den Blick über seinen Körper wandern. Den dunklen Hals entlang über das stolze Kinn, die schön geformten Lippen und die lange schmale Nase, die seinen weißen Vater verriet.

Sie sog hastig die Luft ein, als sie in seine Augen blickte. Gelassen beobachtete Lucas sie. Sein Haar wirkte auf dem weißen Kopfkissen nachtschwarz. „Wieso bist du schon wach?“, fragte sie flüsternd.

„Aus Gewohnheit.“

Sie musste sich beherrschen, um nicht zurückzuzucken, als er ihr eine Haarsträhne aus dem Gesicht strich. Prüfend rieb er die Haare zwischen den Fingern. „Ich war es in den letzten Jahren allerdings nicht gewohnt, neben einer Frau aufzuwachen. Du riechst gut.“

„Danke.“ Jeder andere Mann hätte gefragt: Welches Parfüm benutzt du? Oder: Ich mag deinen Duft. Ihr Ehemann verlor jedoch nicht viele Worte. Er drückte genau das aus, was er dachte, und Aislinn schätzte die Aufrichtigkeit seines Kompliments.

Er berührte sie. Mit fast kindlicher Neugier strich er ihr über die Augenbrauen, die Nase und den Mund. Sanft rieb er ihr über den Hals. „So weiche Haut“, stellte er fest.

Mit einer schwungvollen Bewegung warf er die Decke zurück, und Aislinn musste sich zusammenreißen, um still dazuliegen, während er ihr das Nachthemd über die Schulter zog. Er war ihr Ehemann, und sie entdeckte, dass sie ihn eigentlich nicht abhalten wollte.

Er würde ihr nicht wehtun, das wusste sie sicher. Wenn er wirklich gewalttätig wäre, hätte er ausreichend Gelegenheiten gehabt, ihr etwas anzutun. Mit welcher Vorsicht hatte er damals den Kratzer an ihrem Arm behandelt! So lag sie nur da und ließ ihn ihre Brüste betrachten und mit der Fingerkuppe streicheln.

Sein angespannter Kiefer drückte seine Empfindungen aus, und einen Moment blickte er ihr in die Augen, bevor er sich vorbeugte und sie auf den Hals küsste. Tief aufstöhnend rückte er näher an sie heran, bis ihre Brüste an seiner Brust rieben.

Er schmeckte ihre Haut und nahm sie sanft zwischen die Zähne. Aislinn spürte die Berührung seiner Zunge, und es kostete sie alle Willensanstrengung, nicht seinen Kopf zu umfassen und an sich zu drücken. Er hielt sich mit so großer Anspannung zurück, dass sie sich nicht zu bewegen wagte.

Er lehnte sich einen Moment zurück und zögerte, bevor er ihr das Nachthemd noch weiter herunterzog. Eingehend betrachtete er ihren ganzen Körper. Dann ruhte sein Blick auf ihrer intimsten Stelle. Mit den Fingerspitzen strich er über die hellblonden Haare, und sein Atem ging heftiger. Aislinn konnte seine körperliche Erregung deutlich sehen.

Mit einem Mal umfasste er ihr Handgelenk, und von der unvermittelten Bewegung erschreckt, blickte Aislinn ihm in die Augen. „Du bist meine Frau“, sagte er. „Weise mich nicht zurück.“

Bevor sie seine Absicht erkannte, zog er ihre Hand hinunter und drückte sie an sein Verlangen. Sie öffnete den Mund, um zu widersprechen, doch Lucas verschloss ihren Mund mit einem Kuss. Tief drang er mit der Zunge in sie ein.

Er drehte sie auf den Rücken und drückte ihre Schenkel auseinander. Zwischen ihren Körpern lag seine Hand an dem Zentrum ihrer Lust, während sie sein Verlangen umfasste. Gleichzeitig liebkoste er sie mit der Hand und wand sich in ihrem Griff.

Es war so intim und schön, dass sie beide den Kuss nicht unterbrachen, damit sie mit den Schreien der Lust nicht Tony weckten.

Und es schien nie zu enden.

Schließlich legte Lucas den Kopf an ihre Brüste. Sein Atem ging immer noch tief und schnell. Aislinn spürte seine Finger, die ihr durchs Haar strichen, als suchten sie etwas, das er nicht fassen konnte.

Dann rollte er plötzlich zur Seite und stand auf. Hastig suchte er seine Kleidung zusammen und zog sich gedankenverloren an. Er wirkte verärgert, als er sich die Stiefel anzog und ohne einen weiteren Blick aus dem Zimmer ging.

Aislinn war zutiefst enttäuscht und traurig. Sie sah zu der Tür, durch die er gerade verschwunden war. Schaffte er es nicht einmal, sie anzusehen, nach dem, was geschehen war? Für sie war es wunderschön gewesen. Er hatte sie nicht zwingen müssen, ihn zu streicheln und zu berühren. Aber das hatte er sicher nicht wahrgenommen.

Sie bebte immer noch am ganzen Körper. Wieso war er jetzt verärgert? Schämte er sich, oder war er angewidert? Wovon?

Möglicherweise war er jetzt genauso tief berührt wie sie und wusste ebenso wenig, wie er seine Gefühle einordnen sollte.

Sie beide hatten während ihrer Kindheit gelernt, die Gefühle zu verbergen. Aislinn durch ihre Eltern, Lucas durch die feindselige Umwelt. Er wusste nicht, wie er Zärtlichkeit und Zuneigung zeigen sollte. Diese Empfindungen gestand er nicht einmal sich selbst ein.

In diesem Moment erkannte Aislinn, dass sie Lucas Greywolf liebte.

Und wenn sie ihr Leben lang daran arbeiten müsste, sie würde ihn dazu bringen, ihre Liebe anzunehmen.

Dieses Vorhaben würde nicht leicht werden. Das erkannte Aislinn in dem Moment, als sie Lucas eine halbe Stunde später in der Küche traf. Er saß mit Alice am Tisch, trank Kaffee und aß Pfannkuchen. Aislinn übersah er vollkommen.

Während sie ihn ständig beobachtete, sah er nicht einmal in ihre Richtung. Aislinn wollte ihm ihre Liebe zeigen, doch er blickte so finster drein wie noch nie. Während des Frühstücks, des Abschieds von Alice und der Fahrt zu Lucas' Ranch sprachen sie kaum ein Wort miteinander.

Einsilbig antwortete er auf Aislinns Fragen, und sie schaffte es nicht, ihn in eine Unterhaltung zu verwickeln. Sie konnte den Blick kaum von ihm wenden, doch er blickte ihr nie direkt in die Augen. So liebenswürdig sie sich auch gab, er wirkte verschlossen und mürrisch.

Einmal, nachdem sie schon viele Kilometer gefahren waren, während Tony zufrieden zwischen ihnen schlief, fuhr Lucas zu ihr herum. „Was siehst du dir eigentlich die ganze Zeit an?"

„Dich."

„Lass das. Ich mag das nicht. Sieh dir lieber die Landschaft an."

„Wann hast du dir den Ohrring stechen lassen?"

„Vor Jahren."

„Und weshalb?"

„Weil ich es wollte."

„Er steht dir gut."

Sekundenlang blickte er wieder von der Fahrbahn zur Seite. „Was heißt das?", fuhr er sie an. „Willst du damit sagen, dass ein Mann einen Ohrring tragen darf, wenn er ein Indianer, ein Wilder ist?"

Aislinn verkniff sich eine bissige Antwort. „Nein", erwiderte sie sanft. „Das heißt, dass ich ihn an dir sehr attraktiv finde." Seine verbitterte Miene hellte sich für den Bruchteil einer Sekunde auf. Dann konzentrierte er sich wieder auf die Straße, die sich langsam die Berge hinaufwand. „Ich habe auch Ohrlöcher. Wir könnten also unsere Ohrringe austauschen."

Ihr Humor fand keine Erwiderung. Diesmal reagierte Lucas überhaupt nicht mehr. Erst einige Zeit später sagte er: „Ich trage nur diesen einen Ohrring. Mein Großvater hat ihn gemacht."

„Joseph Greywolf war Silberschmied?"

„Das war nur eine seiner vielen Fähigkeiten." Sein Tonfall hatte etwas Verteidigendes und klang gleichzeitig wie ein Angriff. „Kannst du dir nicht vorstellen, dass ein Indianer mehrere Fähigkeiten hat?"

Wieder ging sie auf die Herausforderung nicht ein, obwohl es ihr allmählich schwerer fiel. Sie begriff, dass er sich nur so aufführte, weil er sich über das, was heute früh geschehen war, ärgerte.

Er hatte ihr seine Schwäche gezeigt, und das konnte er jetzt nicht ertragen. Unter der abweisenden Schale war Lucas ein sehr empfindsamer Mann. Wie jeder Mensch sehnte er sich nach Liebe und Zuneigung, doch das sollte niemand erfahren.

Seine Feindseligkeit war nicht nur Verteidigung. Damit wollte er sich selbst auch dafür strafen, ein Außenseiter zu sein und seiner Mutter zur

Last gefallen zu sein. Als Gipfel der Selbstbestrafung hatte er sogar jahrelang für andere im Gefängnis gesessen. Aislinn wollte nicht aufgeben, ehe sie nicht jede seiner seelischen Wunden aufgedeckt und geheilt hatte.

„Du hast mir nicht erzählt, dass du Land besitzt. Ja, ja, ich weiß schon", wiegelte sie ab. „Ich habe nicht danach gefragt. Werde ich immer nachfragen müssen, um etwas von dir zu erfahren?"

„Ich erzähle dir, was meiner Meinung nach wichtig für dich ist."

Diese Überheblichkeit war nun doch zu viel für Aislinn. „Denkst du auch, eine Frau sollte nur gesehen, aber nicht gehört werden?", schrie sie. „Dann müssen Sie sich umstellen, Mr Greywolf, denn Mrs Greywolf denkt nicht daran, sich ihrem Traumgatten unterzuordnen. Und falls dem das nicht passt, hätte er Miss Andrews nicht so überstürzt zum Standesamt schleppen dürfen."

Krampfhaft hielt er sich am Lenkrad fest. „Was willst du über mich wissen?"

Etwas besänftigt lehnte sie sich zurück. „Hast du das Land von deinem Großvater geerbt?"

„Ja."

„Liegt die Hütte auf diesem Land?"

„Genau. Sie stand direkt hinter den Hügeln dort", sagte er und wies mit dem Kinn in die Richtung.

„Stand?"

„Ich habe sie abbrennen lassen."

Das verblüffte sie, und sie schwieg eine Weile. „Wie groß ist deine Ranch?"

„Wir sind nicht reich, falls du darauf hinauswillst", erwiderte er mit verletztem Stolz.

„Nein, das habe ich nicht gefragt. Wie groß ist das Land?"

Er nannte ihr eine Zahl, und sie war überrascht und beeindruckt. „Das blieb übrig, nachdem diese Mistkerle meinen Großvater betrogen haben. Es wurde Uran auf dem Grundstück gefunden, doch mein Großvater hat keinen Cent daran verdient."

Um nicht in eine heftige Auseinandersetzung über die Ausbeutung der Indianer zu geraten, wechselte sie das Thema. „Was für eine Ranch ist es? Züchtest du Rinder?"

„Pferde."

Eine Weile dachte sie schweigend nach. „Ich verstehe nicht, weshalb dein Großvater in Armut gestorben ist, wenn er Pferde und so viel Land besaß."

Damit hatte sie offenbar eine wunde Stelle getroffen. Verunsichert sah Lucas zu ihr. „Joseph war sehr stolz. Er wollte sich an die Traditionen halten."

„Mit anderen Worten", stellte sie klar, „er weigerte sich, mit moderner Technik zu arbeiten."

„So ungefähr", gab er leise zu.

Aislinn fand es liebenswert, dass Lucas seinen Großvater verteidigte, obwohl er hinsichtlich der Pferdezucht nicht einmal einer Meinung mit ihm gewesen war.

Den Rest der Fahrt verbrachten sie schweigend. Als sie vom Highway abbogen, wusste Aislinn, dass sie bald am Ziel waren. Er fuhr durch ein Holztor auf einen schmaleren Weg.

„Sind wir bald da?", fragte sie.

Er nickte. „Erwarte aber nicht zu viel."

Wie sich herausstellte, war Lucas schließlich überraschter als Aislinn. „Was ist denn hier los?", murmelte er verärgert, als sie den letzten Hügel emporfuhren.

Aislinn versuchte, alles auf einmal in sich aufzunehmen. Das Anwesen lag zwischen zwei flachen Hügeln, die ein Hufeisen formten. An einem Ende der offenen Fläche befand sich eine Pferdeweide, auf die zwei reitende Männer gerade eine kleine Herde trieben. Am Berghang lag ein alter, verwitterter Stall.

Am anderen Ende des Halbkreises stand ein Wohnwagen, von dem die Farbe abblätterte. Er sah so aus, als könne er jeden Moment unter dem Eigengewicht zusammenbrechen. In der Mitte am Ende des Geländes stand ein Steinhaus. Die Farbe entsprach der der dahinter aufragenden Berge, und so fügte das Haus sich unauffällig in die Landschaft.

Es war von Geschäftigkeit umgeben. Männer riefen sich gegenseitig etwas zu, und von den Felswänden klang das Echo von Hammerschlägen bis zu dem kleinen Transporter hinüber. Außerdem hörte Aislinn noch von irgendwo das schrille Geräusch einer Kreissäge.

Lucas hielt den Transporter an und stieg aus. Ein Mann in Cowboykleidung kam aus einer Gruppe vom Haus winkend auf sie zugelaufen. Er war kleiner und kompakter als Lucas. Außerdem hatte er wie viele Reiter O-Beine.

„Johnny, was geht hier vor?", fragte Lucas statt einer Begrüßung.

„Wir richten das Haus für dich her."

„Ich wollte in dem Wohnwagen leben, bis ich genug gespart habe, um das Haus zu erneuern."

„Dann musst du eben jetzt nicht mehr warten", sagte Johnny zwinkernd. „Hallo, übrigens. Schön, dass du wieder da bist." Er schüttelte Lucas die Hand, doch der sah seinem Freund über die Schulter auf das Haus.

„Ich kann das doch alles nicht bezahlen."

„Du hast es schon bezahlt."

„Was soll das bedeuten? Weiß meine Mutter davon?"

„Ja, aber wir haben sie zum Schweigen verpflichtet. Seit wir von deiner bevorstehenden Entlassung wissen, arbeiten wir, damit es fertig wird, bevor du kommst. Zum Glück hast du dir ein paar Tage Zeit gelassen."

Johnny blickte unverhohlen auf die blonde Frau, die gerade aus dem Transporter stieg. Sie trat neben Lucas und hielt ein Baby im Arm. Der Kopf des Kindes war mit einem Tuch vor der Sonne geschützt. „Hallo."

Lucas drehte sich um und bemerkte Aislinn. „Oh. Johnny Deerinwater, dies ist meine ... meine Frau."

„Ich heiße Aislinn." Sie streckte die Hand aus.

Freundschaftlich schüttelte Johnny ihr die Hand und schob sich den Hut aus der Stirn. „Schön, Sie kennenzulernen. Alice hat uns gesagt, dass Lucas geheiratet hat. Ich schätze, der Kerl hätte Sie sonst vor seinen Freunden verheimlicht."

„Mutter hat also heute früh hier angerufen."

„Ja. Sie sagte, du seist gerade losgefahren. Wie gesagt, arbeiten wir schon ein paar Wochen an dem Haus, aber seit heute Morgen haben wir uns noch etwas mehr beeilt, weil wir jetzt wussten, dass du deine Frau und dein Baby mitbringst. Wollen wir nicht lieber aus der Sonne gehen?"

Johnny winkte Aislinn, sie solle vorgehen. Sie merkte, dass alle Arbeiter ihr mit Blicken folgten. Als sie einigen von ihnen zulächelte, wurde ihr Lächeln zum Teil zurückhaltend, zum Teil misstrauisch erwidert.

Lucas und Johnny folgten ihr. „Seit Joseph tot ist", sagte Johnny, „haben wir uns abgewechselt, um die Herde zu versorgen, aber die Pferde sind in alle Richtungen verstreut, und obwohl wir seit Wochen suchen, haben wir noch nicht alle wieder eingefangen."

„Ich werde sie schon finden", beruhigte Lucas ihn.

Aislinn betrat die große Veranda und ging in das Haus. Der Geruch frischer Farbe und geschliffenen Holzes überfiel sie, war ihr jedoch nicht unangenehm. Sie drehte sich im Kreis. Die weiß getünchten Wände ließen das Haus noch größer erscheinen. Überall waren Fenster, und von der Decke hingen nackte Glühbirnen. Die Fußböden waren einheitlich gefliest, und im größten Raum befand sich ein Kamin. Sofort konnte Aislinn sich darin ein knisterndes Feuer an einem kalten Abend vorstellen. Staunend wandte sie sich an Lucas, doch der schien von dem Anblick genauso überrascht zu sein wie sie.

„Als ich hier wegging, gab es hier nichts als blanke Mauern“, sagte er. „Wer hat das alles gemacht, Johnny?“

„Also, Alice und ich haben uns mal bei einer Tasse Kaffee darüber unterhalten“, sagte er und wischte sich mit einem Tuch den Schweiß von der Stirn. „Wir beschlossen, dass einige Leute, die du mal rechtlich beraten hast, etwas von ihren Schulden abarbeiten könnten. Zum Beispiel hat Walter Kincaid die Böden gefliest. Pete Deleon hat die Leitungen verlegt.“ Er ging eine Reihe von Namen durch und zählte auf, was die Einzelnen zu dem Haus beigetragen hatten.

„Ein paar der eingebauten Dinge sind aus zweiter Hand, Mrs Greywolf“, entschuldigte er sich, „aber wir haben sie so gut wie möglich gereinigt.“

„Es sieht alles wundervoll aus“, stellte Aislinn fest. Auf dem Boden lag ein großer, handgeknüpfter Teppich mit indianischen Mustern. „Vielen Dank für alles, und bitte nennen Sie mich Aislinn.“

Johnny nickte lächelnd. „Für die Küche haben wir eine ganz hübsche Sitzecke gefunden, und heute Morgen haben wir ein ... ein Bett besorgt.“

„Ich habe auch Möbel, die wir heraufbringen lassen können“, sagte Aislinn schnell. Lucas sah sie scharf an, sagte jedoch nichts. Aislinn war froh, dass er vor den anderen nicht mit ihr stritt. Auch wenn ihre Ehe ungewöhnlich war, musste das ja nicht jeder sofort erfahren.

„Linda, meine Frau, kommt heute Nachmittag und bringt ein paar Lebensmittel.“

„Ich freue mich darauf, sie kennenzulernen.“

Draußen hielt ein kleiner Lastwagen an, und Johnny ging zur Tür. „Das ist noch Zubehör für das Bad.“

„Ich kann das nicht bezahlen“, wiederholte Lucas stur.

„Wir stehen alle in deiner Schuld.“ Johnny lächelte und ging hinaus.

„Vielleicht solltest du mir lieber das Schlafzimmer zeigen“, schlug Aislinn vor. „Damit ich Tony hinlegen kann.“

„Ich bin mir selbst nicht sicher, wo es ist“, erwiderte Lucas barsch.

„Hast du in dem Wohnwagen gelebt?“ Aislinn folgte ihm durch den Flur.

„Ja. Über Jahre habe ich an dem Haus gebaut, wann immer ich etwas Geld übrig hatte."

„Mir gefällt es." Sie betraten ein großes Zimmer, aus dem man durch ein breites Fenster auf die Berge sehen konnte.

„Das musst du nicht sagen. Im Vergleich zu deinem Luxushaus ist es nur eine Hütte."

„Das ist nicht wahr! Ich werde es einrichten, und …"

„Das mit deinen Möbeln kannst du vergessen."

„Wieso? Weil du zu stolz bist, um irgendetwas zu benutzen, das deiner Frau gehört? Gibt es bei Indianern nicht auch eine Mitgift?"

„Nur in alten Western. Ich kann meine Familie selbst versorgen."

„Daran zweifle ich doch gar nicht, Lucas."

„Sobald ich ein paar Pferde verkauft habe, werde ich die nötigen Möbel beschaffen."

„Und in der Zwischenzeit schläft dein Sohn auf dem Boden?"

Lucas sah zu Tony. Aislinn hatte ihn auf das breite Bett gelegt. Er war wach und sah sich neugierig um, als spüre er, dass er sich in einer neuen Umgebung befand. Lucas strich ihm mit einem Finger über die Wange und lachte, als Tony den Finger ergriff und zu seinem Mund zog.

„Siehst du, Lucas", flüsterte Aislinn. „Ob du willst oder nicht, es gibt Menschen, die dich lieben."

Er blickte sie eiskalt an, drehte sich um und verließ das Zimmer.

9. KAPITEL

Die nächsten Wochen brachten zahlreiche Veränderungen im Leben von Lucas und Aislinn. Unter Johnny Deerinwaters Leitung beendeten Lucas' Freunde die Arbeiten im Haus. Es war keinesfalls luxuriös ausgestattet, aber gemütlich. Mit sicherem Geschmack und viel Farbe richtete Aislinn das Haus ein, bis es anheimelnd und freundlich wirkte.

Sobald das Telefon angeschlossen war, rief sie in Scottsdale bei einer Spedition an und nannte die Möbelstücke, die sie zusammen mit der Waschmaschine und dem Trockner angeliefert bekommen wollte. Ein paar Tage später kam der Möbelwagen.

Während die Männer die Möbel ausluden, kam Lucas angeritten und sprang aus dem Sattel. Als Aislinn ihn zum ersten Mal auf einem Pferd gesehen hatte, war sie fasziniert gewesen, wie männlich er im Sattel wirkte. Sie genoss seinen Anblick in ausgeblichenen Jeans, Stiefeln, Hut und Arbeitshandschuhen. Oft blieb sie am Fenster stehen und sah ihm bei der Arbeit im Freien zu.

Jetzt allerdings hielt sie beim Anblick seines verärgerten Gesichts die Luft an.

Wütend kam er über die Veranda. „Ich habe dir doch gesagt, dass du dein ganzes Zeug nicht kommen lassen sollst", fuhr er sie mit gefährlich leiser Stimme an.

„Nein, das hast du nicht." Trotz seiner Wut hielt sie seinem Blick stand.

„Wir werden darüber nicht streiten, Aislinn. Sag ihnen, sie sollen alles wieder aufladen und zurück nach Scottsdale bringen. Ich brauche deine Großzügigkeit nicht."

„Ich tue das weder für dich noch für mich."

„Na, Tony kann wohl schlecht auf einem Sofa sitzen", erwiderte er boshaft.

„Mir geht es um Alice."

Verblüfft sah er sie an. „Meine Mutter?"

„Ja, sie will ihren Hochzeitsempfang hier geben. Willst du sie beschämen, indem alle Gäste auf dem Boden sitzen müssen?"

Eine Ader in seiner Schläfe pulsierte stark. Sie wussten beide, dass er darauf nichts erwidern konnte. Und obwohl er ihr am liebsten zu ihrer Gerissenheit gratuliert hätte, war er so wütend auf sie, dass er sie viel eher gewürgt hätte.

Eine Weile sah er sie wortlos an, dann drehte er sich um und ging zurück zu seinem Pferd. Beim Wegreiten wirbelte er jede Menge Staub auf.

Den ganzen Nachmittag verbrachte Aislinn damit, die Möbel zurechtzurücken, egal, wie schwer sie waren. Merkwürdigerweise passten die Möbel perfekt in die neue Umgebung. Die Sandtöne und die schlichten Formen fügten sich problemlos in die Farben, mit denen Lucas' Freunde das Haus gestrichen hatten.

Am frühen Abend war sie erschöpft, dennoch kochte sie zur Versöhnung für den Streit am Morgen ein besonders gutes Abendessen. Die Küche war zwar nicht sehr gut ausgestattet, doch dafür gab es viel Platz zum Kochen.

Tony war ihr an diesem Tag keine Hilfe. Er weinte oft, ohne dass Aislinn den Grund dafür herausfinden konnte. Während das Essen im Ofen warm stand, nahm sie ein Bad und richtete sich so schön wie möglich für Lucas her.

Sie machte ihm keinen Vorwurf, als er erst Stunden später in der Dunkelheit zurückkam. „Möchtest du ein Bier, Lucas?"

„Klingt gut", erwiderte er mürrisch und zog seine Stiefel vor der Hintertür aus. „Ich gehe erst mal duschen." Ohne einen Dank nahm er ihr das Bier aus der Hand und verschwand in Richtung Bad. Nachsichtig blickte Aislinn ihm hinterher.

Er gab keinerlei Kommentar zu den Möbeln ab und setzte sich an den mit Aislinns Geschirr gedeckten Küchentisch. Schweigend fing er an zu essen. „Was ist das für ein Geräusch?", wollte er nach einer Weile wissen.

„Die Waschmaschine und der Trockner", antwortete sie. „Tony verbraucht so viel Wäsche, und spätestens im Winter wäre es lästig geworden, alle paar Tage in die Stadt zum Waschautomaten zu fahren."

Wie sie erwartet hatte, blickte Lucas zu Tony. Sie hatte das Kind in seiner Tragetasche auf den freien Stuhl gestellt, damit er ihre Stimmen hören und auf diese Weise an der Mahlzeit teilnehmen konnte. Lucas erkannte anscheinend die Vorteile einer eigenen Waschmaschine und sagte nichts mehr.

Aislinn fühlte sich etwas erleichterter. „Wenn sein Kinderzimmer erst einmal eingerichtet ist, wird vieles besser", wagte sie sich weiter vor. „Dann kann er nirgendwo herunterfallen. Ist dir aufgefallen, wie lebhaft er geworden ist?" Sie wischte sich den Mund ab und blickte auf ihren Teller. „Außerdem muss er dann nicht mehr zwischen uns schlafen."

Lucas zögerte zwar einen Augenblick, dann kaute er jedoch weiter und schluckte den Bissen hinunter. „Ich muss noch arbeiten." Abrupt stand er vom Tisch auf.

„Aber ich habe noch Kuchen zum Nachtisch gebacken."

„Später vielleicht."

Bedrückt sah sie ihm nach. Eigentlich musste sie froh sein, dass es keinen größeren Streit mehr über die Möbel gegeben hatte, aber es machte sie traurig, dass er so schnell von ihr wegkommen wollte, besonders, wenn sie über das gemeinsame Schlafen sprach.

Seit sie hier wohnten, hatte Tony zwischen ihnen beiden schlafen müssen. Doch Aislinn nahm an, dass nicht nur seine Gegenwart daran schuld war, dass Lucas sie seit jenem Morgen in Alices Haus nicht mehr berührt hatte. Meist behandelte er sie völlig gleichgültig, und nur selten sah er sie überhaupt an. Auf keinen Fall jedoch zeigte er ihr gegenüber so etwas wie Leidenschaft.

Aber darum ging es ihr eigentlich nicht in erster Linie. Den ganzen Tag über war er unterwegs, und Aislinn hatte nur Tony als Gesellschaft.

Sie war in einem Haus aufgewachsen, in dem sie ihre Meinung nie offen aussprechen durfte. Und sie hatte ganz bestimmt nicht vor, den Rest ihres Lebens schweigend zu verbringen. Deshalb beschloss sie, Lucas nicht so einfach davonkommen zu lassen und ihn direkt auf seine Missmutigkeit anzusprechen.

Zum ersten Mal seit Wochen legte Aislinn Tony zum Schlafen wieder in seine Wiege. Eine halbe Stunde später trug sie ein Tablett ins Wohnzimmer. Lucas saß auf dem Sofa. Überall um ihn herum lagen Papiere. Er schrieb in ein kleines schwarzes Notizbuch. Aislinn bemerkte er erst, als sie die Lampe neben ihm einschaltete.

„Danke", sagte er zu ihr hochblickend.

„So kannst du besser sehen. Wie kannst du überhaupt in dieser Dunkelheit lesen?"

„Es ist mir nicht aufgefallen."

Aislinn vermutete, dass er nur nicht ihre Lampe benutzen wollte, obwohl er auch auf ihrem Sofa saß, doch sie sagte nichts dazu. „Hier ist frischer Kaffee und Kuchen", sagte sie und stellte das Tablett ab.

„Was für Kuchen?"

„Apfel. Magst du Apfelkuchen?"

„Im Gefängnis habe ich gelernt, nicht zu wählerisch zu sein."

„Warum fragst du dann erst?", versetzte sie gereizt.

Ohne darauf zu reagieren, schlang er das Stück Kuchen in sich hinein. Anscheinend aß er gern Süßes, und Aislinn nahm sich vor, öfter zu backen.

Er schob den leeren Teller von sich und beugte sich wieder über seine Papiere.

„Geht es dabei um die Ranch?“, erkundigte sie sich.

„Nein. Es ist ein Gerichtsfall.“ Er machte eine kurze Pause, als ihm einfiel, dass er nicht mehr als Anwalt arbeiten durfte. „Dieser Mann hier fragt an, ob es sich für ihn lohnen könnte, vor Gericht zu ziehen.“

„Und was denkst du?“

„Ich finde, er sollte es tun.“ Wieder machte er sich eine Notiz in sein Büchlein.

„Lucas, ich möchte mit dir reden.“

Er legte den Stift weg und griff nach der Tasse Kaffee. „Worüber?“

Sie setzte sich in die andere Ecke des Sofas und zog die Knie bis unter das Kinn an. „Ich habe mir mit den Möbeln auch meine Fotoausrüstung bringen lassen. Jetzt kann ich es nicht erwarten, wieder zu fotografieren.“ Sie zupfte an einem Kissen herum und atmete tief durch. „Und ich wollte dich fragen, was du davon halten würdest, wenn ich den Wohnwagen zu einer Dunkelkammer umbaue.“

Er blickte sie an, und hastig redete sie weiter: „Man müsste gar nicht viel ändern. Ein Waschbecken ist schon da, und das meiste könnte ich allein machen. Denk nur, wie praktisch es wäre, wenn wir Fotos von Tony machen und sie gleich entwickeln könnten. Wir bekämen so viele Abzüge, wie wir nur wollten. Und ich könnte Vergrößerungen machen …“

„Ich bin kein Narr, Aislinn.“ Es war das erste Mal seit Tagen, dass er sie mit ihrem Namen ansprach, und das spürten sie beide. „Die paar Bilder von Tony sind es kaum wert, dass du den Wohnwagen zur Dunkelkammer machst. Was also hast du vor?“

„Ich möchte arbeiten, Lucas. Der Haushalt allein füllt mich nicht aus.“

„Du hast ein Kind.“

„Ein sehr braves, das ich liebe und anbete und mit dem ich gern spiele. Aber er braucht mich auch nicht jede Sekunde. Ich muss etwas tun.“

„Und du willst Fotos machen. Wovon?“

Das war der heikle Punkt an der Geschichte. „Von dem Reservat und den Menschen, die darin leben.“

„Nein.“

„Hör doch bitte zu. Bevor ich hierher kam, hatte ich keine Ahnung von dieser …“

„Armut“, vervollständigte er knapp.

„Ja, und von diesem …“

„Schmutz, Alkoholprobleme, Verzweiflung, Hoffnungslosigkeit.“

„Genau das ist es, denke ich“, sagte sie leise. „Die Hoffnungslosigkeit. Aber wenn ich es fotografiere und meine Bilder vielleicht veröffentlicht werden …“

„Es würde nichts helfen“, widersprach Lucas.

„Aber es könnte auch nicht schaden.“ Sie sprang ärgerlich auf, weil er ihre Idee verwarf, ohne überhaupt richtig zuzuhören. „Ich will es tun, Lucas.“

„Du willst dir deine zarten weißen Hände schmutzig machen?“

„Du bist auch zur Hälfte weiß.“

„Darum habe ich nicht gebeten!“, schrie er.

„Wir alle sind für dich Monster, stimmt's? Wie kommt es, dass du dich nie über Genes Arbeit hier im Reservat lustig machst?“

„Weil er nicht den großmütigen, mitfühlenden Wohltäter spielt.“

„Und ich tue das?“

„Siehst du nicht, wie verlogen deine Hilfe wirken würde?“

„Weswegen?“

„Du lebst hier.“ Er machte eine ausholende Geste. „In diesem wunderbar eingerichteten Haus. Ich habe immer Indianer verachtet, die von anderen Indianern profitiert haben. Sie vergessen, wer sie sind, und leben wie die Weißen. Und du hast mich jetzt zu einem von ihnen gemacht.“

„Das ist nicht wahr, Lucas. Niemand würde dich so einschätzen.“ Er war aufgesprungen und wandte ihr den Rücken zu. Jetzt fasste sie ihn am Arm und drehte ihn zu sich. „Du arbeitest schwer daran, ein Indianer zu sein. Demnächst malst du dir noch das Gesicht an und gehst auf den Kriegspfad, nur damit alle den großen tapferen Krieger in dir sehen und nicht an das weiße Blut denken, das in deinen Adern fließt.“

Sie musste Atem holen, sprach jedoch erhitzt weiter. „Du hast mir gezeigt, wie sehr ich mich geirrt habe. Bislang hatte ich gedacht, ein Indianer sei nicht nur mutig und tapfer, sondern auch gefühlvoll und leidenschaftlich.“ Mit dem Zeigefinger stieß sie ihn vor die Brust. „Doch das wirst du nie sein. Du zeigst keine Gefühle, weil du das für eine Schwäche hältst. Meiner Meinung nach ist Starrköpfigkeit eine größere Schwäche als Zärtlichkeit. Aber du wirst niemals wissen, was das ist.“

„Ich kann sehr wohl Zärtlichkeit empfinden“, verteidigte er sich.

„Ach ja? Also ich als deine Ehefrau habe noch keine Anzeichen davon bemerkt.“

Sie prallte gegen seine Brust, noch bevor sie überhaupt mitbekam, dass er sich bewegt hatte. Mit einem Arm umschlang er ihre Taille, während er mit der anderen Hand ihr Gesicht seitlich hielt.

Er senkte den Kopf und küsste sie sanft auf den Mund. Beim zweiten Kuss öffnete sie die Lippen, und er drang so sanft mit der Zunge ein, dass Aislinn erzitterte. Vorher hatten seine Küsse immer etwas Gewalttätiges an sich gehabt, doch dieser war überaus zärtlich.

Lucas vertiefte den Kuss immer mehr und strich ihr mit der Zunge den Gaumen entlang. Er liebkoste und reizte das Innere ihres Mundes, bis Aislinn sich nur noch schwach an seinem Hemd festkrallte.

Als er schließlich den Mund von ihrem löste, verbarg er das Gesicht in ihrer Halsbeuge. „Ich will das nicht“, stöhnte er auf. „Ich will nicht.“

Sie rieb sich an ihm. Sein Unterleib bewies ihr, dass er log. „Doch, du willst, Lucas. Du willst.“

Mit beiden Händen hob sie seinen Kopf an und fuhr ihm mit einem Finger über die Augenbraue, den Wangenknochen entlang und seine Nase hinab. Dann umfuhr sie die Linien seines Mundes. „Du könntest dein Volk niemals verraten, Lucas.“

Die Berührung der Fingerspitze an ihren Lippen machte ihn schwach. Der Duft ihres Körpers erfüllte ihn und ließ ihn die Verzweiflung vergessen, von denen Teile des Reservats erfüllt waren. Der Anblick verschmutzter Kinder wurde von dem Verlangen verdrängt, das er in Aislinns blauen Augen sah. Er spürte nicht mehr die Verbitterung, die ihn stark und unnahbar machte. Alles, was er spürte, war Aislinns warmer Mund.

Sie war seine gefährlichste Feindin, denn ihre Waffe war die Verführung. Ihre Weichheit machte auch ihn schwach. Was er in diesem Moment fühlte, erschreckte ihn, und er benutzte das Mittel, das ihm immer zur Verfügung stand: seine Verachtung.

„Ich bin schon ein Verräter, weil ich eine weiße Frau habe.“

Aislinn zuckte zurück, als hätte er sie geschlagen. Mit schmerzvollem Blick trat sie von ihm zurück. Damit er ihre Tränen nicht sah, wandte sie sich ab und lief ins Schlafzimmer.

Als Lucas ihr eine Stunde später folgte, tat sie so, als würde sie bereits schlafen. Tony diente nicht mehr als Puffer zwischen ihnen. Aber die Feindseligkeit erfüllte denselben Zweck.

Die abweisende Kühle zwischen Lucas und Aislinn hielt an. An dem Tag, an dem Gene Dexter und Alice Greywolf heirateten, tat Aislinn ihr Bestes, um so zu tun, als sei ihre Ehe mit Lucas zauberhaft. Die Dekoration im Haus war zwar nicht sehr ausgefallen, doch sie verbreitete Partystimmung. Die Gäste amüsierten sich ausgezeichnet. Aislinn hatte gelernt, wie man eine Party macht. Sie war eine fröhliche, reizende Gastgeberin, die offensichtlich großen Spaß hatte.

Doch Alice ließ sich nicht täuschen.

„Ich kann nicht glauben, dass du mich endlich geheiratet hast."

Gene und Alice waren nach Santa Fe in die Flitterwochen gefahren. Als er sie jetzt sanft im Arm hielt und ihr über das schwarze Haar strich, konnte er es kaum fassen, dass seine Träume sich endlich erfüllt hatten. „Du hast wundervoll ausgesehen, aber das tust du ja immer."

„Aislinn hat sich viel zu viel Mühe mit dem Empfang gegeben. Ich hatte gar nicht mit so etwas Großem gerechnet."

„Sie ist eine liebe Frau", antwortete Gene abwesend, während er Alice auf die Wange küsste.

„Tony wirkte sehr unruhig."

„Aislinn sagte mir, dass er ungewöhnlich viel schreit. Ich habe ihr empfohlen, ihn nach unserer Rückkehr zur Untersuchung zu bringen."

„Sie sind unglücklich, Gene."

Seine Arme fielen herab, und er seufzte tief auf. „Ich wusste gar nicht, dass wir Lucas und Aislinn mit in die Flitterwochen genommen haben."

„Oh, Gene." Alice schlang die Arme um ihn und drückte ihn an sich. Er hatte sein Jackett ausgezogen, aber sie waren noch in ihren Hochzeitskleidern. „Tut mir leid. Ich weiß, ich sollte mir keine Sorgen um die beiden machen, aber ich schaffe es nicht. Aislinn sieht aus, als würde sie auf einem Drahtseil tanzen, und Lucas ..."

„Wie ein Bündel Dynamit kurz vor der Explosion", beendete Gene den Satz. „Er ist trotziger denn je. So verärgert habe ich ihn noch nie gesehen." Gene lachte leise in ihr Haar. „Persönlich halte ich das für ein gutes Zeichen."

„Wieso?" Sie hob fragend den Kopf.

Mit einem Finger strich er ihr über die Wange. „Wenn sie ihn nicht so sehr beschäftigen würde, wäre er nicht so gereizt. Ich glaube, diese kleine Frau dringt besser zu ihm vor als alle anderen. Und das bereitet dem furchtlosen Lucas Greywolf große Angst."

„Meinst du, Aislinn liebt ihn?"

„Ja, ganz ohne Zweifel. Ich habe etwas über ihren Vater herausgefunden. Er sitzt so ziemlich in jedem Vorstand in Scottsdale. Eine Frau mit ihrer Herkunft, deren Vater eine derartige Position in der Gesellschaft hat, hätte gegen einen Indianer das Sorgerecht bekommen können, ohne einen Finger zu krümmen. Ich weiß nicht, womit er ihr gedroht hat, aber sie musste deinen Sohn nicht heiraten. Ja, ich denke, dass sie ihn liebt."

„Und was ist mit Lucas? Liebt er sie?"

Gene runzelte die Stirn, als er an den Hochzeitsempfang dachte. Immer wenn er Lucas angesehen hatte, hatte der zu Aislinn geblickt. Und nicht nur zufällig, vielmehr hatte er sie eingehend beobachtet. Alles andere um ihn herum war ihm gleichgültig gewesen.

Er erinnerte sich, dass Aislinn die schwere Bowle ins Wohnzimmer getragen hatte. Lucas war zuerst zu ihr hingestürmt, um ihr die schwere Last abzunehmen, hatte es sich im letzten Moment jedoch anders überlegt und war stehen geblieben.

Als sie sich von den beiden verabschiedet hatten, waren Lucas' Gedanken ganz sicher nicht bei seiner Mutter oder Gene gewesen. Er wirkte wie gefangen von seiner Frau. Sein ganzer Körper war angespannt, als müsse er sich mit äußerster Mühe unter Kontrolle halten, während Aislinn nach außen hin unbeschwert lachend gewinkt und ihnen alles Gute gewünscht hatte.

„Als Arzt würde ich sagen, er ist liebeskrank", sagte Gene jetzt. „Er weiß vielleicht nicht, dass er sie liebt, oder wenn er es weiß, will er es nicht wahrhaben."

„Ich möchte, dass sie glücklich sind."

„Ich möchte, dass wir glücklich sind. Weißt du, was mich gerade jetzt überglücklich machen würde?" Er hob Alices Gesicht an und küsste sie, zunächst zärtlich, dann immer leidenschaftlicher. Mit den Armen hielt er sie und drückte sie an sich. „Alice, Alice", stöhnte er, als er schließlich den Mund von ihren Lippen löste. „So lange habe ich auf diesen Augenblick gewartet. Ich kann mich an gar keinen Moment erinnern, in dem ich mich nicht nach Alice Greywolf gesehnt habe."

„Alice Dexter", stellte sie leise richtig.

Gene nahm das als Zeichen dafür, dass sie ihn auch liebte und begehrte. Er griff nach den Knöpfen auf dem Rückenteil ihres schlichten cremefarbenen Leinenkleids. Spitze und Rüschen hätten an ihrer zierlichen Figur nur erdrückend gewirkt. Als Schmuck trug sie lediglich ein Paar goldene Ohrringe, eine Goldkette und den schmalen goldenen Trauring.

Als er alle Knöpfe geöffnet hatte, zog er ihr das Kleid über die Schultern.

„Ich bin keine junge Frau mehr, Gene“, wandte sie mit zitternder Stimme ein. „Ich bin bereits Großmutter.“

Er lächelte nur und zog ihr das Kleid aus. Sein tiefes Atemholen und das Erbeben, das ihn durchlief, waren Beweis genug für die Empfindungen, die ihr Anblick in ihm auslöste. Sie war zierlich und schlank. Die aufreizende Unterwäsche passte perfekt zu ihr. Sie war eine bescheidene Frau mit einer unterschwelligen Sinnlichkeit, die es lediglich zu wecken galt.

Gene bewunderte seine Braut.

Sanft hielt er sie im Arm und küsste sie, bis sie ihre Scheu ablegte. Langsam zog er Alice auch die restliche Kleidung aus und trug seine Frau zum Bett. Sie schloss die Augen, während er sich auch entkleidete.

Dann kam er zu ihr und drückte sie nur an sich, während Schauer der Ekstase ihn durchliefen. Alice zitterte.

„Alice“, flüsterte er. „Hab keine Angst. Solange du willst, bin ich schon damit zufrieden, dich nur im Arm zu halten. Ich weiß, warum du Angst hast. Aber ich schwöre dir, dass ich dir niemals ein Leid zufügen werde.“

„Das weiß ich, Gene. Wirklich. Es ist nur schon so lange her …“

„Schon gut. Du musst nicht weitersprechen. Nichts wird geschehen, wenn du es nicht willst.“ Beschützend hielt er sie im Arm und bemühte sich, seine Lust unter Kontrolle zu halten. Diese Frau war das Warten wert.

Schließlich entspannte sie sich, und er fühlte sich so weit ermutigt, sie sanft zu streicheln. Ihre Haut war seidenweich. Sie hatte den Körper einer jungen Frau, und Gene blickte fasziniert auf ihre runden, festen Brüste. Als er sie dort berührte, stöhnte sie leise, doch ein rascher Blick in ihr Gesicht verriet ihm, dass es Lust und nicht Angst war. So sanft wie eine Feder berührte er ihre dunklen Spitzen mit den Lippen.

Er liebkoste sie erregend und gleichzeitig beruhigend, bis er spürte, dass sie bereit war. Und ihr Liebesspiel war fast schmerzhaft süß, unglaublich zärtlich und schließlich wild und leidenschaftlich.

Später, als er sie im Arm hielt, seufzte er dicht an ihrem Ohr. „Selbst wenn ich noch zwanzig Jahre auf dich hätte warten müssen, Alice – du wärst die Zeit wert gewesen."

„Und du auch, Gene", erwiderte sie und küsste seine Brust. „Du auch."

Lucas schloss die Stalltür und verriegelte sie. Auch wenn dies der Hochzeitstag seiner Mutter war, auf einer Ranch hörte die Arbeit niemals auf. Gleich nachdem die Gäste gegangen waren, hatte er sich umgezogen und wieder an die Arbeit gemacht. Nach diesem langen Tag war er erschöpft.

Morgen würde ein möglicher Käufer wegen einiger Pferde kommen. Das Geld daraus wollte Lucas anlegen, um eine Hilfe einzustellen.

Vielleicht war es gut, dass er nicht mehr als Anwalt arbeiten durfte. Die Arbeit als Anwalt und auf der Ranch wäre einfach zu viel geworden. Und es machte ihm Spaß, im Freien zu arbeiten.

Dennoch vermisste er die Anwaltstätigkeit. Er hatte eine spannende Verhandlung immer genossen, und er war ein ausgezeichneter Anwalt gewesen. Selbst wenn er einen Fall verlor, war er zufrieden, weil er sein Bestes gegeben hatte.

Er zog das verschwitzte Hemd aus und ging zum Wasserhahn außen am Haus. Dort ließ er sich Wasser über den Kopf und die Arme laufen, um den Stallgeruch und den Schweiß loszuwerden.

Immer wenn er an seine Freunde dachte, die ihm beim Hausbau geholfen hatten, bekam er vor Rührung einen Kloß im Hals. Es hätte sonst Jahre gedauert, bis er das nötige Geld für alles beisammen gehabt hätte. Er und Aislinn …

Vor dem Gedanken zuckte er zurück. Er hasste es, dass er sie beide innerlich immer zusammen sah. Obwohl er sich und sie nicht als Einheit sehen wollte, kam ihm diese Vorstellung immer wieder.

Wütend ging er um das Haus herum und blieb abrupt stehen. Nur wenige Meter trennten ihn von dem offenen Schlafzimmerfenster. Aislinn ging gerade durch den Raum, und er hörte ihr leises Summen und sah ihren Schatten über die Wände gleiten.

In der Dunkelheit wirkte das helle Rechteck des Fensters sehr einladend. Es begrüßte ihn wie ein Leuchtturm den Seemann. Warm und anheimelnd. Der Anblick fesselte ihn. Er konnte nicht wegsehen, obwohl er glaubte, dass er dadurch in Aislinns Privatsphäre eindrang. Hör auf damit, beschimpfte er sich. Sie ist deine Frau.

Dennoch schämte er sich ein wenig, ihr durch das Fenster zuzusehen. Besonders, als sie wieder ins Licht kam und begann, sich auszuziehen.

In dem tiefen Schatten stand Lucas vollkommen reglos da und wagte nicht einmal zu blinzeln.

Sie knöpfte die Manschetten ihrer Bluse auf. Obwohl er es sich nicht eingestehen wollte, musste er zugeben, dass sie an diesem Tag wunderbar ausgesehen hatte. Die Bluse war wie ein Herrenhemd geschnitten, nur dass die Ärmel und der Kragen viel weiter waren. Der Kragenknopf saß Aislinn tief auf der Brust.

Die Bluse besaß kleine Perlenknöpfe, und als sie sich vorbeugte, um die Ärmel aufzubekommen, fiel ihr Haar golden schimmernd über ihr Gesicht. Nichts wünschte er sich sehnlicher, als jetzt das Gesicht in dieses duftige blonde Haar zu stecken und das seidige Gefühl auf der Haut zu genießen. Er wusste bereits, wie sich dieses Haar an seinem Bauch anfühlte. Wie mochte es sich an seinen Schenkeln anfühlen oder an seinem …

Innerlich fluchend riss er sich zusammen.

Als sie sich mit aufreizender Langsamkeit die Bluse auszog, konnte er deutlich die sexy Unterwäsche sehen, die ihn schon den ganzen Tag über fasziniert hatte. Das Top wurde von Spaghettiträgern gehalten, und die zarte Spitze berührte ihre Brüste wie eine Liebkosung. Der Ansatz ihrer Brüste war noch zu erkennen, und die weiche helle Haut strahlte im Lampenlicht. Lucas wollte sie dort küssen. Das Top war nicht durchsichtig genug, weil es offensichtlich dafür gemacht war, durch die Bluse durchzuschimmern, doch selbst aus der Entfernung meinte Lucas, die dunklen Brustknospen erkennen zu können. Er stellte sich unweigerlich vor, die Spitzen mit den Lippen zu umschließen.

Der Rock, den sie trug, war zartrosa und raschelte bei jedem Schritt, den Aislinn machte. Dieses Geräusch hatte ihn heute fast um den Verstand gebracht. Er hielt den Atem an, als sie hinter sich griff, um ihn aufzuknöpfen. Dieser Vorgang schien sich endlos hinzuziehen, dann rutschte der Rock an ihren Schenkeln hinab und über ihre Waden, die in blassen Seidenstrümpfen steckten.

Lucas unterdrückte einen Fluch und wischte sich die feuchten Hände an der Jeans ab. Sie trug mit Spitzen besetzte Strumpfbänder, und zwischen den Strümpfen und dem Strumpfbandhalter wirkten ihre Schenkel so weich und warm wie Samt. Gerade als er sich seinen Fantasien hingab, wurde ihm klar, dass er wie ein Spanner seiner eigenen Frau beim Ausziehen zusah. Wenn er sich so nach ihr sehnte, und sein Körper bewies ihm deutlich, wie groß sein Verlangen war, weshalb ging er nicht einfach hinein? Sie war schließlich mit ihm verheiratet. Hatte er nicht ein Recht auf Sex?

Doch er ging nicht, weil er wusste, dass es zu riskant wäre. Wenn er ohne innere Beteiligung mit ihr schlafen und nur seine Lust an ihr ablassen könnte, dann wäre alles unkompliziert, und er würde nicht weiter darüber nachdenken, bis er wieder diese Spannung verspürte.

Doch so würde es nicht sein. Sie hatte ihn verhext und sich irgendwie in seinem Kopf und seinem Herzen eingenistet, und diese Gefühle sprachen gegen das, wonach sein Körper sich sehnte. Er konnte nicht mit ihr schlafen, ohne weiter darüber nachzudenken.

Er erinnerte sich an den Morgen auf dem Berg. Sie war ihm nachgeklettert, um ihn zu trösten, als sie jeden Grund hatte, so schnell wie möglich zu fliehen. Deutlich sah er noch ihr Gesicht vor sich, als er in sie eingedrungen war.

Und zu den unpassendsten Zeiten, wenn er eigentlich wütend auf sie sein wollte, musste er daran denken, wie sie sein Kind im Arm hielt. Sie umsorgte ihn, auch wenn er sie nicht darum bat. Und manchmal wartete sie bereits auf der Veranda auf ihn, wenn er nach einem langen Arbeitstag nach Hause kam. Immer lächelte sie, als freue sie sich, ihn zu sehen.

Wieso behandelte sie ihn so nachsichtig? Er konnte keinen Grund dafür erkennen. Sie hatte allen Grund, ihn zu hassen, und wenn sie ihm Ablehnung entgegenbringen würde, wäre vieles für ihn einfacher. Sie könnten sogar hin und wieder ungezügelten Sex miteinander haben, um den Druck loszuwerden. Stattdessen stand er hier bebend im Dunkeln.

Während er sie weiter durch das offene Fenster betrachtete, meinte er, dass sein Blut langsam zu kochen anfing. Sie stand nicht mehr ganz im Licht, doch an dem Schatten an der Wand erkannte er, dass sie sich die Strümpfe auszog. Sie setzte einen Fuß auf die Bettkante, löste die Strumpfbänder und rollte den Strumpf langsam über das Knie, die Wade und den Knöchel hinab. Ruhig zog sie ihn anschließend vom Fuß. Dann wiederholte sie das Ganze am anderen Fuß.

Gebannt sah er zu, als sie sich die Träger des Tops über die Schultern streifte und sich bewegte, bis das Top zu Boden glitt. Anmutig stieg sie aus dem Stoffstück heraus, und als sie sich aufrichtete, konnte Lucas sie im Profil sehen. Jede Rundung ihres perfekten Körpers zeichnete sich deutlich ab.

Lucas verzweifelte fast. Wieso stritt sie nicht mit ihm? Hatte sie mit ihm Mitleid? Oder wollte sie ihm eine Mustergattin sein? Ihren Großmut wollte er nicht.

Lucas drehte sich auf dem Absatz um und ging zur Hintertür, die er knallend hinter sich zuschlug. Wütend knipste er überall auf seinem Weg durch das Haus die Lichter aus. Als er ins Schlafzimmer platzte, hatte er sich regelrecht in seine Wut hineingesteigert.

„Was glaubst du eigentlich, was du da tust?“, brüllte er los.

Unschuldig und überrascht sah Aislinn zu ihm auf. Wie eine kleine Göttin saß sie in dem Schaukelstuhl, und das blonde Haar fiel ihr über die Schultern. Eine Seite ihres Nachthemds war heruntergezogen, und sie stillte Tony.

„Ich gebe ihm die Brust“, antwortete sie schlicht.

Mit beiden Armen stützte Lucas sich streitlustig gegen den Türrahmen. Sein noch feuchter Oberkörper glitzerte im Lampenlicht. Sein dunkles Haar war nass und lockig. Das hin und her pendelnde Halskettchen blitzte immer wieder auf.

Er machte sich lächerlich. Wie ein Narr kam er sich vor und blickte von seiner Frau weg zum Bett. Ihre aufreizende Unterwäsche lag dort ausgebreitet wie nach einem langen, leidenschaftlichen Nachmittag. Dadurch regte Lucas sich aufs Neue auf.

„Nächstes Mal könntest du mal darüber nachdenken, bevor du wieder halb nackt vor dem hell erleuchteten Fenster herumspazierst.“

„Was meinst du damit, Lucas?“

Mit vor Wut bebendem Finger wies er auf das Fenster. „Du sollst dich nicht vor offenem Fenster ausziehen.“

„Oh“, sagte sie nur und blickte in die Richtung. „Daran habe ich nicht gedacht.“

„Dann denk von jetzt an daran, okay?“

„Aber wer sollte mich denn sehen?“

„Ich!“, schrie er. „Ich konnte dich bis zum Stall sehen.“

„Wirklich? Aber du bist doch mein Ehemann.“

Es lag eine kaum merkliche Spur von Spott in ihrer Stimme, doch es war zu wenig, um sie darauf festzunageln. Lucas wollte es jetzt nicht auf einen Streit ankommen lassen. Noch nie hatte er sich im Kopf so leer gefühlt. In gewisser Weise sah Aislinn jetzt genauso verführerisch aus wie bei ihrem Striptease vor offenem Fenster. Das Blut schoss ihm in den Kopf und in die Lenden.

„Ich werde duschen", sagte er rasch und ging, bevor er sich noch lächerlicher machte.

Als er aus dem Bad kam, brachte Aislinn Tony gerade zu Bett. „Lass mich ihn einen Augenblick halten", sagte Lucas. Er hatte sich weitgehend beruhigt. Er war noch nass und trug nur ein Handtuch um die Hüften, das fast so knapp wie der Lendenschurz seiner Vorfahren saß. Er wirkte wild und gefährlich, abgesehen von dem sanften Blick, als er seinen Sohn dicht vor sein Gesicht hob. Leise redete er im Navajo-Dialekt auf Tony ein, bevor er ihn auf die Wange küsste und in die Wiege legte. Das Kind schlief sofort ein.

„Er wirkt so friedlich." Aislinn seufzte erschöpft. „Hoffentlich schläft er diese Nacht durch. Ich bin todmüde."

„Warum wacht er in letzter Zeit so häufig auf?"

„Keine Ahnung. Gene will ihn untersuchen, wenn er zurückkommt. Oh, das habe ich ja fast vergessen." Sie nahm im Schlafzimmer einen Umschlag von der Kommode und reichte ihn Lucas. „Das kam heute mit der Post."

Er betrachtete den Umschlag eine Weile, bevor er ihn aufriss. Aislinn täuschte Desinteresse vor, obwohl sie vor Neugier fast platzte. Es war ein Brief vom Leiter des Gefängnisses, in dem Lucas inhaftiert gewesen war.

Nach dem Lesen stopfte Lucas den Brief zurück in den Umschlag. Sein Gesicht verriet nichts, und Aislinn hielt es nicht länger aus. „Und? Ist es etwas Wichtiges?"

Abwehrend hob er die Schultern. „Der Direktor glaubt, die Männer zu kennen, die damals für die Übergriffe verantwortlich waren. Sie haben gestanden und sitzen bereits wegen ähnlicher Vorfälle. Er denkt, dass mein Fall vielleicht, wenn die Täter meine Unschuld bezeugen, wieder aufgerollt wird, und dass ich rehabilitiert werden könnte."

„Lucas, das ist wundervoll!", rief sie. „Dann würdest du wieder in die Anwaltskammer aufgenommen."

Er streifte das Handtuch ab und legte sich ins Bett. „Ich habe gelernt, keinen Versprechungen von Weißen zu trauen."

Aislinn legte sich neben ihn. Sie ließ sich nicht täuschen. Sie hatte sein Gesicht gesehen, kurz bevor er das Licht ausmachte. Auch wenn er sich so unbeteiligt gab, hoffte er doch darauf, wieder als Anwalt zu arbeiten.

10. KAPITEL

Aislinn hatte gelernt, den gröbsten Schlaglöchern auszuweichen. Vor Kurzem hatten Johnny und Linda Deerinwater Aislinns Auto von Scottsdale mitgebracht. Und nach den Gefechten, die sie sich mit Lucas' Transporter geliefert hatte, genoss sie die Fahrt in ihrem eigenen Wagen.

Heute nahm sie das Geholpere kaum wahr. Sie freute sich aus mehreren Gründen, und als Lucas ihr entgegengeritten kam, war das noch ein zusätzlicher Gute-Laune-Punkt. Sie hielt an und hob Tony gerade aus dem Sicherheitssitz, als Lucas abstieg.

„Du warst länger weg, als ich erwartet hätte", sagte er.

Hieß das, dass er sich um sie gesorgt hatte? Oder galt seine Sorge nur Tony? „Genes Praxis war überfüllt, weil ein Virus grassiert. Alice und er hatten alle Hände voll zu tun."

„Wie geht es ihnen?"

Aislinn schmunzelte zweideutig. „Sie strahlen vor Glück. Deine Mutter war schon immer schön, aber du solltest sie jetzt mal sehen. Und Gene läuft nur grinsend durch die Gegend."

Lächelnd stupste Lucas Tony in den Bauch. Mit der anderen Hand hielt er die Zügel des Pferdes. „Was hat Gene über Tony gesagt?"

„Der Kleine ist erkältet. Gene hat etwas von den oberen Luftwegen gesagt. Er hat mir eine Medizin gegeben, womit das Ganze in ein paar Tagen vorüber sein sollte."

„Schreit er deswegen so oft?"

„Nicht nur. Tony ist außerdem noch hungrig."

„Hungrig?"

„Ja." Aislinn errötete leicht unter der Sonnenbräune ihrer Haut. „Er bekommt nicht genug Milch, und Gene meinte, wir sollten ihn allmählich auf Haferflocken und Brei umstellen."

Lucas trat ungeduldig von einem Fuß auf den anderen. „Dann wirst du ihn nicht mehr stillen?"

Aislinn schüttelte den Kopf.

„Wie fühlst du dich dabei?", fragte er.

„Ich werde es vermissen. Aber natürlich ist es für Tony so am besten. Ich habe schon Babynahrung eingekauft."

„Ein kleines Baby kann all das essen?", wollte er ungläubig wissen, als er die riesigen Einkaufstüten hinten im Wagen sah.

Aislinn lachte. „Nur einen Teil davon. In den meisten der Tüten sind die Chemikalien, die ich bestellt hatte."

„Kannst du in der Dunkelkammer schon arbeiten?"

„Ja. Ich brauchte nur noch diese Mittel." Sie hatte die Küche des Wohnwagens zu einer Dunkelkammer umfunktioniert und eines Morgens erstaunt festgestellt, dass Lucas den Wagen von außen strich.

„Die Farbe war noch übrig", hatte er sofort abgewiegelt, aber dennoch auch weitere Reparaturen in dem Wohnwagen durchgeführt.

„Ich kann nur Schwarzweißfotos machen", erklärte sie jetzt. „Am besten fange ich mit den Schnappschüssen von Alices Hochzeit an, dann können wir vielleicht eines vergrößern und den beiden schenken."

„Gut."

„Ich habe heute in der Stadt auch ein paar Bilder von der Neubaugegend geschossen. Tony habe ich mir währenddessen wie ein kleines Bündel im Wickeltuch auf den Rücken gebunden." Sie lächelte ihren Mann an.

Und auch Lucas konnte ein Lächeln nicht zurückhalten. Es breitete sich immer weiter auf seinem Gesicht aus, und Aislinn fiel der Gegensatz zwischen seinen weißen Zähnen und der dunklen Haut auf. „Gib ihn mir", sagte er. „Ich will nicht, dass aus einem Häuptlingssohn ein Muttersöhnchen wird."

Er nahm Aislinn das Baby ab und wandte sich dem Pferd zu.

„Lucas, was hast du vor? Du kannst doch nicht mit dem Kind …"

„Es wird Zeit, dass Anthony Joseph Greywolf eine Reitstunde bekommt."

„Wage es nicht!", schrie Aislinn auf und schlug auf Lucas' harten Oberschenkel, als er mit dem Kind im Arm auf dem Pferd saß. Tony winkte fröhlich mit den Händchen.

Herausfordernd schmunzelte er sie an. „Wollen wir ein Rennen zum Haus veranstalten?"

„Lucas!"

Er gab dem Pferd die Sporen, und es galoppierte los. Mit in die Seiten gestemmten Fäusten blickte Aislinn ihm noch lange nach. Ihre Wut war zum Großteil nur gespielt. In Wahrheit hatte sie noch niemals eine so tiefe Liebe zu ihm empfunden.

Einige Tage nach dem Abstillen fühlte Aislinn sich unwohl, und Tony wirkte quengelig. Doch er gewöhnte sich an die Babynahrung und entpuppte sich als künstlerischer Esser, der alles in seiner Reichweite mit Haferflocken und Brei verzierte, doch er aß auch eine Menge, und nach einiger Zeit merkte Aislinn, dass er allmählich zunahm.

Lucas erhielt noch einen Brief vom Gefängnisdirektor Dixon, der sich mit einem Anwalt in Verbindung gesetzt hatte und hoffte, dass Lucas bald nachträglich unschuldig gesprochen wurde. Seine Gefühle dabei ließ er sich nicht anmerken.

Durch die harte Arbeit lief die Pferdezucht immer besser. Aus den umliegenden Hügeln hatte Lucas eine stattliche Herde mit dem Greywolf-Brandzeichen zusammengetrieben. Einige der Stuten waren trächtig, die anderen ließ Lucas künstlich befruchten, etwas, wogegen sich sein Großvater immer gewehrt hatte.

Auf ihrem Grundstück entsprang eine Quelle, und Lucas verkaufte an die umliegenden Rancher Wasserrechte. Außerdem verkaufte er regelmäßig ein paar der Pferde, die den hohen Kaufpreis wert waren.

Jeden Tag verbrachte Aislinn einige Stunden in dem Wohnwagen. Tony nahm sie immer mit sich und legte ihn in ein Ställchen, das sie aus zweiter Hand gekauft hatte.

Eines Nachmittags arbeitete sie in der Dunkelkammer und probierte unterschiedliche Entwicklungstechniken aus, als sie das entfernte Dröhnen von Donner hörte. Zuerst achtete sie nicht weiter darauf, doch bald wurde das Donnern lauter.

Sie erkannte, dass sich ein Sturm schnell näherte, und rasch ging sie aus der Dunkelkammer in den Wohnteil des Wohnwagens.

Tony schlief in dem Ställchen, und erschreckt stellte Aislinn fest, wie dunkel es schon war. Doch ein Blick auf die Uhr zeigte ihr, dass es noch früh am Nachmittag war.

Sie sah durch das Fenster in der Tür des Wohnwagens hinaus. Über den Bergen zogen sich dicke Wolken zusammen, und ihr erster Gedanke galt Lucas, der am Morgen in die Berge geritten war, um zu sehen, ob er noch versprengte Pferde finden konnte. Hoffentlich kommt er bald zurück, dachte sie unruhig.

Der Wind frischte auf und wirbelte den Staub zwischen dem Wohnwagen und dem Haus hoch. Aislinn beschloss, hier auf Lucas zu warten, anstatt Tony und seinen ganzen Kram allein ins Haus zu tragen. Außerdem würde der Sturm in ein paar Minuten vorüber sein.

Nachdem sie noch mal nach dem Baby gesehen hatte, ging sie zurück an die Arbeit. Erst ein krachendes Donnern riss sie aus der Arbeit hoch. Der Wagen schwankte, als der Wind an ihm rüttelte. Aislinn hörte Tony leise wimmern. Hastig ging sie zu ihm. Der Wohnwagen war jetzt grünlich erleuchtet.

Tony fing an zu weinen, und Aislinn lief zur Tür. Als sie sie öffnete, riss der Wind sie ihr aus der Hand und schlug die Tür gegen die Außenwand des Wagens. Wie Nadelstiche traf der scharfe Regen auf Aislinns Haut, als sie auf die Betonstufen hinaustrat, um die Tür zurückzuziehen. Hagelkörner schlugen auf sie ein. Innerhalb von Sekunden war der Boden mit den weißen Körnern bedeckt.

„Oh nein!“, rief sie und zog mit aller Kraft an der Tür, um sie wieder zu schließen. Über ihr hingen blauschwarze Wolken. Vom Himmel konnte sie kein Stück mehr sehen, und ringsum schlugen Blitze ein. Das dazugehörige Donnern war so ohrenbetäubend, dass Aislinn kaum noch Tonys Schreien hören konnte.

Schließlich schaffte sie es, die Tür wieder zu verriegeln, und sank erschöpft zusammen. Auf allen vieren kroch sie zu Tony und hob ihn aus dem Ställchen. Sie bemerkte nicht, wie nass ihre Sachen waren, bis sie das Kind an sich drückte. Aus ihren Haaren tropfte das Wasser auf Tonys Köpfchen.

„Schsch, Tony, es wird alles wieder gut“, versuchte sie ihn zu beruhigen, obwohl sie selbst nicht ganz sicher war.

Wo war Lucas? Sie schloss die Augen, als sie ihn vor sich sah, wie er orientierungslos durch den Sturm ritt. Ohne Schutz vor dem Wind, dem Regen und dem Hagel.

Immer wenn ein Windstoß an dem Wohnwagen rüttelte, fürchtete sie, der Wagen könne umfallen und Tony erdrückt werden. Sie hörte, wie Gegenstände von außen an die Wände schlugen. Jeden Augenblick konnte etwas durchs Fenster hereinfliegen.

Tony schrie unaufhörlich, und sie drückte ihn fest an ihre Brust. Wie sollte sie ihn beruhigen, wenn er die Angst seiner Mutter spürte? Aislinn ging in dem Wagen auf und ab, zuckte jedoch bei jedem Blitz zusammen, aus Angst, einer könne in den Wagen einschlagen.

„Lucas, Lucas“, rief sie hilflos. Hatte sein Pferd ihn abgeworfen? Lag er irgendwo bewusstlos, oder hatte er sich etwas gebrochen?

Ihr fielen unzählige schreckliche Möglichkeiten ein, was ihm alles zugestoßen sein könnte. Mit der Wange strich sie Tony über den Kopf und weinte hemmungslos.

Sie kam sich klein und unbedeutend vor in diesem gewaltigen Sturm. Das Warten war das Schlimmste. Doch was sonst konnte sie tun? Über die Lichtung ins Haus zu gelangen, kam ihr vollkommen unmöglich vor, selbst wenn sie allein gewesen wäre. Aber mit Tony auf dem Arm wurde der Weg noch beschwerlicher. Der Boden war völlig aufgeweicht, und sie würde kaum etwas sehen können. Es war gut möglich, dass sie vom Weg abkam.

Wieso war sie nicht beim ersten Anzeichen von Sturm ins Haus gegangen? Dort wäre sie erheblich sicherer als hier.

Vorwürfe waren jetzt allerdings sinnlos. Sie hatte einen Fehler gemacht, und vielleicht musste sie dafür mit ihrem Leben und dem ihres Kindes bezahlen.

Wann kam Lucas endlich?

Sie setzte sich in einen alten Schaukelstuhl und wiegte Tony summend hin und her.

Als Aislinn das Pochen hörte, dachte sie zuerst, es wäre lediglich wieder etwas gegen den Wagen geflogen. Doch dann hörte sie ihren Namen. Glücklich schrie sie auf und rannte zur Tür. „Lucas!

„Mach die Tür auf!“, rief er.

Mit Tony in einem Arm, entriegelte sie ungeschickt die Tür, und als Lucas sie öffnete, wurde er von einem Windstoß förmlich hineingedrückt. Hemmungslos schluchzend sank Aislinn gegen ihn.

Immer wieder rief sie seinen Namen, während sie sich an ihn klammerte. Seine Stiefel waren schlammbeschmiert, und von seinem Hut, den er festgebunden hatte, tropfte der Regen. Niemals hatte Lucas in ihren Augen besser ausgesehen.

Eine Weile umarmten sie sich nur schweigend, obwohl der Regen durch die offene Tür hereinpeitschte. Zwischen ihnen strampelte Tony. Lucas drückte ihr Gesicht an seinen Hals und rieb ihr mit der Hand über den Rücken, bis sie zu schluchzen aufhörte.

„Bist du verletzt?“, erkundigte er sich.

„Nein, mir geht’s gut. Ich habe nur Angst.“

„Und Tony?“

„Alles in Ordnung. Er hat natürlich auch Angst.“ Sie biss sich auf die Unterlippe. „Ich dachte, dir sei etwas zugestoßen.“

„Das stimmt. Ich wurde vom Sturm überrascht“, sagte er trocken. „Ich sah ihn kommen, aber ich kam nicht rechtzeitig zurück. Das Pferd verlor ein Hufeisen, und ich musste es am Zügel zurückführen. Aus Angst wollte es nicht weiter.“

Aislinn berührte sein nasses Gesicht. „Ich dachte, du hättest dich verirrt. Oder du wärst verletzt. Ich hätte nicht gewusst, was wir ohne dich machen sollten.“

„Ich bin zu Tode erschrocken, als ich dich und Tony nicht im Haus fand.“ Er strich ihr eine Haarsträhne aus der Stirn und berührte ihre Lippen. „Aber wir sind alle in Sicherheit. Jetzt müssen wir nur noch über die Lichtung ins Haus kommen. Ich traue diesem Wohnwagen nicht. Wir sind draußen sicherer als hier drinnen. Wirst du es schaffen?“

Sie nickte, ohne zu zögern. In Lucas' Nähe fühlte sie sich geborgen.

„Hast du etwas, worin du Tony einwickeln kannst?“, fragte er.

Aislinn hatte einige Babydecken in dem Wagen gestapelt, und während Lucas hinaussah, um den günstigsten Weg auszumachen, wickelte sie Tony in ein paar von den Decken, bis er wie eine kleine Mumie aussah. Seine Schreie beachtete sie nicht. Wenn er erst trocken und satt war, würde er sich beruhigen.

Lucas legte Aislinn eine Decke über den Kopf und band sie ihr unter dem Kinn zusammen. „Das schützt nicht viel, aber es ist besser als gar nichts. Jetzt“, sagte er, ergriff ihre Schultern und sah ihr in die Augen. „Du musst nur Tony festhalten. Den Rest übernehme ich.“ Sie nickte. „Okay, los geht's.“

An Einzelheiten konnte sie sich später nicht mehr erinnern. Den Weg legte sie normalerweise in einer Minute zurück, doch in ihrem Gedächtnis hatten sich nur der Wind, der Regen, die Blitze und die panische Angst eingeprägt. Sobald sie die Stufen vor dem Wohnwagen hinuntergegangen waren, blieben Aislinns Schuhe im Schlamm stecken.

Als sie sie mit den Zehen auffischen wollte, schrie Lucas sie an: „Lass sie stecken!“ So legte sie den Rest des Wegs barfuß zurück. Immer wieder rutschte sie auf dem glitschigen Boden aus, doch Lucas fing sie auf und ließ sie nicht fallen. Sie hielt Tony so fest, dass sie Angst bekam, sie könnte seine Rippen brechen. Mit geneigtem Kopf stolperte sie vorwärts.

Schließlich stieß sie mit dem Schienbein gegen einen Pfosten der Veranda. Mit Lucas' Hilfe stieg sie die Stufen hinauf und drückte sich gegen die Hauswand. Er öffnete die Haustür und stieß Aislinn hinein. Noch draußen zog er sich den Hut und die Stiefel aus.

Dann nahm er Aislinn das Kopftuch ab und warf es auch nach draußen. „Beweg dich nicht, ich hole ein Tuch.“ Barfuß lief er ins Bad und hinterließ eine Wasserspur. In der Zwischenzeit wickelte Aislinn Tony aus den Decken aus.

„Mein mutiger kleiner Junge“, sagte sie und küsste ihn. „Dein Daddy und du, ihr seid so mutig.“

Lucas kam zurück und legte ihr ein Tuch um die Schultern. „Meine Zähne klappern“, stellte sie überflüssigerweise fest.

„Das habe ich gemerkt. Lass uns schnell Tony abtrocknen, dann kümmern wir uns um dich." Zusammen gingen sie ins Kinderzimmer. Der Strom war ausgefallen, doch Lucas holte zwei Kerzen aus dem Schlafzimmer. Rasch zog Aislinn Tony aus und trocknete ihn ab. Währenddessen machte Lucas in der Küche das Fläschchen warm. Als er zurückkam, legte Aislinn Tony gerade ins Bettchen.

„Ich werde ihn füttern, während du ein heißes Bad nimmst. Das Wasser läuft schon. Nimm eine der Kerzen mit." Um das trockene Baby nicht wieder nass zu machen, zog Lucas sich aus. Als er nackt war, rieb er sich mit einem Handtuch ab. Dann nahm er Tony aus dem Bett und trug ihn zum Schaukelstuhl.

Ein nackter Indianer in einem Schaukelstuhl, der einem Baby die Flasche gibt, war eigentlich ein lustiger Anblick, doch im Moment konnte Aislinn nichts Komisches daran entdecken.

„Vergiss die Medizin nicht", sagte sie.

„Das werde ich nicht."

Sie wusste, dass Tony in sicheren Händen war, und ging ins Bad. Fast eine halbe Stunde lag sie in dem heißen Wasser und spürte förmlich, wie die Anspannung in ihr allmählich nachließ. In ein großes Tuch gewickelt, kam sie aus dem Bad.

Zunächst warf Aislinn einen Blick ins Kinderzimmer. Tony schlief friedlich in seiner Wiege. Mit Tränen in den Augen legte sie ihm eine Hand auf den Kopf. Er bedeutete ihr so viel, und sie konnte sich ein Leben ohne ihn nicht mehr vorstellen. Wie leer war ihr Leben vor seiner Geburt gewesen!

Sie deckte das schlafende Kind liebevoll und zärtlich zu und ging dann auf Zehenspitzen durch die dunklen Zimmer, die nur von draußen durch die Blitze erhellt wurden, zur Küche.

Lucas war in der Küche und rührte in einer Pfanne herum. Als Aislinn eintrat, drehte er sich um. „Ich wusste, dass dieser alte Gasherd noch zu etwas taugt. Vor ein paar Tagen dachte ich noch, ob du nicht mit einem elektrischen besser zurechtkämst."

„Ich mag diesen." Sie sah, dass er sich frische Jeans angezogen hatte. Doch er war nach wie vor barfuß und trug kein Hemd. Sein Haar trocknete allmählich. Aislinn wünschte, dass er es sich niemals kurz schneiden lassen würde. „Was kochst du da?"

„Kakao. Setz dich."

Sie stellte die Kerze auf den Tisch und nahm Platz. „Ich wusste gar nicht, dass du kochen kannst."

Er goss die dampfende Flüssigkeit in zwei Becher und stellte die Flamme ab. „Probier lieber, bevor du dich abfällig äußerst."

Vorsichtig nahm sie einen kleinen Schluck. Der Kakao schmeckte süß, würzig und wunderbar. Von ihrem Magen aus strahlte mit einem Mal eine wohltuende Wärme durch ihren ganzen Körper. „Er schmeckt fantastisch, Lucas. Vielen Dank."

„Möchtest du etwas essen?"

„Nein. Ich habe keinen Hunger." Sie sah zu ihm hoch. „Oder möchtest du etwas haben? Ich könnte rasch ..." Sie wollte bereits aufstehen, als er sie auf den Stuhl zurück drückte.

„Nein, ich bin auch nicht hungrig. Trink deinen Kakao."

Er ging lautlos ans Fenster. „Der Sturm dreht ab." Immer noch prasselte der Regen, aber der Wind blies längst nicht mehr so stark. Wie von weit her klang der Donner zu ihnen, und die Blitze waren nicht mehr so grell.

Aislinn hob den Becher mit dem Kakao und trank einige Schlucke. Sie wollte den Becher austrinken, doch der Kloß der Rührung in ihrem Hals hinderte sie daran. Sie konnte einfach nicht von Lucas wegsehen. Gegen das Fenster zeichnete sich sein Profil deutlich ab. Er ist ein schöner Mann, dachte sie.

Dann überfiel sie plötzlich die Erschöpfung dieses anstrengenden Tages, und die Gefühle schlugen über ihr zusammen. Sie fing so an zu zittern, dass sie den Becher abstellen musste, wobei ihr der heiße Kakao auf die Hand spritzte. Sie konnte ein Wimmern nicht unterdrücken.

„Aislinn?"

Sie bekam kein Wort heraus. Mit krampfhaft vor den Mund gepressten Händen versuchte sie, die Gefühle, die plötzlich aus ihr herausbrachen, zurückzuhalten.

„Aislinn", sagte Lucas noch einmal.

Die Sorge in seiner Stimme war zu viel für sie. Tränen brachen aus ihr heraus, und ihre Schultern bebten. Schluchzend verbarg sie das Gesicht in den Händen.

„Was ist los? Fehlt dir etwas?" Lucas kniete sich vor sie und strich ihr über die Oberarme und Schultern, als suche er nach Verletzungen.

Sie hob den Kopf leicht, doch immer noch strömten ihr die Tränen über das Gesicht. „Nein, nein. Mir fehlt nichts. Das muss die verspätete Reaktion auf den Schock sein. Ich hatte solche Angst." Sie fing wieder an, laut zu schluchzen.

Lucas strich ihr über das Haar. „Es ist vorbei", flüsterte er. „Hab keine Angst mehr."

Eine Seite seines Gesichts leuchtete im Kerzenschein, und Aislinn streckte beide Hände nach ihm aus. Zaghaft fuhr sie ihm über das Gesicht. „Ich hatte Angst, ich würde dich niemals wiedersehen. Ohne dich hätte ich nicht gewusst, wie ich weiterleben soll."

„Aislinn."

„Noch mehr als um mich oder sogar um Tony habe ich mir um dich Sorgen gemacht." Sie strich ihm über den Kopf und die nackten Arme, bevor sie wieder sein Gesicht berührte.

„Ich war sicher."

„Aber das wusste ich nicht", erwiderte sie verzweifelt.

Er drückte ihr drei Finger gegen die Lippen, um ihr Zittern zu unterdrücken. „Auch ich wollte so schnell wie möglich zu dir zurück, weil ich mir Sorgen gemacht habe." Auch er begann jetzt, ihr zärtlich über das Gesicht zu streichen.

„Lucas?"

„Ja?"

„Lass mich bitte niemals allein. Ich brauche deinen Schutz für Tony und mich."

„Ich werde immer da sein."

„Bin ich ein Feigling?"

„Du bist sehr tapfer. Ich bin stolz auf dich."

„Ich liebe dich, Lucas. Ich liebe dich."

Und dann brach alles aus Aislinn heraus. Sie sprach all die Liebesbekenntnisse aus, die sie seit Wochen zurückhielt. Unaufhaltsam erzählte sie ihm ihre tiefsten Empfindungen, und sie ließ sich nur von den zarten Küssen unterbrechen, mit denen Lucas flüchtig ihren Mund verschloss.

Bald jedoch reichte ihm das nicht mehr. Er zog sie in die Arme und presste die Lippen hungrig auf ihren Mund. Aufstöhnend drang er mit der Zunge ein und umkreiste ihre Zungenspitze. Mit einer Hand strich er ihr über den flachen Bauch, zog das Badetuch zur Seite und fuhr mit der Hand streichelnd über ihre Brüste. Eine Spur von Küssen zog er ihren Hals entlang, und gebannt sah Aislinn zu, wie er mit der Zungenspitze über eine ihrer Brustknospen fuhr. Lustvoll schrie sie auf, als er sie noch weiter mit den Lippen reizte.

Über seine Schulter hinweg konnte Aislinn seinen muskulösen Rücken sehen. Bei jeder Bewegung zogen sich die festen Muskelstränge zusammen. Rastlos fuhr sie mit beiden Händen über seine glatte Haut.

Lucas kniete immer noch vor ihr, und sein Haar berührte ihren Bauch. Mit der Zunge umspielte er ihren Nabel und glitt dann tiefer zu ihrem Schoß. Aislinn warf den Kopf in den Nacken und rief seinen Namen, als er ihre Hüften ein Stück vorzog.

Langsam drückte er ihre Schenkel auseinander und küsste sie.

Aislinn wurde von einem Strudel des Verlangens mitgerissen. Alles drehte sich, und sie meinte zu ertrinken. Nur undeutlich nahm sie wahr, dass Lucas sie hochhob und durch das Haus trug.

Erst als er sie sanft auf das Bett legte, wurde sie sich ihrer Umgebung wieder bewusst. Sie hörte das Geräusch des Reißverschlusses, als er sich die Jeans auszog. Sie öffnete die Augen und sah, wie er aus der Hose herausstieg. Gerade in diesem Moment erhellte ein Blitz das Zimmer, und Aislinn konnte Lucas' Nacktheit sehen.

Er legte sich nicht zu ihr, sondern kniete sich zwischen ihre Schenkel. „Lucas", wollte sie protestieren, als er den Kopf senkte.

„Das schulde ich dir, Aislinn. Das erste Mal an jenem Morgen, das war für mich, dies hier ist für dich."

Mit dem Mund löste er eine wilde Mischung an Empfindungen in ihr aus, während sie versuchte, Luft zu holen. Die überwältigenden, neuen Gefühle ließen sie immer höher der Ekstase entgegenschweben, doch Lucas ließ sie nicht den erlösenden Höhepunkt erleben, bis sie schließlich meinte, an unerfülltem Verlangen zu vergehen.

Als er schließlich den Kopf hob, standen kleine Schweißperlen auf ihrer Haut, und ihre Lippen waren von den eigenen Bissen geschwollen.

Unglaublich sanft strich er über ihren Mund und leckte zärtlich daran. Während er ihr ganzes Gesicht mit den Lippen liebkoste, spürte Aislinn neue Wellen der Erregung über sich hereinbrechen. Vorsichtig senkte Lucas sich auf sie.

Sie spürte sein körperliches Verlangen. Erwartungsvoll hob sie die Hüften und rieb sich an ihm.

„Wird es dir nicht wehtun?", fragte er.

„Nein."

Langsam drang er in sie ein, bis sie ganz vereint waren. Aislinn stöhnte leise auf. „Ich tue dir doch weh", sagte er erschreckt, doch als er sich zurückziehen wollte, hielt sie ihn mit den Beinen fest.

„Ich will dich ganz in mir spüren."

Er barg das Gesicht an ihrer Schulter und stöhnte auf, als er wieder eins mit ihr wurde. Es sollte ewig dauern, und er hielt sich so lange wie möglich zurück. Schließlich ertrug er die Anspannung nicht mehr, und als er sich bewegte, erreichten sie beide fast augenblicklich den Höhepunkt. Er kam wie der Sturm über sie.

Nachdem ihre Leidenschaft abgeklungen war, rollte er sich auf die Seite und sah Aislinn an.

Immer wenn ein Blitz über den Himmel zuckte, genoss Lucas den Anblick ihres Rückens und Pos im Spiegel hinter ihr. Herausfordernd hing ihr das Haar wirr über die Schultern, und ihr heller Körper schien unter den Berührungen seiner Hände zu brennen.

Er liebkoste sie mit verblüffender Vertrautheit. Hemmungslos berührte er sie überall, um sie ganz kennenzulernen. Aislinn zuckte auch vor den intimsten Berührungen nicht zurück, sondern stöhnte nur lustvoll auf.

Ihm fiel wieder das erste Mal ein, als er gedacht hatte, nichts auf der Welt könne schöner sein. Genauso ging es ihm jetzt auch. Wieso hatte er nur all die Wochen darauf verzichtet, mit ihr zu schlafen? Sie hatte sich seit Langem schon wieder von der Geburt erholt.

Dennoch hatte er beharrlich sein Begehren unterdrückt, weil er vor den Gefühlen Angst hatte, die das nach sich ziehen konnte. Er sehnte sich nicht nur nach ihrem Körper, sondern nach der ganzen Frau. Zum ersten Mal in seinem Leben hatte er den Eindruck, einen anderen Menschen zu brauchen.

Zufrieden und schläfrig hob er ihr Kinn an und küsste sie auf den Mund. Es sollte ein Gute-Nacht-Kuss sein, doch Aislinn sog sanft an seiner Unterlippe und vertiefte den Kuss.

„Damals am Tag der Hochzeit deiner Mutter, da wusste ich, dass du mir beim Ausziehen zusiehst“, sagte sie leise. „Ich wollte, dass du mich siehst“, gab sie zu. „Ich wollte dich verführen.“

Nach einer ganzen Weile, während der er sie nur wortlos ansah, sagte er: „Du hast mich auch verführt.“

Er rollte sich auf den Rücken und zog Aislinn auf sich. Sie spürte sein Verlangen und nahm ihn in sich auf. Während sie mit kreisenden Bewegungen seine Lust immer mehr steigerte, konnte Lucas sich an ihrer blonden Schönheit nicht satt sehen. Er streichelte ihre Brüste, und als sie sich ihm aufstöhnend entgegenbog, ließ er die Hand zu ihrer intimsten Stelle sinken.

Schließlich sank sie aufstöhnend auf ihn, und auch er erlebte einen weiteren Höhepunkt.

11. KAPITEL

„Ich bin froh, dass du damals in mein Haus eingebrochen bist."

Lucas neigte den Kopf, um Aislinn anzusehen. „Ich auch."

In der vergangenen Nacht hatten sie sich immer wieder geliebt, und jetzt lagen sie erschöpft nebeneinander. Der Sturm war schon lange vorüber, und der Himmel wurde bereits hell.

„Du hast mich sicher mehr erschreckt als ich dich." Auf Aislinns fragenden Blick hin erklärte er weiter: „Damals konnte mich nichts außer einer schönen Frau überwältigen."

„Du fandest mich schön?"

Lucas schmunzelte. „Willst du Komplimente hören?"

„Ja. Von den endlosen Komplimenten, mit denen du mich überhäufst, kann ich nie genug bekommen." Sie lachte.

Er erwiderte ihr Lachen. „Ja, du bist schön. Und wenn du ein Mann oder eine hässliche Frau gewesen wärst, hätte ich dich auch sicherlich nicht den ganzen Weg über als Geisel mitgenommen."

„Und warum, Lucas?"

„Weil ich mit dir schlafen wollte."

„Oh." Sie hielt einen Moment die Luft an.

„Vor dir habe ich immer dafür gesorgt, dass die Frauen nicht schwanger wurden, mit denen ich schlief. Ich habe sie nie ausgenutzt. Du bist die Ausnahme von allen meinen Lebensregeln."

„Scheint so, und das macht mich froh. Aber du hast mich gehasst, weil ich eine Weiße bin, stimmt's?"

„Ja. Ich habe mich für mein Verlangen gehasst und mir eingeredet, ich bräuchte dich nur, um sicher zu meinem Ziel zu kommen. Im Nachhinein verstehe ich nicht, weshalb du nie versucht hast zu fliehen."

„Weil ich immer auf dein Verlangen gesetzt habe. Leider hast du dich damals in Alices Haus für das, was wir getan haben, geschämt. Dabei ist es nur menschlich, wenn man hin und wieder jemanden braucht. Wo wir gerade von Gebrauchtwerden sprechen, hörst du das?"

„Ist es klein, niedlich und sehr wertvoll?"

„Genau, unser Sohn. Ich werde mal nach ihm sehen." Aislinn zog sich einen Bademantel über und ging ins Kinderzimmer hinüber.

Lucas lag flach auf dem Rücken im Bett und stellte fest, dass er noch nie so glücklich gewesen war wie jetzt. Er lächelte und streckte sich genüsslich. Glücklich sein war bei Weitem nicht so schlimm, wie er geglaubt hatte.

Auch Aislinn war glücklich, als sie zu Tony ging. Die ganzen Schrecken des Vortags waren durch Lucas' Zärtlichkeiten vergessen. Strahlendes Sonnenlicht drang durch das Fenster, und ihre Zukunft sah unbeschwert aus, weil Lucas jetzt ihre Liebe akzeptierte.

Er hatte zwar nicht gesagt, dass er sie liebte, doch das dauerte vielleicht noch eine Weile. Er begehrte sie und wollte sie in seinem Leben haben. Daraus konnte eines Tages Liebe erwachsen. In der Zwischenzeit wollte sie mit dem zufrieden sein, was sie hatte.

„Guten Morgen, Tony", rief sie fröhlich. Der Kleine wimmerte vor sich hin. „Hast du Hunger? Willst du eine frische Windel? Dann wollen wir mal sehen, was sich da machen lässt."

Als sie sich über das Bettchen beugte, erkannte sie, dass irgendetwas überhaupt nicht stimmte. Sein rasselnder Atem riss sie schlagartig aus allen anderen Überlegungen. Als sie ihn berührte, schrie sie auf: „Lucas!"

Er zog sich gerade seine Jeans an und hörte die Panik in Aislinns Schrei. Sofort rannte er ins Kinderzimmer. „Was ist los?"

„Tony hat rasendes Fieber. Und hör dir mal seinen Atem an."

Die Luft pfiff, wenn er sie in seine winzigen Lungen sog, und seine Atemzüge gingen flach und rasch. Sein Gesicht war fleckig, und anstatt richtig zu schreien, schien er nur noch für ein klägliches Wimmern Kraft zu haben.

„Was soll ich tun?"

„Ruf Gene an." Aislinn zog den Kleinen bereits aus und griff nach dem Thermometer. Lucas lief zum Telefon in der Küche und wählte Genes Nummer.

„Hallo?", meldete Gene sich schläfrig nach dem zweiten Klingeln.

„Gene, hier ist Lucas. Tony ist krank."

„Eine Erkältung, dagegen habe ich ..."

„Es ist schlimmer. Er kann kaum noch atmen."

Jetzt erkannte Gene den ernsten Tonfall von Lucas' Stimme. „Hat er Fieber?"

„Einen Moment." Lucas deckte die Sprechmuschel ab und rief Aislinn die Frage zu.

Mit Tony auf dem Arm kam sie in die Küche und sah Lucas ängstlich an. „Vierzig Grad", flüsterte sie. „Lucas." Es war nur noch ein Flehen.

Er gab die Temperatur an Gene weiter, der auffluchte. Im Hintergrund hörte er die Stimme seiner Mutter, die wissen wollte, was los war.

„Verdammt, Gene, was sollen wir tun?", schrie Lucas auf.

„Zunächst beruhige dich mal“, erwiderte Gene. „Dann badet ihr Tony in kaltem Wasser, damit das Fieber sinkt. Danach bringt ihr ihn so schnell wie möglich hierher.“

„In die Klinik?“

„Ja.“

„Wir sind in spätestens einer halben Stunde da.“

Lucas legte auf und gab die Anweisungen an Aislinn weiter. Während er sich anzog, schöpfte Aislinn kaltes Wasser im Waschbecken über Tony. Dann tauschten sie die Rollen, und nachdem er frisch gewindelt und in eine leichte Decke gehüllt war, verließen sie mit Tony das Haus.

Vom Regen war die Lichtung noch vollkommen schlammig, und auch auf der Straße wurde es nicht viel besser. Oftmals rutschte das Heck des Wagens weg.

Lucas saß vorgebeugt und umklammerte das Lenkrad. So angespannt hatte Aislinn ihn erst einmal im Auto gesehen. Damals hatte sie sich gefürchtet, doch erst jetzt wusste sie, was Angst bedeutete. Wirkliche Angst verspürte man, wenn das eigene Kind in Lebensgefahr schwebte.

Die Fahrt schien endlos zu dauern. Tonys kleiner Körper strahlte so viel Hitze aus, dass Aislinn meinte, sie müsse Brandblasen bekommen. Er war unruhig. Sobald er kurz einnickte, kam er nach Luft schnappend sofort wieder zu sich.

Gene und Alice kamen aus der Klinik gelaufen, als sie den Wagen auf den Parkplatz einbiegen sahen. „Wie geht's ihm?“, erkundigte Gene sich, als er Aislinns Tür öffnete.

„Oh, Gene. Bitte hilf ihm!“, flehte sie ihn an. „Er verbrennt ja, das Fieber muss wieder gestiegen sein.“

Sie liefen alle in das Gebäude, und Aislinn trug Tony in das Behandlungszimmer. Die Klinik hatte noch geschlossen, und so waren sie allein.

Alice und Gene untersuchten das Baby eingehend. Hilfe suchend sah Aislinn zu Lucas, doch der blickte nur auf Tony. Auf der Fahrt hatte er kaum gesprochen. Sie wollte ihn trösten, doch sie wusste, dass sie nichts sagen konnte, was nicht dumm klang. Wie sollte sie ihn trösten, wenn sie selbst verzweifelt war?

Gene hörte Tonys Brust ab. „Er hat Flüssigkeit in den Lungen“, sagte er anschließend. „Die leichte Entzündung der oberen Luftwege hat sich sehr verschlimmert.“

„Aber es ging ihm doch besser", widersprach Aislinn. „Er hat regelmäßig seine Medizin bekommen."

„Niemand gibt dir die Schuld", besänftigte Gene sie und legte ihr eine Hand auf die Schulter. „So etwas geschieht nun mal."

„Er … er ist letzte Nacht nass geworden." Sie erzählte, wie Lucas sie und Tony zum Haus geführt hatte. „Ich habe ihn so gut es ging zugedeckt. Ist es dabei geschehen?"

Ihre Stimme klang nun schon leicht hysterisch, und Alice und Gene versicherten ihr, dass es durch viele Dinge ausgelöst worden sein und man es nicht genau sagen konnte.

„Mach ihn wieder gesund", bat Lucas nur, der seitlich neben dem Behandlungstisch stand und seinen Sohn ohne Unterlass ansah.

„Ich glaube nicht, dass ich das kann, Lucas."

„Was?", schrie Aislinn auf und hob die Hände an den Mund.

„Hier kann ich nicht viel tun", sagte Gene. „Ich schlage vor, dass ihr ihn nach Phoenix in ein Krankenhaus bringt, wo es eine Säuglingsstation gibt. Die Ärzte dort sind besser ausgerüstet als ich hier."

„Aber das dauert doch Stunden, bis wir endlich da sind", wandte Aislinn voller Panik ein.

„Ich kenne jemanden, der einen Ambulanzhubschrauber besitzt. Den werde ich anrufen. Alice, gib dem Baby eine Spritze, die das Fieber senkt."

Starr vor Angst sah Aislinn zu, wie Alice Tony eine Spritze setzte, ihn wickelte und ihn an sie zurückreichte. Aislinn wiegte sich vor und zurück, um das Kind zu beruhigen.

Gene kam wieder in den Raum. „Er fliegt sofort los und landet nördlich der Stadt auf dem Freigelände neben dem Highway. Aislinn, Lucas, in dem Helikopter sitzt eine Kinderkrankenschwester, die sich um Tony kümmern wird, und wenn ihr das Krankenhaus erreicht, werdet ihr bereits von den Spezialisten erwartet."

„Ist es so ernst?", fragte Aislinn mit bebender Stimme.

Gene nahm ihre Hände in seine. „Ich will dich nicht unnötig beunruhigen, aber es ist wirklich sehr ernst."

Ein paar Stunden später bestätigte ein Arzt im Krankenhaus Genes Diagnose. Die dazwischen liegenden Stunden waren für Aislinn ein einziger Albtraum gewesen. Lucas und sie hatten den Helikopter angetroffen und waren hastig eingestiegen. Die Schwester fing sofort an, Tony zu untersuchen. Über Funk war sie mit einem Arzt verbunden, sodass Tony von dem Zeitpunkt der Landung an die bestmögliche Versorgung bekam.

Sobald er auf die Intensivstation gefahren wurde, wandte Aislinn sich an Lucas und suchte den Trost seiner Umarmung. Doch obwohl er die Arme um sie legte, war es nur eine mechanische Geste. Seit heute früh hatte er sich wieder mehr und mehr von ihr entfernt.

Sein Gesicht war verschlossen, und Aislinn wusste, dass er entsetzlich litt. Sie wusste nicht, wie er es schaffte, seine Gefühle so unter Kontrolle zu halten. Sie selbst stand kurz davor, mit dem Kopf gegen die Wand zu rennen oder sich die Haare auszureißen.

Sie warteten schweigend, bis Aislinn es nicht mehr ertrug. Wo war der Trost, mit dem er Alice bei Josephs Tod getröstet hatte? Andererseits war Joseph ein alter Mann gewesen, und Lucas hatte sich jahrelang darauf vorbereiten können.

Erleichtert sah sie zu dem Arzt, der auf sie beide zukam. „Mr und Mrs Greywolf?" Sie nickten. „Ihr kleiner Junge ist sehr krank", setzte er an. Dann folgte eine Reihe medizinischer Ausdrücke, die Aislinn nichts sagten, außer der Diagnose „Lungenentzündung".

„Dann ist es nicht so schlimm. Ich kenne viele Leute, die Lungenentzündung hatten. Sie haben sich alle rasch wieder erholt."

Besorgt sah der Arzt zu Lucas und dann wieder zu Aislinn. „Wir reden hier von einem drei Monate alten Kind. Ich fürchte, die Chancen für Ihr Kind stehen nicht so gut wie für einen Erwachsenen."

„Dann ist es doch ernst."

„Sein augenblicklicher Zustand ist äußerst kritisch."

„Wird er sterben?" Sie konnte die Frage kaum aussprechen.

„Ich weiß es nicht", antwortete der Arzt ehrlich. „Ich werde alles daransetzen, um ihn zu retten." Besänftigend drückte er ihr die Schulter. „Entschuldigen Sie mich jetzt. Ich muss zurück."

„Darf ich ihn sehen?", fragte sie und hielt ihn am Ärmel fest.

„Das sollten Sie nicht. Er ist an viele Schläuche angeschlossen. Wenn Sie ihn so sähen, würden Sie sich nur noch mehr Sorgen machen."

„Sie will ihn aber sehen." Lucas' leise Stimme klang drohender als ein lauter Schrei. Einige Sekunden blickten sie sich nur an, dann lenkte der Arzt ein.

„Nur für eine Minute, Mrs Greywolf. Nicht länger."

Als Aislinn wieder auf den Flur kam, weinte sie hemmungslos. Lucas legte ihr eine Hand auf die Schulter und klopfte ihr sanft auf den Rücken. Doch wie zuvor spürte Aislinn auch diesmal die unsichtbare

Wand zwischen ihnen. Den ganzen Tag und die Nacht verbrachten sie in dem Wartezimmer des Krankenhauses. Aislinn weigerte sich zu gehen, obwohl das Klinikpersonal sie bedrängte, wenigstens etwas zu essen. Niemand näherte sich Lucas. Wahrscheinlich haben sie Angst vor ihm, dachte Aislinn. Und was in ihm vorging, wusste niemand außer ihm selbst.

Früh am Morgen des zweiten Tages berichtete der Arzt, dass Tonys Zustand immer noch kritisch sei. „Aber als er hier ankam, hätte ich keine Wette abgeschlossen, dass er es überhaupt so lange durchhält", zeigte er leichte Hoffnung. „Er ist ein Kämpfer."

An diesen Hoffnungsschimmer klammerte Aislinn sich mit ihrem ganzen Willen. Kurz darauf kamen Gene und Alice an. Sie hatten die Klinik für diesen Tag geschlossen und die ganze lange Fahrt unternommen, nur um Lucas und Aislinn nahe zu sein. Beim Anblick der beiden brach Aislinn dankbar in Tränen aus.

Die Dexters zeigten sich besorgt darüber, dass Aislinn so blass aussah, und versuchten vergeblich sie zu überreden, in ein Hotel zu gehen und sich auszuruhen. Aber sie konnten sie dazu bringen, die warme Mahlzeit aus der Cafeteria, die sie auf Tabletts hochbrachten, zu essen.

Sie saßen in dem Wartezimmer und hatten gerade zu Ende gegessen, als Lucas plötzlich aufsprang und mit der Faust auf den Tisch schlug. „Wer hat die beiden denn eingeladen?", fragte er grob. Es war ihm offenbar egal, ob das Ehepaar ihn hörte.

„Ich war es." Aislinns Knie zitterten, als sie aufstand und sich ihren Eltern zuwandte, die sie seit ihrer Hochzeit nicht mehr gesprochen hatte. „Mutter, Vater." Sie trat einen Schritt vor. „Vielen Dank, dass ihr gekommen seid."

Die Andrews schienen nicht zu wissen, was sie tun sollten. Eleanor hielt sich an ihrer Handtasche fest, und Willard wich den Blicken seiner Tochter und seines Schwiegersohns aus.

„Wir fanden, dass das das Wenigste war, was wir tun konnten", unterbrach Eleanor schließlich die unerträgliche Stille. „Die Krankheit deines Babys tut uns wirklich sehr leid."

„Brauchst du irgendetwas, Aislinn? Geld?", bot Willard an.

Lucas stieß einen Fluch aus und ging hinaus, wobei er die beiden anrempelte. „Nein, danke, Vater", sagte Aislinn leise.

Sie schämte sich, dass ihre Eltern immer Geld als die Lösung von Problemen ansahen, aber sie verzieh ihnen. Ihre Anwesenheit gab ihr

Trost, und sie wusste, dass die beiden sich auch zu dieser Geste bereits hatten überwinden müssen.

Schließlich trat Alice vor und entkrampfte die Situation. „Ich bin Alice Dexter, Tonys andere Großmutter. Bitte verzeihen Sie das Verhalten meines Sohnes. Er ist sehr angespannt."

Sie sprach leise, und wie immer war Aislinn beeindruckt, dass in ihrer Stimme keinerlei Vorurteil zu hören war. Alice sah Eleanor direkt an, obwohl deren Kleid sicher mehr kostete, als Alice in einem ganzen Jahr für Kleidung ausgab. Sie war weder feindselig noch eingeschüchtert durch die andere Frau. „Ich möchte Ihnen meinen Mann vorstellen, Dr. Dexter."

Aislinn ließ die vier allein und machte sich auf die Suche nach Lucas. Er stand am Ende des Gangs und blickte mit eiserner Miene aus dem Fenster.

„Lucas?" Aislinn sah, dass er die Schultern anspannte. „Bist du wütend, weil ich meine Eltern benachrichtigt habe?"

„Wir brauchen sie nicht."

„Du vielleicht nicht, aber ich."

Er fuhr herum. Seine Augen funkelten wütend. An einer Hand zog er sie in einen Raum, den ihnen die Krankenschwestern zur Verfügung gestellt hatten. Als die Tür hinter ihnen zufiel, sah er Aislinn an.

„Vermisst du jetzt doch ihr Geld? Hast du Daddy um Verzeihung angefleht und gebeten, hier mit dem Scheckbuch aufzutauchen?"

„Das verdiene ich nicht, Lucas!" Sie ohrfeigte ihn so hart, dass sein Kopf herumflog. Unwillkürlich hob auch er die Hand, ließ sie aber wieder sinken, bevor er zuschlagen konnte.

Aislinn krallte sich in sein Hemd. „Mach schon. Schlag mich. Vielleicht erkenne ich dann wenigstens, dass du lebst. Die Schläge nehme ich gern in Kauf, wenn du nur so zeigen kannst, dass auch du Gefühle besitzt." Sie schüttelte ihn. „Lucas! Sprich mit mir! Schrei mich an! Zeig mir deinen Schmerz. Ich weiß, dass du leidest. Du liebst Tony, selbst wenn du sonst niemanden auf der Welt liebst. Vielleicht stirbt er, und ich weiß, dass du deswegen verzweifelt bist. Lass mich gefälligst deinen Kummer teilen."

Sie weinte, doch sie beachtete die Tränen nicht weiter. „Bist du so stolz? Kann dich nichts anrühren?" Kopfschüttelnd verneinte sie ihre eigenen Worte. „Ich weiß es besser, weil ich dich bei Josephs Tod erlebt habe. Und wahrscheinlich ist der Schmerz von damals nichts gegen das, was du jetzt durchmachst. Nur durch deine eigenen dummen Vorurteile verschließt du dich vor der Welt. Bist du so herzlos, dass du nicht einmal am Totenbett deines Kindes weinen kannst?"

Sie schüttelte ihn wieder. „Du sagst, du brauchst niemanden, aber das stimmt nicht. Du willst es nur nicht zugeben, Lucas. Ich brauchte den Trost meiner Eltern, also habe ich mir den Stolz verkniffen und habe sie angerufen. Dieses Leid will ich nicht allein durchstehen. Du machst dich über meine Eltern lustig, aber du hast mehr mit ihnen gemeinsam, als du denkst. Du bist so kalt und gefühllos wie sie. Aber sie haben nachgegeben. Sie sind jetzt hier für mich, aber du nicht."

Sie zerriss jetzt fast sein Hemd. „Egal, ob du mich liebst oder nicht, du bist mein Ehemann. Ich brauche dich, und wage es nicht, mir deine Unterstützung vorzuenthalten. Aus Ehrgefühl hast du mich geheiratet, aber was ist das für eine Ehre, wenn du deine Frau im Stich lässt, wenn sie dich am nötigsten braucht? Bist du nicht Mann genug, um mit mir zu weinen?"

Sie schlug ihn wieder und wieder ins Gesicht. Die Tränen liefen ihr in Strömen über das Gesicht. „Wein endlich! Los, wein!"

Plötzlich schlang er die Arme um sie und senkte den Kopf an ihre Schulter. Zuerst merkte Aislinn nicht, was geschah, doch dann spürte sie das Beben seiner Schultern und hörte das tiefe Schluchzen, das er ausstieß.

Sie umschlang ihn und drückte ihn an sich, während seine Tränen ihren Hals benetzten. Er weinte immer weiter, und als sie sein Gewicht nicht mehr stützen konnte, sanken sie in ihrer Umarmung zu Boden. Wie so oft mit Tony wiegte sie ihn in den Armen hin und her.

Wie sehr sie ihn liebte!

„Ich will, dass unser Baby lebt", schluchzte er. „Du kannst dir nicht vorstellen, was es für mich bedeutet, einen Sohn zu haben. Ich will, dass er lebt. Als Kind habe ich mir so sehr einen Vater gewünscht. Und ich will für Tony der Vater sein, von dem ich selbst immer geträumt habe." Er drückte das Gesicht noch tiefer in ihre Schulter.

„Wenn er stirbt, werde ich mit deinem Schmerz nicht fertig, Lucas. Dafür liebe ich dich zu sehr."

Nach einer Weile versiegten seine Tränen, doch er verharrte reglos. Durch die nasse Bluse hindurch küsste er sie und sprach leise vor sich hin. „Ich wollte dich nicht lieben."

„Ich weiß", antwortete sie sanft und fuhr ihm durchs Haar.

„Aber jetzt tue ich es."

„Das weiß ich auch."

Lucas hob den Kopf und sah sie aus tränenverschleierten Augen an. „Wirklich?“

Sie nickte nur und lächelte traurig.

Eine Sekunde später klopfte es an der Tür. Verwirrt sahen sie einander an, dann stand Lucas auf und reichte Aislinn die Hand, um ihr hochzuhelfen. Er legte den Arm um sie, und gemeinsam blickten sie zur Tür.

„Herein“, sagte Lucas. Sie erwarteten den Arzt.

Doch es war Mr Dixon, der Gefängnisdirektor. „Hallo, Mr Greywolf. Ich weiß, was Sie gerade durchmachen.“ Es schien ihm peinlich zu sein, als er merkte, dass sie beide gerade geweint hatten. „Mein Name ist Dixon“, stellte er sich Aislinn vor.

„Was tun Sie hier?“, fragte Lucas ohne Umschweife.

„Mr Andrews' Sekretärin sagte mir, ich könne Sie hier antreffen. Und da ich gute Neuigkeiten bringe, wollte ich keine Zeit verlieren.“

„Worum geht es denn?“, hakte Aislinn nach.

„Ihr Mann wurde nachträglich für unschuldig befunden.“ Er wandte sich an Lucas. „Die Unterlagen Ihrer Verhandlung wurden noch einmal durchgearbeitet. Durch die Geständnisse der beiden Verurteilten wurde klar, dass Sie sich an dem Unruheherd lediglich aufhielten, um die Ausschreitungen zu beenden. Sie werden noch offiziell für unschuldig erklärt und anschließend sofort wieder in die Anwaltskammer aufgenommen.“

Froh schmiegte Aislinn sich an Lucas, doch der konnte sie kaum stützen. Die Neuigkeiten ließen seine Knie weich werden.

Noch bevor jemand von ihnen etwas sagen konnte, kam Gene hereingelaufen. „Lucas, Aislinn, schnell. Der Arzt sucht nach euch.“

„Lächeln!“

„Aislinn, mein Gesicht fällt gleich vom vielen Lächeln auseinander“, beschwerte Lucas sich.

Sie lachte nur. „Hierher, Tony. Sieh zu Mommy.“

Sie schoss zwei Bilder, als Tony in die richtige Richtung sah.

„Schluss jetzt mit dem Fotografieren“, entschied Lucas. „Das hier soll eine Party sein.“

„Mir geht es ausgezeichnet“, stellte sie glücklich fest und küsste ihn auf die Wange. „Mein ganzes Leben könnte ich damit verbringen, Tony und dich zu fotografieren.“

Misstrauisch sah Lucas sie an. „Mir würde da noch eine andere Sache einfallen.“

„Lucas!"

Er lachte auf. „Allerdings muss ich zugeben, dass Tony und ich ein wundervolles Motiv abgeben", sagte er stolz und sah seinen Sohn an.

„Ihr beide seid meine absoluten Lieblingsmotive." Aislinn drückte sie beide an sich.

„Hey, könnt ihr drei mal damit aufhören?" Gene reichte Aislinn ein Glas Punsch. „Ihr solltet euch unter die Gäste mischen."

„Gib mir Tony solange." Alice trat zu ihnen. Der Keks in ihrer Hand reichte als Argument. „Willard und Eleanor wollen ihn sehen."

„Jetzt hört auf, euch schwere Blicke zuzuwerfen, und geht ein paar Hände schütteln", sagte Gene und schob die beiden zu den Leuten, die in dem Büro standen.

Mit diesem Empfang wurde die Eröffnung von Lucas' Anwaltspraxis gefeiert. Der Medienrummel wegen Lucas' Rehabilitation und eine Fotoreportage von Aislinn in einer bekannten Zeitschrift hatten das öffentliche Interesse endlich wieder einmal auf die Rechte der Indianer gelenkt, die in den Reservaten lebten.

Lucas gab sich keinen Illusionen hin. Er würde in seinem Leben nicht mehr das Ende der Unterdrückung erleben, aber jeder Schritt in diese Richtung war sinnvoll.

Dabei achtete er strikt darauf, dass es nicht so aussah, als würde er einen Vorteil aus seiner Verurteilung ziehen. Und er vergaß nie, wer seine Klienten waren. Obwohl er heute ein Jackett und eine Krawatte trug, hatte er doch den Silberring im Ohr. Und hinter seinem Schreibtisch an der Wand hing ein gerahmtes Bild von Joseph Greywolf, der alle Insignien eines Indianerhäuptlings trug. Viele anwesende Würdenträger gaben eine Bemerkung zu dem Bild ab, das Joseph in jungen Jahren zeigte.

„Wann können wir endlich nach Hause?", fragte Lucas Aislinn nach einer Stunde Lächeln und Händeschütteln.

„Auf Alices Einladungen stand: von zwei bis sechs. Wieso?"

„Weil ich mit dir nach Hause und ins Bett will."

„Pst! Es könnte uns jemand hören."

Vor allen Gästen neigte er den Kopf und küsste Aislinn auf den Mund.

„Benimm dich, Lucas. Der ganze Empfang ist dir zu Ehren." Sie bemühte sich um einen tadelnden Tonfall, doch sie konnte ihre Freude über die Bezeugung seiner Zuneigung nicht verbergen.

Er spielte mit einer ihrer Haarsträhnen. „Weißt du, dass ich dich hier wegzerren könnte?"
„Du willst mich entführen?"
„Ja, genau."
„Das hast du schon einmal getan."
„Und es war das Klügste, was ich je gemacht habe."
„Es war das Beste, was mir je geschehen konnte."
Ungeachtet der Unterhaltungen um sich herum, blickten sie einander in die Augen und erkannten ihre gegenseitige Liebe. Johnny Deerinwater unterbrach sie schließlich, indem er Lucas lachend auf den Rücken schlug.
Bis zum geplanten Ende spielten sie beide noch die Gastgeber, dann gingen die Gäste nach und nach.
„Wir haben uns noch nicht mit Vater und Mutter unterhalten", sagte Aislinn und zog Lucas am Arm mit sich. Ihre Eltern saßen am anderen Ende des Büros und unterhielten sich mit Gene. Lucas schien sich beschweren zu wollen. „Sie haben einen langen Weg hinter sich, Lucas, und damit meine ich nicht die Fahrstrecke."
„Ich weiß", gab er zu. „Ich werde nett sein. Schließlich bezahlt dein Vater den neuen Flügel an Genes Klinik."
Sobald Willard und Eleanor sich nach Phoenix auf den Weg machten, fragte Alice, ob Gene und sie Tony über Nacht bei sich behalten dürften. „Wir sehen ihn so selten. Und ihr müsst sowieso morgen hierher zurückkommen, um das Büro für Montag aufzuräumen. Bitte."
Sie willigten ein und machten sich auf den Heimweg. Es war ein schöner Abend, der Himmel war mit Sternen übersät, und über den Bergen stand der Vollmond.
„Weißt du, ich fühle mich selbst schon wie eine Indianerin", sagte Aislinn nachdenklich. „Ich liebe dieses Land hier."
„Du hast sehr viel aufgegeben, Aislinn", sagte Lucas ruhig und blickte weiterhin auf die Straße, die zur Ranch führte.
Sie nahm eine seiner Hände vom Lenkrad und drückte sie, bis Lucas sie ansah. „In diesem anderen Leben hatte ich weder dich noch Tony. Und ich bereue den Wechsel keinen Augenblick."
Tatsächlich hatte sie ihr Haus und ihr Fotostudio in Scottsdale verkauft und das Geld für eine Kindergarteneinrichtung im Reservat und eine Prachtstute für Lucas' Zucht ausgegeben. Er hatte das Geschenk als Zeichen ihrer Liebe angenommen. Durch das Pferd konnten sie viele neue Pferde heranzüchten, und Lucas würde neue Hilfen für die Ranch

anstellen können. Auf dem Gelände wurde gerade eine Unterkunft für die sechs Gehilfen gebaut, die sie bereits beschäftigten, damit Lucas sich mehr um seine Arbeit als Anwalt kümmern konnte.

Jetzt blickte Aislinn Lucas von der Seite an, und ihr Herz floss fast über vor Liebe zu ihm. Sie konnte ihre Freude kaum beherrschen, seit dem Tag, an dem Tony die Lungenentzündung überstanden hatte.

„Hoffentlich sind die Bilder etwas geworden. Besonders die von Tony."

Eine Weile schwiegen sie beide. „Wenn ich daran denke, dass wir ihn fast verloren hätten."

Lucas zog die Hand weg und rieb ihr die Wange. „Wir haben uns vorgenommen, es nie zu vergessen, aber auch, nicht unnötig darauf herumzureiten."

„Ich weiß", sagte sie und küsste die Knöchel seiner Finger. „Ich musste nur an jenen Tag denken. Erst sagst du mir, dass du mich liebst, dann kommt Mr Dixon und sagt dir, dass du wieder als Anwalt arbeiten darfst, und schließlich teilt uns der Arzt mit, dass Tony durchkommen wird." Sie lächelte. „So viel Gutes auf einmal war fast zu viel für mich."

„Du schwelgst heute ja richtig in Erinnerungen."

„Damit drücke ich nur aus, wie glücklich ich bin."

Lucas stellte den Wagen vor dem Haus ab und sah Aislinn aus seinen grauen Augen an. „Ich würde mein Glück gern anders ausdrücken."

„Und auf welche Weise, Mr Greywolf?"

Er sah sie nur an, und dann nahmen sie sich nicht einmal die Zeit, das Licht einzuschalten. Stattdessen ließen sie sich vom Mondlicht durch das Haus zum Schlafzimmer führen.

– ENDE –